Caroline Grace-Cassidy
Endlich wieder Meer für mich

PIPER

Zu diesem Buch

Mit achtunddreißig Jahren steht Courtney Downey an einem Wendepunkt in ihrem Leben. Die früher perfekte Mutter-Tochter-Beziehung zu Susan leidet schon länger darunter, dass Courtney die Snapchat-gefilterte Teenagerwelt ihrer fünfzehnjährigen Tochter einfach nicht mehr versteht. Courtney merkt, dass es Zeit wird, endlich sich selbst wieder in den Vordergrund zu rücken. So zögert sie nicht, als sie für den Sommer die Leitung eines neuen Bürostandorts im Küstenort St Ives übernehmen kann. Kaum in Cornwall angekommen, trifft sie auf den attraktiven Bauunternehmer Tony, der ihre geheime Leidenschaft fürs Kochen teilt. Als sie spontan in seinem Restaurant aushilft und dabei die Rezepte ihrer geliebten Großmutter verwendet, fühlt sie sich so erfüllt wie lange nicht. Und Courtney ahnt: Endlich wieder mehr für sich selbst zu tun könnte die geheime Zutat für ihr großes Glück sein …

Caroline Grace-Cassidy ist eine irische Schriftstellerin und Schauspielerin. Nach ihrer Ausbildung an der Gaiety School of Acting trat sie in verschiedenen Film- und Fernsehproduktionen auf. Seit 2011 widmet sie sich ganz dem Schreiben und hat seitdem vier Romane veröffentlicht. Außerdem ist sie als Autorin für mehrere bekannte irische Frauenzeitschriften und das *Irish Country Magazine* tätig.

Caroline Grace-Cassidy

Endlich wieder Meer für mich

Roman

Aus dem Englischen
von Karin Dufner

PIPER

Mehr über unsere Autoren und Bücher:
www.piper.de

Wenn Ihnen dieser Roman gefallen hat, schreiben Sie uns unter Nennung des Titels »Endlich wieder Meer für mich« an *empfehlungen@piper.de,* und wir empfehlen Ihnen gerne vergleichbare Bücher.

MIX
Papier aus verantwortungsvollen Quellen
FSC® C083411
FSC
www.fsc.org

Deutsche Erstausgabe
ISBN 978-3-492-31446-6
Mai 2020

Titel der englischen Originalausgabe:
»The Importance of Being Me«,
Black and White Publishing, Edinburgh 2017

Redaktion: Michaela Sappler
Umschlaggestaltung: zero-media.net, München
Umschlagabbildung: FinePic®, München; Victoria Davies/trevillion images
Satz: Satz für Satz, Wangen im Allgäu
Gesetzt aus der Adobe Garamond
Druck und Bindung: CPI books GmbH, Leck
Printed in the EU

Für meine Schwester
Samantha.
Es gibt keine bessere Freundin
als eine Schwester.

Teil eins

Eins

»Was hat sie eigentlich, was ich nicht habe?«, jammere ich.

»Botox«, entgegnet Claire wie aus der Pistole geschossen.

Gerade habe ich mir eine gewaltige Gabel ihres selbst gebackenen Banoffeekuchens in den Mund geschoben. Banane, Toffee und Backkunst schließen Bekanntschaft mit mir. Als der Geschmack in meinem Mund explodiert, schließe ich kurz erstaunt und voller Bewunderung die Augen. O Gott, ich liebe Kuchen einfach! Kuchen und eine Tasse guten, starken Tee. Inzwischen bin ich leicht zufriedenzustellen.

Als ich die Augen wieder öffne, stelle ich fest, dass Claire hämisch grinst und auf ihrem schicken Barhocker aus Chrom herumwirbelt, der auch gut ins Weltall passen würde. Elegant. Absolut up to date. Sie dreht sich immer weiter und stößt sich bei jeder Bewegung vom Küchenblock aus Marmor ab, um Schwung zu gewinnen, wie eine wunderschöne, aber offensichtlich leicht verrückte Mischung aus Kind und Frau. Dann stoppt sie. Sie starrt mich wieder an und wartet, bis der Schwindel nachlässt. Die Handflächen auf beide Ohren gelegt, hebt sie die rotbraunen Augenbrauen, so hoch sie kann, und zieht ihre weiche sommersprossige Haut fest über die Wangenknochen nach hinten. Ich muss mir tatsächlich die Hand auf den Mund pressen, um keinen Erstickungsanfall zu kriegen. Es ist gespenstisch. Sie ist das Ebenbild von … *ihr*. Der Anblick ist urkomisch. Ich fange an, mich vor Lachen zu krümmen. Claires Augen sind so weit hochgezogen, dass sie fast aus den Höhlen springen. So sieht wahre Schönheit aus. Behauptet wenigstens Hollywood. Meiner Ansicht nach sollte Hollywood sich dringend mal am Kopf untersuchen lassen, weil dort dieses Aussehen als schön verkauft wird. Was rede ich da? Ich kann den Reichen und Berühmten aus dem La-La-Land keinen Vorwurf machen – das ist nun mal der Look unserer Generation, oder? Mittlerweile bin ich ermüdet und entnervt, dass es für Frauen so schwierig ist, in Würde zu altern. Wann ist Altwerden so grausam geworden? Und außerdem ein Tabu? War es früher nicht eine anerkannte Lebensphase? Eine Zeit, um einfach nur man selbst zu sein? Etwas, das man sich ehrlich verdient hat? Meine Oma Alice hat sich darüber gefreut. Offen gestanden konnte sie es kaum erwarten. Ständig predigte sie mir, wie wichtig es sei, sich selbst treu zu bleiben und seine Lebenssituation anzunehmen.

»Schau nicht zu weit zurück, Courtney. Dieser Weg ist dir versperrt.«

Das sagte Alice immer, bevor ihr die Demenz mit Mitte sechzig ihren brillanten Verstand raubte. Sie war meine Vertraute in allen Lebenslagen. Alice hörte mir zu, nahm mich und stellte mich hoch auf das Podest, das sie so liebevoll für mich vorgesehen hatte. Sie fand es schön, älter zu werden: die lila Haartönung, die altersgerechten, bequemen Schuhe, das kostenlose Busticket, den Seniorenteller zum Sonderpreis. Jetzt stirbt diese Frauengeneration aus. Alte Damen, wie wir sie kannten, verschwinden allmählich vom Erdboden. Trotzdem will ich so eine sein. Ich will, dass sie ihre Rolle in der Gesellschaft behalten. Ich will auch einen Trolley mit Rädern, in den sämtliche Einkäufe hineinpassen. Keine Schlepperei mehr und auch kein Geld für umweltschädliche Einkaufstüten. Ich will Roastbeef-Seniorenteller plus Kartoffeln, zwei Gemüsesorten und Dessert. Ich will, dass die Leute mir im vollen Bus einen Sitzplatz anbieten. Das habe ich mir dann verdient. Aus welchem Grund will kein Mensch mehr alt werden? Eines steht für mich fest. Mir ist es egal, was ich eines Tages im Spiegel sehen werde. Genau, wie es Oma Alice egal war. Ich brenne schon darauf. Auf die Akzeptanz. Die Freiheit.

Claire sitzt da wie erstarrt. Inzwischen zieht sie einen albernen Schmollmund, während ich, ruckartig und immer noch kauend, den Kopf senke. Ich kann nicht lachen. Ich darf nicht. Da ich den Mund voll habe, wäre das Ergebnis ziemlich unschön. Außerdem ist Claires Küche blitzblank sauber, und ich möchte nicht diejenige sein, die das Ergebnis dieser Knochenarbeit zunichtemacht. Also betrachte ich eindringlich meine schwarz-weißen Turnschuhe und kaue immer schneller auf den Bananenscheiben herum. Die müssen unbedingt runter. Ich schlucke vorsichtig. Ein Banoffee-Spuckfestival erfolgreich vermieden.

»Da hast du völlig recht, Mrs Carney, schnapp dir ein goldenes Sternchen von Ryan Goslings unvergleichlichem Po!« Ich lache und lecke den Kuchenrest von den Zinken meiner Gabel. Dabei male ich mir Ryan Goslings straffen Po aus. Am liebsten würde ich einen Freudentanz aufführen, bleibe jedoch sitzen.

»Oh, das könnte ich. Schauspieler, ja … aber insbesondere Profi-Tennisspieler … Am besten Agassi in den Neunzigern! Ein absolutes Sahneschnittchen, mit oder ohne Perücke!« Sie stöhnt lüstern und fährt sich dabei mit der Zunge über die Lippen.

»Claire!« Ich lache über ihre Kühnheit.

»Was? Nur weil du freiwillig ins Kloster eingetreten bist? Ich bin noch immer eine absolut heiße Frau aus Fleisch und Blut.« Sie wackelt mit den Schultern in meine Richtung und macht das Peace-Zeichen, etwa so wie die Spice Girls früher. Vielleicht Geri. Da merkt man ihr das Alter an, aber das verrate ich ihr nicht.

»Klar, eine Frau aus Fleisch und Blut und dazu glücklich verheiratet«, zische ich ihr leise zu.

»Offen gestanden, Courtney, verlasse ich mich nach fünfzehn Jahren glücklicher Ehe ziemlich stark auf meine Fantasie, damit das auch so bleibt. Das sage ich dir. So sorge ich dafür, dass es im Schlafzimmer weiter dreckig zugeht. Jedes Mal, wenn Andy Murray in Wimbledon das Hemd über den Kopf zieht und seinen muskelbepackten Oberkörper zeigt, blinzle ich und speichere imaginäre Fotos in meiner geistigen Datenbank ab. Klick. Klick. Klick. Martin behauptet weiterhin, dass er auf mich steht. Herrje, vielleicht, wenn das Licht aus ist. Ohne das gute alte Internet wären wir verloren, weil uns die … tja … ein besseres Wort fällt mir nicht ein … die Anregungen ausgingen.«

Als ich die Hand hebe, verstummt sie schlagartig.

»Danke! So genau wollte ich es gar nicht wissen«, rufe ich, worauf sie lacht.

Inzwischen blinzelt sie immer wieder und meint: »Warum reden wir immer über Gott und die Welt, aber du willst nie etwas über mein Liebesleben hören?« Als sie die Nase rümpft, hüpfen ihre Sommersprossen.

»Es passt einfach nicht zu mir … Ich spreche eben nicht über solche Sachen. Das ist privat.« Ich erschaudere um der theatralischen Wirkung willen.

»Ich weiß, dass du keines hast!«

»Nun, wie du so richtig festgestellt hast, habe ich keinen Sex. Ich habe keine unanständigen Geschichten auf Lager.« Ich zucke die Achseln.

»Sex ist nicht unanständig, Courtney, sondern totale Spitzenklasse!« Wieder rollt sie verführerisch die Schultern, während sie sich mit der Zunge über die Unterlippe fährt. Amüsiert schüttle ich den Kopf über meine Freundin und nippe an meinem Tee. Ich weiß alles, was es über Claire Carney zu wissen gibt. Ihre elektronisch inspirierte Schlafzimmerakrobatik mit Martin kann sie für sich behalten, vielen Dank auch.

»Jedenfalls sollten wir in diesem Stadium aufhören, hinter ihrem Rücken über sie zu lästern. Wenn wir hier zusammensitzen, stört es mich nicht, aber später fühle ich mich deshalb ziemlich schlecht. Ich war noch nie gern eine Zicke und bin auch nicht sehr gut darin.« Ich verziehe das Gesicht und spiele damit auf ihre beeindruckende schauspielerische Leistung von vorhin an.

»Ach, herrje, warum denn nicht? Sie verdient es nicht, dass hinter ihrem Rücken *nicht* über sie geredet wird. Die verleiht dem Zickigsein doch völlig neue Dimensionen! So eine Frechheit! Dämliche Plastikkuh! Muh.« Claire reibt sich die vom vielen Blinzeln angestrengten Augen und dreht sich wieder auf ihrem Hocker.

»Ach, komm schon, Claire, Spott ist ansteckend«, appelliere ich an ihre einfühlsame Seite.

»Muh!«, wiederholt sie, dreht sich noch einmal um die eigene Achse und fügt hinzu: »Schau, was für einen Gefallen sie dir getan hat, Courtney. Dir und mir ist klar, dass das die Wahrheit, und nichts als die Wahrheit, ist. Mar-nee braucht

David, Courtney braucht David nicht. Sei froh, dass du ihn los bist«, sagt Claire und setzt dabei ihre Küchenumdrehungen fort. Inzwischen achte ich nicht mehr auf sie, trinke meinen Tee und begutachte meine Nägel, die dringend neu lackiert werden müssen. Wie heißt das noch mal? Ein Hauch von Farbe. Die abgedroschenste Floskel der Welt. Nach einer Weile hält Claire vor mir an und schwenkt nachdrücklich den Zeigefinger, bevor sie sich eine dünne goldene Klammer aus dem kurzen roten Haar zieht. Gnadenlos öffnet sie sie mit den Zähnen und steckt sich damit den Pony aus dem Gesicht. Ordentlich. Alles an Claire Carney ist ordentlich. Wenn sie in einem Benimmratgeber für junge Damen vorkäme, dann wäre sie eine Mischung aus einer kleinen *Miss Akkurat* und einer kleinen *Miss Perfektion*. Und, tja, nur unter uns gesagt, sie ist auch eine kleine *Miss Zwanghaft*.

»Hat sie wirklich. So viel ist mir bekannt. Ach, schau, wir wissen beide, dass ich David seit Jahren satthatte.« Ich stochere mit meiner Gabel auf dem Rand des mit komplizierten chinesischen Schriftzeichen dekorierten Tellers herum. Allerdings fahre ich zuerst mit dem kleinen Finger den Rand nach, um die restliche Sahne abzukriegen. Ich stecke ihn in den Mund. Mein Gott, ist das lecker. Claire macht den allerköstlichsten Banoffeekuchen. Die Fernsehköchin Mary Berry könnte ihr nicht das Wasser reichen. Sie ist wirklich begabt. Ständig schlage ich ihr vor, eine eigene Bäckerei zu eröffnen. Claire würde sich vermutlich bei Ihnen beschweren, dass ich sie schon jahrelang damit belagere und mich raushalten sollte. Gut, sie backt schon seit einiger Zeit zu Hause Kuchen für Festlichkeiten – meiner Ansicht nach Meisterwerke –, aber genau daher weiß ich ja, dass sie einen Laden aufmachen könnte. Claire erhält aus der Nachbarschaft Unmengen von Anfragen für Geburtstage, Taufen und Hochzeiten, und sie kann wahre Kunstwerke erschaffen.

Oft tauschen wir uns über unsere Liebe zum Kochen und Essen aus. Ich bin für das Herzhafte zuständig, sie für das Süße. Kochen ist etwas, an dem ich große Freude habe und das ich einfach tun muss. Es ist meine Leidenschaft. Wenn ich ein Gericht zubereite, bin ich entspannt und ruhe absolut im Hier und Jetzt. All das stammt aus der Zeit, als Oma Alice für mich gekocht hat: Das war nicht nur ein Essen, sondern etwas völlig anderes und Magisches. Eine Theateraufführung. Alice ließ mich kosten, während sie kochte und nach Augenmaß Zutaten hinzufügte. Sie sang Opernarien, schmeckte ab, stöhnte wohlig und gab eine Prise von diesem hier und eine Fingerspitze von etwas anderem dort hinein. So lebte ihre in Italien geborene Mutter in ihr weiter. Laut einer Legende hat Alice' Mutter Virginia einmal Linguine mit Meeresfrüchten für das Königshaus gekocht, doch weiter geht die Geschichte nicht. Wir hatten so viel Spaß beim Essen. Hinzu kommt, dass ich damals noch richtigen Hunger hatte, kaum zu fassen. Ich aß zum Frühstück Haferbrei, danach ein leichtes Mittagessen und zu guter Letzt ein nahrhaftes Abendessen. Keine Knabbersachen. Bis auf einen selbst gemachten Nachtisch am Freitag keine Süßigkeiten. Wann immer ich jetzt das esse, was ich mir selbst zubereite, spüre ich Sonnenschein, Kraft und Tatendrang. Das Essen und ich haben ein ganz besonderes Verhältnis.

Aber ich schweife ab. Diese Wirkung hat Essen immer auf mich! Eigentlich sollte ich Ihnen erzählen, worüber Claire und ich gerade lachen. Es ist die Frau, wegen der mich mein Mann nach vierzehn Jahren Ehe verlassen hat. Mar-nee. Marnee Maguire. Nein, der Bindestrich ist kein Rechtschreibfehler. So schreibt Mar-nee ihren Namen. Mar-nee ist Kosmetikerin. Eine wunderschöne Kosmetikerin. Das will uns die Welt per Gehirnwäsche wenigstens glauben machen. Wie ich schon sagte, muss ich an einer Augenkrankheit leiden, wenn andere dieses Aussehen tatsächlich schön finden. Hoffentlich stehe ich mit meiner ablehnenden Haltung nicht allein da. Mar-nee hat viel an ihrem Gesicht und anderen Körperteilen herumdoktern lassen. Um ehrlich zu sein, ist schwer festzustellen, wo die Plastik-Mar-nee aufhört und die echte anfängt. Selbstverständlich sind das nur Mutmaßungen. David beteuert nachdrücklich, dass alles an ihr Natur ist, aber das kann gar nicht stimmen. Sie hat sich eindeutig Falten aufspritzen und an der Stirn und rings um die Augen gewaltige Mengen Botox verabreichen lassen. Ihre Augenbrauen sitzen so hoch, dass sie beinahe den Haaransatz berühren, was ihr den Gesichtsausdruck einer Frau verleiht, die gerade ihre Eltern beim Sex ertappt hat. Ganz zu schweigen von ihren Lippen, die aussehen, als wäre sie von einer Biene gestochen worden. Sie sind so geschwollen, als hätte sie einen riesigen Stock voller schwangerer Bienenköniginnen gegen sich aufgebracht. Und dann ist da noch ihr Busen. Sagen wir mal so: Er ist ihrem restlichen Körper stets ein gutes Stück voraus. Außerdem hat Mar-nee Unmengen falscher Haarsträhnen, eine Million lockige Verlängerungen, deren Farbe sich ständig ändert. So viele Haare, dass ich mich bei jeder unserer Begegnungen frage, ob sie nicht früher eine kleine Mar-Jungfrau war. Hochgewachsen. Spindeldürr. Na klar. Allerdings ist Mar-nee eben so, wie sie ist. Nicht mein Geschmack, doch was für den einen ein Albtraum ist, ist für den anderen das wahr gewordene Paradies. Claire findet, dass Mar-nee mir meinen Mann ausgespannt hat. Meiner Ansicht nach hat Mar-nee einen kreuzunglücklichen Mann getroffen, der die hartnäckig verstopfte Toilette in ihrem Schönheitssalon repariert hat. Ein Zufall also. Und dann hat sie sich in ihn verliebt. Und die Gelegenheit beim Schopf ergriffen. Oh, ich bezweifle nicht, dass sie ihn zu einem Seitensprung ermutigt und ihn dann bedrängt hat, sich von mir zu trennen. Aber, hey, *c'est la vie*. Er ist derjenige, der eigentlich die Eier hätte haben sollen, sich durchzusetzen.

Ja, ich weiß, das klingt, als wollte ich Ihnen eine schmutzige Skandalgeschichte auftischen, um mich reinzuwaschen und mein Gesicht zu wahren, doch ich schwöre, dass dem nicht so ist. Als ich von Davids Affäre erfuhr, war es mir egal. Absolut egal. Ich schwöre. Ich hatte schon seit Jahren mit so etwas gerechnet. In gewisser Weise habe ich vielleicht sogar darauf gehofft. Ihn unbewusst in diese Richtung geschoben. Als ich zum Beispiel in einer Ratgeberphase war und *The Secret – das Geheimnis* las, habe ich das Universum darum gebeten, David glücklich zu machen. Insgeheim war mir klar, was ich mir wünschte: Das Problem war, dass ich wusste, David könne mit mir nicht glücklich werden, weil, nun ja, ich mit ihm auch nicht glücklich war.

Manchmal, spätnachts, frühmorgens oder wenn er zum Frühstück sein Crunchy-Nut-Müsli in sich hineinschlürfte, malte ich mir Szenarien aus, in denen David eine andere Frau kennenlernte und auszog. Mich in Ruhe ließ. Ich weiß, dass das grausam ist, aber ich verrate es Ihnen, weil es die Wahrheit ist. Und hören Sie, ich bin nicht auf den Kopf gefallen. In den Monaten bevor es passierte, fand ich all die üblichen Hinweise auf eine Affäre. David war kein Oscar-Preisträger wie Al Pacino. Er hätte die Anzeichen nicht verstecken können, selbst wenn er es versucht hätte. Er roch anders, und mit anders meine ich, dass er anfing, sich vor der Arbeit mit literweise

Deo einzusprühen, worauf bald auch Rasierwasser folgte. Ich glaube, er hatte seit unserer zweiwöchigen Hochzeitsreise nach Mallorca keine einzige Flasche Rasierwasser mehr besessen, und damals auch nur, weil ich ihm vor dem Hinflug *Fahrenheit* aus dem Duty-free geschenkt hatte.

Außerdem begann er, sich, tja, wieder dieses Wort, *anders* anzuziehen. Normalerweise bestand Davids Outfit aus schwarzen Jeans, einem schwarzen Hemd und schwarzen Schuhen. Soweit ich mich erinnern kann, trug er ausschließlich Schwarz. Eine Hommage an sein Idol Johnny Cash, pflegte er zu witzeln. Als die Affäre Fahrt aufnahm, ging es mit den seltsamen Klamotten los. Anfangs war es nur eine ausgewaschene Jeansjacke. Dann kam eine Beanie, die überhaupt nicht zu ihm passte und aussah wie eine Badekappe. Eines Tages schleppte er eine riesige Tüte des Designerladens Brown Thomas nach Hause. Er hatte sich durch die Hintertür ins Haus geschlichen (niemand benutzt bei uns die Hintertür, außer um die Komposttonne zu befüllen oder die Vögel mit Körnern zu füttern). Er verhielt sich sonderbar. Verstohlen. Schreckhaft. Geheimnistuerisch. Er ignorierte mich mit Absicht, rührte meine Sahnesoße für die Linguine mit Meeresfrüchten auf dem Herd um und eilte an mir vorbei. Eine Sekunde – oder eher einen Sekundenbruchteil – lang fragte ich mich, ob er mir ein Geschenk gekauft hatte. Während ich die Kräuter aus der köchelnden Soße entfernte, hörte ich, wie er sich oben bewegte. Etwa zwanzig Minuten später kam er wieder nach unten und rief vom Flur aus in die Küche hinein, er müsse noch einmal für ein paar Stunden weg. Der Schönheitssalon, wo er die sanitären Anlagen repariere, quengle schon wieder (David bezeichnete Leute, die sich über seine Arbeit beschwerten, als »Quengler«. Wir hatten eine ganze Menge davon). Da fiel bei mir mit einem lauten Knall der Groschen. Ich schaltete den Herd ab und verdarb damit meine Linguine. Ein Hauch weiterer anstehender Zerstörungen umwehte mich.

Ich pirschte mich aus der Küche ins Wohnzimmer, öffnete meine schweren silberfarbenen Vorhänge einen Spaltbreit und spähte aus dem Fenster. Da war er, mein Mann, und betrachtete sich im Seitenspiegel seines weißen Transporters mit der Aufschrift *David Downey, Installateur, 24-Stunden-Service*. Erschrocken ließ ich den Vorhang los, und als ich wieder danach griff und ihn zurückzog, fiel mir die Kinnlade herunter.

»Was, zum Teufel, ist das?«, flüsterte ich in den Vorhang hinein. Er war mit einer himmelblauen engen Jeans bekleidet, die saß wie eine zweite Haut. Dazu trug er eine bis zum Kinn geschlossene Motorradjacke mit grellweißen Ralleystreifen, diesen breiten, wie man sie bei Jugendlichen sieht. Gerade fuhr er sich mit den Fingerspitzen durchs Haar, damit es hochstand. Er wirkte wie einer von den Jedwards. Oder sollte ich Dad-wards sagen? Oder einfach nur peinlich?

»Vielleicht solltest du mit deinen Wünschen vorsichtig sein, Courtney«, raunte ich in den Raum hinein, während ich beobachtete, wie er in den Transporter kletterte, sein Gesicht noch einmal im Rückspiegel überprüfte, sich mit dem Zeigefinger über die Zähne schrubbte und rückwärts aus der Einfahrt rangierte. Langsam ließ ich den Vorhang sinken, kehrte zurück in die Küche und kratzte die Soße in einen Tupperware-Behälter. Dann holte ich mir eine Flasche kaltes Bier aus dem Kühlschrank. Ich entfernte den Kronkorken, lehnte mich an die Hintertür und leerte die Flasche in wenigen Schlucken. Jede Faser meines Körpers war von Erleichterung erfüllt. Es war schwer in Worte zu fassen, was ich empfand, doch seltsamerweise war Hoffnung der wohl treffendste Ausdruck. Hoffnung, dass er mich verlassen würde. Oder Hoffnung, dass ich mich nun, da ich von seiner Affäre wusste, ins Zeug legen und um ihn kämpfen würde. Hoffnung, dass sich mein Leben in die eine oder andere Richtung ändern könnte.

Aber ich sagte nichts. Tat nichts. Stellte nichts infrage. Die Scheuklappen saßen unverrückbar fest. Selbst als er an jenem Abend Stunden später nach Hause kam, mit gerötetem Gesicht, nervös pfeifend und in ausgesprochen guter Laune, schob ich es einfach beiseite und lebte weiter meinen Alltag. Ich wusste einfach nicht, was ich unternehmen sollte. Während ich mich in den nächsten Wochen an die Situation gewöhnte, stellte ich fest, dass er sein Mobiltelefon behandelte wie einen Koffer, der eine tickende Bombe enthielt. Er bewachte dieses Telefon wie der Geheimagent Jason Bourne. Nur um ihn zu ärgern, fragte ich ihn hin und wieder, ob ich sein Telefon benutzen dürfe, weil ich meines nicht finden könne. Jedes Mal wurde er kreidebleich.

»W-w-w-was? W-w-w-warum?«, stammelte er.

»Der Akku ist leer.«

»Ich erwarte gerade einen sehr wichtigen Anruf …«

Manchmal tat er so, als wäre er wirklich angerufen worden und es handelte sich um einen Notfall. Allerdings vergaß er, das Telefon auf stumm zu schalten, und es läutete, während er vorgab zu telefonieren. Er unternahm keine Anstalten, Sex mit mir zu haben. Doch fairerweise machte ich ihm das nicht zum Vorwurf. Es war nichts Neues. Mich in Fahrt zu bringen, war, als wollte man einen rostigen alten Traktor anwerfen. Meine Lust auf Sex hatte schon vor Jahren die Koffer gepackt und war ausgezogen.

»Tschüss, Courtney«, hatte sie mir zum Abschied winkend zugerufen. »Für mich gibt's hier nichts mehr zu holen, Süße.«

Wie ich zugeben muss, nicht Davids Schuld. Er hatte sich wirklich bemüht. Bücher, DVDs und verschiedene bunte, vibrierende Spielzeuge mitgebracht, aber ich hatte mich strikt geweigert, sie auszuprobieren. Wenn wir Sex hatten, war er sanft und geduldig, doch er wusste, was es war. Fake Sex. Von meiner Seite her eine Übung in Timing und vorgetäuschtem Stöhnen. Er beklagte sich nie und nahm es auch nicht persönlich. Vielleicht hätte er das tun sollen. Oder ich. Vielleicht hätte ich mit ihm darüber reden müssen.

Als die Affäre voranschritt, vermied es David wochenlang so weit wie möglich, sich mit mir im selben Zimmer aufzuhalten. Er arbeitete bis spätabends. Die Quengler krochen aus ihren Löchern. Er ging sogar so weit, Mar-nees Freundinnen bei uns zu Hause anrufen und mir von ihren tropfenden Duschen, undichten Toiletten und explodierenden Gasthermen erzählen zu lassen. Wenn ich sie um eine Nummer für einen Rückruf bat, nuschelten sie stets, sie hätten Davids Mobilfunknummer und würden versuchen, ihn auf diese Weise zu erreichen. Eine Minute später meldete er sich dann selbst und klagte, er habe noch einen Notfall, ich brauche seinetwegen nicht aufzubleiben. Natürlich hätte ich ihn mühelos zur Rede stellen und ihn fragen können, wo das zusätzliche Geld aus diesen Notfällen abgeblieben sei. Aber ich tat es nicht, weil ich es nicht über mich brachte, ihn aufzuhalten. Ich brauchte mehr Zeit, um einen klaren Kopf zu bekommen.

Doch als er mir vier Monate später endlich gestand, er habe, wie er es ausdrückte, »mehr als eine schäbige Affäre«, sie seien bis über beide Ohren verliebt, er werde mich verlassen und zu ihr in ihre Luxuswohnung ziehen … da weinte ich. Ich hatte tatenlos zugesehen. Es war eine schreckliche Mischung von Tränen: Erleichterung, Trauer und starke Schuldgefühle. Erleichterung meinetwegen. Trauer, weil ich in meiner Ehe versagt hatte. Und starke Schuldgefühle wegen unseres geliebten einzigen Kindes, unserer vierzehnjährigen Susan, einer absoluten Papatochter. Glauben Sie mir, wenn ich sage, dass es mir das Herz brach, weil wir bei unserer wunderschönen Susan gescheitert waren. Wir hatten ihre Familie nicht zusammengehalten. Ihr keine sogenannte »normale Jugend« ermöglicht. Unsere Bedürfnisse vor ihre gestellt.

Allerdings kümmerte es mich rein gar nicht, dass ich fallen gelassen worden und nicht mehr erwünscht war. So seltsam es auch sein mochte, interessierte es mich nicht, dass ich meinen Mann nicht hatte halten können. Dass mein Mann mich gegen ein jüngeres Modell eingetauscht hatte. Auch die anstehende Scheidung war mir egal. Es war mir gleichgültig, dass ich allein sein würde. Das ist es immer noch, wirklich, was mir die größeren Sorgen bereitete. Warum wollte ich keinen Partner, keinen Liebhaber? War ich frigide? Ein scheußliches Wort, übrigens eines, das David mir nie an den Kopf geworfen hat, wenn ich nicht mit ihm ins Bett wollte, obwohl er allen Grund dazu gehabt hätte. Ich grübelte darüber nach, warum es mich erleichterte, allein zu sein. War das normal?

Wie schon gesagt, ich musste an Susan denken, und ihre Gefühle bedeuteten mir sehr viel. Doch diese Ehe hatte eindeutig ihr Verfallsdatum erreicht. Ich bin nicht stolz darauf, dass ich so empfand, als ich mein Eheversprechen in den Wind schlug, aber dass unsere Ehe tot war, hatte ich schon seit Jahren gewusst. Sie hätte eigentlich niemals eingegangen werden sollen. Ohne die tickende Zeitbombe meiner biologischen Uhr, die sich bei mir schon mit einundzwanzig bemerkbar machte, hätte es nie eine Hochzeit gegeben. Vom ersten Tag an sehnte ich mich nach einem Kind. Niemand versteht das, weil ich noch so jung war und erst am Anfang des Lebens stand. Als ich David mit zweiundzwanzig kennenlernte, hatte ich meine Zukunft genau geplant. Ehe und Kinder. Ehe und Kinder. Ehe und Kinder. Ich übernehme für mein Handeln die volle Verantwortung. Ja, ich war naiv und bedürftig, und, bei Gott, ich habe meine Lektion gelernt. David war nie der richtige Mann für mich, und ich habe ihn aus den völlig falschen Gründen geheiratet. Letzten Endes deshalb, weil ich ein Kind wollte.

Aber das ist Schnee von gestern. Obwohl es bereits ein Jahr her ist, haben Claire und ich uns ein wenig auf die beiden eingeschossen. Hin und wieder, so wie heute, habe ich ein schrecklich schlechtes Gewissen, weil wir hinter ihrem Rücken über David und Mar-nee reden und über sie als Paar lästern. Eigentlich sind die zwei keine schlechten Menschen. Sie vergöttern Susan, so viel steht fest. Mar-nee hat keine eigenen Kinder. Wenn ich das ausspreche, zeigt Claire mit dem Finger auf mich und sagt: »Noch nicht.« David und ich haben viel Kontakt. Sind höflich. Gemeinsames Sorgerecht. Also müssen wir uns wegen Susan vertragen. David ist … wie drücke ich das in unserer ach so politisch korrekten Welt richtig aus? Leicht beeinflussbar. Ein Mitläufer. Mit Mar-nee bin ich nur selten allein. Wenn wir uns begegnen, nicken wir einander zu und betreiben Small Talk. Mehr ist nicht drin.

Claire fährt fort. »Schon gut, aber als ich sie Donnerstagabend bei Aldi gesehen habe, er in künstlich abgewetzte knallenge orangene Jeans, einen Nietengürtel und eine drei Größen zu kleine kakifarbene wattierte Bomberjacke gequetscht, hätte ich mir beinahe in die Hose gepinkelt. Ich war so nah dran.«

Claire streckt die Hand aus und hält Zeigefinger und Daumen so dicht wie möglich aneinander, ohne dass sie sich berühren, und kneift fest die Beine zusammen. Sie neigt dazu, zu pinkeln, wenn sie zu heftig lacht. Kleine Miss Hosenpinklerin. Dann wedelt sie mit den Händen, als wäre sie ein Vogel, der gleich abhebt. Manchmal empfinde ich Claires übersprudelnde Energie als anstrengend. Allerdings wirklich nur manchmal.

»Oh, oh, oh, und seine Haare? Ich habe ganz vergessen, dir seine Haare zu beschreiben. Gütiger Himmel, inzwischen sind sie tief anthrazitfarben bis blauschwarz, aber gestylt und fallen ihm über ein Auge. Ich schwöre dir, Courtney, er ist in die Reihe mit den Einkaufswagen gelaufen … zweimal.«

Claire schlägt die Hand vor den Mund, weil sie merkt, dass mir das Thema mittlerweile unangenehm ist. Ich seufze auf. Aber ich bin machtlos dagegen und will das Gespräch aufrechterhalten.

»Warum steckt sie ihn in solche Klamotten? Letzten Monat hatte er wasserstoffblonde Haare! Das ist alles nur ihr Werk. Weißt du, eigentlich tut er mir leid. Wenn er mich nicht öffentlich gedemütigt und mich offiziell für eine *Desperate Housewife* aus Orange County sitzen gelassen hätte, wäre ich wahrscheinlich noch seine Frau. Alles hat seine Vor- und Nachteile.« Ich schürze die Lippen.

»Man möchte doch meinen, dass sie als Kosmetikerin mit so viel grellem Orange ihre Kundschaft vergrault, oder?« Claire hat Mar-nee die Affäre mit einem verheirateten Mann nie verziehen. Ebenso wenig David, weil er als verheirateter Mann eine hatte. In Claires Welt ist das ein Vergehen, für das keine Vergebung existiert. Punktum. Ihrer Ansicht nach hätte er mich zuerst verlassen müssen.

Ich antworte mit meiner üblichen Litanei. »Wie ich schon

immer sage, Claire, würde ich mich vermutlich jedes Mal vor Widerwillen winden, wenn er die Bettdecke zurückziehen und mir den Hintern tätscheln würde. Wenn er in seiner ausgewaschenen, angegrauten Unterhose daläge, während ich innerlich um meine längst verschwundene Lust auf Sex weine. Ich würde der Pflicht halber mitspielen, weil ich mir sonst immer abenteuerlichere und bizarrere Ausreden ausdenken müsste, warum ich keinen Sex haben kann. In unseren letzten Ehejahren hatte ich gefühlte hundertneunundneunzigmal eine Pilzinfektion. Ich habe scheußliche Dinge über meine Vagina gesagt, die keine Frau jemals sagen müssen sollte. Ich hatte alle vier Tage meine Periode, verdammt! Außerdem müsste ich mich immer noch wegen der endlosen Schilderungen seiner unzähligen Golfpartien zu Tode langweilen, in denen er jedes Loch analysiert, während ich mich gedanklich in die Arme eines langhaarigen Mannes aus einem Groschenroman flüchte. Wahrscheinlich würde ich David weiterhin genauso unglücklich machen wie er mich, und ganz gleich, was du auch sagst, er hat es nicht verdient, unglücklich zu sein. Er ist kein schlechter Mensch.« Das meine ich ernst.

»Stehst du auf Typen mit langen Haaren?« Claire schnappt sofort zu. Sie hat versucht, mich auf Tinder zu verkuppeln, nur damit sie selbst sieht, was da so auf dem Markt ist. Sie nennt es »in Tinder«, nicht »auf Tinder«, was ich lustig finde, weil es nach einer verborgenen Welt klingt. Allerdings macht Tinder mir eine Heidenangst.

»Nein, tu ich nicht. Außerdem möchte ich nicht, dass ein Michael-Bolton-Klon morgen früh bei mir im Büro aufkreuzt, okay?«

»Michael Bolton hat seit Jahren keine langen Haare mehr.«

Ich neige den Kopf zur Seite und blicke sie finster an. Keinen Schritt weiter, sagt dieser Blick.

»Also muss ich mir alles über deine eingebildeten Pilze und deine unpässliche Vagina anhören, aber über mein Sexleben in der Ehe darf ich nicht reden, richtig?« Sie lacht auf.

»Stopp!« Ich schlage mir mit der Hand auf die Stirn. »Stopp … Sorry, das ist mir einfach so rausgerutscht. Könnten wir bitte einfach das Thema wechseln?« Der restliche Banoffeekuchen erinnert mich daran, dass ich ihn schlichtweg keine Sekunde länger stehen lassen kann. Gut, ich könnte, werde ich aber nicht. Also nehme ich meine Gabel und greife wieder zu. Claire nickt und lässt ihren Milchkaffee kreisen, sodass sich der an den Rändern des hohen Glases klebende weiße Schaum in der Mitte sammelt. Ja, Claire besitzt eine dieser tollen Milchkaffeemaschinen. In Claires Küche gibt es alles. Sämtliche modernen Geräte. Einen Fußboden aus grauem Schiefer, graue Möbel mit schimmernden Chromgriffen, Utensilien, Töpfe und Pfannen, die so niedrig hängen, dass man sich ducken muss, und ein Backrohr, in dem man wohnen könnte, so groß ist es. Es ist eine Küche wie aus einer Hochglanzzeitschrift, die einen sofort »O Gott, ich brauche eine neue Küche!« ausrufen lässt. Claires Küche würde sogar in ein Restaurant passen. Verstehen Sie mich nicht falsch. Wie bereits gesagt, koche ich selbst leidenschaftlich gern und habe eine übertriebene Schwäche für gutes Essen, doch ich verfüge nur über einen alten Herd, eine Mikrowelle mit Rissen und abgenutzte Töpfe und Pfannen mit Kupferboden. Das war's dann auch schon.

»Ist er diesmal ein bisschen zu süß geworden?« Claire weist mit dem Kopf auf meinen Kuchenteller.

Ich fahre mir mit der Zunge im Mund herum, insbesondere über die Rückseiten der Zähne. Inzwischen bin ich recht gut in diesem Verkostspiel.

»Vielleicht ein kleines bisschen zu viel Zucker, Schatz«, erwidere ich wahrheitsgemäß, da ich noch nicht aufgelöste Körnchen ertaste. Sie reißt eine Seite von ihrem Block ab und notiert sich etwas. Ich beobachte, wie die Sommersprossen auf ihrer Nase sich bewegen, als sie sich konzentriert und entsprechend ihr Gesicht verzieht.

Wir sind schon seit dem College befreundet und haben beide Theaterwissenschaft im Samuel Beckett Centre am Trinity College in Dublin studiert. Wir verstanden uns auf Anhieb. Beide waren wir Einzelkinder, und es war wundervoll, wie entspannt wir uns miteinander fühlten. Als wir uns nach unserem Abschluss beruflich orientierten, konkurrierten wir um dieselben Vorsprechtermine. Diese Jahre als hart zu bezeichnen, wäre untertrieben. Obwohl ich mich wirklich abmühte, wurde »beinahe« zu einem Wort, das ich nicht mehr hören konnte. Mein Interesse an der Schauspielerei ließ allmählich nach, und die Romantik übernahm das Zepter.

In Liebesdingen gehörte Claire demselben Club an wie ich. Sie hatte ihren Freund Martin bereits mit vierzehn kennengelernt und sich mit neunzehn verlobt. Die anderen fanden das seltsam und hielten sie für übergeschnappt. Ich nicht. Wir heirateten im selben Jahr. Sie war meine Brautjungfer und ich ihre. Was den heiligen Stand der Ehe betraf, hatte Claire die um einiges klügere Wahl getroffen. Sie zog den Sechser im Lotto, während ich nur ein vom Regen durchweichtes Rubbellos abbekam.

»Offen gestanden begreife ich noch immer nicht, wie ihr so lange zusammenbleiben konntet.« Claire legt den Stift weg, nimmt ihr Glas und stützt das Kinn darauf. Ihre Ellbogen ruhen auf der Marmorplatte.

»Ach, ich auch nicht. Eigentlich dämlich. Es war nicht Davids Schuld. Ich war zweiundzwanzig und auf einer Mission. Und, hey, ich habe meine Susan gekriegt …« Meine Stimme erstirbt.

»Heute reden wir nicht über Susan. So lautet die Abmachung. Wir wollten Zeit nur für uns.« Claires Stimme ist leise, aber streng. Sie weiß genau über meine Schwierigkeiten mit Susan Bescheid. Die arme Claire, tagelang habe ich ihr deswegen etwas vorgejammert. Sie ist unglaublich verständnisvoll und hilfsbereit. Sicher hat sie eine ganz klare Haltung zu Susans Benehmen, doch sie bleibt meistens neutral und hört sich meine Klagen an.

»Ich denke, du hast recht damit, dass ich meine besten Jahre vergeude. David und ich haben nicht zusammengepasst wie Toffee und Biskuitteig, so viel steht fest«, erwidere ich und lecke mir die Lippen ab.

»Das habe ich nie behauptet, und außerdem bist du noch keine alte Schachtel, Courtney. Du bist erst achtunddreißig und siehst absolut spitze aus. Die Leute sagen immer noch, dass du Kate Winslet ähnelst! Was stimmt! Wenn ich nicht glücklich verheiratet wäre und wir beide lesbisch wären … Hey, wir wären ein Lesben-Sandwich und gleichzeitig gut befreundet!« Claire macht Witze, doch sie beteuert ständig, wie schön ich bin, die Gute.

»Wenn wir schon bei Sandwiches sind: Was hältst du von einem weichen weißen Brötchen mit Hühnchen und Krautsalat?«, erkundigt sie sich.

Als ich den Kopf schüttle, fällt ein winziges Bananenrestchen von meiner Gabel auf die Arbeitsfläche. Claire stürzt sich darauf wie ein Falke. Bevor ich blinzeln kann, fördert sie ihr blaues Mikrofasertuch zutage, und der Fleck ist weg. Ich lache schnaubend auf.

»Hast du wirklich eine Geheimtasche für Putzlappen?«, frage ich sie, und das ist mein voller Ernst.

»Du Scherzbold. Wenn ich wirklich in meiner Küche ein Geschäft eröffnen soll, wie du und Martin mir immer predigt, muss alles blitzsauber sein. Wenn … *falls* ich beschließe, von zu Hause aus zu arbeiten, könnte ich jederzeit Besuch vom Gewerbeaufsichtsamt bekommen. Deshalb muss ich mir angewöhnen, hier für Ordnung zu sorgen.«

Ihr Blick huscht durch ihre blank gescheuerte Küche. Das blaue Tuch verschwindet auf mysteriöse Weise.

»Bist du sicher, dass ich dich nicht dazu verführen kann, zusammen mit mir ein Sandwich zu essen? Ich verabscheue es, allein Weißmehl und Kohlenhydrate zu mir zu nehmen«, meint sie halb im Scherz.

Wieder schüttle ich den Kopf. »Ich fände es auch weiterhin besser, wenn du ein Ladenlokal kaufen und eine Bäckerei mit einem echten Schaufenster eröffnen würdest, damit die Leute deine Kuchen auch sehen.« Es ist eher Martin, der auf ein Geschäft von zu Hause aus drängt, als ich.

Auf der Arbeitsplatte läutet mein Telefon. Wir schauen beide aufs Display. Es ist mein Onkel Tom. Claire stößt ein Würgegeräusch aus, während ich den Anruf wegdrücke und das Telefon einstecke.

»Heutzutage läuft doch alles online. Da kann man sich die Kuchen auch anschauen. Ich richte eine eigene Website ein«, widerspricht sie.

»Das ist nicht dasselbe«, entgegne ich mit einem leichten Achselzucken. »Stell dir vor, du schlenderst durch den Sandymount Green, und plötzlich glaubst du, dass dir Bäckereigeruch in die Nase steigt. Du schnupperst wie Scoobie Doo mit seiner imaginären Duftspur. Du kennst doch diesen süßen, leckeren Duft … Sandkuchen oder Vanilleextrakt. Wie, wenn man sich bei Marks & Spencer magisch von der Plätzchentheke angezogen fühlt. Man geht weiter und bleibt vor einem supertollen Schaufenster stehen: Kuchen in allen erdenklichen Größen, Formen und Farben. Glasuren, die so kunstvoll wirken, dass sie eigentlich in eine Galerie gehören. Du öffnest die Tür, und dieser Duft … Oh, du kaufst sie alle! An einer Website kann man nicht schnuppern, Claire.« Ich bin vom Barhocker aufgestanden und breite theatralisch die Arme aus, um meine Worte zu untermauern.

»War wohl das Beste, dass du die Schauspielerei an den Nagel gehängt und stattdessen beschlossen hast, Ferienhäuser zu vermitteln«, teilt sie mir mit und klatscht dabei langsam in die Hände.

Tief in meinem Innersten weiß ich, dass eine richtige Bäckerei für sie ein wahr gewordener Wunschtraum wäre. Aber eigentlich geht es mich nichts an. Es ist ihre Sache und die Sache der beiden. Also wechsle ich das Thema.

»Jetzt mal im Ernst: Wenn die Leute behaupten, dass ich aussehe wie Kate Winslet, warum fügen sie dann immer ›in *Titanic*‹ hinzu? Nie in *Der Vorleser*, *Liebe braucht keine Ferien* oder *Zeiten des Aufruhrs*? Ich bin eine ganz besondere Kate Winslet.« Ich drehe die Gabel um und lecke den verbleibenden Banoffeekuchen von der Rückseite ab. Das Gewerbeaufsichtsamt wäre damit gar nicht einverstanden.

»Weil du Glückskuh nicht wie achtunddreißig aussiehst, sondern eher wie dreißig, wenn überhaupt! Die jüngere Kate und du, ihr habt diese unglaubliche Figur, nach der jede Frau sich sehnt. Für deine Figur würde ich töten. Stattdessen ziehe ich wie immer ernsthaft eine Magenverkleinerung in Erwägung.« Sie beäugt mich mit Missfallen, leckt ihre Gabel ab und zieht dabei den Bauch ein.

»Warst du mal wieder beim Augenarzt?« Ich lache über ihre absurde Bemerkung und lege die Gabel wieder weg. Ich bin satt! Weshalb lecke ich dann noch immer Sahne von einer Gabel? »Ich schwöre außerdem bei Gott, dass ich dich zwingen werde, Geld in eine Spardose zu stecken, wenn du noch einmal das Wort Magenverkleinerung in den Mund nimmst! Ich werde sie die Magenverkleinerungsspardose nennen!« Das ist mein Ernst.

»Aber es wäre die Lösung all meiner Probleme!« Sie springt vom Barhocker und streicht sich mit den Händen über den Körper. »Und den Rest würde ich absaugen lassen. Hier, hier, hier, hier und hier.« Es ist, als würde sie den Ententanz tanzen. Sie zupft an sämtlichen Körperteilen herum.

»Du willst doch gar nicht mager sein, Claire«, wiederhole ich zum wohl millionsten Mal. »Dann wäre dein Kopf zu groß.«

»O doch, das will ich, Courtney«, antwortet sie, ebenfalls zum millionsten Mal. »O ja, verdammt! Dürr wie eine Bohnenstange. Ich will den Lutscherkopf-Look. Ich will neben Posh Spice stehen und die Leute raunen hören, wie stark sie zugenommen hat. Es liegt an den dämlichen Kuchen. Unter der Woche, wenn ich dich nicht zum Füttern und Verkosten hierhabe, esse ich alle selbst. Gestern hat ein Damen-Bridgeclub zwei Zitronen-Käse-Kuchen bei mir bestellt. Aber natürlich habe ich drei gebacken. War der Grund ein guter Businessplan für meine Kundinnen, drei für den Preis von zwei? Bei meinem dicken, fetten Hintern, nein, war es nicht. Ich habe mir *Frauenzimmer* angeschaut und den ganzen Kuchen mit einer Kanne heißem Tee verschlungen!«, jammert sie weiter, während sie sich wieder setzt.

»Was ist daran so schlimm, Claire? Wen willst du eigentlich beeindrucken? Martin liebt dich so, wie du bist. Herrje, er liebt dich, seit du vierzehn bist.« Ich finde es schrecklich, wenn sie auf sich selbst und ihrem Aussehen herumhackt.

»Es geht nicht um Martin, sondern um mich. Ich hasse es, dick zu sein. Ich habe Sehnsucht nach schicken Klamotten, Courtney. Nach Mode. Ich würde alles dafür geben, einfach bei River Island hineinzuspazieren und Sachen von der Stange kaufen zu können.«

»Das haben wir schon x-mal durchgekaut. Wie oft war ich jetzt mit dir bei den Weight Watchers?« Anklagend zeige ich mit dem Finger auf sie.

»Elfmal.«

»Elfmal. Genau. Und jedes Mal hast du nach dem zweiten Wiegen gekniffen.«

»Ich mag die Gruppenleiterinnen nicht, das ist der Grund. Die sind so gönnerhaft. Wenn ich ihre selbstzufriedenen Gesichter sehe, kriege ich erst richtig Lust zu essen!« Sie jammert noch ein bisschen. »Ich kann mir nicht einmal mehr die Kardashians anschauen. Seit Khloe weg ist, macht es mir keinen Spaß mehr. Sie war der einzige Grund, warum ich mir die Sendung angesehen habe: Um herauszufinden, wie sie mit ihren dünnen Schwestern klarkommt!«

»Khloe ist fit geworden … und hat sich aufmöbeln lassen, aber das ist ein anderes Thema. Wenn du fit werden willst, nur zu, aber quäl dich nicht weiter mit den Jeans von River Island in Größe achtunddreißig, Claire. Ich bin doch hier der Loser und der Single. Wie du schon sagtest, sollte ich mich bei Tinder herumtreiben.« Dabei fuchtle ich mit den Händen vor ihrem Gesicht herum wie eine Zauberkünstlerin.

Ihre Miene ist plötzlich ernst. »Ich glaube, dir war noch nie bewusst, wie schön du bist, Courtney.« Inzwischen lacht Claire nicht mehr. Ihre schimmernden grünen Augen blicken mich finster an. Mir ist klar, dass sie mich dazu drängen will, rauszugehen und wieder zu daten. Nur dass ich kein Interesse habe. Ich habe nicht die geringste Lust, einen neuen Mann oder neue Männer kennenzulernen. Absolut null Bedürfnis, überhaupt je wieder einem Mann zu begegnen. Ich bin mit meiner Lebenssituation zufrieden – nur Susan und ich und ein Beruf, den ich liebe und der uns ernährt und die Rechnungen bezahlt. Ich habe noch nie für Jungs geschwärmt. Die jugendliche Lüsternheit hat mich einfach übersprungen. Es gab nie eine Band, die ich angehimmelt habe, oder einen Schauspieler, in den ich verliebt zu sein glaubte. Ich habe auch nie Herzchen auf meine Schulbücher oder Schultasche gemalt. In meiner ganzen Schulzeit hat nie jemand ein Herzchen von mir gekriegt. David war mein allererster Freund. Klar, es gab Küsse hinter dem Fahrradschuppen beim Flaschendrehen oder einen gelegentlichen ungelenken langsamen Tanz bei der Freitagabenddisco im Saal des Sportvereins in unserem Viertel. Ein paar Jungen haben mich sogar gefragt, ob ich mit ihnen ausgehen wolle. Doch ich hatte kein Interesse. Die Wochenenden verbrachte ich lieber damit, für mich und Alice zu kochen oder bei meinen Nachbarn zu babysitten. Jungs waren eben nicht meine Sache.

»Wenn du nicht meine beste Freundin wärst, würde ich dich hassen. Ich würde dich auf der Straße böse anglotzen. Du siehst immer spitze aus, und dabei tust du kaum etwas dafür. Ich hingegen sehe nie spitze aus, obwohl ich mich abrackere und versuche, jede Wabbelfalte an meinem immer dicker werdenden Bauch zu tarnen.« Claire tätschelt ihren Bauch und tut dann so, als wollte sie ihn als Boxsack benutzen. »M-m-m-ma … M-m-m-ma …« Sie umfasst ihren umfangreichen Bauch mit den Händen.

»Hör auf«, sage ich leise. Ich weiß nur zu gut, wie sehr Claire mit ihrem Gewicht kämpft. Es ist eine tägliche selbstzerstörerische Schlacht aus Hungern und Fressattacken. Claire hat jede nur erdenkliche Diät hinter sich. Sie hat sich von Äpfeln und Wasser, Cayennepfeffer und Honig, Hühnchen und Salat, Fisch und Erbsen und Wasser und Orangen ernährt. Es gibt ständig einen neuen Diättrend. Außer Saftentgiftung. Das wird nie passieren.

Als es oben poltert, zieht Claire sich mit einem tiefen, gutturalen Seufzer an der Marmorplatte vom Barhocker hoch.

»Wie geht es ihm? Besser?« Ich hebe den Blick zur weiß verputzten Decke, um mich nach ihrem Mann zu erkundigen, der oben an Männergrippe verendet. Sie verdreht die meergrünen Augen.

»Herrje, Courtney, er treibt mich in den Wahnsinn. Man möchte meinen, dass er an der schlimmsten Grippe leidet, seit sich die Schweinegrippe mit dem Zika-Virus verbündet hat. Ich flitze wie ein Jo-Jo die Treppe rauf und runter. In Zeiten wie diesen bin ich froh, dass wir keine Kinder haben. Sonst wäre es jeden Tag so!« Sie zwinkert mir zu. Der einzige Grund, warum Martin und Claire keine Kinder haben, besteht darin, dass Martin keine will. Als Claire mir das ganz am Anfang bei einer von mir selbst gebackenen Pizza Margherita sachlich mitteilte, war ich sofort erschrocken. Nicht, weil Martin keine Kinder wollte, denn das war ganz allein seine Entscheidung, sondern weil Claire oft erzählt hatte, dass sie sich welche wünschte, und nun eine tapfere Fassade aufrechtzuerhalten schien. Wir saßen in meiner Küche in Dun Laoghaire, kurz nachdem ich mit David zusammengezogen war. Es war das Weihnachtsfest vor unseren Hochzeiten.

»Du bäckst wirklich die leckerste Pizza der Welt!«, verkündete Claire und zupfte an dem Stück in ihrer Hand, sodass sich Käsefäden auseinanderzogen. »Du förderst meine Sucht. Wenn Pizza ein Mann wäre, hätte ich eine Affäre!«, nuschelte sie mit vollem Mund. Ihr damals langes rotes Haar hatte sie seitlich zu einem Pferdeschwanz zusammengebunden.

»Ich glaube, ich kriege jetzt endlich die perfekte Pizza hin. Das Wichtigste ist, dass einem der dünne Boden so gelingt, dass er im Mund nicht zerbröselt und trotzdem Biss hat. Ich habe ziemlich viel Olivenöl und ein wenig mehr als die empfohlenen zweihundert Milliliter warmes Wasser benutzt.«

Gerade bestreute ich den Belag mit zusätzlichem, frisch geriebenem Parmesan, als Claire beiläufig anmerkte: »Martin und ich haben uns endlich darauf geeinigt, dass Kinder nicht unser Ding sind.« Sie betrachtete ihr Telefon, wischte mit dem angefeuchteten Finger Käsekrümel vom Display und wich meinem Blick aus.

»Oh … darf ich fragen, warum?« Die Parmesanschüssel in meiner Hand zitterte nicht.

»Wir wollen es eben beide so. Ich lasse mir vor der Hochzeit eine Spirale einsetzen.« Sie nahm ihr Weinglas, ließ die rote Flüssigkeit kreisen und trank einen großen Schluck.

»Aha.« Ich stellte den Parmesan wieder mitten auf den Tisch.

»Wir denken, dass wir so viel mehr unternehmen können. Martin möchte unbedingt reisen … Er will Indien sehen, ja eigentlich die ganze Welt.« Sie pflückte eine Kirschtomate von der Pizza und steckte sie in den Mund.

»Kann man mit Kindern denn nicht reisen?«, hakte ich vorsichtig nach, während ich tat, als wäre ich mit dem Entkorken einer Rotweinflasche beschäftigt.

»Nein … nein … denn, weißt du, wir wollen frei sein und spontan hinfahren, wohin wir Lust haben. Wir wollen keine Abhängigkeiten.«

Ihr Tonfall gefiel mir gar nicht. Ihre Antwort klang nicht wie sonst, sondern eingeübt. Aber ich stellte ihre gemeinsame Entscheidung nicht weiter infrage, etwas, das seitdem an mir nagt. Mich belastet. Ich bin nicht sicher, warum ich geschwiegen habe. Ich hatte nur den Eindruck, dass es ihr so recht war. Sie teilte es mir mit und fragte mich nicht nach meiner Meinung. Ihr Entschluss stand fest.

Offen gestanden wunderte es mich anfangs sehr, insbesondere, nachdem wir alle verheiratet waren und ich mich in einen Wie-kann-ich-schneller-schwanger-werden-Nazi verwandelte. Claire hörte zu, wenn ich über Eisprungtests sprach, wirkte jedoch leicht geistesabwesend. Wenn wir zu viert ausgingen, um uns einen netten Abend zu machen, trank ich nur Mineralwasser, weil ich ja schwanger werden wollte, worauf sie mir sagte, ich solle ein wenig das Leben genießen. Als ich Claires Gebäck zurückwies, weil ich keine Milchprodukte mehr aß – ein Ammenmärchen besagte, dass das die Fruchtbarkeit förderte –, meinte sie: »Genau deshalb will ich kein Baby.« Während ich mich damit abrackerte, meinem Körper mehr Vitamin B zuzuführen, und mich nur noch von fadem, dunklem Blattgemüse ernährte, verschlang Claire Schokodonuts, Lasagne und knusprige Weißmehlbrötchen mit würzigem Hühnchen und Butter. Es war eine elende Quälerei.

Manchmal betrachtete ich Claire und fragte mich, warum, um alles in der Welt, sie nicht Mutter werden wollte. Das war etwas, das ich beim besten Willen nicht an ihr verstand. So stark waren das Bedürfnis und die körperliche Sehnsucht in mir. Rückblickend betrachtet ist leicht zu begreifen, dass es jeder Frau den Kinderwunsch ausgetrieben hätte, mich zu beobachten. Das Zusammensein mit mir machte keinen Spaß mehr. Und insbesondere jetzt, da ich die äußerst stolze Besitzerin einer launischen, frechen und mürrischen Tochter bin, die bald sechzehn wird, kapiere ich es. Kinder bedeuten harte Arbeit, mit den Wehen fängt es an, und es geht immer so weiter. Obwohl ich den Boden vergöttere, den die Füße meiner Tochter berühren, ist es dennoch eine ziemliche Plackerei.

»Jetzt liegt er diesen Monat schon zum zweiten Mal deswegen flach. Ich habe ihm gesagt, er solle sich in der Schule gegen Grippe impfen lassen, aber er hat mich ausgelacht. Du kennst ja Martin, das Sinnbild von Gesundheit und Fitness. Inzwischen bereut er es. Offenbar fängt er sich jedes Virus ein, das gerade in der Schule umgeht.« Claire hält mich zurück und legt die Hand auf die schmale goldene Klinke der Küchentür.

»Er muss sein Immunsystem stärken. Nimmt er Vitamin C und Zink?«, frage ich.

»Martin? Martin Carney und eine Tablette nehmen? Wie lange kennst du meinen Mann jetzt schon, Courtney?« Claire spielt die Entsetzte und schaut auf eine Uhr, die sich nicht an ihrem Handgelenk befindet.

»Weigert er sich weiterhin standhaft, zum Arzt zu gehen und Medikamente zu schlucken?« Erstaunt schüttle ich den Kopf.

»Niemals! Martin war in seinem ganzen Leben noch nicht beim Arzt.« Claire senkt leicht die Stimme.

»Nicht einmal als Kind?« Ich spreche ebenfalls leiser, ohne zu wissen, warum.

»Nein. Martins Mum – Mrs Carney Senior, wie sie sich nennt – hat bei der ganzen Familie Hausmittel angewendet. Klar, er hat mich dazu gebracht, Tinkturen herzustellen und sie ihm auf die Stirn zu schmieren. Sehen wir mal, was er jetzt schon wieder von mir will. Ob ich seine Unterhose in Whiskey kochen und ihm damit das Gesicht abreiben soll?« Mit einem Knarzen öffnet sie die Tür. Ich kriege einen Lachanfall. Bevor sie hinausgeht, nimmt sie ein Buch aus dem rot laminierten Bücherregal. Sie tut, als leckte sie es ab, und reicht es mir dann. Es ist eine Biografie des Fernsehkochs Jamie Oliver.

»Raus mit dir, du Spinnerin«, meine ich lachend, während sie das Buch wieder ordentlich an seinen Platz stellt.

Der Zimtgeruch macht mich wieder hungrig. Ob ich deshalb die *Titanic*-Kate bin? Damals hatte sie ein paar Pfunde mehr auf den Rippen. Ich streiche mir mit den Händen über die Oberschenkel. Seit Davids Affäre habe ich eindeutig zugelegt, finde aber, dass es mir besser steht. Die meisten Opfer von Seitensprüngen kriegen nichts mehr hinunter, können nicht mehr schlafen und schreiben wunderschöne, tragische Gedichte. Das habe ich wenigstens gehört. Ich für meinen Teil aß wie ein Scheunendrescher und schlief wie ein Engel, da ich das breite Doppelbett nun ganz für mich hatte. Ich legte mich absichtlich quer übers Bett, einfach nur, weil ich es konnte. Ich schaute mir eine DVD-Staffel nach der anderen an, und zwar ausgewählt nach meinem wundervollen Mädchengeschmack. Ich fühlte mich frei. Ich war Single und genoss meine neue Unabhängigkeit. Ich kochte im Überfluss Gerichte, die ich liebte, die David jedoch stets verabscheut hatte. Lamm zum Beispiel. Ich bereitete Lammschulterbraten mit Rosmarin und Knoblauch zu. Ich kochte Currys mit Lamm und Kichererbsen. Ich machte frühlingshafte Lammspießchen mit luftgetrockneten Tomaten, gelbem Paprika und roten Zwiebeln. Nachts stellte ich aus Lammresten und Mozzarella überbackene Toasts her und verspeiste sie im Bett. Ich tat, was ich wollte. Ich aß, was ich wollte. Und ich fand es fantastisch, obwohl es zugegebenermaßen heute in diesem Land vermutlich weniger Lämmer gibt, weil ich so viele verschlungen habe.

Um auf Claires ziemlich schmeichelhaften Vergleich zurückzukommen. Es freut mich sehr, mit Kate Winslet verglichen zu werden. Das ist das größte Kompliment überhaupt. Vermutlich ähneln sich unsere Gesichtszüge. Ich habe helle Haut, breite Lippen, große blaue Kulleraugen und gewelltes, störrisches, langes blondes Haar. Allerdings war meine Schauspielerkarriere im Gegensatz zu der der Oscarpreisträgerin nur sehr kurz. Mein Bedürfnis nach Normalität war, rückblickend betrachtet, wirklich schräg. Ich befürchtete, es niemals zum Altar und auf den gynäkologischen Stuhl zu schaffen. Der arme David hatte eigentlich nie eine Chance. Mein Körper hatte den überwältigenden Drang, sich fortzupflanzen.

Diesen urtümlichen Trieb versteht wahrscheinlich niemand so recht. Er ergriff Besitz von meinem Körper. Anders kann ich es Ihnen nicht erklären. Es war wie ein Zwang. Ein Juckreiz, den ich nicht stillen konnte, ganz gleich, wie heftig ich mich auch kratzte. Es kam häufig vor, dass ich fremde Leute mit Neugeborenen auf der Straße ansprach, um an ihnen zu schnuppern (an den Babys, nicht an den fremden Leuten!). Ich war wie eine Besessene.

Vorsprechtermine zu bekommen, war für mich nie ein Problem, was allerdings nicht für das Ergattern von Engagements galt. Wahrscheinlich war meine Winslet-Optik die Eintrittskarte. Ich stand zwar in verschiedenen Theatern auf der Bühne und hatte dazu eine Teilzeitstelle bei einer Eventagentur, doch ich dachte ständig nur an Babys. Als ich David bei einer Wohltätigkeitsauktion, wo ich arbeitete, kennenlernte, erzählte er während eines Bieterduells um Profi-Golfstunden, dass er Single sei und einen festen Job und eine eigene Firma habe. Mehr brauchte ich nicht zu wissen. Peinlich, oder? Da würde ich heute voll und ganz zustimmen. Courtney Downey, die Venusfliegenfalle. Ich war erst zweiundzwanzig und für unsere Zeiten wegen meiner Erziehung sehr arglos. Und so spielte es für mich keine Rolle, dass David und ich absolut keine Gemeinsamkeiten hatten.

Ich nehme Claires Glas, meine leere Teetasse, das Besteck und meinen praktisch blank geputzten Teller und bringe alles zum Becken, um es zu spülen. Vermutlich erscheint es den meisten Menschen seltsam, dass ich mit achtunddreißig noch nie verliebt gewesen bin. Gut, ich bin bis über beide Ohren in Susan verliebt, das ist wahre Liebe, aber Sie verstehen schon, was ich meine. Ich habe nie ein Feuerwerk im Bauch verspürt oder weiche Knie bekommen. Dieses sprichwörtliche Feuerwerk wartet noch immer darauf zu explodieren. Eigentlich würde ich es als Unsinn abtun und sagen, dass es so etwas nicht gibt. Doch wenn ich Claire und Martin sehe, wird mir klar, dass das nicht stimmt. Claire ist bis über beide Ohren, mit sprühenden Funken, weichen Knien und absolut pyrotechnisch in ihren Mann verliebt.

Ich mag Martin Carney wirklich. Er ist einer der aufgeschlossensten Menschen, die mir je begegnet sind. Seine Persönlichkeit ist überlebensgroß. Er dominiert jeden Raum und jede Dinnerparty. Gebildet, schlagfertig und selbstbewusst.

Ich würde uns nicht als sehr enge Freunde bezeichnen, aber wir verstehen uns gut. David behauptete immer, Martin sei undurchschaubar. Doch seit der Trennung hat Martin sich stets um mich und Susan gekümmert. Er erbietet sich, etwas im Haus zu erledigen, Dinge, die er vermutlich für Männersache hält. Ich gehe nie darauf ein, denn diese Männersachen kann ich selbst. Doch ich weiß die Geste zu schätzen. Er ist Berufsberater in der Oberschule hier am Ort, und die Schüler beten ihn an. Der beste Berater überhaupt, wird oft auf dem Gelände von St Jude's geraunt. Martin kleidet sich stets, um seine Schüler zu beeindrucken. Er trägt eine Uniform, bestehend aus einem gestärkten weißen Hemd, gepunkteten Fliegen, farbenfrohen Westen und schwarzen Hosen. Seine schwarzen Lackschuhe sind immer blitzblank poliert. Martin ist ebenso makellos wie seine geliebte Frau.

Claire kehrt mit einer Wärmflasche bezogen mit braunem Plüsch, einer Tasse mit der Aufschrift *Father Ted* und einer blauen Schale zurück und durchquert ihre Küche, bis sie neben mir an der Spüle steht. »Ich habe mir gerade etwas überlegt, Mrs Ex-Downey: Bitte nimm deinen Geburtsnamen wieder an. Ich könnte nicht mehr mit Martin befreundet sein, wenn er mich je verlassen würde, obwohl er im Gegensatz zum wirren David wenigstens ein Gehirn hat.« Als ich ihr die Gegenstände aus der Hand nehme, bückt sie sich, öffnet das Backrohr und summt vor sich hin. Wieder rieche ich Zimt. Und Vertrautheit.

»Ich glaube, in zwanzig Minuten müssten sie fertig sein.« Sie kickt die Tür des Backrohrs zu und bleibt dabei mit der Ferse ihres Flipflops hängen. Claire trägt eine dreiviertellange kakifarbene Cargohose, ein weißes fließendes Herrenhemd und die bereits erwähnten Flipflops. Ihr kurzes rotes Haar hat eigentlich keine Pflege nötig, außer der Klammer, die verhindert, dass ihr der seitliche Pony über das linke Auge fällt. Bis auf den für sie typischen schwarzen Kajalstrich in den Winkeln ihrer grünen Katzenaugen ist sie ungeschminkt. Sie ist so attraktiv. Anders als sie selbst nehme ich ihr Gewicht gar nicht wahr. Wir stehen nebeneinander. Beide sind wir genau eins siebzig groß.

»Wie macht er sich, Schwester Carney?«, frage ich sie rasch in amerikanischem Akzent wie in einer Krankenhausserie. Grinsend beobachtet sie, wie ich Spülmittel mit Zitronenduft ins Becken spritze. Sie dreht für mich den Hahn auf, lehnt sich an die Arbeitsplatte und betrachtet mich. Claire besitzt einen dieser Brauseköpfe, die ich noch immer nicht bedienen kann, ohne alles unter Wasser zu setzen. Ich plätschere im Becken herum, um Schaumblasen zu erzeugen. Rasch fördert sie ihr blaues Zaubertuch zutage und wischt mein Durcheinander auf. Dabei antwortet sie mir nicht, sondern scheint tief in Gedanken versunken. Deshalb wiederhole ich meine Frage.

»Wie macht er sich, Schwester Carney?«

»Er ist noch immer leicht daneben ... seltsam, als ob er noch Fieber hätte. Aber er weigert sich, Paracetamol zu nehmen, also wird er leiden und es selbst ausschwitzen müssen. Allerdings habe ich ihn nie so erledigt erlebt. Er sagt, dass ihm der Schädel platzt, wahrscheinlich ist das der Grund.« Sie schaut mir in die Augen, und da sie offenbar froh ist, herausgefunden zu haben, warum Martin sich so eigenartig benimmt, fährt sie in einem leicht ironischen Tonfall fort.

»Die derzeitigen Forderungen sind nicht weiter anspruchsvoll: abgestandene Limo und eine neue Wärmflasche, obwohl er bereits glüht. Wie ich zu meiner Freude melden kann, keine in Whiskey gekochte Unterhose. Ich wechsle die Bettwäsche, wenn du einkaufen gehst, sie ist total durchgeschwitzt, und bringe ihn dazu, sich kalt abzuwaschen.« Sie wendet sich wieder dem komplizierten, laufenden Wasserhahn zu und schaltet ihn geschickt ab. Wir denken beide darüber nach, während ich das Geschirr spüle und es zum Abtropfen in den zweistöckigen Ständer stelle. Dann setzen wir uns wieder an den Küchenblock in der Mitte der Küche.

Dieser Sonntagnachmittag fasst mein Leben mehr oder weniger zusammen. Weil Susan die Wochenenden bei ihrem Dad verbringt, erhole ich mich bei Claire und Martin, koste ihre Kuchen und äußere meine bescheidene kulinarische Meinung, während sie sich Notizen macht. Gelegentlich lästern wir über David und Mar-nee. Obwohl ich weiß, dass das nicht sehr nett ist, lenkt es mich von der Entscheidung ab, die ich Ende des Monats treffen muss. Der Entscheidung, die in jedem wachen Moment über mir schwebt. Heute ist der 16. Mai. Bereits erwähnte Entscheidung muss gefällt werden und am 31. Mai bis spätestens zehn Uhr auf dem Schreibtisch meines Chefs Lar Kilroy liegen. Es ist ein einmaliges Angebot, und ich habe hart dafür gearbeitet. Allerdings gehört mein Leben nicht nur mir. Ich muss auch an meine wunderbare Tochter denken.

Noch kritischer wird es dadurch, dass ein neues Mädchen in der Stadt beziehungsweise in unserem Büro ist. Yvonne Connolly, wippende schwarze Föhnfrisur, knallenge Kostüme, blendend weiße Zähne und außerdem spitze in ihrem Job. Das sollte ich am besten wissen, denn ich habe sie angelernt. Nie hätte ich gedacht, dass sie so schnell so gut sein würde. Sie wartet nur darauf, dass ich den Job ablehne, dann hat sie ihn nämlich in der Tasche. Ich habe mich zu sehr abgemüht, um das zuzulassen, aber ich muss auch auf meine Tochter hören, oder? Schließlich bin ich in allererster Linie Mutter. Aber ich will diesen Job wirklich. Zum ersten Mal seit Jahren freue ich mich auf etwas, das nur für mich bestimmt ist.

Zwei

Nach meiner Banoffee-und-Läster-Sitzung mit Claire fahre ich mit meinen bis auf den letzten aufgerundeten Cent berechneten Wocheneinkäufen im vollgestopften Kofferraum meines winzigen weißen Peugeots gemütlich nach Hause. Inzwischen muss ich Preise vergleichen. Milch und Brot kaufe ich in dem einen Supermarkt, Fleisch und Hühnchen in einem anderen und Putzmittel im dritten. David bringt Susan erst um fünf nach Hause. Seit David mit Marnee zusammen ist, ist er die Pünktlichkeit in Person. Sie hat bei ihm einige positive Veränderungen bewirkt, so viel muss ich ihr lassen.

Sogar zu seiner eigenen Hochzeit ist David zu spät gekommen. Fünf Minuten lang musste ich die Kirche umkreisen und darauf warten, dass er aufkreuzte. Oma Alice neben mir im Brautauto knirschte brummelnd mit den Zähnen und hielt fest meine schweißfeuchte Hand. Onkel Tom, der vorne saß, lachte hämisch. »Ich wusste ja gleich, dass dieser Bursche ein Vollidiot ist. Offenbar kommst du doch nicht unter die Haube, Courtney.« Irgendwann erschien David, ohne das Chaos, das er angerichtet hatte, überhaupt zur Kenntnis zu nehmen. Er hatte sich das Masters-Turnier angeschaut und die Zeit ganz vergessen. Typisch.

Claires und Martins Haus mit Meerblick steht am Sandymount-Strand. Deshalb nehme ich die Küstenstraße zu mir nach Hause nach Dun Laoghaire. Unterwegs gestatte ich mir, geistig ein wenig abzuschweifen. Obwohl ich versuche, in Gedanken meinen Arbeitsplan für diese Woche aufzustellen, wandern diese wie immer sofort zu meiner pubertierenden Tochter Susan. Claire wollte deshalb heute nicht über Susan sprechen, weil Mutter und Tochter derzeit eine ziemlich schwierige Phase durchmachen. Ein gefährliches Terrain. Susan ist nicht mehr sonderlich begeistert von mir, ihrer Mummy – oder ihrer Mom, wie sie mich mit amerikanischem Akzent nennt. Inzwischen bin ich für sie Staatsfeindin Nummer eins, und diese Entwicklung unserer Beziehung gefällt mir gar nicht. Selbstverständlich will ich nur, dass sie glücklich ist, doch ich kann beim besten Willen nicht feststellen, ob das zutrifft. Mittlerweile haben wir kaum noch eine Verbindung zueinander und reden fast nicht mehr. Vor der Trennung war unser Verhältnis blendend. Inzwischen überwache ich sie, wie sie es nennt, auf Schritt und Tritt, und damit hat sie recht. Wer ihre Snapchat-Bilder aufruft, wird mich buchstäblich hinter ihr sehen, wie ich mich an sie heranpirsche und daran verzweifle, dass jede ihrer Bewegungen an weiß der Himmel wen gesnapchattet wird. Nichts in meinem Haus ist mehr privat. Jeder Zentimeter wurde per Snapchat der Welt kundgetan, angefangen von meiner Toilette bis hin zu meinem unaufgeräumten Schrank. Fast ist es, als könnte Susan nicht leben, ohne anderen mitzuteilen, dass sie es tut.

Sie geht in die Küche. »Ich gehe in die Küche.«

Sie macht den Kühlschrank auf. »Wieder nichts Leckeres im Kühlschrank.«

Sie steht mitten in der Küche. »Küchenfußboden muss gewischt werden.«

Im Garten. »Moms leere Weinflaschen müssen in den Glascontainer.«

Beim Öffnen des Küchenschranks. »Nur noch ein Teebeutel im Haus.«

Tödliche Langeweile. Ich sehe keinen Sinn darin. Susan lebt in einer Welt der sozialen Medien. Sie vereinnahmen ihr Dasein. Jeden wachen Moment. Die besten Chirurgen auf diesem Planeten würden selbst unter größten Bemühungen daran scheitern, das iPhone von ihrer Hand zu trennen. Inzwischen ist es mit ihrem Arm verwachsen. Offen gestanden nervt es mich entsetzlich, dass es piept, piept, piept und piept, wann immer ich versuche, mit ihr zu sprechen. Ja, wir haben 2017, alle machen das, ich weiß.

»Wir haben zwei null eins sieben, Courtney, alle tun es«, predigt David mir ständig, wenn ich ihn anrufe, um mich zu beschweren, und ihn bitte, mit ihr zu reden. Ich frage ihn, ob wir genügend darauf achten.

Es wird doch nicht dadurch richtig, dass alle es tun. Wie gefährlich ist das eigentlich?

»Chill mal! Es ist ja nur ein harmloser Spaß«, lautet seine immer gleiche Antwort. Ich glaube, bevor David Mar-nee Maguire kennengelernt hat, hatte er das Wort »chillen« noch nie gehört. Jetzt benutzt er es in Gesprächen mit mir in fast jedem Satz, und wir müssen viel miteinander sprechen. Wissen Sie, David und ich waren nie bei Gericht. Vermutlich werde ich diese Entscheidung eines Tages bereuen. Wir haben beschlossen, dass es das Beste für Susan sei, wenn wir unsere Angelegenheiten privat regeln und mit so wenig Durcheinander wie möglich unsere neuen Leben anfangen. Deshalb haben wir entschieden, uns die Erziehung zu teilen. Zum Glück verlief die Trennung ganz still und leise, weil wir die ganze Zeit

Susans Interessen im Blick hatten. Allerdings war der Abend, an dem wir es ihr eröffneten, entsetzlich genug.

Als die Ampel auf Gelb umschaltet, bremse ich langsam, trete auf die Kupplung und ruckle am Schaltknüppel, um sicherzugehen, dass ich im Leerlauf bin. Dann ziehe ich die Handbremse. Ein älteres Paar, das einen Zwillingsbuggy schiebt, vergewissert sich klugerweise, ob ich wirklich stehe, bevor es dem grünen Männchen vertraut. Sie wirken beide erschöpft. Ich erinnere mich.

Wir saßen am Küchentisch, aßen zu Abend, und mir blieb jeder Bissen in der Kehle stecken. Ich hatte das Freitags-Lieblingsessen unserer Familie an einem Montag gekocht. Meine leckere gegrillte Hühnerbrust, Risotto mit süßen Gartenerbsen, roten Zwiebeln und Waldpilzen und dazu rosafarbene Limo von Avoca. »Freitag mit Nachschlag«, nannte David das immer. Susan schöpfte sofort Verdacht, als sie neben mir stand und mir beim Hacken der Frühlingszwiebeln die Tränen in die Augen traten. Susan war vierzehn, jedoch nicht auf den Kopf gefallen. Sie wusste, dass wir wegen diesem und jenem stritten, und hatte all das schlecht getarnte Geflüster belauscht. Aber ich gab mir die größte Mühe, sie so gut wie möglich davor zu schützen. »Ich weiß, dass du und Dad euch hasst, Mom«, sagte sie manchmal. Ich meinte zu ihr, sie solle nicht albern sein. Ich hasste Dad wirklich nicht. Und dennoch war ich es, die meinem kleinen Mädchen das Herz brach.

»Susan, Daddy und ich haben beschlossen, dass wir nicht mehr verheiratet sein können. Daddy zieht aus.« Harte Worte, keine Beschönigungen, die nackte Wahrheit. Verstehen Sie mich nicht falsch. Ich bin nicht einfach damit herausgeplatzt, sondern habe jede Trennungsratgeber-Website zwischen Dublin und Toronto konsultiert. Die Wahrheit sei der einzige Weg, hieß es da. Die Wahrheit und nichts als die Wahrheit.

»Ich habe mich in eine andere Frau verliebt, Schätzchen, es ist überhaupt nicht Mummys Schuld«, ergänzte David dummerweise, obwohl wir abgesprochen hatten, ihr dieses Detail zu verschweigen. Ich umklammerte mein Glas so fest, dass es mich noch heute wundert, warum es nicht als Metapher für unsere zerbrochene Familie in tausend Scherben zersprang. Susan starrte uns nur an. Ihre leuchtenden Augen waren glasig, doch sie blieb gefasst. Ihr Risotto hatte sie kaum angerührt.

»In wen hast du dich verliebt, Daddy?«, fragte sie zögernd. Das Herz schlug mir bis zum Hals.

»In eine sehr nette Dame namens Mar-nee, in die schöne, reizende Mar-nee Maguire. Ich werde bei ihr wohnen. Sie ist so lieb und hätte es sicher gern, wenn du uns besuchst. Sie hat einen Lagerraum, den sie im Moment nur benutzt, um Sachen für ihren Salon aufzubewahren, und sagt, du könntest ihn einrichten, wie du willst. Wir könnten zu dritt zu IKEA fahren und …«

Ich knallte die Handflächen auf den Tisch, was ich sofort bereute. Die auf dem Kopf stehende Glasflasche mit Ketchup kippte um. Ich hatte versucht, ihr auch noch den letzten Rest des Inhalts abzuringen. Susan stieß einen Schrei aus.

»Entschuldige … entschuldige. Bitte, David, jetzt ist nicht der richtige Zeitpunkt, um Mar-nee zu erörtern. Wir müssen über Susan und ihre Gefühle sprechen«, flehte ich ihn an.

»Beruhige dich, Courtney, ja? Chill mal!« David verschränkte abwehrend die Arme. Das erste »chillen« war mir vor die Füße geworfen worden. Und ich hatte versucht, mich in Anwesenheit dieses Vollidioten zu beherrschen.

»Ich bin ganz ruhig, David. Ich möchte nur, dass wir uns auf Susan und ihre momentanen Gefühle konzentrieren.« Ich befingerte meinen Armreif und drehte meine langen Haare zu einem Knoten zusammen, um meine Hände zu beschäftigen. Die Küchenuhr tickte so laut, dass wir alle drei hinschauten. Der Stundenzeiger zählte unsere letzte Mahlzeit als Familie ab. Niemand hatte etwas gegessen. Es sprach auch niemand, bis Susan ihren Stuhl zurückschob, dass er über die Bodenfliesen scharrte (normalerweise verboten). Sie hüstelte und sagte dann leise: »Es ist toll, was auch immer ... Ich wusste schon Bescheid.« Sie hatte das Display ihres iPhones entsperrt, sodass es ihr angespanntes Gesicht beleuchtete. Dann hielt sie das Telefon von sich und setzte eine traurige Miene auf.

»Also ... Mom und Dad hassen einander. Dad haut ab.« Sie snapchattete tatsächlich unsere Trennung. Das waren die letzten öffentlichen Worte unserer Tochter zu dem Thema, dass die Ehe ihrer Eltern gescheitert war und dass ihr Vater mit seiner neuen, jüngeren Freundin zusammenzog.

Nun trete ich fest auf die Kupplung, schalte in den ersten Gang und betätige sanft das Gaspedal. Als David endlich auszog, stand Susan bitterlich weinend neben seinem Firmentransporter. Die Nachbarn brauchten eine Ewigkeit, um ihre braunen Tonnen herauszurollen, und beobachteten alles. Zweifellos hatte David unsere Privatangelegenheiten schon überall herumposaunt. Als er wegfuhr, nahm ich mein zitterndes kleines Mädchen in den Arm. Doch etwas hatte sich in ihr verändert, das spürte ich sofort. Sie wirkte steif, abweisend und ganz weit entfernt. Ich drückte sie so fest wie möglich an mich, machte tröstende Geräusche, sagte ihr, wie sehr ich sie liebte, und wiederholte ein ums andere Mal: »Alles wird gut, Schätzchen.«

»Ich spiele in meinem Zimmer mit meinem iPad«, lautete ihre einzige Antwort, als sie sich meiner Umarmung entwand. Das nächste Jahr verbrachte sie den Großteil der Zeit mit genau diesem iPad in besagtem Zimmer. Aus irgendeinem abstrusen Grund hatte ich das Gefühl, dass sie mir die Schuld gab.

Unsere Regelung ist, dass Susan während der Woche bei mir und an den Wochenenden bei David und Mar-nee wohnt. Die Ferien werden gerecht aufgeteilt. Das erste Weihnachtsfest war das schwerste. Das erste als zerbrochene Familie. Wir hatten uns darauf geeinigt, dass David Susan jedes Jahr an Heiligabend haben konnte und dass sie den Weihnachtstag bei mir feiern würde. Allerdings ist das Problem, dass Susan mehr Zeit mit ihrem Dad und Mar-nee verbringen will. Ich bin nicht dumm und kenne den Grund. Sie sind sehr großzügig mit ihr und den Telefon- und iPad-Zeiten. Davids Ansicht nach sind soziale Medien in Ordnung und gehören heutzutage zum Erwachsenwerden eben dazu. Ein bisschen Spaß, chill mal, Courtney! Ich halte es jedoch überhaupt nicht für spaßig. Ganz und gar nicht. Ich kann einfach nicht darüber lachen. Vor der Trennung haben Susan und ich die ganze Zeit gelacht. Der Himmel weiß, mit wem sie jetzt in ihrer Snapchat-Welt lacht. Wir haben so viel gelacht, dass man es an meinen Falten sieht. Ich habe mir auf die Knie geklopft, den Kopf in den Nacken gelegt und zusammen mit ihr vor Lachen gebrüllt.

Ich lockere den Fuß und riskiere ein spöttisches Lächeln in den Rückspiegel. Winslet mit Krähenfüßen. Gut, auch wenn ich Botox ablehne, kann ich trotzdem hin und wieder über das Älterwerden jammern.

Susan und ich standen uns so nah. Fast war es albern. Jeden

Abend kochten wir zusammen: Sie war meine Assistentin. Als sie noch klein war, haben wir Kochschule gespielt. Susan war die Küchenchefin, ich der Souschef. Ich brachte ihr das Kochen bei, und sie hatte, beschmiert mit Mehl und anderen klebrigen Zutaten, solche Freude daran. An den Wochenenden gingen wir in einer Schule in der Nähe zum Reiten und erkundeten mit den Pferden die Gegend. Da David samstags und sonntags meist zu Aufträgen gerufen wurde, kutschierte ich sie zu Festen. Manchmal fuhren wir nach Dondrum, bummelten durch die Läden, schlürften Smoothies und amüsierten uns großartig.

Als sie dreizehn wurde, änderte sich plötzlich alles. Vielleicht ein Zufall. Ich werde es wohl nie erfahren, doch es begann, kurz nachdem David darauf bestanden hatte, ihr zu Weihnachten ein iPhone zu schenken. Inzwischen unternehmen wir fast gar nichts mehr miteinander, geschweige denn, dass wir lachen würden. Tja, Mar-nee bringt sie die ganze Zeit zum Lachen, sagt sie wenigstens.

Ich starre in den Rückspiegel und versuche, mit dem angefeuchteten Zeigefinger etwas verlaufenen Eyeliner unter meinen eisblauen Augen wegzuwischen. Früher einmal war ich ein Mensch, der laut Susan in allem nur das Gute sah und so wundervoll war. Courtney Downey, deren Glas stets halb voll war. Courtney Downey, ihre Mum und immer für einen Scherz zu haben. »Mum, ich finde es so toll, dass wir beste Freundinnen sind!« Dann umarmte sie mich fest.

»Mütter sollten nicht die besten Freundinnen ihrer Töchter sein«, waren Claires Worte, und ich widersprach ihr stets.

»Warum nicht?«

»Tja, weil du sie darauf hinweisen musst, wenn sie Mist

baut, und so eine beste Freundin braucht niemand«, erwiderte sie offen.

»Das mache ich doch auch!«, entgegnete ich.

»Machst du nicht, Courtney … Du kritisierst Susan nie.«

»Was soll das heißen?« Inzwischen war ich sauer und fühlte mich in die Ecke gedrängt.

»Gar nichts … Ich meine nur, dass sie keine Grenzen gesetzt bekommt, wenn du sie wie eine beste Freundin behandelst, oder?«

Als ich mich umdrehe und das ruhige sommerabendliche Meer betrachte, denke ich über dieses längst vergangene Gespräch nach. Ich drücke auf den elektrischen Fensteröffner und atme die nach Salz und Seetang riechende Luft ein. Natürlich bin ich inzwischen sicher, dass Claire recht hatte. Was mich derzeit am meisten belastet, ist, dass ich regelmäßig wütend auf Susan bin. Das liegt nicht nur an mir. So ein Mensch bin ich nicht. Wenn ich manchmal heftig mit ihr streite, begreife ich nicht, was aus mir geworden ist. Jemand, den ich nicht mag. Ich vergesse, was ich für ein Glück gehabt habe. Sie. Unsere Gesundheit. Meinen Beruf. Dass meine einzige andere Blutsverwandte, Alice, meine Großmutter mütterlicherseits, noch bei mir auf dieser großen, grünen Erde weilt.

Ich schalte in den vierten Gang und fahre auf der freien, offenen Straße weiter. Die Wahrheit tut mehr weh, als ich mir eingestehen will. Und sie lautet, dass Susan Mar-nee seit einem Jahr mir vorzieht. Ein beschämender Gedanke, eine beschämende Erkenntnis, es fühlt sich an wie ein Messerstich.

»Sie versteht mich eben, Mom, sie ist mehr auf meiner Wellenlänge«, hat Susan mich erst gestern Abend beinahe angeschrien, als ich sie bat, das Telefon wegzulegen, aufzuhören, auf Facebook mit Mar-nee zu chatten, und ins Bett zu gehen.

Sie verbesserte mich, sie würden snapchatten, bevor sie das Telefon auf ihre vollgestopfte Kommode warf. Dann bat sie mich wieder einmal, mitten in der Woche eine Nacht in Marnees Luxuswohnung verbringen zu dürfen. Absichtlich ging ich nicht auf dieses Ansinnen ein. »Wo sind Sophie und Emily?«, fragte ich sie stattdessen. »Warum redest du auf diesem Ding ständig mit Mar-nee?« Damit spielte ich auf die beiden Mädchen in unserer Straße an, die Susan noch immer anrufen, obwohl sie sie offenbar völlig fallen gelassen hat. Mir wurde klar, dass ich wie ein Dinosaurier klang, als ich Snapchat als »dieses Ding« bezeichnete.

»Die sind so unreif, Mom. Mit denen hänge ich nicht mehr ab. Außerdem hat Sophie nicht einmal Snapchat, und Ems Mutter überwacht sie auf Schritt und Tritt.« Susan erschauderte.

»Auch wenn sie unreif sein mögen, sind sie seit deinem sechsten Lebensjahr deine Freundinnen!«

»Menschen entwickeln sich weiter, Mom.« Susan befreite ihren dunklen Pferdeschwanz von der Haarspange und fuhr mit einem rosafarbenen Entkrausungskamm hindurch.

»Menschen, nicht fünfzehnjährige Mädchen.« Ich hatte fünf schmutzige Gläser von der Kommode genommen und stand in der Tür ihres Zimmers.

»Sophie geht noch mit ihrer Mom zum Reiten, und Emily will nur in der Siedlung herumlaufen und hofft, dabei John Murphy von Hausnummer sechs zu begegnen. John sieht mit seinem Skateboard aus wie ein echter Loser. Ich halte das nicht aus … wirklich nicht!« Sie schlug die Hände vors Gesicht.

»Ich finde, das ist nicht sehr nett von dir, Susan.« Die schmutzigen Gläser in meiner Hand klapperten.

»Vielleicht schnallst du es einfach nicht, Mom.« Sie griff

nach einer Tube, die irgendeine teure Feuchtigkeitscreme aus dem Salon enthielt, und schraubte sie auf.

»Bist du nicht ein bisschen zu jung, um so viele Hautpflegeprodukte zu benutzen?«, rief ich aus.

»Man kann nie zu früh anfangen, auf seine Haut zu achten, Mom! Ich finde, du kümmerst dich selbst viel zu wenig darum. Mar-nee kapiert nicht, warum du nie eine Tönung aufträgst.« Das hatte sie nicht böse gemeint, ich weiß. Offenbar war ihr meine Miene nicht entgangen. »Ich … ich … ich … für mich siehst du superhübsch aus, Mom. Du hast eine tolle Haut … für dein Alter … Weißt du, dass du mit Bag'N'Vanish deine Tränensäcke loswerden kannst? Das ist Mar-nees allerneuestes, schickstes Augenpflegegerät. Und vielleicht ein bisschen Botox in die Augenwinkel? Wir könnten eine Menge für dich tun!« Sie sprang vom Bett, kam auf mich zu, hob die Zeigefinger an meine Augenwinkel und zog die Haut zurück. »Hier! Schau mal!«, verkündete sie mit äußerst selbstzufriedener Miene. »Sieh in den Spiegel, Mom!« Sie war sehr stolz auf sich. Ich hingegen war gekränkt und nicht in der Lage, das Spiel mitzuspielen. Langsam schob ich ihre Hände weg.

»Danke, Susan, aber ich altere lieber in Würde«, erwiderte ich, bemüht, mir meinen Ärger nicht anmerken zu lassen. Ich wusste, dass sie mich nicht hatte beleidigen wollen.

»Ist dir klar, dass du damit die Einzige bist?« Sie entfernte sich auf nackten Füßen.

»Hoffentlich denkst du nicht mal im Traum daran, an deinem Gesicht herumpfuschen zu lassen, wenn du älter bist.« Meine Stimme war eine Oktave zu hoch geworden.

»Ich würde es jetzt tun, wenn ich könnte. Kylie Jenner hat sich mit sechzehn die Lippen machen lassen. Kris, das ist ihre

Mom, ist ja so cool. Außerdem ist sie total uralt und sieht spitze aus«, teilte Susan mir mit.

»Kylie Jenner sieht aus wie eine Witzfigur«, gab ich zurück, und das war mein Ernst. Das arme Kind. Was würde nur in zwanzig Jahren aus ihr werden?

»Ach, verschon mich!« Sie schlug die mit gelben und weißen Gänseblümchen bedruckte Bettdecke zurück.

»Findest du sie wirklich hübsch?«, hakte ich verwundert nach.

»Ich halte Kylie Jenner für das allerschönste Mädchen der Welt, Mom. Das tun alle.« Als sie unter die Decke schlüpfte und diese bis zum Kinn hochzog, hätte ich am liebsten losgeheult.

»Gute Nacht, Susan!« Tief enttäuscht löschte ich das Licht. Diese Fixierung auf Äußerlichkeiten bereitet mir wirklich Sorge. Susan. Susan. Susan. Mein Herzenswunsch. Die einzige wahre Liebe meines Lebens. Mein achteinhalb Kilo schweres Bündel absoluter Freude. Meine Zweijährige mit schwingenden Zöpfchen und Schnuller. Mein anhängliches Kleinkind. Mein reizendes Mädchen bei der Erstkommunion. Meine zehnjährige Kochgefährtin. Mein einziges Kind. Inzwischen meine launische Fast-Sechzehnjährige. Bald wird es Zeit fürs College sein. Ohne Bestechung kann ich sie nicht mehr dazu bringen, mich irgendwohin zu begleiten. Aber Susan und Mar-nee gehen zusammen shoppen. Keine Ahnung, wie alt Mar-nee eigentlich ist. Wegen der gelifteten Haut und der verzweifelten Anwendung von Chemikalien ist das schwer festzustellen. Allerdings kleidet sie sich genau wie Susan: grüne Bomberjacken, Jeanshemden, dunkle Leggings und Stiefel von Timberland.

»Bitte, Mom ... Bevor du runtergehst, bitte ... Du hast

meine Frage nicht beantwortet. Bitte lass mich eine Nacht in der Woche bei Mar-nee und Dad pennen«, flehte sie.

»Nein. Auf gar keinen Fall. So läuft das nicht, Susan. Du verbringst schon jedes Wochenende dort. Unter der Woche wohnst du bei mir. Ich will nicht mehr darüber diskutieren, Schatz.« Leise schloss ich die Tür hinter mir. Ich hatte versucht, verständnisvoll zu sein und zu verbergen, wie gekränkt ich war. Wieder einmal.

Ich biege um die Ecke und steure auf unser Vorstadthaus zu: Clover Green Hill Nummer 16. Eigentlich hat David es nach dem Tod seiner Mutter geerbt, weshalb es bereits abbezahlt war, als ich ihn kennenlernte. Offen gestanden habe ich mich dort nie wirklich zu Hause gefühlt. Freundlicherweise lässt David Susan und mich weiter dort wohnen, damit ihr Leben weniger aus dem Takt gerät. Ich zahle ein wenig Miete an ihn, zugegebenermaßen eine sehr geringe Summe. Er muss die Hälfte von Mar-nees gewaltigem Luxuswohnungskomplex abbezahlen, weil ihr Mieter ausgezogen ist, um ihm Platz zu machen. Deshalb bekommen wir kaum Unterhalt. Er finanziert Susans Telefonrechnung und die Krankenversicherung, und das war's dann auch schon. Ich komme klar. Ich habe einen ziemlich guten Job. Außerdem will ich von David nur, dass er für Susan ein toller Vater ist. Und das ist er zugegebenermaßen. Nicht, dass er es sehr mit Disziplin hätte, aber er liebt das Mädchen über alle Maßen. Unsere Vereinbarung, nur mündlich, lautet, dass Susan und ich bleiben können, bis sie achtzehn ist. Dann werden wir die Wohnsituation neu verhandeln. Claire macht das entsetzlich wütend. Ständig weist sie mich darauf hin, dass ich juristisch nichts in der Hand habe. Inzwischen traut sie David keinen Zentimeter mehr über den Weg.

»Was, wenn er und Mar-nee beschließen, ein Baby zu kriegen und nach Dun Laoghaire zu ziehen? Immerhin können wir nicht beurteilen, ob sie unter all dem Botoxgift erst fünfundzwanzig ist! Benutz deine grauen Zellen, Courtney!«

Doch was soll ich tun? Es ist ja nicht so, dass ich auf Schritt und Tritt über bezahlbare Angebote stolpern würde. Ich kann es mir weder jetzt noch irgendwann sonst leisten, ein Haus zu kaufen, und außerdem ist es Susans Zuhause. Mein Onkel Tom hat das Haus von Oma Alice in Inchicore vermietet, um die Kosten für ihr Pflegeheim aufzubringen. David würde uns sowieso nie vor die Tür setzen. Organisation war nie seine Stärke. Sparsamkeit übrigens auch nicht.

An mein eigenes Elternhaus erinnere ich mich nicht wirklich. Meine Eltern starben im Abstand von zehn Monaten, als ich sechs war, und ich habe nur noch einige vage Momente im Gedächtnis. Wie ich auf einer improvisierten Schaukel aus einem Autoreifen an einem dicken blauen Seil im Garten spiele, die mein Dad für mich aufgebaut hatte. Mum, wie sie Schokosoße auf ein viereckiges Stück Eiscreme löffelte. Ich weiß noch, dass ich ein paar Sekunden warten musste, bis die Soße hart wurde, und sie dann mit dem Löffel aufknackte.

Mein Dad kam bei einem Motorradunfall auf dem Weg zur Arbeit in einer Autowerkstatt in der Nähe ums Leben. Meine Mutter, die schon seit Jahren an MS litt, folgte ihm zehn Monate später. Alice Bedford, meine geliebte Großmutter mütterlicherseits, nahm mich auf und ermöglichte mir ein wunderschönes Leben. Alice' einziger Sohn Tom war um einige Jahre älter, hatte geheiratet und war ausgezogen, bevor ich einzog. Alice und ich lebten glücklich in ihrem zweistöckigen Vierzimmerhäuschen in Inchicore. Sie war Köchin (Frauen wurden damals nicht als Küchenchefin bezeichnet) und arbeitete in Dublin in einem kleinen Café namens Rosie's. Hier standen herzhafte, altmodische Gerichte für die Bauarbeiter und Busfahrer in der Gegend auf der Karte. Corned Beef mit Kohl. Schinken mit Salzkartoffeln und mächtiger brauner Soße. Heiße Sandwiches mit Fleisch auf dicken, in echter Butter getränkten Weißbrotscheiben. Warmes Essen. Sättigendes Essen. Doch zu Hause in unserem kleinen Paradies in Inchicore widmete sie sich der köstlichen modernen italienischen Küche, inspiriert vom Vermächtnis ihrer Mutter. Ihr Geheimrezept für Linguine mit Meeresfrüchten war ein absoluter Traum. Alice' Meeresfrüchteüberraschung nannte sie sie. Niemals ließ sie sich von mir über die Schulter schauen, wenn sie das kochte. Stattdessen durfte ich kosten und raten. Ich liebte dieses Spiel. Nie riet ich völlig richtig. Bis heute experimentiere ich mit der Meeresfrüchteüberraschung, aber sie schmeckt nie so gut wie bei Alice. Irgendetwas fehlt immer, und nun werde ich nie mehr erfahren, was die besondere Zutat war.

Es gelang ihr irgendwie, diese Speisen zu zaubern. Woodcock's, der Fischhändler im Ort, verkaufte ihr abends nach dem Aufräumen die Fische, die er nicht losgeworden war. Und dennoch gelangen ihr damit Meisterwerke. Teures Fleisch war ebenfalls unerschwinglich, doch Oma kochte die allerleckerste Pasta carbonara aus *guanciale* – Schweinebacken. Ich half ihr bei der Zubereitung hausgemachter Nudeln. Sie ließ mich Mehl und Eier vermengen, während sie neben mir stand und eine Prise Salz oder einen Esslöffel Olivenöl dazugab. Ihr malvenfarbener wattierter Hausmantel, wie sie ihn nannte, schützte dabei ihre gute Kleidung. Anschließend deckte ich den Teig mit Frischhaltefolie ab, und während er eine halbe Stunde ruhte, legten wir alte Platten auf und tanzten ein wenig. Wir besaßen zwar einen Fernseher, schalteten ihn jedoch nur selten ein.

Tom besuchte uns nie. Ich habe wirklich keine Ahnung, ob Alice deshalb traurig war. Sie erwähnte ihn nicht. Ach, wie wir es liebten, zu ihren Lieblingsstücken aus längst vergangenen Tagen zu tanzen. Bing Crosby und Doris Day. Das gute Sideboard wurde zur Seite geschoben, damit wir mehr Platz zum Herumwirbeln hatten. Es war arglos und wundervoll.

Ihr altes Nudelholz war so schwer, dass nur sie den Teig ausrollen konnte. Ich spähte Oma über die Schulter, beobachtete, wie sie den Teig von einer Hand in die andere springen ließ, und wunderte mich, weil er nie zerriss. Mit einem scharfen Messer schnitt sie ihn rasch in Streifen und schickte mich dann vor dem Essen zum Händewaschen. Ich weiß noch, wie ich nach dem Festmahl hungerte, das mich erwartete. Als Köchin war sie ihrer Zeit weit voraus.

Ach, wo war ich stehen geblieben? O ja, Mar-nee und Susan. Nun, die beiden sind ein Herz und eine Seele. Mar-nee und Susan snapchatten jeden Tag. Es treibt mich in den Wahnsinn. Inzwischen haben Sie sicher erraten, dass ich Snapchat hasse. Klar, ich habe keine Ahnung, wie es funktioniert, aber deshalb hasse ich es umso mehr. Ich hasse diese Welt, die sich von iPads, iPhones und dem Internet abhängig macht und in der Susan inzwischen lebt. Ich verabscheue, wie sie mir die Tochter genommen hat. Ja, ich könnte die Geräte vermutlich konfiszieren und eine Nicht-unter-meinem-Dach-Regel aufstellen. Aber das passt einfach nicht zu mir. Susan ist nicht auf den Kopf gefallen, nein, sie ist sehr klug. Und deshalb erstaunt es mich am meisten. Ich will sie auf keinen Fall wie ein Dummerchen behandeln. So machen es mittlerweile alle, das habe ich schon mitgekriegt. Doch ich will ihr beibringen, selbst zu verstehen, was für eine absolute Zeitverschwendung es ist, Stunden damit zu verbringen. Ich bin zwar keine Diktatorin, jedoch Mutter, und deshalb bin ich in Sorge. Und da ich nun, was die eigentliche Erziehung anbelangt, alleinerziehend bin, ist mein Leben schwieriger geworden.

Als ich gerade in die Auffahrt einbiege, erhalte ich eine SMS von David, in der er schreibt, er habe sie soeben abgesetzt. Ich sehe ihn und Mar-nee in ihrem kleinen gelben Mazda-Sportwagen auf der anderen Straßenseite stehen und auf meine Ankunft warten, um sicherzugehen, dass Susan nicht allein zu Hause ist. Beim Anblick von Davids alberner Frisur heben sich meine Mundwinkel unwillkürlich zu einem spöttischen Lächeln. Als ich winke, gibt Mar-nee übertrieben viel Gas und braust davon. Ich bin erleichtert, dass David bei dieser eingeschränkten Sicht nicht selbst fährt. Claire hat absolut recht: David kann so unmöglich richtig sehen.

Leise vor mich hin kichernd steige ich aus, erleichtert, dass der gefürchtete Wocheneinkauf erledigt ist. Heute Abend koche ich uns vegetarische Tagliatelle carbonara mit Pfifferlingen, roten Zwiebeln und meiner hausgemachten Sahnesoße. Anschließend habe ich ein Date mit dem besten Lover von allen. Dem, der mich nie enttäuscht und mich mit Selbstbewusstsein erfüllt. Er kann nichts falsch machen. Sein Name ist Signor Pinot grigio. Pure Glückseligkeit. Ich öffne den Kofferraum und beginne, die Tüten herauszuholen.

Heute Abend muss ich mich unbedingt mit Susan zusammensetzen und mit ihr über die anstehende wichtige Entscheidung sprechen. Wieder eine Unterhaltung, die nicht in meinem Sinne verlaufen wird. Sie will mit dem neuen Angebot nichts zu tun haben. Steter Tropfen höhlt den Stein.

Susan macht, das Telefon vor dem Gesicht, die rote Haustür auf und teilt all ihren Followern mit, dass sie mir die Tür aufmacht. Snap. Chat. Kein Hallo für Mummy. Ihre Timberland-Stiefel mit den offenen gelben Senkeln knirschen unsere kurze Kiesauffahrt entlang.

»Hallo, Schatz! Hast du vielleicht eine Minute Zeit, mir zur Hand zu gehen?«, frage ich mit einem breiten Lächeln und balanciere dabei eine abtrünnige Gurke unter dem Kinn.

»Mom will wieder mal was von mir. Bis später, Leute!« Sie schürzt die zu dick mit Lipgloss bedeckten Lippen und hält zwei Finger an ihr iPhone. Ihre langen Nägel sind neongrün.

»Ich bin nicht auf dem Kriegspfad, Schatz. Ich brauche nur ein bisschen Hilfe.« Ich atme tief durch und lächle tapfer weiter. Sie ist so stark geschminkt, dass ich mir auf die Zunge beißen muss. Im Moment könnte sie auch für achtzehn durchgehen.

»Okay. Erst mal habe ich nicht behauptet, dass du auf dem Kriegspfad bist, sondern nur, dass du wieder mal was von mir willst«, entgegnet sie und gönnt mir das, was ich eine Pflichtumarmung nenne.

»Wie war es bei Daddy und Mar-nee?«, frage ich, ohne auf ihre Abwehrhaltung zu achten. Lächeln. Lächeln. Lächeln. Ich bin eine moderne Frau. Ich lebe so, wie ich will. Ha! Ich möchte lernen, besser zu ihr durchzudringen. »Habt ihr am Wochenende viel unternommen? Du hast mich gestern Abend gar nicht angerufen.«

»Beide voll cool, so wie immer. Nein, wir haben nur gechillt, ein paar Gesichtsmasken aufgelegt und Videos auf YouTube geglotzt. Sorry, hab ich vergessen.« Mit einem Brummeln löst sie sich aus meiner Umarmung und wickelt ihr dunkles Haar immer wieder um den kleinen Finger. Wir beobachten, wie die Locke hochspringt.

»Wunderbar. Hoffentlich hast du den beiden liebe Grüße

von mir ausgerichtet. Bist du so gut und nimmst eine Einkaufstüte? Und, Schatz, ich muss heute Abend dringend mit dir über Mr Kilroys Angebot für einen Sommerjob reden. Ich glaube, das wird sicher sehr spannend für uns.« Ein kleines Zuckerstückchen zum Schluss. In ihrem Gesicht passiert etwas, das ich im ersten Moment nicht erkenne: Ihre Miene erhellt sich. War das etwa wirklich ein Lächeln? Mein Herz setzt einen Schlag aus. Hat sie es sich anders überlegt? Oh, ein Wunder ist geschehen.

»Also, Mom, Mar-nee schenkt mir diese supertollen Henna-Tattoos zum Geburtstag. Die halten ungefähr ein Jahr!« Als sie ihr Haar auf der anderen Seite loslässt, springt es ebenfalls hoch. Offenbar hat sie meinen letzten Satz überhaupt nicht mitgekriegt.

Oh, Mar-nee, wie kannst du nur so dumm sein? Ich beiße mir auf die Zunge. Es tut weh, allerdings nicht so weh wie die Tatsache, dass Mar-nee mir mit schwachsinnigen Geschenken die Tochter abspenstig machen will. Halb permanente Tattoos bei einer Fünfzehnjährigen?

Was Susan nicht weiß, ist, dass ich bereits Pläne für ihren sechzehnten Geburtstag habe. Nächsten Samstagabend veranstalte ich für sie eine Überraschungsparty im Sportverein. Ich habe schon vor Monaten reserviert und es geschafft, heimlich die meisten ihrer Freunde einzuladen. Martin war ein Schatz und hat mir in der Schule dabei geholfen. Er hat Susan aus dem Klassenzimmer geholt, da sie Dienst in der mobilen Bibliothek habe, während ihre Lehrerin Ms Butler die Einladungen an die wenigen Auserwählten verteilte. Außerdem habe ich eine Amateurband gebucht, die sie meiner Ansicht nach mag. Zu essen gibt es vegetarische Minihamburger und Süßkartoffelpommes. Claire bäckt einen riesigen Schoko-Biskuitkuchen in iPad-Form. Ich habe ihr Gutscheine für alle ihre Lieblingsläden gekauft: Superdry, Claire's, H&M. David und Mar-nee habe ich nicht eingeladen, weil ich mich nicht darauf verlassen kann, dass sie sich nicht verplappern. Natürlich lade ich sie noch ein, allerdings erst kurz vor dem Termin. Da sie am Sonntag ohnehin ein Geburtstagsmittagessen für Susan geben, weiß ich, dass sie da sein werden. Hoffentlich wird es eine kleine, gemütliche Party.

Susan schnappt sich eine Einkaufstüte aus Plastik, und ich folge ihr ins Haus. Unser kleiner Flur führt in die Küche, wo ich den Kühlschrank öffne, um die Wocheneinkäufe zu verstauen. Susan ist inzwischen Vegetarierin, was für mich in Ordnung ist. Sie war eine begeisterte Fleischesserin, bis sie herausfand, dass Mar-nee sich vegetarisch ernährt. Früher haben wir die leckersten hausgemachten Rindfleischburger mit Frühlingszwiebeln und Koriander gemacht und sie, unabhängig von der Jahreszeit, auf unserem Gasgrill gegart. Wir haben Angus-Steaks in der Pfanne gebraten, sie mit Vollkornbrot und Gläsern voller eiskalter Milch gegessen, die Teller auf dem Schoß, und uns dabei *The X Factor* angeschaut. Nun beobachte ich, wie sie sich die ungeöffnete Tüte auf dem blau gefliesten Küchenboden zwischen die Füße klemmt und anfängt, sie zu knipsen.

»Mach schon, Susan, da ist Frozen Yoghurt drin.« Ich schaffe Platz im Gefrierfach.

»Moment!« Sie knipst immer wieder, scrollt rasch die Fotos durch und macht noch eines. Was ist denn nur so interessant an einer Plastiktüte für fünfundzwanzig Cent, die Frozen Yoghurt und Tiefkühlerbsen enthält?

»Instagram«, beantwortet sie meine unausgesprochene Frage.

Sie ist unglaublich hübsch. Hochgewachsen wie David, schlanker Körperbau, pechschwarzes, schulterlanges Haar mit einem stumpfen Pony. Ihre eisblauen Augen sind mit meinen identisch und betonen ihre rosenknospenfarbenen Lippen. Nach fünf Jahren Zahnspange sind ihre Zähne makellos gerade. Allerdings ist es heute Abend schwierig, unter der dicken Schminke ihre wunderschöne Haut auszumachen. Doch ich werde das nicht erwähnen. Sie wird erwachsen, das verstehe ich. Das Problem ist nur, dass sie ganz und gar nicht mehr das kleine Mädchen ist, das ich kannte, und das tut weh. Ich muss mich daran gewöhnen, sosehr ich die alte Susan auch vermisse.

»Komm, beeil dich«, sage ich und weise mit dem Kopf auf die Tüte. »Bitte, Schatz.« Lächeln.

Im Kühlschrank rollt sich eine alte rote Chilischote zusammen und bettelt darum, zur letzten Ruhe gebettet zu werden. Ich nehme sie heraus, schließe den Kühlschrank, trete auf das silberne Pedal des Mülleimers an der Wand und werfe sie hinein.

Als mein Telefon läutet, krame ich es aus der Tasche meiner Lederjacke. Eine SMS vom Pflegeheim, die mir mitteilt, Oma weigere sich weiterhin, zu Abend zu essen. Ihre tief liegenden Augen und der eingefallene Mund heute Morgen haben mir verraten, dass ihr das Leben allmählich entweicht. »Kämpf dagegen an«, will ich sie am liebsten anschreien. Aber sie ist einundneunzig Jahre alt. Wie jeden Morgen werde ich vor dem Büro bei ihr vorbeischauen und versuchen, ihr etwas Haferbrei einzuflößen. Da mein Onkel Tom, ihr Sohn, meistens abends bei ihr ist, bemühe ich mich, ihm nicht zu begegnen. Er ist ihr nächster Verwandter, aber er mochte mich nie. Ich ihn auch nicht. Während meiner Jugend sahen wir ihn nie. Er hat uns nie besucht. Sie nie angerufen. Sie nie zum Mittagessen, auf einen Drink oder in sein Haus in der Northside eingeladen. Weihnachtsfeste kamen und gingen, ohne dass je eine Karte eingetroffen wäre. Seltsam, dass er in ihren letzten Tagen nicht mehr von ihrer Seite weicht. Ich werde aus meinen Gedanken gerissen.

»Mar-nee hat diesen absolut coolen kirschroten Nagellack, der im Dunkeln leuchtet. Sie hat versprochen, mir die Fingernägel zu lackieren, die Zehennägel natürlich auch. Ich werde morgen so toll aussehen, wenn wir in Sport Yoga machen, weil wir alle chillen sollen und so … Darf ich heute also dort übernachten, Mom, bitte?« Sie hat die Tüte noch immer nicht ausgepackt.

Als ich den Kopf schüttle, zieht sie tief seufzend die Mundwinkel nach unten. Ich ignoriere sie, woraufhin sie wieder seufzt, diesmal lauter.

»Tut mir leid, Susan, aber nein. Auf gar keinen Fall. Morgen hast du Schule«, erwidere ich ruhig. Nicht schon wieder dieser Streit. Mar-nee wird sie doch nicht etwa dazu ermutigen, mich darum zu bitten?

»Na und? Sie kann mich auf dem Weg zum Salon auf ihrem neuen Moped in die Schule fahren. Bitte, Mom, bitte.« Sie steht auf ihren in Timberland gehüllten Zehenspitzen und krampft die Hände ineinander.

»Nein. Und ich habe deinem Dad gesagt, Susan, dass du nicht hinten auf Mar-nees Moped mitfahren darfst.« Ich knirsche mit den Zähnen.

»Okay, dann gehe ich eben zu Fuß. Da kriege ich die frische Luft und die Bewegung im Freien, auf denen du ständig herumhackst.« Inzwischen hüpft sie von einem Fuß auf den anderen. Offenbar ein Regentanz à la Mar-nee.

»Hör zu, Schatz … Ich habe sämtliche Zutaten für deine

Lieblings-Carbonara eingekauft. Ich dachte, wir kochen zusammen, essen, unterhalten uns über unsere Pläne für den Sommer, schauen uns alte Folgen von *Dance Moms* an und kuscheln uns aufs Sofa, so wie früher.« Ich sehe sie finster an, bevor ich selbst nach der Tüte greife und die inzwischen tropfenden Tiefkühllebensmittel heraushole.

»Ach, *Dance Moms* ist doch ein alter Hut, Mom. Ich werde mich heute Abend zu Tode langweilen!« Sie schleudert mir die Worte entgegen. Dabei rollt das Weiße in ihren Augen wie bei einer Wahnsinnigen. Und da ist er, mein Protest. Die Antwort rutscht mir heraus, bevor ich sie zurücknehmen und mir etwas Besseres einfallen lassen kann. Etwas weniger Konfliktträchtiges.

»Also gut, dann kannst du ja das Schlachtfeld aufräumen, das du dein Zimmer nennst. Ich kriege nicht mal mehr die Schubladen auf, um saubere Sachen hineinzulegen, und alle unsere Tassen sind offenbar auf Dauer unter dein Bett umgezogen!« Ich weiß, dass ich leicht die Stimme erhoben habe, und krümme die Zehen in meinen Adidas, um mich zu bremsen und zu beherrschen.

»Das ist mein Zimmer! Du solltest da nicht mal reingehen! Achte meine Privatsphäre!«, entgegnet sie scharf und lehnt sich an den Küchentisch.

»Ach ja? Und wie sollen deine sauberen Kleider und die Schuluniformen dann da reinkommen?« Ich bemühe mich, leiser zu sprechen.

»Ich würde meine Kleider lieber selber waschen. Du wäschst sie sowieso nie richtig.« Sie reibt mit einem Timberland-Stiefel über die blauen Küchenfliesen.

»Und was soll das heißen, Susan?«, erkundige ich mich ungeduldig.

»Dass du zum Beispiel Weichspülmittel benutzen solltest. Wie die Klamotten riechen, ist genauso wichtig, wie dass sie sauber sind. Wir haben 2017, Mom!« Sie starrt mich an. Trägt sie falsche Wimpern?

»Ach, wirklich?« Ich betrachte ihre Augen ein wenig gründlicher. Wenn ich dieses Jahr noch einmal höre, dass wir 2017 haben, fange ich an zu schreien.

»Ja, wirklich.« Sie tritt vom Tisch weg.

»Okay, dann kaufe ich Weichspülmittel, und du kannst deine Sachen in Zukunft selbst waschen und bügeln. Immerhin bist du fast sechzehn.« Ich wende mich wieder dem Kühlschrank zu.

»Danke! Das fände ich klasse. Ich frage dich ja nur schon seit Monaten, ob ich selber waschen, bügeln und kochen kann. Aber offenbar hältst du mich noch für ein Baby.«

Ich schiebe die alte, halb volle Milch beiseite, stelle den frischen Liter daneben und mache den Kühlschrank zu. Dann knülle ich die Plastiktüte in der Hand zusammen. »Ich koche sehr gern für dich, Susan.« Mir ist klar, wie bedürftig ich klinge.

»Das weiß ich, Mom, aber ich ernähre mich eben anders als du«, erwidert sie spitz.

»Ich koche doch nur noch vegetarisch!« Ich fasse es nicht.

»Ja, klar. Aber inzwischen esse ich lieber vegan …«

»Oh, bitte, mach dich nicht lächerlich!« Ich schlage mit der Hand auf die Arbeitsfläche. So eine aggressive Geste lag nicht in meiner Absicht, und ich könnte mich ohrfeigen.

»Schau, du fängst schon wieder an. Alles muss so laufen, wie du willst …«

»Susan, du bist bereits zu dünn. Warum, um alles in der Welt, willst du das, was du essen kannst, noch weiter einschränken?« Ich breite die Hände aus, sodass die Handflächen zur Decke zeigen.

»Weil ich Tiere liebe, Mom!« Ihre Augen funkeln mich an.

»Ich auch, Susan, doch ich denke, dem trägst du schon Rechnung, indem du kein Fleisch isst. Ich begreife einfach nicht …«

»Mar-nee hat ein Video von PETA gesehen und mir davon erzählt. Wenn du das Video kennen würdest, würdest du auch keine tierischen Produkte mehr essen, Mom.« Tränen treten ihr in die Augen.

»Mar-nee sollte mit dir nicht über die Dinge reden, die sie sieht, Schatz. Das überfordert ein Mädchen in deinem Alter. Mar-nee ist erwachsen. Du musst dich noch entwickeln und aufpassen, was du aus deinem Ernährungsplan streichst«, erkläre ich ihr betont vernünftig.

»Du kannst mich nicht vor den Grausamkeiten schützen, die Tieren aufgezwungen werden. Du kannst mich nicht dazu bringen, etwas zu essen, womit man schutzlosen Tieren Schmerzen zufügt!«, schreit sie.

»Tut einem Huhn das Eierlegen weh? Ich glaube nicht!«, brülle ich zurück. Ich bin am Ausflippen. Ich habe den Streit verloren, einzig und allein deshalb, weil Mar-nee wieder einmal hinter alldem steckt. Wieder einmal bin ich als Mutter einer pubertierenden Tochter gescheitert.

»Warum bist du immer so gemein zu mir?«

»Wie bin ich denn immer so gemein zu dir?« Ich kann es nicht fassen, doch ich reiße mich zusammen. »Ich bin nicht gemein, Schatz. Ich möchte nur, dass du gesund bleibst, mehr nicht. Das hier ist dein Zuhause. Bei mir. Du bist mein Baby, und ich liebe dich«, sage ich ihr mit leiser Stimme und gehe mit ausgebreiteten Armen auf sie zu.

»Du lässt mir keinen Platz, Mom!«, kreischt sie mich an, macht auf dem Absatz kehrt und stürmt aus der Küche. Ich stehe mit offenem Mund da. Die Küchenuhr tickt weiter. Die Zeit wartet auf niemanden. Auch nicht auf Frauen. Ich atme tief durch die Nase ein und halte die Luft an. Ihre Zimmertür knallt zu. Langsam atme ich aus. Dennoch rinnt mir eine Träne das Gesicht hinunter. Ich gehe zum Küchentisch, rücke mir einen Stuhl zurecht und setze mich. Wie sind wir in zehn Minuten von null auf hundert gekommen? Ich schlage die Hände vors Gesicht. Inzwischen bin ich erschöpft von diesen Streitereien und von ihrer Häufigkeit. Leise weine ich vor mich hin und habe schreckliches Selbstmitleid. Als ich mir das Gesicht abwische, wird mir klar, dass ich mittlerweile immer ein Papiertaschentuch in der Hosentasche habe, weil eine von uns so oft weint.

»Hormone! Ich wette, ihr kriegt gleichzeitig eure Periode«, beharrt Claire. Aber ich weiß, dass es nicht daran liegt.

Ich wuchte mich hoch, packe die restlichen Einkäufe aus und stelle mein Weinglas in die Gefriertruhe, damit es abkühlt. Der Kloß in meiner Kehle bleibt. Ich bin so gekränkt. Ja, ich weiß, dass das alles nach »ach, ich Arme« klingt, doch ich habe Susan mein Leben gewidmet, und wenn wir uns nicht vertragen, fehlt mir die Kraft. Ich kann nicht verstehen, warum sie keine Zeit mit mir verbringen will. Ich bin ratlos. Claire meint stets, es handle sich nur um eine vorübergehende Phase. Allerdings wird es immer schlimmer. Was würde es bringen, nach ihr zu rufen, damit sie wieder runterkommt? Oder ihr zu sagen, dass ich sie bei mir haben will, weil ich sie so liebe? Oder wie sehr es mich verletzt, dass sie nicht bei mir sein will? Sehen Sie, es wäre nicht das erste Mal, sondern das tausendste im letzten Jahr. Ihr ist es egal. »Hallo, Leute«, höre ich von oben und weiß, dass sie sich wieder in der Welt ihrer Internetfreunde verloren hat.

Schweren Herzens beschließe ich, mit meiner Soße anzufangen. Nachdem ich alles, was ich dazu brauche, aus dem Kühlschrank genommen habe, schalte ich das Radio an. Eine Talkshow füllt die leere Luft. Eine Debatte über irgendeine Entwicklung in der amerikanischen Politik, auf die ich mich nicht konzentrieren kann. Als ich das Gas anstelle, erwachen blaue Flammen zum Leben. Ich streife ein Armband von meinem Handgelenk, binde mein blondes Haar zu einem losen Dutt auf dem Scheitel zusammen und wasche mir die Hände. Danach träufle ich ein wenig Olivenöl in die Pfanne und erhitze es, während ich die Eier ein wenig zu heftig aufschlage und verquirle. Als ich die Pilze reinige und würfle, spüre ich, wie mein Herzschlag sich verlangsamt, während ich sie ins brodelnde Öl gleiten lasse. Rasch reibe ich den Parmesan, gebe ihn zu den verquirlten Eiern, schütte Vollfettsahne dazu und rühre alles mit einer Gabel durch. Kochen hilft mir dabei, die Realität auszublenden. Es bleibt unausgesprochen, doch wie lange noch? Im meinem Herzen weiß ich, dass meine bald sechzehnjährige Susan ausziehen und bei David und Mar-nee wohnen will.

Drei

»Fühlt es sich an wie ein guter Tag für wichtige Entscheidungen?« Lar Kilroy schiebt mit dem kleinen Finger seine schwarze Hornbrille hoch und hält mir die Glastür unseres Büroklotzes auf. Ich balanciere unsere beiden Kaffeebecher, die Laptoptasche habe ich geschultert. Nun leckt er sich über den Zeigefinger und reckt ihn in die Luft, als wollte er die Windrichtung bestimmen.

»Ich habe noch bis Montag, den 31., Zeit, hör also auf, mich zu belagern, Mann«, erwidere ich mit einem Zwinkern.

Grinsend nimmt Lar seinen Kaffeebecher entgegen. Wir schlendern nebeneinander zum Aufzug, wo er auf den silbernen Knopf drückt. Lar ist verheiratet, hat eine erwachsene Tochter, die in Dubai lebt, und ist gerade fünfundfünfzig geworden. Er ist leicht übergewichtig und der netteste Mann der Welt. »Leicht« übergewichtig sage ich deshalb, weil er inzwischen aufgehört hat, den ganzen Tag am Schreibtisch Süßigkeiten in sich hineinzustopfen, und die gewaltigen Tüten mit Malteser-Cupcakes durch Paranüsse und Karottenstifte mit Hummus ersetzt hat. Es mag sein, dass ich etwas damit zu tun hatte. Mrs Kilroy schickt mir ständig Dankes-SMS. Sie ist eine Wucht, und ihre Ehe ist etwas ganz Besonderes.

»Yvonne sitzt schon auf gepackten Koffern!«

Er weiß, wie er mich kriegen kann. Ich springe nicht darauf an.

»Um elf ist das Meeting wegen des letzten Tauschs in Nerja und des bevorstehenden Umzugs hierher«, meint er lächelnd und reckt den Daumen hoch. »Debbie und Harry Desmond und ihre beiden niedlichen Töchter im Schulalter, elf und fünfzehn, ich kann mich gerade nicht an ihre Namen erinnern, hab ich vergessen …«

»Ja, und ich weiß auch, dass sie sehr nette Leute sind. Aber wenn ich noch einmal über ihre Entscheidung nachdenke, kann ich ihnen nur viel Glück wünschen«, antworte ich, während ich mich erinnere, wie wortkarg Susan heute Morgen war, als ich sie zur Schule gebracht habe. Sie hat sich sogar geweigert, mitzukommen und ihre Uroma zu besuchen.

»Sie hasst mich.« Mit geschürzten Lippen starrte sie auf ihr iPhone.

»Sei nicht so unsensibel. Sie ist krank, Susan!« Ungläubig blickte ich sie an.

Ich ließ sie im Auto sitzen, ging nach oben zu Alice und fütterte sie mit ein paar Löffeln meines hausgemachten Haferbreis mit Blaubeeren. Auf der Station stank es nach Fäkalien und Desinfektionsmittel. Wie gerne hätte ich sie mit nach Hause genommen, aber das kann ich nicht. Sie braucht Pflege rund um die Uhr. Sie nahm drei winzige Löffelvoll auf ihre ausgedörrte Zunge und lutschte mit zahnlosen Kiefern an dem Essen herum. Das Schlucken schien ihr wehzutun. Dann schloss sie die Augen. Ich hielt ihre zerbrechliche, von blauen Venen durchzogene Hand und strich mit den Daumen darüber. Ich gehe später noch mal hin, wenn Tom weg ist. Im Innersten meines Herzens weiß ich, dass sie lautlos hinübergeleiten will. Und das muss ich respektieren. Alice Bedford hat nie gern ein großes Tamtam veranstaltet.

»Was soll das heißen? Du hast so eng mit ihnen zusammengearbeitet«, erkundigt sich Lar.

»Es ist mein Ernst, Lar. Ich hoffe, dass es das Richtige für sie ist und dass sie nicht nur die grässliche Leere zwischen Mutter und Töchtern füllen wollen. Die Mädchen könnten jede Sekunde ihre Meinung ändern«, antworte ich.

»Was? Was bedeutet das? Natürlich ist es das Richtige. Du bist doch die Königin des Familienumzugs. Darum brauche ich dich ja so in St Ives! Wenn du dich in den letzten Jahren nicht so abgestrampelt hättest, Court, hätten wir keine Aufträge mehr. Ich hätte nie gedacht, dass das ein neuer Geschäftszweig werden könnte. Du hast uns auf ein anderes Level gebracht! Eigentlich stammt die Geschäftsidee von dir. Ich habe mich immer nur mit dem Tausch von Ferienimmobilien befasst. Jetzt tauschen wir ganze Leben aus!« Lar ist sichtlich begeistert, als sich die Aufzugtüren öffnen. Wir steigen ein und drehen uns um hundertachtzig Grad. Lar kürzt gerne Namen ab, und obwohl ich ständig wiederhole, dass ich Courtney getauft wurde, beharrt er darauf, mich Court zu nennen. Irgendwie mag ich es. Keine Ahnung, warum. Vielleicht, weil es so persönlich ist. Wie bei einer Vaterfigur. Beschützend. Möglicherweise suche ich ja insgeheim einen Ersatzvater, weil ich eigentlich nie einen echten gehabt habe. Sigmund Freud hätte sicher Spaß an mir.

»Tja, wer hätte ahnen können, dass Airbnb so verdammt schnell Erfolg hat? Also war eine Umzugsagentur der natürliche nächste Schritt für dich. Tut mir leid, ich habe Susan-Stress. Wir hatten schon wieder einen Riesenkrach, und sie hat sich den ganzen Abend geweigert, ihr Zimmer zu verlassen. Ich musste ihr das Essen nach oben bringen, doch sie hat es nicht angerührt. Beim Frühstück heute Morgen und bei der Fahrt in die Schule war sie einsilbig. Sie ist im Auto geblieben, als ich gegangen bin, um wieder einmal Oma zu füttern, und wollte nicht mitkommen und sie besuchen. Ich habe es so satt«, stoße ich hervor.

»Du hast zu viel Nachsicht mit ihr. Man müsste ihr ordentlich den Kopf waschen. Sie ist das Kind und sollte nicht bestimmen, wie ihr beide lebt. Das ist deine Aufgabe!«, predigt er mir zum wohl hundertsten Mal.

»Ja, denn genau so sieht es bei uns aus: Wir sind Kommunikationspartner! Der Fernsehpsychologe Dr. Phil müsste uns zwei Sendungen widmen.« Ich verdrehe die Augen zum Himmel, besser gesagt zur weiß verkleideten Decke des Aufzugs.

Begleitet von einem Ping erreichen wir unsere Etage. Als wir aussteigen, versinke ich in dem neu verlegten beige-schwarz gemusterten Teppichboden. Es ist typisch für Lar, dass er es den Mitarbeitern immer gemütlicher macht, je weiter er beruflich vorankommt.

»Ich will, dass es hier besser ist als bei Google. Wenn ihr in Sitzsäcken herumlümmeln möchtet, kaufe ich welche«, betont er bei jeder Teambesprechung. Niemand hier möchte Sitzsäcke. Teebeutel vielleicht. Verstehen Sie mich nicht falsch, ich mag meinen Job. Ich verdiene gerne Geld, um meine Rechnungen zu bezahlen. Aber ich bin hier nicht im Urlaub. Das neue Angebot jedoch …

»Guten Morgen, Maria!« Da sie gerade telefoniert, beuge ich mich über den dunklen Mahagonischreibtisch unserer Empfangsdame, um mir meine Post zu holen. Maria nickt mir lächelnd zu. Ihr Headset wippt, als sie das Mikrofon zurechtrückt und einige Knöpfe drückt, um einen Anruf weiterzuleiten.

See, Exchange, Experience hat kein großes Büro. Es nimmt die obersten zwei Stockwerke eines alten Gebäudes aus Glas in der Hatch Street ein. Wir haben fünf Mitarbeiter und unterstützen Leute, die vorübergehend ihr Zuhause tauschen wollen. Falls Sie also in einer deutschen Kleinstadt wohnen und gerne die Erfahrung machen möchten, inmitten der grellen Lichter von Manhattan Midtown zu leben, finden wir einen gleichgesinnten New Yorker für Sie, und Sie erklären sich über uns bereit, Ihre Privatwohnung für eine, zwei oder drei Wochen, manchmal sogar bis zu drei Monate, zu tauschen. Lar hat die Firma in den späten Neunzigern gegründet, als die Idee ziemlich revolutionär war. Doch als ich an Bord kam, ging es geschäftlich bereits bergab. Heutzutage können die Leute zu Hause eine Pension einrichten und mithilfe von Airbnb billig durch die ganze Welt reisen. Vor einigen Jahren war ich wirklich in Sorge, dass Lar endgültig pleitegehen könnte. Einfach ausgedrückt: *See, Exchange, Experience* war aus der Mode gekommen. Deshalb habe ich Lar vorgeschlagen, einen neuen Geschäftszweig für Menschen zu gründen, die umziehen wollen.

Inzwischen bin ich seit sieben Jahren bei Lar. Oh, die Schauspielkarriere, nach der ich mich gesehnt und für die ich studiert habe, würde wohl den Kopf schütteln. Ja, nach der Geburt meiner Susan bin ich wieder zu Vorsprechterminen gegangen, habe jedoch keine einzige Rolle ergattert. Mit dem Herzen war ich zu Hause bei ihr. Mittlerweile hatte Claire auch das Handtuch geworfen und arbeitete als Empfangschefin in einem Restaurant. Sie war wirklich gut in ihrem Job, und die Gäste liebten sie wegen ihrer aufgeschlossenen Art.

Claire bezeichnete das irische Schauspielermilieu als übersättigt und boykottierte noch jahrelang Kinos und Theater. Der Fairness halber muss man David zugutehalten, dass er mich nie unter Druck setzte, berufstätig zu sein. Doch ich wusste, dass ich wieder aus dem Haus wollte, nachdem ich neun Jahre lang unsere Tochter großgezogen hatte. Als Susan in der dritten Klasse war, entdeckte ich im Schaufenster einer Arbeitsvermittlung in der Grafton Street ein Stellenangebot von *See, Exchange, Experience*, die eine Datentypistin auf Teilzeitbasis suchten, fand es interessant und stellte mich vor.

»Wir sehen uns beim Meeting um elf, Court«, holt Lar mich in die Gegenwart zurück und schlurft in seinen braunen Schuhen den Flur entlang in sein Büro. Ich folge seinem Beispiel. Mein Büro ist zwar klein, aber lichtdurchflutet. Ich habe einen ordentlichen, weiß lackierten Schreibtisch, einen iMac und einen Couchtisch aus Glas mit einem niedrigen Sofa für Klienten. An meinen himmelblauen Wänden hängen Fotos von weit entfernten, exotischen Orten, Palmen, goldgelben Sandstränden, hohen, allgemein bekannten Wahrzeichen und verschiedenen Reiseutensilien. Eine Wand ist vom Boden bis zur Decke mit den bunten Postkarten geschmückt, die mir meine Klienten im Laufe der Jahre geschickt haben, die einzige Bitte, die ich an sie alle richte. Ich setze mich an den Schreibtisch, nippe an meinem schwarzen Kaffee und wecke meinen iMac. Ich hatte auf Anhieb ein Händchen für diese Branche. So kompliziert ist das gar nicht. Ich klicke die Datei NERJA TAUSCH/UMZUG DEBBIE & HARRY DESMOND an, die sich rasch öffnet. Eine der Töchter ist so alt wie Susan. Komisch, wie einem Menschen, die in einer ähnlichen Lebensphase sind, sofort auffallen. Als ich schwanger war, sah ich überall nur schwangere Frauen, Kinderwägen und

Buggys. In Restaurants hörte ich jeden Babyschrei. Die Desmonds, sonnengebräunt und glücklich, waren noch am Tag ihrer Landung nach dem Ferientausch bei mir im Büro aufgetaucht. Das Erste, was ich bemerkte, war, wie sich ihre fünfzehnjährige Tochter Zoe von meiner eigenen unterschied. Zoe sah so alt aus, wie sie war, und hatte einen Harry-Potter-Roman unter dem Arm. Sie war höflich und reizend und ging wundervoll mit ihrer Mutter um. Auf mich wirkte Susan um Jahre älter, und sie verhielt sich auch so. Warum hatte sie es so eilig, erwachsen zu werden? Ich wünschte, ich wüsste die Antwort und könnte etwas daran ändern. Die jüngere Schwester trug eine unglaublich niedliche Peppa-Pig-Brille, was dazu führte, dass ich mich noch mehr nach Susans Kindheit zurücksehnte.

Mit dem Umzug der Familie nach Nerja klappt alles wie am Schnürchen. Ich habe die Mädchen bereits in einer englischen Schule in Calle di Frigiliana angemeldet, wo sie im September das neue Schuljahr beginnen werden. Die Familie hatte bei uns zuerst einen Ferientausch gebucht, und ich wusste sofort, dass sie keine Lust mehr haben würde zurückzukommen. Sobald sie die Schönheit von Nerja mit seiner altmodisch entspannten Atmosphäre und den kopfsteingepflasterten Straßen erlebt haben würden, würde ihnen ihr hübsches, aber enges Reihenhaus in Dublin zu klein erscheinen.

Sie hatten mit einem Engländer getauscht, der sein Apartment mit Blick aufs Mittelmeer drei Wochen lang einwechseln wollte, um in Dublin seinem Familienstammbaum nachzuspüren. Seine Wunschvorstellung war ein kleines Haus in Zentrumsnähe, was schwer zu finden ist – doch die Desmonds hatten es zu bieten. Aber als die sich zu einem dauerhaften Umzug entschlossen, wollte er die Wohnung in Nerja nicht verkaufen. Also fand ich für die Familie eine Villa unweit der Plaza Tutti Frutti. Harry ist IT-Experte und arbeitet hauptsächlich von zu Hause aus. Debbie ist in einem Laden angestellt. Ich habe den beiden deutlich erklärt, dass Stellenangebote in Nerja rar gesät sind. Allerdings sind die Lebenshaltungskosten niedriger, und Harry glaubt, dass er es schaffen wird. Als *See, Exchange, Experience* sich nur mit Ferienwohnungen befasste, zogen viele Klienten um, doch ich konnte sie nur kostenlos beraten. Der neue Geschäftszweig war meine Idee. Jetzt eröffnet die Firma die allererste Filiale in Cornwall. Wir hatten so viele Klienten, die nach einem Häusertausch in Cornwall dorthin ziehen wollten, dass es sinnvoll erschien, dort einen festen Stützpunkt zu haben. Im Idealfall können wir die Airbnbs zu unserem Vorteil nutzen. Lar hat eine Liste umzugswilliger Familien, die so lang ist wie sein Arm.

Und das ist mein großes Dilemma. Lar hat mir die Leitung des neuen Büros angeboten, dem derzeit noch der letzte Schliff gegeben wird. Da er meine Situation kennt, beschränkt sich dieses Angebot zunächst auf Juni, Juli und August, wenn Susan schulfrei hat. So habe ich die Möglichkeit, während ihrer Sommerferien den Laden zum Laufen zu bringen. Doch die langfristige Perspektive ist, nach St Ives zu ziehen und das dortige Büro ganztags zu managen. Das Angebot umfasst auch eine funkelnagelneue Wohnung über dem Büro, in der wir mietfrei leben können. Ich würde es ja so gerne tun. Als er mich darauf ansprach, war ich so aufgeregt wie schon seit Jahren nicht mehr. Sofort rief ich Claire an.

»Klingt für mich, als müsste man nicht groß drüber nachdenken, Courtney. Greif sofort zu! Cornwall? St Ives? Das ist deine Lieblingsgegend. Du bist verrückt nach Cornwall. Das ist Schicksal!«, jubelte meine Freundin begeistert. »Außerdem drehen die dort gerade *Poldark*, oder? Ich besuche dich, um einen Blick auf Aidan Turners nackten Oberkörper zu erhaschen.«

»So einfach ist es aber nicht, richtig?« Ich wusste, dass Susan keine Luftsprünge machen würde.

»Oh, Courtney, wann tust du endlich einmal etwas für dich? Was hat Alice dir immer eingebläut? Dass es wichtig ist, man selbst zu sein. Verlier *dich* nicht. Susan wird es gefallen, wenn sie der Sache eine Chance gibt. Sie ist fast sechzehn. Jetzt musst du auch anfangen, dir zu überlegen, was Courtney will.«

»Oma Alice war der Inbegriff einer unabhängigen Frau«, entgegnete ich. »Sie hat getan, was sie glücklich machte, und mir stets geraten, es genauso zu halten. Sie hat gesagt, wenn man in seiner eigenen Haut nicht glücklich sei, könne man andere auch nicht glücklich machen. Ich weiß, dass sie recht hatte. Ich weiß, wie wichtig es ist, ich selbst zu sein. Allerdings ist Susan auch ein Teil von mir, und ich suche noch immer nach einer Lösung, uns beide glücklich zu machen. Es ist nicht leicht.«

Aber in einem hatte Claire absolut recht: Cornwall. Ich habe mich schon am ersten Tag, an dem ich anfing, in dem Kellerbüro in der North Great Georges Street für Lar als Datentypistin zu arbeiten, in Cornwall verliebt. Im Laufe der Jahre habe ich vergessen, wie viele Ferienwohnungstäusche ich zwischen Cornwall und dem Rest der Welt vermittelt habe. Wissen Sie, abgesehen von meiner Hochzeitsreise hatte ich Irland nie verlassen. Und an Lars Bürowand hing ein riesiges Hochglanzposter mit der Aufschrift »Besuchen Sie Cornwall«. Es stellte St Ives dar, den Preisträger zahlreicher nationaler Auszeichnungen jenes Jahres, einschließlich als bestes Ferienziel für Familien vom *Coast Magazine* und als einer der besten europäischen Badeorte von TripAdvisor. Auf mich wirkte St Ives wie eine tropische Oase. Auf Lars Poster waren die Strände golden, die Pflanzen wucherten üppig, und die Sonne strahlte nur so vom Himmel. Manchmal stand ich da und starrte stundenlang wie gebannt auf das Poster. Das empfand ich als äußerst therapeutisch. Kein Wunder, dass ich, als ich anfing, über die Gegend zu recherchieren, herausfand, dass das Städtchen schon seit Jahrzehnten Künstler anzog, die seine zweifellos natürliche Schönheit festhalten wollten. Es ist schlicht und ergreifend der malerischste Ort der Welt und immer noch sehr beliebt für Wohnungstäusche. Nachdem Lar mich befördert hatte, war meine erste Aktion, für die Familie Woodcock in St Ives einen Wohnungstausch zu arrangieren. Sie wollten während des Lichterfestivals zwei Wochen in Blackpool verbringen, und wir entdeckten eine Familie in Bispham, Blackpool, die unbedingt zur Hochzeit eines Neffen in St Ives wollte. Es funktionierte wunderbar.

Damals hatten sich David und Susan für mich gefreut. Ich flog hin und fuhr die beliebte Strecke von St Erth nach St Ives zwanzig Minuten lang mit dem Zug. Ehrfürchtig betrachtete ich die bunten Fischerboote, die in den Hafen einfuhren, während der Zug sich um die goldenen Buchten herum in die Stadt schlängelte. Vor dem Einchecken ins Hotel zog ich die Schuhe aus, schlenderte über den weißen Sand von Porthminster Beach und hielt Ausschau nach dem Leuchtturm Godrevy, der Virginia Woolf zu ihrem berühmten Roman *Zum Leuchtturm* inspiriert hat. Ich hatte ihn während des Studiums am Trinity College gelesen. Ich übernachtete im Hotel Blue Hayes, und die Reise war ein großer Erfolg.

Ich ziehe den Plastikdeckel von meiner Obstschale, suche

die Ananasstücke und picke sie zwischen Melonenschnitzen und blauen Trauben heraus. Dann lehne ich den Kopf an den Sessel und kaue die süße Frucht. Inzwischen sind die Dinge nicht mehr so schwarz-weiß. Als ich mich mit Susan zusammengesetzt und die Möglichkeit besprochen habe, nur den Sommer über hinzufahren (dass wir eines Tages umziehen könnten, erwähnte ich mit keinem Wort), ist sie ausgeflippt und hat einen Heulkrampf bekommen. Sie habe Pläne für den Sommer, teilte sie mir mit. Als ich wagte, mich zu erkundigen, was für Pläne das seien, erwiderte sie mit Nachdruck: »Wart's nur ab.« Ich entgegnete, ich bräuchte ein wenig genauere Informationen. Mit dem Rest des Streits möchte ich Sie nicht langweilen. Es genügt anzumerken, dass er mit einer zuknallenden Tür und einem »Hallo, Leute!« endete. Als Claire und ich am Freitagabend im Wong's Chinese Restaurant in der Stadt saßen und uns nach Strich und Faden betranken, erörterten wir die Angelegenheit ausführlicher.

»Hast du den Job schon angenommen? Hast du? Und wenn nicht, warum nicht, verdammt?«, fragte Claire, während sie Hühnchen süßsauer auf ihren gebratenen Reis mit Ei löffelte.

»Aus offensichtlichen Gründen musste ich mit Susan reden, die nichts davon wissen will. Außerdem muss ich an Oma Alice denken. Ich würde mich wahrscheinlich für immer von ihr verabschieden müssen. Es bricht mir das Herz, mit anzusehen, wie Tom, dieser Geier, sie belauert.« Als ich Claire antwortete, brach ich bei dieser Vorstellung beinahe in Tränen aus. Meine Shrimps mit Chili brutzelten unberührt auf dem kleinen Stövchen vor sich hin.

»Iss!« Claire wedelte kauend mit ihrer Gabel über meinem leeren Teller herum. Dann meinte sie: »Nicht unbedingt, Schatz … Ja, natürlich besteht die Möglichkeit, aber niemand weiß, was der nächste Tag bringt, richtig? Meiner Ansicht nach wäre es absolut verrückt von dir abzulehnen. Zugegeben, Tom ist ein Geier, wie er im Buche steht. Hat er nicht erst in letzter Zeit angefangen, seine Mutter zu besuchen?«, hakte sie nach, worauf ich nickte.

»Aber es geht doch nicht nur um mich. Wie gesagt muss ich so vieles berücksichtigen«, schniefte ich.

»Das ist mir klar.« Sie schob die Flasche Merlot beiseite und griff über den Tisch hinweg nach meiner Hand. »Die Sache ist, Courtney – und ich weiß, dass ich mich anhöre wie eine hängen gebliebene Schallplatte –, dass du manchmal auch an dich denken musst.« Sie drückte fest meine Hände und fuhr fort. »Deine ausgesprochen wundervolle Oma würde wollen, dass du diese Gelegenheit nutzt. Hör auf dein Herz. Susan geht bald aufs College …«

Bei dieser zweifelhaften Äußerung zog ich die Augenbrauen hoch.

»Oder was sie sonst in zwei Jahren macht. Doch einer Sache bin ich mir sicher, Courtney. Glaub mir, ich spreche es nur ungern aus, aber in wenigen, kurzen Jahren wirst du allein sein, und ich habe solche Angst, dass David das Haus von dir zurückfordern könnte. Die Mieten in Dublin sind inzwischen unbezahlbar.« Die Kellnerin schenkte Wein nach. Wir bedankten uns und tranken aus.

Das Läuten meines Telefons holt mich jäh in die Gegenwart zurück.

»Guten Morgen, *See, Exchange, Experience*, Sie sprechen mit Courtney Downey.« Ich lege die Plastikgabel weg.

»Hallo, mein Name ist Tony Becker. Spreche ich mit Courtney Downey?«, fragt eine mir unbekannte Stimme.

»Äh … ja … Wie ich schon sagte, ich bin Courtney Downey. Was kann ich für Sie tun?« Ich tunke den Finger in den Obstsaft.

»Gut, Courtney Downey, ich brauche hier Hilfe bei dem ganzen Papierkram. Die Anzugträger im Rathaus machen mir wegen der langen Öffnungszeiten, die Sie donnerstags und freitags wollen, die Hölle heiß, und jemand muss mir unter die Arme greifen. Ich bin der Bauunternehmer, das ist nicht mein Thema. Ich habe schon genug am Hals. Ich stecke bis über beide Ohren in Arbeit, damit ich rechtzeitig fertig werde. Die Elektrik war der absolute Albtraum. Andy ist ausgestiegen, und mir geht die Zeit aus. Außerdem: Wer sucht die Möbel für die Wohnung oben aus? Brian Fogg muss das wissen.«

»Äh, Verzeihung, wer sind Sie?« Inzwischen runzle ich so heftig die Stirn, dass mein hoch angesetzter Pferdeschwanz hin und her schwingt.

»Tony … Hören Sie mir überhaupt zu, Courtney Downey?«

Sein Ton gefällt mir nicht. »Ja, Tony Becker, ich höre zu. Wirklich. Aber ich habe keine Ahnung, wer Sie sind«, erwidere ich langsam.

Er ahmt mich in zehnfacher Übertreibung nach. »Ich … bin … der … Bauunternehmer … für … das … Büro … und … die … Obergeschosswohnung … von … *See … Exchange … Experience* … in … St Ives … Mr … Lar … Kilroy … hat … mich … gebeten … mit … Ihnen … zu reden.«

»Könnten Sie bitte normal sprechen?«, entgegne ich gereizt.

»Dann hat er Ihnen offenbar nichts erzählt.« Er hustet laut ins Telefon, sodass ich den Hörer vom Ohr weghalten muss.

»Nein, hat er nicht, Tony«, erwidere ich ruhig, als ich den Hörer wieder am Ohr habe.

»Ach, verdammte Sch… Könnten Sie mich vielleicht mit

einem Mitarbeiter verbinden, der nach St Ives fliegen und mir hier mit den Formularen und den Möbeln helfen kann? Das sind beides nicht meine Aufgaben. Ich muss mit einer Renovierung in Land's End anfangen. Ganz zu schweigen von meinen weiteren beruflichen Anforderungen. Ich habe keine Zeit für so was.«

Was für ein aggressiver Mensch. *Hör auf, mich anzuschreien, Tony*, sage ich in Gedanken.

»Nun, danke für die Information, Tony. Wenn Sie mir Ihre Nummer geben, spreche ich mit Mr Kilroy, sobald er verfügbar ist, und rufe Sie sofort zurück.«

»Ja, ja, das sagt ihr alle, vergessen Sie es!« Er knallt den Hörer auf die Gabel.

Mit meinem so gar nicht Mar-nee-mäßigen, kurzen, unlackierten, leicht abgekauten Fingernagel tippe ich Lars Durchwahl ein.

»Yo!«, meldet er sich wie ein alternder Rapper.

»Wer zum Teufel ist Tony Becker? Der hat mich nämlich eben am Telefon beschimpft!«

Funkstille.

»Bist du noch dran, Lar? Hallo? Hallo?« Ich vollführe die alberne und völlig sinnlose Aktion, immer wieder auf die Knöpfe zu drücken. Meine Bürotür öffnet sich. Lar steht auf schwarz bestrumpften Füßen vor mir. Im Büro zieht er immer die abgeschabten braunen Schuhe aus.

»Du hast gar nicht aufgehängt. Ich habe den Ton nicht gehört«, stammle ich verdattert.

»Nein, ich habe ganz leise das Telefon auf den Schreibtisch gelegt und mich zur Tür hinausgeschlichen. Verdammt, ich habe meinen Kaffee vergessen.« Mit dem kleinen Finger schiebt er seine schwere Brille den Nasenrücken hinauf.

»Bitte Maria, ihn dir zu bringen«, erwidere ich ungeduldig.

»Nein, das ist nicht fair Ria gegenüber Es ist nicht ihr Job, mir mit dem Kaffeebecher hinterherzulaufen. Gib mir einfach die Hälfte von deinem.« Als er nach einer Tasse neben meiner Wasserflasche greift, gieße ich brav die Hälfte von meinem Kaffee hinein und reiche ihn ihm. Er setzt sich. »Tony ist unser Bauunternehmer. Er ist aus St Ives und kennt Cornwall wie seine Westentasche. Aber er braucht dort Unterstützung, und das ist der Grund, warum ich dich so zu einer Entscheidung dränge. Wenn du wirklich nicht über den Sommer hinfliegen kannst, muss ich Yvonne fragen. Es gibt da gewisse Formulare, irgendetwas mit der Baugenehmigung, bei denen er Hilfe benötigt, bevor er weitermachen und die Arbeit beenden kann. Außerdem wäre ein wenig weiblicher Touch bei der kleinen Wohnung oben angesagt.« Lar hebt den Becher an die Lippen.

»So einfach ist das nicht. Ich habe heute Morgen noch einmal versucht, mit Susan zu reden.« Mit einer Mausbewegung schließe ich meine Nerja-Umzugsdatei. Warum ist das Leben so grässlich kompliziert?

»Bist du nicht die Mutter, und sie ist erst knapp sechzehn?« Er trinkt und verzieht, ein Sinnbild des Erstaunens, das Gesicht.

»Ja, das weiß ich selbst, danke, Lar. Aber knapp sechzehnjährige Mädchen sind völlig anders, als sie in unseren Zeiten waren. Sie haben einen viel … volleren Zeitplan.« Ich höre selbst, was das für ein Schwachsinn ist.

»Hast du zufällig ein Beutelchen Zucker da?« Er hat die Zuckerpäckchen für die Klienten entdeckt, auf denen unser Firmenlogo prangt.

»Ohne ein bisschen Zucker schmeckt er nach nichts.« Langsam hebt er den Blick zur Decke. »Aber die Wahrheit lautet folgendermaßen: Du wohnst im Haus deines Exmannes und zahlst ihm Miete, obwohl auf dem Haus keine Hypothek mehr ist …«

Ich unterbreche ihn. »Mar-nee hat eine Riesenhypothek auf ihrem Haus. Er braucht …«

Sofort fällt er mir seinerseits ins Wort. »Ich bin noch nicht fertig. Ich biete dir die Chance deines Lebens an …«

»Das erzählst du mir immer wieder.«

»Das erzählst du mir immer wieder.« Wir unterbrechen einander mit demselben Satz.

»Klopf, klopf!« Sie klopft nicht an, sondern spricht es nur aus und kommt einfach hereinmarschiert.

»Alles in Ordnung, Yvonne?« Sie geht mir sofort auf die Nerven, keine Ahnung, warum. Eigentlich hat sie mir noch nie etwas getan, das ich nachweisen könnte, doch ich weiß, dass sie sich mir überlegen fühlt. Nennen Sie es weibliche Intuition.

»Ich dachte, das Meeting sei um elf.« Sie lässt ihre schlanke, eins siebzig große Gestalt auf den freien Stuhl neben Lar gleiten.

»Wie geht es Lar?« Sie tätschelt sein Knie.

»Lar geht es gut, danke, Vonne«, antwortet er freundlich.

Sie trägt ihr übliches Karrierekostüm, eine weiße Bluse und schwindelerregend hohe Absätze. Rote Sohlen. Sie kennen die Dinger ja. Ihr langes, pechschwarzes Haar ist zu einem makellosen tief angesetzten Pferdeschwanz zusammengefasst. Sofort werde ich mir meines eigenen chaotischen hohen Pferdeschwanzes bewusst. Sie hat scharf geschnittene Gesichtszüge, doch sie kommt damit durch, und man würde sie eindeutig als sehr attraktiv bezeichnen. David pflegte zu sagen, sie sei in einer sehr beängstigenden Weise sexy: Cruella de Ville, kombiniert mit Anne Hathaway.

»Das hier ist nicht das offizielle Montagmorgen-Meeting, Yvonne«, entgegne ich, während ich meine leicht zerknitterte rosafarbene Strickjacke, die beige Nylonbluse und die flachen, kniehohen Stiefel betrachte.

»Hat Susan schon entschieden, ob du über den Sommer in unser Büro in Cornwall darfst?«, erkundigt sie sich gönnerhaft.

»Das möchte ich im Moment nicht erörtern, Yvonne. Ich bin gerade mit dem Umzug der Desmonds nach Nerja beschäftigt. Außerdem haben wir diesen Polizisten mitten im Greenwich Village, der einen Wohnungstausch nach Ennis, County Clare, sucht. Könntest du damit anfangen? Er hat uns seine sämtlichen Daten und Fotos geschickt und wartet nur auf einen Rückruf.« *Verpiss dich, Yvonne*, denke ich dabei. Derzeit hasse ich sie und ihr leichtes, unkompliziertes Singleleben.

»Sorry, ist nicht drin. In zehn Minuten treffe ich mich mit Anna McDonough, der Frau, die in die Toskana tauschen will, um ihre drei Wochen dort in trockene Tücher zu bringen. Ich muss mich vergewissern, dass sie sich wie vereinbart um ihre kostbare Glasfigürchensammlung gekümmert hat und dass die Dunstabzugshaube repariert wurde.«

Lar beugt sich zu ihr hinüber. »Oh, spitze, ja. Daran wollte ich dich schon gestern Abend erinnern. Ich habe mir die Fotos, die sie uns gesendet hat, selbst angeschaut. Sorg dafür, dass die Dinger weggeräumt und eingelagert werden und dass die Dunstabzugshaube funktioniert. Hast du schon die zweite Unterschrift von ihr? In Klausel zehn steht …«

»Ich bin dran, Lar.« Sie lächelt ihn an, bevor sie hinzufügt: »Du brauchst mich an nichts zu erinnern. Schließlich bin ich nicht die Einzige mit vielen Außendiensttterminen. Deine Erinnerungen kannst du in einem Google-Kalender speichern. Das weißt du doch, Courtney, oder, Liebes?«

Wenn Leute mich »Liebes« nennen, halten sie mir damit mein Alter vor Augen. Ich zwinge mich zu einem Lächeln. »Richtig, Liebes.«

»Jedenfalls bin ich zum Meeting um elf zurück. Außerdem habe ich vor, heute Abend lange zu arbeiten. Falls jemand Hilfe nötig hat, muss er also nur rufen.« Sie erhebt sich wie eine Göttin.

Warum sollte jemand länger arbeiten wollen, obwohl es unnötig ist? Damit erreicht sie, dass wir anderen schlecht dastehen – und ich wette, ich habe soeben meine eigene Frage beantwortet. Als sie verschwindet, zupfe ich mit einem lauten Schnauben an meiner Nase. Lar weiß, dass ich verärgert bin.

»Hör zu, ich will dich in Cornwall, aber wenn du es nicht schaffst, fliegt sie hin. Was soll ich sonst noch dazu sagen?« Er zuckt die Achseln.

»Nichts, alles bestens. Jetzt muss ich aber auch los. Ich treffe mich mit Mary O'Hare«, teile ich ihm mit.

Er erstarrt. »Sie ist zurück?«

»Ja, sie ist zurück, und sie reist für eine Woche nach Dänemark in eine Luxuswohnung. Es ist kein direkter Tausch, sie hat genügend Punkte gesammelt.« Ich verdrehe die Augen zum Himmel. Ein Klient verdient sich Punkte, wenn ein anderer Kunde unserer Firma in seiner Wohnung lebt, ohne zu tauschen. Die kann man dann nutzen, um zu reisen, wann es einem passt.

»Hat sie überhaupt noch ein Reiseziel übrig? Inzwischen

muss sie die ganze große, böse Welt gesehen haben!« Er leert seinen Kaffeebecher. »Und warum ich trotz dieser Frau auch nur noch ein Haar auf dem Kopf habe, ist mir ein Rätsel.«

»Du bist kahl, Lar«, erwidere ich mit Pokerface.

»Wirklich?« Mit entsetzter Miene streicht er sich mit der Hand über seinen glatten Schädel. Wir lachen beide. Das ist unsere ganz persönliche Frotzelei. Mary O'Hare war einer von Lars ersten Klienten. Sie war bereit, ihre riesige Villa auf dem Killiney Hill in Dublin gegen die bescheidene Wohnung einer Familie aus San Francisco einzutauschen. Und nach diesem Tausch verhandelte Mary immer weiter und zog los, um sich die Welt anzuschauen. Manchmal wohnt sie bei ihrer Schwester in Brighton, überlässt anderen ihr Haus und sammelt so jede Menge Punkte. Allerdings glaubt sie, uns rund um die Uhr anrufen und uns die Sehenswürdigkeiten schildern zu können, die sie gerade besichtigt. Dazu berichtet sie uns, was sie zu Abend gegessen hat, dass ihre Toilettenspülung nicht funktioniert und dass ihr Hühnchen in der Mitte nur halb gar war. Wir sind immer für unsere Klienten da, falls etwas nicht klappt, aber sie übertreibt es mit dem Servicegedanken. Die Besprechung heute Morgen verfolgt das Ziel, ihr wieder einmal durch die Blume zu erklären, dass sie uns nicht Tag und Nacht belästigen kann.

Wieder läutet das Telefon. Ich greife danach.

»Ich bin's wieder. Hören Sie, wenn Sie nächste Woche einen Tag herkommen könnten, kriege ich den Rest wahrscheinlich geregelt. Optimal wäre der Mittwoch, da hat die zuständige Dame im Rathaus eine Hüftoperation, und ihre Vertretung, Marina, ist viel netter. Ich lade sie danach in den Ploughboy auf einen Drink ein. In ein paar Stunden hätten Sie es hinter sich. Dann könnten wir noch Brian Fogg in seiner Möbelhandlung aufsuchen. Wenn Sie möchten, könnte ich Sie am Flughafen abholen und zurückbringen.« Er redet wie ein Wasserfall.

»Wer spricht da?« Ich kann nicht anders.

»Ist das Ihr Ernst, verdammt?« Seine Stimme ist schrill geworden. Ich fange an, vor Lachen zu beben.

»Oh, Tony Becker, tut mir leid, selbstverständlich, Tony. Ich habe hier auch jede Menge zu tun, Tony. Kann ich am Mittwoch fliegen? Hmmm …« Ich mache Schnalzgeräusche, als dächte ich wirklich darüber nach, und fahre mir immer wieder mit der Zunge über den Gaumen. Dann fällt mein Blick auf das Foto von Susan auf meinem Schreibtisch. Ich habe es letzten Sommer geknipst, als wir übers Wochenende in Doolin, County Clare, waren. Eine Eiswaffel mit Schokoflocken in der Hand, steht sie vor den Aillwee-Höhlen. Zum ersten Mal betrachte ich es gründlich. Es sind ihre Augen. Ich nehme das Foto in seinem silbernen Rahmen von Newbridge und halte es mir näher ans Gesicht. Ihre Augen wirken traurig. Die Eiswaffel ist unberührt und tropft. Wenn ich mich recht entsinne, hat sie sie anschließend weggeworfen. Dann kommt mir die ganze Reise wieder ins Gedächtnis: Wie ich versucht habe, mir ihre Aufmerksamkeit zu erkaufen, ihr Lächeln. So sehr habe ich mich bemüht, sie glücklich zu machen. Sie war mit nichts zufrieden, sondern schmollte, motzte und meckerte mich nur an. Jedes Mal, wenn ich sie ansah, hing sie am Telefon. Als ich sie endlich zum Reden brachte, lag es allein daran, dass wir einen Tag früher als ursprünglich geplant nach Hause fuhren. Genug war genug. Im Moment denke ich an die freudige Miene meiner Tochter, wenn ich ihr sage, dass sie mitten in der Woche bei Mar-nee und David übernachten darf. Vielleicht tut uns das ja gut.

»Ja. Ja, das geht. Ich habe gerade in meinen übervollen Terminkalender geschaut. Aber ich schiebe Sie dazwischen, Mr Becker. Dann also bis Mittwoch.« Als ich mich in meinem ergonomischen Bürosessel zurücklehne, reckt Lar wortlos seine Daumen in die Luft.

»Prima. Wenn Sie möchten, reserviere ich Ihnen ein Zimmer im Carbis Bay Hotel. Dort kriege ich Prozente. Mailen Sie mir Ihre Flugdaten. Lar hat meine Mailadresse. Also bis dann, Courtney Downey.« Er hängt auf. Langsam lege ich den Hörer weg.

»Du fliegst nach Cornwall?« Gemächlich streicht Lar mit Daumen und Zeigefinger über die Bügel seiner dick gerahmten Brille und nimmt sie ab.

»Ich fliege nach Cornwall, Lar«, bestätige ich und führe im Sitzen meinen Freudentanz auf. Er deponiert die Brille auf meinem weiß lackierten Schreibtisch, und wir klatschen einander unbeholfen ab.

Vier

»Anscheinend leidet er noch immer wie wir Hillary-Clinton-Fans damals?«, meine ich zu Claire und weise mit dem Kopf auf Martins roten Mini, der an einem Montag während der Schulzeit in der Auffahrt parkt. Sie öffnet mir ziemlich zögerlich die Haustür. Claire und ich waren absolut gegen Trump. Inzwischen sogar noch mehr. Präsident Trump verängstigt uns. Saftentgiftungen und Trump sind derzeit das, wovor wir uns am meisten fürchten. Sofort bereue ich meine Worte.

»Ich habe tolle Neuigkeiten für dich. Ich … was … was zum Teufel ist denn los?«, stoße ich hervor, als ich sie richtig wahrnehme. Claires Gesicht ist blasser als gewöhnlich, die Sommersprossen gehen auf ihrer bleichen Haut fast unter. Ihr Seitenpony fällt ihr fettig über das linke Auge. Ich stelle fest, dass sie barfuß ist. Claire trägt stets Schuhe oder Flipflops. »Du wirst dir eine Nierenentzündung einfangen«, warnt sie alle Barfüßigen.

Als sie vom Türspalt zurückweicht, quetsche ich mich hindurch. Sie legt den Zeigefinger an die blutleeren Lippen. Meine sonst so penible Freundin hat Schokosoße vorne auf ihrem cremefarbenen T-Shirt mit V-Ausschnitt und auch auf ihrer blauen Leinenhose. Ich folge ihr in die Küche und schließe leise die Tür. Die Küche ist das totale Schlachtfeld.

Ein Haufen verschiedener Kuchen und Brötchen, zerkleinertes Obst und Behälter mit Schlagsahne bedecken den Küchenblock aus Marmor und jede sonst verfügbare Fläche. Schmutzige Utensilien, Schneebesen und Besteck sind überall verstreut. Der Geruch von anbrennender Marmelade ist überwältigend.

»Was ist passiert, verdammt, Claire? Was hast du?« Ziemlich besorgt trete ich auf sie zu, während sie mitten in der Küche stehen bleibt. Doch zuerst ziehe ich den brodelnden Topf von der Flamme und schalte das Gas ab.

Sie antwortet nicht sofort. »Oh, Courtney«, sagt sie wenige Sekunden später. »Martin ist sehr krank.« Sie starrt mich mit geröteten Augen an.

»Was meinst du mit sehr krank?«, stoße ich hervor, während ich langsam die Strickjacke ausziehe. Plötzlich schwitze ich trotz meines dünnen rosafarbenen Baumwollhemds. »Was hat er? Wo ist er?« Inzwischen zittere ich.

»Oben.« Ihre grünen Augen füllen sich mit Tränen, die ihr die sommersprossigen Wangen hinunterlaufen und sich dort sammeln.

»Was? Was fehlt ihm denn, Claire?« Ich lege ihr die Hand auf die Schulter, um ihre Aufmerksamkeit zurückzugewinnen. Ihre Augen wirken stumpf. Leblos. Sie sieht aus wie ein Zombie. »Claire?«

»Er hat mit anderen Leuten geschlafen … hauptsächlich mit Männern, Courtney … offenbar solchen, die von sexuell übertragbaren Krankheiten befallen sind.« Als sie würgt, bin ich sicher, dass sie sich gleich übergeben muss. Deshalb greife ich nach dem Mülleimer mit dem kleinen silbernen Pedal und halte ihn ihr hin. Sie schiebt ihn weg und schluckt heftig und hörbar. Ich lasse den Mülleimer fallen, sodass er klappernd auf dem dunklen Holzboden landet. Ich bringe keinen Mucks heraus und kann ihre Worte nicht verarbeiten. Sie fliegen in meinem Kopf wild durcheinander, aber alles hört sich danach an, als hätte sie gerade gesagt, Martin habe mit Männern geschlafen. Martin Carney ist doch nicht schwul. Was hat sie nur?

»Aber … aber … aber Martin ist doch nicht schwul, Claire«, stammle ich.

Sie schüttelt den Kopf und schiebt sich grob den Pony aus den Augen. Ihre Hand bleibt auf ihrem Scheitel liegen und umkrallt ein Haarbüschel.

»Nein, ist er nicht, Claire. Allerdings ist er eindeutig bisexuell.« Als sie ihr Haar loslässt, steht es ihr zu Berge, als wäre sie soeben furchtbar erschreckt worden. Ja, Sie werden es nicht glauben, aber ich fange an zu lachen. Ich bin machtlos dagegen. Es ist völlig absurd. Claire lehnt am Küchenblock. Ich bemerke eine halb leere Flasche Rotwein und ein volles Glas.

»Bist du betrunken, Claire?«, frage ich. Beim Anblick ihrer Miene erstirbt mein Lachen. Sie starrt mich nur an, als hätte ich nicht mehr alle Tassen im Schrank.

»Ein bisschen. Ja.« Sie nickt. Erst jetzt nehme ich ihre rot befleckten Lippen und Zähne zur Kenntnis. »Das ist überhaupt nicht komisch, Courtney. Ich weiß, dass du in angespannten Situationen lachst, aber bitte …« Sie bricht ab.

»Es tut mir leid. Mein Gott, du weißt, wie leid es mir tut. Natürlich ist es nicht komisch. Ich reagiere nur aus Nervosität so, das ist dir doch klar … Entschuldige. Gut, du sagst also, dass Martin mit anderen Männern geschlafen hat und nun an einer sonderbaren Krankheit leidet?« Ich bin absolut wirr im Kopf, als ich mich der Weinflasche nähere.

Sie verzieht angewidert das Gesicht und erschaudert.

»Ich war erst am Samstagabend hier«, fahre ich fort. »Martin lag mit Grippe im Bett, und du wolltest oben seine Bettwäsche wechseln. Er hat sich geweigert, zum Arzt zu gehen …« Ich liste alle banalen Fakten auf, bis sie mich unterbricht.

»Ha! Natürlich nicht. Er hätte sowieso nur Sex mit ihm haben wollen!«

»Claire!« Ich halte mir beide Ohren zu.

»Oder mit ihr«, fügt sie hinzu. »Weißt du was, Courtney? Ich habe nichts gegen Bisexuelle. Ich habe für die Homo-Ehe gestimmt. Ich habe viele schwule und lesbische Freunde. Wahrscheinlich sogar bisexuelle. Ich stecke die Nase nicht in das Privatleben anderer Leute. Außer natürlich, wenn es sich bei dieser Person um meinen Ehemann handelt!«

»Wann hat er es dir gestanden? Wie hast du es rausgekriegt? Warum hast du mich nicht angerufen?« Meiner Ansicht nach alles vernünftige Fragen. Ich reiche ihr das volle Glas Rotwein und schenke mir auch einen kleinen Tropfen ein. Ich bin mit dem Auto da, doch jetzt hat es medizinische Gründe. Eigentlich bin ich nur gekommen, um sie zu bitten, mir für meine Reise nach Cornwall am Mittwoch ihr schickes Gepäckset zu leihen. Ich hatte gedacht, dass sie sich freuen würde, weil ich fliege. Mit so etwas habe ich nicht gerechnet.

»Es war mir zu peinlich.« Sie schüttet die rote Flüssigkeit in sich hinein. »Den ganzen Tag habe ich versucht, mich bei dir zu melden, aber immer wenn ich den Knopf drücken wollte, habe ich es nicht geschafft. Das heißt … ich wusste nicht, wie ich es ausdrücken soll.« Sie trinkt.

»Du stehst unter Schock«, teile ich ihr mit.

»Es ist mehr als nur ein Schock, Courtney. Ich könnte ihn umbringen.« Es gelingt ihr, ruhig zu sprechen.

»Was genau hat er zu dir gesagt?« Ich nippe an dem bitteren Getränk.

Claire zieht sich einen Barhocker heran und hievt sich hinauf. Heute wirbelt sie nicht damit herum. Ich stelle fest, dass ihre Fußsohlen schwarz sind.

»Oh, wo fange ich an? Wo fange ich an, Courtney? Ich begreife es noch immer nicht ganz.« Sie bläht die Brust und atmet lange und tief durch die Nase ein.

»Ganz langsam. Schildere es mir so, wie es dir am leichtesten fällt.« Ich setze mich auf einen Hocker ihr gegenüber. Langsam pustet sie durch eine kleine Öffnung ihres Mundes Luft aus.

»Nachdem du weg warst, habe ich die Zimtplätzchen zu Ende gebacken und bin nach oben, um Martins Bettwäsche zu wechseln. Da er im Bad war, habe ich gleich losgelegt. Als ich die Bettdecke hochgezogen habe, fiel ein kleines braunes Plastikdöschen heraus. Beim Aufheben habe ich festgestellt, dass es Tabletten sind. Sein Name stand darauf. Er kam aus dem Bad und schaute mich nur an, wie ich das Döschen in der Hand hielt. Martin und ein Döschen Tabletten. Er, der sein Leben lang kein verschreibungspflichtiges Medikament genommen hat. Ich habe ihn gefragt, wogegen die sind. Er antwortete, es sei ein Antibiotikum. Er sei auf Rat eines Exlovers letzte Woche beim Arzt gewesen.«

Als sie mich ansieht, ist ihr Blick stumpf und verzweifelt. Mit zitternder Hand greift sie wieder nach ihrem Weinglas, liebkost es und klammert sich daran, als ob es um ihr Leben ginge.

»O mein Gott … red weiter.« Beinahe flüstere ich.

»Ich habe es nicht gleich kapiert. Und ›Exlover‹? Wer? Anna-Rose McCarthy vor siebzehn Jahren? Das habe ich ihn tatsächlich gefragt. Er schüttelte den Kopf, und dann sind seine Gesichtszüge entgleist, Courtney. Er ist vor mir zusammengeklappt. Er fiel auf die Knie und sagte zu mir, er habe eine Lüge gelebt.« Mit einer unsicheren Bewegung stellt sie ihr Glas weg, fährt sich mit der Hand über den Mund und zieht die Haut nach unten. Dann spricht sie weiter. »Er hat mir gebeichtet, er sei bisexuell und habe mit Männern geschlafen. Hauptsächlich freitagnachts, wenn ich mit dir unterwegs war … in Schwulensaunas … eines Tages sei ein Mann zu ihm in die Schule gekommen und habe ihm erklärt, er habe Syphilis und Tripper und Martin müsse sich auch testen lassen.«

»Verdammter Mist!« Ich ziehe jeden Vokal in die Länge.

»Ich habe beim Waschen grüngelbliches Zeug in seinen Boxershorts entdeckt, es aber nicht erwähnt, weil ich ihn nicht in Verlegenheit bringen wollte. Außerdem hat er dauernd über Hodenschmerzen geklagt. Ach, Courtney, vielleicht wollte ich es ja gar nicht wissen. Offenbar hat er sich Blut abnehmen lassen und einen Anruf gekriegt, der Syphilistest sei negativ, der auf Tripper positiv ausgefallen. Er müsse frühere Sexualpartner informieren und sofort mit der Behandlung beginnen. Da hat er sich ins Bett gelegt. Er hat wirklich die Grippe, das sind keine Symptome einer Geschlechtskrankheit. Auf ein Testergebnis wartet er noch …«

Sie bemerkt, dass ich ihr nicht mehr folgen kann.

»Begreifst du denn nicht? Ja, gut, er hat die Grippe, aber außerdem eine ernst zu nehmende Geschlechtskrankheit. Vielleicht sogar noch eine andere … und du weißt, was das bedeutet, oder?«

»Was denn, Claire? Verrat es mir?«, frage ich mit offenem Mund.

»Es bedeutet, Courtney, dass ich, ganz gleich, was er hat, es ziemlich sicher auch habe, verdammt! Weißt du, was meine Hausärztin gesagt hat, als sie heute Morgen hier war, um mir Blut abzunehmen? ›Es ist kein Verbrechen, bisexuell zu sein.‹ ›Ist es schon, wenn man mit mir verheiratet ist, verdammt‹, habe ich geantwortet!« Ihre Lippe zittert, ihr Atem geht stoßweise, und dann fließen wieder heftig die Tränen.

»Das ist alles so schnell passiert. Wie … wie nur? Was soll das?« Mir brummt der Schädel.

»Er könnte HIV haben – wir könnten beide HIV haben«, schluchzt sie.

»Gütiger Himmel«, ist alles, was ich herausbringe.

»Ich kriege die Laborergebnisse diese Woche.« Sie leert ihr Glas.

Ich schweige und fühle mich, als hätte mir jemand eins mit einem Ziegelstein übergezogen. Ich kann nicht mehr klar denken. Sie mustert meine panische Miene.

»Ja.« Sie zwingt sich zu einem Zwinkern. »Ich bin ein echter Glückspilz, was?«

»Was wirst du tun?«, erkundige ich mich. Es ist für mich unfassbar. Schon immer wusste ich, dass Claire ein bisschen mehr auf Martin stand als umgekehrt. Aber ich habe nie eine Sekunde daran gezweifelt, dass er sie liebt.

»Er nimmt das Antibiotikum, das gegen den Tripper helfen sollte, aber Grippe hat er immer noch. Heute Abend will er mit mir reden …« Sie muss sich beruhigen, um wieder Luft zu bekommen. Ich nicke nur langsam. »Das werde ich auch tun, aber wenn ich gnadenlos ehrlich bin, Courtney, bin ich nicht sicher, ob ich das alles aushalte. Mir ist kotzübel, und ich kann weder essen noch schlafen.«

Ich atme ganz lange aus und schüttle den Kopf. Noch immer fehlen mir die Worte. Ich habe schlichtweg keine Ahnung, was ich sagen soll, aber ich muss mir etwas einfallen lassen.

»Will er weiter mit dir verheiratet bleiben?«, frage ich.

»Will er. Er sagt, dass er mich liebt, mehr als alles andere. Allerdings sei er schon immer bisexuell gewesen und habe es mir nur verheimlicht. Er hat mich gebeten, ihn zu akzeptieren.«

»Und du hattest nie einen Verdacht?« Ich kann nicht anders.

»Überhaupt keinen.« Schniefend wischt sie sich die Nase mit dem Handrücken ab. Ich fördere ein Papiertaschentuch aus meiner Gesäßtasche zutage, denke noch einmal nach und reiche ihr die restliche Packung.

»Ich weiß nicht, was ich sagen soll«, flüstere ich.

»Keine Ahnung … Obwohl es für andere Leute wohl weniger überraschend kommen wird. Ich meine, schau mich doch an, Courtney. Welcher Mann würde denn wirklich auf mich stehen? Vielleicht war ich all die Jahre nur seine Tarnung.« Sie sieht mich an.

»Stopp … Tu dir das nicht an«, entgegne ich trotz des dicken Kloßes in meiner Kehle, während ich die Hand ausstrecke und ihr die Tränen abtupfe. Sie putzt sich die Nase.

»Mir ist klar, dass die Leute so über mich und Martin dachten, Courtney, selbst als wir Teenies waren und miteinander gegangen sind. Martin war so attraktiv und sportlich. Sicher fanden die Leute es seltsam, dass er sich mich ausgesucht hat. Ich konnte ihm nie das Wasser reichen. ›Was sieht der Typ nur in dieser fetten Tussi?‹ Das habe ich mehr als einmal gehört, als ich am Spielfeldrand stand und ihn beim Basketball angefeuert habe.«

Als die Dielenbretter knarzen, fahren unsere Köpfe nach oben. Plötzlich ist es, als wäre dort oben ein Fremder.

»Ich gehe besser. Es ist deine Privatsache, Claire. Eigentlich sollte ich gar nicht hier sein. Aber du weißt, wie du mich erreichen kannst, wenn du mich brauchst.«

Sie nickt.

»Claire … was empfindest du für Martin? Willst du noch mit ihm zusammen sein?«

»Ich glaube, um darauf zu antworten, muss ich noch ein wenig Zeit zum Nachdenken haben, Schatz, okay?«, meint sie tapfer lächelnd.

Ich umarme sie, so fest ich kann, nehme meine Tasche und steure auf die Tür zu. Sie folgt mir, überholt mich in der Vorhalle und hält mir die Tür auf. Ich trete in die angenehm warme Mailuft hinaus.

»Und das Schlimme ist, dass ich seinetwegen für immer auf Kinder verzichtet habe.« Claire blickt sich im Garten um, als sähe sie ihn zum ersten Mal.

»Oh, Claire, das tut mir so leid.« Eine Sekunde lang schließe ich die Augen. Als ich sie wieder öffne, hat sie die Tür schon zugemacht.

Fünf

»Letzter Aufruf für Aer Lingus Flug EI552 nach Newquay, Einsteigen an Gate 4C«, verkündet der Flughafenlautsprecher.

»Ach, macht schon!« Angesichts der sich unglaublich langsam voranwälzenden Schlange bei »Grab and Fly Coffee«, in der ich nun schon seit etwa einer Viertelstunde stehe, ringe ich die Hände. Ich gebe auf und gehe unversorgt zum Gate. Ohne meinen Morgenkaffee bin ich zu nichts zu gebrauchen. Normalerweise bekomme ich von Hajra, der Schwester in Oma Alice' Pflegeheim, eine starke Tasse. Aber heute Morgen war sie nicht da. Außerdem ist Tom aus irgendeinem Grund vormittags aufgekreuzt, weshalb ich verschwunden bin und eigentlich geplant habe, meinen Kaffee am Flughafen zu trinken. Im Flugzeug werde ich einen bekommen, hoffe ich.

Flughäfen haben sich zu Örtlichkeiten entwickelt, wo ich mich nicht mehr wohlfühle. Früher war ich begeistert von ihnen. Wahrscheinlich deshalb, weil Oma Alice und ich Irland nie verlassen haben. Und als ich anlässlich meines allerersten Urlaubs, meiner Flitterwochen auf Mallorca, im Alter von zwanzig Jahren einen Flughafen betrat, war er für mich der aufregendste Ort der Welt. Inzwischen hat sich dieses Gefühl dank der ewig dauernden Sicherheitskontrollen und der scheußlich bedrohlichen Atmosphäre, die Flughäfen mittlerweile ausstrahlen, ziemlich gelegt.

Auf dem Weg zum Gate erhasche ich in den langen Flughafenspiegeln einen Blick auf mich. Mein Look ist das, was man als Business-Outfit beschreiben könnte, zumindest hoffe ich das. Mein langes blondes Haar ist mit einem Glätteisen bearbeitet und zu einem tief sitzenden Pferdeschwanz à la Yvonne zusammengefasst. Ich trage schwarze Lackschuhe mit niedrigen Pfennigabsätzen. Der taillierte Hosenanzug besteht aus einer dreiviertellangen schwarzen Hose und einem schicken Sakko mit einem schlichten weißen T-Shirt darunter. Als ich einen vorsichtigen Schritt auf die Rolltreppe mache, halte ich den schwarzen Henkel meines kleinen Koffers gut fest und bleibe ganz rechts, damit ich niemandem den Weg versperre. Dabei atme ich langsam aus und versuche, meine Gedanken zu ordnen, die sich derzeit überschlagen.

Gestern Abend habe ich zwei große Gläser Rotwein und einige Rescuetropfen gebraucht, um einschlafen zu können. Wie ich ganz richtig vorausgesehen habe, war Susan außer sich vor Glückseligkeit als ich ihr erzählte, dass ich aus beruflichen Gründen nach Cornwall müsse und sie am Mittwoch bei Dad und Mar-nee übernachten dürfe. Sie hat tatsächlich gejubelt und mich umarmt. Seit unserem Streit in der Küche am Sonntagnachmittag waren es die ersten Worte, die wir miteinander gewechselt haben.

Menschen drängen sich rennend, keuchend und gestresst an mir vorbei. Wieder hole ich Luft. Es ist ja nicht so, dass meine Nerven nicht bereits blank liegen würden. Keine Ahnung, warum ich diese Reise nicht abgesagt habe. Claire braucht mich. Oma braucht mich. Und ich übergebe Susan in Mar-nees gefährliche Klauen.

Gestern habe ich Claire nicht gesehen. Ich habe zwar angerufen und ihr eine SMS geschickt, doch sie antwortete nur, alles sei okay, sie habe mit Martin geredet. Weitere Einzelheiten erfuhr ich nicht, doch wenn wir am Freitagabend essen gehen, werde ich den Rest zu hören kriegen. Ich begreife es noch immer nicht. Sie denkt, dass sie heute ihre Laborergebnisse bekommt. Deshalb werde ich mich später bei ihr melden. Ich frage mich, wie es Martin damit geht, dass ich über alles informiert bin. Wie konnte er ihr so etwas antun? Ich weiß, dass er sich seine sexuellen Neigungen nicht ausgesucht hat. Das ist auch nicht mein Thema. Vielmehr geht es mir um seine unverfrorene Verlogenheit und Unaufrichtigkeit. Hoffentlich werde ich diese Reise nicht bereuen. Ich habe häufig solche Vorahnungen und bin eine eingefleischte Anhängerin der Maxime, dass nichts ohne Grund geschieht.

»Verzeihung!« Ein Mann mit Aktenkoffer stürmt an mir vorbei und knallt mir das Ding gegen den Oberschenkel, sodass ich aufschreie. Das tat verdammt weh. Er rennt weiter. Kein »Es tut mir schrecklich leid, alles in Ordnung?« oder ein »Entschuldigung, ich habe es entsetzlich eilig«. Nichts. Null. Sofort fühle ich mich an meinen Onkel Tom erinnert. Unhöflich. Gleichgültig. Ich reibe mir das Bein und trete von der Rolltreppe. Im ersten Moment hinke ich, bis sich mein Körper an die Schmerzen gewöhnt hat, und gehe dann weiter. Ich neige zu Druckstellen wie ein Pfirsich, also dürfte es ein ordentlicher Bluterguss werden.

An Gate 4C steigen die Passagiere bereits ein. Ich überreiche einem Flugbegleiter meine Bordkarte und mache mich auf den Weg durch den dunklen Tunnel zum Flugzeug. Ich muss mich abmühen, meinen Koffer ins Gepäckfach zu quetschen, weil es schon recht voll ist, schaffe es aber irgendwie.

Nachdem ich auf meinem Fensterplatz sitze und mich angeschnallt habe, hole ich die Formulare aus der Tasche. Es ist nicht weiter schwierig. Wir brauchen nur eine Genehmigung vom Rathaus für unsere geplanten Öffnungszeiten. Lar und ich hielten es für eine gute Idee, donnerstags und freitags bis spätabends zu öffnen, um die Touristenfamilien anzulocken, die gemeinsam spazieren gehen und vielleicht bei uns hineinschauen würden. Das ist ein Thema, das die Behörden mit uns erörtern wollen.

Das neue Büro war in grauer Vorzeit einmal ein Postamt. Ich habe es noch nie gesehen. Und dann ist da noch der Punkt, die Wohnung darüber einzurichten. Vielleicht *meine* Wohnung. Vor Aufregung macht mein Magen einen Satz. Mir passieren solche Dinge nicht.

»Meine Damen und Herren, ich fürchte, dass wir heute an Bord keine Heißgetränke servieren können. Wir haben ein technisches Problem mit unserem Wasserkocher«, verkündet nun der Flugbegleiter, der meine Bordkarte entgegengenommen hat.

Ach, kommt schon. Wie wahrscheinlich ist das denn? Höflich folge ich den Sicherheitsinstruktionen und bestelle ein Mineralwasser und ein Schokocroissant, als der Servierwagen kommt.

Da der mittlere Platz unbesetzt ist, verläuft der Flug angenehm, und ehe ich michs versehe, breitet sich Newquay unter mir aus wie eine begrünte Patchworkdecke. Rasch stecke ich die Papiere weg, drücke die Nase an die dicke Scheibe des kleinen, ovalen Fensters und bewundere das blendend funkelnde Meer. Es ist schön, wieder hier zu sein. Dieser Tony Becker wollte mich abholen. Ich erinnere mich an unser Telefonat gestern Abend, bevor ich Feierabend gemacht habe.

»Der Flug dauert eine Stunde und fünfzehn Minuten. Ich lande um halb vier Uhr nachmittags in Newquay.« Ich las ihm die Daten vor, während ich buchte, online eincheckte und meine Bordkarte ausdruckte.

»Gut.« Offenbar notierte er sich etwas. Wie *vernünftig*, dachte ich. *Ich wette, der ist auch so ein Perfektionist.*

»Also sehen wir uns dann, Tony. Wir können sofort ins Rathaus fahren. Ich checke in mein Hotel ein, nachdem wir alles Nötige erledigt haben. Anschließend schaue ich mir die Wohnung an. Der Möbelladen heißt Brian Fogg, sagten Sie? Ich kann mir gern anschließend ein Taxi nehmen, ich brauche Sie danach nicht mehr.« Ich faltete meine Bordkarte in der Mitte zusammen und verstaute sie in meinem großen Terminkalender.

»Hä …? Ja, in Ordnung«, antwortete er.

»Nun, vielen Dank, Tony.«

»Ja … ja, bestens …« Er legte mitten im Reden auf.

Ich habe das unangenehme Gefühl, dass mir dieser Mensch unsympathisch sein wird. Er scheint kein sonderlich gesprächiger Zeitgenosse zu sein. Aber zumindest ist er mit seiner Arbeit beinahe fertig, und wenn ich den Job den Sommer über annehme, werde ich keinen Grund mehr haben, mich mit ihm zu beschäftigen.

Das Bitte-anschnallen-Zeichen leuchtet auf, und der Pilot teilt uns mit, dass wir gleich landen werden. Ich schiebe die häuslichen Dramen beiseite, werde ein wenig durchgerüttelt, als wir im Sinkflug auf Wolken treffen, und sage mir, dass ich mich in den nächsten vierundzwanzig Stunden konzentrieren muss. Das ruhige blaue Meer winkt mir zu, und allmählich ergreift mich Aufregung, weil ich Cornwall und St Ives wiedersehen werde und vielleicht einen wundervollen Sommer dort allein mit Susan verbringen kann.

Die Landung verläuft sanft, und wir steigen im Heck des Flugzeugs aus. Wie ich nach meinem letzten Besuch hier weiß, ähnelt der Flughafen von Newquay einem kleinen Metallschuppen. Er steht an der Nordküste von Cornwall und hat früher als Basis für mit Atombomben bestückte Kriegsflugzeuge gedient. Doch das Tollste daran ist, dass man sich wegen seiner geringen Größe gut darin zurechtfindet. Ein Flughafen nach meinem Geschmack. Ich vergleiche ihn mit dem Drunter und Drüber auf dem Flughafen von Dublin vorhin und atme erleichtert auf. Ich bin in Cornwall.

Nun kommt eine vierundzwanzigminütige Fahrt, bei der Tony und ich auf dem Weg nach St Ives die Formulare erörtern können.

Ich husche aufs Damenklo, bürste mir die Haare und binde meinen Pferdeschwanz neu. Außerdem trage ich rosafarben getönten Lipgloss auf. Danach gehe ich zum mehr oder weniger menschenleeren Ankunftsbereich und halte Ausschau nach einem Mann, der allein ist und ein Schild mit meinem Namen oder dem der Firma hochhält. Da sind keine Männer ohne Begleitung. Ich sehe nur eine Chinesin, die ein Cornetto isst, eine gestresst wirkende Familie und einen jungen Typen mit einem ziemlich verwelkten Rosenstrauß in der Hand. Ich lehne mich ans Geländer, klemme den Koffer zwischen die Beine und überprüfe mein Telefon auf Uhrzeit und Nachrichten. Es ist fast Viertel vor vier. Vielleicht hat er mir ja Zeit gelassen, bis hierher zu kommen. Für einen Kaffee könnte ich einen Mord begehen, und gleich am Ende des Ganges gibt es eine Starbucks-Filiale. Doch ich wage nicht, mich von der Stelle zu rühren, damit wir uns bloß nicht verpassen. Also schicke ich Susan eine SMS, damit sie sie sofort nach der Schule lesen kann. Und dann warte und warte ich. Von jemandem, der mich abholt, fehlt jede Spur.

Nach einer Weile, um zwanzig nach vier, rufe ich ihn auf dem Mobiltelefon an. Ich erreiche nur die Mailbox. Da ich mir dessen bewusst bin, dass das Rathaus vermutlich um fünf schließt, hinterlasse ich eine Nachricht.

»Tony, hier spricht Courtney Downey. Ich nehme an, dass Sie mich nicht wie vereinbart abholen werden. Deshalb nehme ich jetzt ein Taxi zum Rathaus. Ich warte dort auf Sie.«

Ende des Anrufs. Was für ein absolutes Turboarschloch. Wenn er nicht von selbst vorgeschlagen hätte, mich abzuholen, würde ich mich nicht so ärgern. Mein Telefon läutet. Ich frage mich, welche lächerliche Ausrede er mir auftischen wird, aber er ist es nicht, sondern Celine, die Organisatorin von Susans Geburtstagsparty im Sportverein. Sie braucht noch ein paar letzte Zahlen, die ich ihr gebe. Nur drei Interessenten für die vegetarischen Hamburger: Mar-nee, David und das Geburtstagskind selbst. Herrje, ich hoffe wirklich, dass Susan Spaß an der Party hat.

Draußen bewölkt es sich, doch die Luft ist unglaublich warm und duftet. Ich beschließe, noch ein paar Minuten zu bleiben, lehne mich an die Mauer mit der Aufschrift »Willkommen in Newquay« und schaue ein letztes Mal auf mein Telefon, bevor ich das erste Taxi in der Reihe nehme und die Adresse des Rathauses nenne. Es befindet sich in der Fore Street, gleich neben der Shoppingmeile.

Unterwegs nehme ich die atemberaubend schroffe Landschaft kaum wahr, weil ich ständig aufs Telefon starre und auf eine Nachricht von der armen Claire warte. Was wird sie jetzt tun? Wie konnte Martin so brutal und gedankenlos sein? Sein Verhalten ist unverzeihlich. Und das Schlimmste ist das Wissen, dass es Claire für den Rest ihres Lebens das Herz brechen wird. So sehr hat sie Martin geliebt. Ich kann nichts sagen oder tun, um meiner wundervollen Freundin zu helfen, und das bricht auch mir das Herz.

Da der Taxifahrer anfängt, mit mir zu plaudern, stecke ich das Telefon weg. Wir erörtern den Wetterbericht für die nächsten Tage, und er empfiehlt mir einige Restaurants. Das Gespräch ist sehr interessant, denn er war, wie er mir mitteilt, früher Küchenchef.

»Vor vielen Jahren, meine Liebe. War ein Familienunternehmen. Ich bin ausgestiegen!« Sein rechter Arm lehnt bequem im offenen Fenster. Sein Akzent ist Musik in meinen Ohren, was ich ihm auch sage.

»Tja, der West-County-Akzent wimmelt von fallen gelassenen Hs. Im Fernsehen wollen sie einen glauben machen, dass wir alle reden wie die Figur aus *Die Vogelscheuche,* stimmt aber nicht. Ich stehe zur Geschichte unserer Sprache. Klingt ungewöhnlich, ja, aber ich liebe auch die Wörter und Redewendungen, die noch aus dem vierzehnten Jahrhundert stammen. Die sind einzigartig.«

Ich nicke und betrachte seine Lizenz, die an einem Foto von drei lächelnden kleinen Jungen klemmt. Zweifellos seine Söhne.

»Faszinierend. Aber das Kochen … die Gastronomie … ist doch sicher harte Arbeit, Steve?« Das ist eigentlich keine Frage, sondern eher eine Suche nach Bestätigung.

»Ja, die Arbeitszeiten sind anstrengend, doch ich habe es geliebt. Ich bin in St Ives aufgewachsen. Wir sind zwar für unsere Cornish Pasties berühmt, aber wir bieten auch gehobene Küche. Meine Großmutter hatte ein Restaurant nah am Ufer, im alten Fischerdorf. Ein Fischrestaurant, inzwischen heißt es

Meloria's. Hummer und Krabben, gefangen am Kai ganz in der Nähe. Mein jüngster Bruder leitet es jetzt. Es ist nicht einfach, gegen die vielen Fischrestaurants hier zu bestehen, doch er hat das nötige Durchhaltevermögen.« An seinem Hinterkopf wachsen graue Haarbüschel. Wieder mustere ich sein Ausweisfoto. Steve hat einen langen grauen Kinnbart und lachende Augen.

»Ich könnte mich ausschließlich von Meeresfrüchten ernähren«, erwidere ich. »Mein Lieblingsessen sind Linguine mit Meeresfrüchten. Meine Oma hat das oft gekocht.« Da die Fenster hinten auch offen sind, erfüllt der Geruch von Seetang das große Taxi.

»Dann sollten Sie unbedingt im *Meloria's* essen, meine Liebe. Seebarsch, Kammmuscheln, Austern. Außerdem Blick auf den Hafen. Jessica, einer der Küchenchefs, macht die besten Linguine mit Meeresfrüchten. Und mein Bruder hätte so mehr Umsatz. Wäre sehr nett von Ihnen.« Er kichert.

Er steuert auf das Rathaus zu, und als er anhält, stecke ich mein Notebook ein und bezahle die Rechnung. Steve springt aus dem Wagen und hält mir die Tür auf. Ha! Wie schön, dass Kavaliere noch nicht ausgestorben sind.

»Da ist es, das Gebäude dort drüben.« Steve zeigt mit dem Finger darauf und schüttelt mir dann freundlich die Hand.

»Danke, Steve«, antworte ich und wende mich ab.

»Moment mal«, meint er, worauf ich mich wieder zu ihm umdrehe. »Hat Ihnen schon mal jemand gesagt, dass Sie Kate Winslet sehr ähnlich sehen?« Ich warte ab. »In *Titanic?*«

»Ja, das höre ich öfter.« Ich lache.

Das Rathaus ist ein kleines, weiß getünchtes Gebäude mit einer großen grünen Tür. Auf der niedrigen roten Backsteinmauer rings herum spielen einige Kinder mit ihren Kreiseln.

Es steht ganz am Ende der Fore Street. Als ich eintrete, sehe ich Touristen über die kopfsteingepflasterte Straße schlendern.

»Endlich, verdammt!«

Ein Mann springt auf. Ein überlebensgroßer Mann. Seine Präsenz ist so überwältigend, dass mir die Knie ein wenig weich werden. Mein Hirn taucht für ein paar Minuten ab. Er ist etwa eins fünfundneunzig, ein Bär von einem Mann, kräftig gebaut und einfach nur zum Umfallen hinreißend. Dieser Mann könnte jederzeit in einem Kinofilm mitspielen. Damit habe ich nicht gerechnet. Tony Becker ist Sex auf Beinen.

»Verzeihung?« Ich schüttle mir das Wasser aus dem Hirn und stelle den Koffer ab. Die kühle, klimatisierte Vorhalle ist bis auf uns menschenleer.

»Courtney Downey, wie ich annehme?«, fragt er mich mit dröhnender Stimme. Neben ihm fühle ich mich einen halben Meter groß.

»J-j-ja … Sind Sie Tony?«, stammle ich. Mein Mund ist so trocken, dass ich an der Innenseite meiner Wangen lutsche, um ein wenig Speichel zu mobilisieren.

»Ja, bin ich, und Sie sollten schon vor einer Stunde hier sein. Ich habe Ihren Flug überprüft. Er war pünktlich, wegen der Winde sind Sie sogar sechs Minuten früher gelandet.« Er steckt die Hände tief in die Taschen seiner Jeans. Ich sehe seine silberne Gürtelschnalle und einen Streifen Haut. Mein Kopf fährt auf und nieder, bis mein Blick wieder auf seinem Gesicht ruht. Was ist hier los?

»Nun, Sie wollten mich vom Flughafen abholen!«, stoße ich hervor. Inzwischen ist mir recht unbehaglich zumute. Außerdem bin ich stinksauer.

»Nein, nein, das war nie der Plan. Ich erinnere mich deutlich daran, dass Sie am Telefon gesagt haben, Sie würden ein Taxi nehmen und mich nicht brauchen.« Er starrt auf mich herunter.

»Habe ich nicht!« Als ich mir zornig auf die Seite schlage, treffe ich meinen frischen Bluterguss und zucke zusammen.

»Haben Sie schon.« Er ahmt meine Geste nach.

»Nein!« Ich schüttle heftig den Kopf.

»Offenbar doch!« Er schnaubt und tut meiner Wahrnehmung nach so, als knurrte er mich an.

»O mein Gott, Sie sind ja so eine Nervensäge …«, empöre ich mich.

»O mein Gott, Sie auch!«, äfft er mich wieder mit einem miesen Grinsen nach. »Sagen Sie mal, wurden Sie je wegen einer Straftat festgenommen oder angeklagt?«

»Tony, sind Sie alle bereit?«, ruft jemand, ehe ich etwas entgegnen kann.

Eine attraktive Frau mit hohen Keilabsätzen, einem langen roten Kleid und einem großen, runden Haarknoten kommt auf uns zu.

»Entschuldige, Marina, dass wir dich aufhalten. Eine kleine Verwechslung.« Sein Tonfall wird versöhnlicher, und auf seinem hinreißenden Gesicht breitet sich ein strahlendes Lächeln aus. Er sieht wirklich aus wie ein Filmstar. Dunkles Haar, so kurz, dass es fast wie rasiert wirkt und ein bisschen stachelig nachwächst. Die dunkelsten Augen und die dichtesten Brauen, die mir je untergekommen sind. Bestimmt würde Claire Carney ganz schnell blinzeln und diesen Mann in ihrer Gedächtnisdatenbank speichern. Oder? Arme Claire. Wieder trifft mich ihre schreckliche Lage wie ein Schlag in die Magengrube.

Tony tippt mir auf die Schulter. »Sind Sie noch bei uns?«

Das alles ist ein wenig verstörend. Ich bin weiterhin wütend auf ihn. Aber ich nehme mich zusammen, schalte mein Telefon aus und betrete den Besprechungsraum.

Sechs

»Tja, das ist ja gut gelaufen«, meint Tony zu mir, als wir das Gebäude verlassen. Die Wolken haben sich verzogen, der Himmel über uns ist klar und blau. Die Hitze auf meinem Gesicht fühlt sich traumhaft an. Der wundervolle Geruch von frischem Kaffee steigt mir in die Nase. Ich schnuppere. Ich hatte gedacht, dass Marina uns Kaffee anbieten würde, wahrscheinlich hätte ich ihn ihr aus der Hand gerissen. Aber es gab nur Mineralwasser und Safranbrötchen.

»Ja, dank Ihrer Hilfe«, antworte ich. Da ich schwitze, ziehe ich die Jacke des Hosenanzugs aus. »Es war wirklich wichtig, dass wir die Genehmigung für verlängerte Öffnungszeiten donnerstags und freitags bekommen«, füge ich in geschäftsmäßigem Ton hinzu. Tony setzt sich auf die niedrige Mauer und schlägt die langen Beine übereinander. Als ich zu ihm aufschaue, erinnert er mich an den Riesen in *Hans und die Bohnenranke*. Neben ihm fühle ich mich wie der kleine Hans, so überwältigend ist Tonys körperliche Präsenz. Ich setze mich neben ihn, allerdings nicht zu nah, und schiebe mit den Beinen meinen Koffer zwischen uns. Wie gerne hätte ich jetzt einen Kaugummi oder ein Pfefferminzbonbon. Vermutlich riecht mein Atem nicht sehr frisch. Ich bereue die Knoblauchkartoffeln mit Tofu, die ich gestern Abend für uns gekocht habe. Zum Teil, weil sie sehr fade und unbefriedigend schmeckten, zum Teil, weil ich jetzt bestimmt stinke. Normalerweise stört es mich nicht, dass ich so viel Knoblauch verwende.

»Soll ich Sie bei Ihrem Hotel absetzen, damit Sie Ihren Koffer loswerden?«, fragt er mich mit einem frechen Grinsen.

»Nein, schon gut, ich behalte ihn für den Moment bei mir. Wenn wir fertig sind und alles erledigt ist, nehme ich mir ein Taxi«, erwidere ich. Wenn ich nicht gleich einen Kaffee kriege, fange ich an zu weinen. Er nickt, rutscht auf der Mauer herum, holt sein Telefon heraus und sucht etwas.

»Ich kenne einen guten Taxifahrer, den ich später für Sie anrufen kann.« Dann hält er inne. »Normalerweise mache ich solche Fehler nicht. Ich bin absolut sicher, dass Sie gesagt haben, Sie würden am Flughafen ein Taxi nehmen.«

Ich lasse das Gespräch Revue passieren. Er schien damit beschäftigt gewesen zu sein, sich etwas aufzuschreiben. Und ich habe gleichzeitig online eingecheckt.

»Meiner Ansicht nach irren wir uns beide. Wenn ich mich recht entsinne, sagte ich, ich würde mit dem Taxi ins Hotel fahren, sobald wir mit allem fertig sind.« Jedes Mal, wenn er mich anblickt, werde ich mir meines Aussehens bewusst. Keine Ahnung, warum. Ist mein Eyeliner verlaufen? Hat er mein Dreifachkinn bemerkt?

»Aha«, antwortet er und scrollt weiter auf seinem Telefon. »Ich saß nachmittags am Küchentisch und wollte mein Kreuzworträtsel zu Ende machen. Vielleicht habe ich nicht richtig aufgepasst.« Er lächelt breit. Er hat makellos gerade Zähne.

»Ihr Kreuzworträtsel?« Ich kann mir ein Lachen nicht verkneifen.

»Das nehme ich sehr ernst. Ich möchte mein Gehirn trainieren. Hören Sie, Courtney Downey, das Missverständnis tut mir leid. Darf ich Sie zum Hotel fahren, nachdem wir fertig sind?« Seine großen Augen schauen mich flehend an.

»Danke, das wäre spitze. Wenn Sie wirklich wollen.«

Er rührt sich nicht, sondern starrt mich nur weiter an, und zwar eindringlich, was mich ein wenig verlegen und beklommen macht.

»Werde ich hier warten, während Sie Ihr Auto holen, und dann kommen Sie nie zurück?« Scherzhaft ziehe ich die Augenbrauen hoch.

»Sie sind mir ein Witzbold … Finden Sie nicht, dass Zahnverblendungen das Komischste sind, was Sie im ganzen Leben gesehen haben?«, fragt er und klopft sich mit dem kleinen Finger an die Zähne.

»Nein … Was, haben Sie welche?« Ich beuge mich vor, um sie gründlicher zu mustern.

»Natürlich nicht! Ich kann den Anblick der Dinger nicht ertragen. Sie erinnern mich ständig an Jim Carrey in *Die Maske*, und dann kriege ich einen Lachkrampf.« Er kichert über sich selbst.

»Okay«, erwidere ich zweifelnd.

»Ich will Sie nur kennenlernen, mehr nicht«, fügt er hinzu.

»War das der Grund für das schräge ›Wurden Sie je wegen einer Straftat festgenommen oder angeklagt?‹ vorhin im Rathaus?« Ich bin machtlos dagegen, dass dieser Mann mich schrecklich amüsiert. Allerdings weiß ich nicht, warum.

»In der Tat.« Er nickt lächelnd. »Es gibt doch nichts Tolleres, als fremden Leuten willkürliche Fragen zu stellen, oder?« Er spricht die Worte aus, als legte er sie sich sorgfältig zurecht. »Hier entlang, Brian erwartet uns.« Er steht auf und bedeutet mir, voranzugehen.

Ich lege die Jacke auf den Koffer und ziehe ihn hinter mir

her. In der Nähe parkt ein schwarzer Jeep. Er piept, die Scheinwerfer leuchten auf, und wir steigen ein. Während Tony sich darauf konzentriert, sich in den Verkehr einzufädeln, riskiere ich noch einen Blick auf ihn. Sein kurzes Haar weist ergraute Stellen auf. Unter den großen dunkelbraunen Augen hat er dichte schwarze Bartstoppeln. Er trägt dunkle Jeans, ein schwarzes T-Shirt und Arbeitsstiefel, die stabilen für Profis. Ich wette, man könnte die schwerste Kugelhantel darauf fallen lassen, ohne dass er etwas spürt. Er hat einen großen Bizeps, jedoch von körperlicher Arbeit. Es sind keine aufgeblasenen Muckis aus dem Fitnessstudio. An den Unterarmen hat er schwarze Härchen. Männlich. Maskulin. Diese beiden Worte beschreiben diesen Tony Becker am besten.

»Sie waren also schon mal in Cornwall?«, versucht er, Konversation zu betreiben.

»Ja.« Da mir klar wird, dass ich ihn anstarre, schaue ich aus dem Fenster. Ich hatte noch nie ein Talent für Small Talk, weshalb ich Situationen meide, in denen ich in diese Verlegenheit geraten könnte. Noch ein Punkt, in dem David und ich uns so sehr unterschieden. Er liebte es, ein stundenlanges Schwätzchen mit den Nachbarn zu halten. Wenn er den Müll rausbrachte, dauerte es manchmal eine Stunde, in der er mit ihnen über Nichtigkeiten plauderte. Das heißt nicht, dass ich unsere Nachbarn nicht mag. Ich habe sie wirklich gern und großes Glück, dass sie so nett sind. Wenn auch ein bisschen neugierig. Allerdings fehlt mir schlicht und ergreifend die Zeit für ausführliches Geplauder, und wenn ich ehrlich mit mir bin, fühle ich mich dabei unbehaglich.

»Gut. Und gefällt es Ihnen hier?«, erkundigt er sich.

»Ja. Ich war sogar schon in St Ives. Inzwischen ist es einige Jahre her, aber ich war begeistert von der Stadt. Wenn ich offen bin, hatte sie eine echte Wirkung auf mich«, erkläre ich ihm.

»Ja, St Ives besitzt diese Fähigkeit.« Er dreht sich um und nickt zustimmend. Unsere Blicke treffen sich. Dann schaut er nach unten und fummelt am Radio herum. Mit Daumen und Zeigefinger dreht er so lange am Knopf, bis er ein Lied gefunden hat, das er offenbar mag. Er erhöht die Lautstärke und klopft mit den langen Fingern aufs Lenkrad, während wir weiterfahren. Es ist ein sanfter Rocksong, der mir auch gefällt, weshalb ich mit den Füßen den Takt mittippe. Die Sonne strömt durchs Fenster herein. Plötzlich beugt er sich über mich in Richtung Handschuhfach und streift dabei mit der Hand mein Bein. Die Berührung versetzt alle meine Sinne in Aufruhr. Er klappt das Handschuhfach auf und holt eine Fliegersonnenbrille heraus. Als sich am Ende des Liedes der DJ meldet, macht er das Radio leiser.

»Sind Sie eigentlich verheiratet?«, fragt er, während der Moderator weiterplappert. Ich starre ihn an. Da seine Augen jetzt bedeckt sind, ist es irgendwie einfacher.

»Finden Sie nicht, dass das zu persönlich ist?«, antworte ich meinem eigenen Spiegelbild.

Er nickt zustimmend. »Vermutlich schon.«

»Sind Sie verheiratet?«, erwidere ich, obwohl mir vorhin im Rathaus aufgefallen ist, dass er keinen Ring trägt.

»Das bin ich nicht. Die Ehe ist eine entsetzliche Institution. Grauenhaft.« Er erschaudert, winkt einem vorbeifahrenden Auto zu und drückt leicht auf die Hupe. »Warum sollte sich jemand so etwas antun?« Seine Sonnenbrille funkelt mir ins Gesicht.

»Oh, ich weiß nicht … Aber Sie sollten wirklich auf die Straße schauen, Tony … Vielleicht weil eine lebenslange Bindung ein gewaltiges Symbol wahrer Liebe ist?«, meine ich, obwohl ich angesichts der Scherben meiner eigenen Ehe und Claires derzeitiger Situation nicht mehr davon überzeugt bin.

»Ach ja? So ein Schwachsinn. Lust! Die führt zu einer Bindung. Und wie wir alle wissen, ist Lust nicht von Dauer.« Wieder wendet er den Blick von der Straße ab, doch diesmal kann ich ihn nicht ansehen.

»In vielen Fällen schon, Tony«, widerspreche ich.

»Nicht in vielen, Courtney. Lust ist neu. Sie ist frisch. Sie ist so stark, dass sie sich nicht mehr zügeln lässt. Lust ist gefährlich und tödlich und hält niemals an.«

»Wow … Also muss ich annehmen, dass Sie noch nie verheiratet waren?« Ich balle die Faust und wische einen imaginären Fleck vom Fenster.

»Nein. War ich nie, werde ich auch nie sein.«

Schweigend fahren wir weiter. Düfte wehen zum Fenster herein. *Oh, Kaffee, ich brauche einen Kaffee.*

»Möchten Sie sich das umgebaute Postamt anschauen? Ihr neues Büro und Ihre Wohnung, bevor wir zu Brian fahren?«

»Klar. Äh, Tony, besteht die Möglichkeit, dass ich mir vorher irgendwo einen Kaffee hole? Ich verdurste.« Zum Teufel damit, ich muss ihn einfach fragen. Hallo, mein Name ist Courtney Downey, und ich bin koffeinsüchtig.

»Na klar, hier …« Mit zwei Fingern drückt er unerwartet auf den Blinker. »Wir kommen buchstäblich bei mir zu Hause vorbei, und ich habe wirklich guten. Brian muss heute Abend nirgendwohin«, sagt er, und ich nicke. Beinahe schleudert er von der Hauptstraße, und ich werde auf dem Beifahrersitz durchgerüttelt, als wir einen langen, schmalen Pfad hinauffahren. Die Äste der Bäume scharren laut am Jeep, und ein Fuchs huscht an uns vorbei. Tony hupt dreimal.

»Das ist Billy, der alte Fuchs. Ich lasse ihn mietfrei hier wohnen.« Er lacht und hupt wieder laut. »Hallo, Billy, alter Kumpel. Wir haben Besuch, wasch dir die Pfoten!«

Der Fuchs bleibt stehen und betrachtet den Jeep. Erneut kann ich mir ein Lachen nicht verkneifen. Der Mann spinnt eindeutig. Am Ende des Pfads kommt ein großes Haus in Sicht. Es ist frei stehend und hat ein Strohdach. Mit seiner cremefarbenen Backsteinfassade und riesigen Panoramafenstern ist es wunderschön.

»Oh, wow, ist das Ihr Haus?« Ich traue meinen Augen nicht.

»Ja, nette Hütte, oder? Ich hab sie vor etwa acht Jahren selbst gebaut. Ich könnte nie anderswo wohnen als in St Ives.« Als er den Jeep stoppt, knirscht der Kies unter den Reifen.

»Mit wem wohnen Sie zusammen?« Die Frage ist nur natürlich, weil das Haus so groß ist.

»Mit Billy. Hören Sie denn nie richtig zu, gute Frau?« Er zwinkert mir zu und schaltet den Motor ab.

Kennen Sie diese Tassen Kaffee, bei denen jeder Schluck einfach himmlisch ist? Stark und kochend heiß. Ein Koffeinschuss. Das Blut fließt schneller, und man kriegt einen klaren Kopf. So einen Kaffee hat Tony mir gerade in einer angeschlagenen gelben Tasse serviert. Das Paradies.

Seine Küche ist riesig, mit cremefarbenen Wänden, einem Granitboden und einem schwarzen Gasherd in der Ecke. Der Tisch steht in der Mitte, gewaltig und mit acht Rattanstühlen darum gruppiert. Ich kann gar nicht beschreiben, wie wohl ich mich an diesem Tisch fühle. Er ist mit verschiedenen Kreuzworträtselbüchern vollgestapelt, einige davon so dick wie *Krieg und Frieden.* Einige leere Weinflaschen stehen auch da. Die Küche wirkt wie ein Raum, der zwar bewohnt, jedoch nicht geliebt wird. Ich verspüre einen starken Drang, nachzuschauen, was im Kühlschrank ist, um ein Mittagessen zu improvisieren.

»Ich kann Ihnen leider nichts zu essen anbieten«, sagt er, als hätte er meine Gedanken gelesen. »Ich fürchte, ich koche hier nie. Vielleicht habe ich ja irgendwo Kekse ...« Während ich den Kopf schüttle, rückt er mir einen Stuhl zurecht.

»Nein, es ist wunderbar so, tausend Dank.« Ich umfasse die Tasse mit beiden Händen.

»Ein toller Akzent, der irische.« Er lächelt.

»Danke, Sir!« Ich übertreibe die Aussprache und grinse ihn an, als er lacht. Inzwischen bin ich in seiner Gegenwart weniger befangen. Vielleicht war ich so leicht aus dem Konzept zu bringen, weil ich seit Ewigkeiten nicht mehr mit einem Mann allein war. Er tippt eine Nachricht in sein Telefon, sodass ich Gelegenheit habe, mich noch einmal rasch umzuschauen. Eine Dartscheibe und mit Autobiografien vollgestopfte Bücherregale stechen mir zuerst ins Auge. Außerdem ein sehr großer, roter, mit Pfotenabdrücken gemusterter Futternapf. Für mich sieht er selbst gemacht aus, als hätte ein Kind ihn bemalt.

»Lar hat mir erzählt, dass Sie wahrscheinlich ab nächsten Monat hier das Umzugsbüro leiten werden. In meinem anderen Job treffe ich eine Menge Leute, die ständig vom Umziehen reden.« Er legt das Telefon auf einen Stoß Kreuzworträtselbücher.

»Leider ist es ziemlich problematisch ...« Bilde ich es mir nur ein, oder hat er beim Wort »problematisch« tatsächlich das Gesicht verzogen? Da seine Miene nun wieder ernst ist, bin ich nicht sicher. Ich bedenke ihn mit einem argwöhnischen Blick, der »Treib keine Spielchen mit mir, Zwei-Job-

Tony« besagen soll, bevor ich fortfahre. »Ich habe nämlich eine Tochter …«

»Ach, also sind Sie doch verheiratet? Dann tut mir das vorhin im Auto leid. Die Sprüche, dass jeder auf sich allein gestellt ist und so.« Er hebt seine gelbe Kaffeetasse an die Lippen.

»Nein.«

Er stellt die Tasse sofort wieder weg.

»Tja, offiziell schon. Aber ich lebe jetzt seit einem guten Jahr getrennt, und wir teilen uns das Sorgerecht für unsere Tochter.«

»Wie alt ist sie?« Erneut greift er zur Tasse und pustet hinein.

»Nächsten Samstag wird sie sechzehn. Klingt verrückt, das auszusprechen. Wo sind diese sechzehn Jahre geblieben?« Ich schüttle den Kopf, und er nickt, als stimmte er mir völlig zu.

»Also kommt sie vermutlich mit. Und gehe ich recht in der Annahme, dass das Ihr Problem ist? Sie möchten sie ihrem Dad nicht entziehen. Ist das der Grund?«, fragt er und beugt sich näher zu mir hinüber.

Ich zucke die Achseln. Offen gestanden habe ich daran noch gar nicht gedacht, und jetzt schießt es mir wie ein Blitz durchs Gehirn. Ich habe mich die ganze Zeit nicht mit Davids Gefühlen beschäftigt! Ich habe nicht einmal mit ihm darüber geredet. Wenn Susan zustimmt, ziehen wir es durch. Ist das sehr unfair von mir?

»Ich habe es ihm noch gar nicht gesagt.«

Er neigt den Kopf zur Seite und mustert mich forschend.

»Wie ist das möglich? Er ist doch ihr Vater, oder?« Sein Tonfall hat sich leicht verändert.

»Schon, ja, aber …«

»Nun, dann hat er, verdammt noch mal, das Recht, von Ihren Plänen zu erfahren, Kleine.« Inzwischen hört er sich ein wenig aggressiv an. Oder irre ich mich? Was für eine Unverschämtheit! Vorsichtig stelle ich meine Tasse auf einen Untersetzer.

»Ja, danke, das ist mir klar, Tony«, schleudere ich ihm entgegen.

»Okay … Ich hatte nur den Eindruck, dass Sie in dieser Sache seine Gefühle vergessen haben könnten, mehr nicht.«

»Kümmern Sie sich um Ihre eigenen Angelegenheiten«, fauche ich ihn an. Sein Kopf fährt zurück. »Mist … Es tut mir wirklich leid. Ich glaube, wir gehen jetzt besser.« Ich schiebe meinen Stuhl weg und könnte wegen meines Ausbruchs vor Scham im Erdboden versinken.

»Ich wollte Sie nicht beleidigen, Courtney Downey.« Inzwischen ist er aufgestanden und rückt meinen Stuhl weiter nach hinten. Ich bringe meine Tasse zur Spüle.

»Das haben Sie nicht. Das Thema ist eben noch ein bisschen heikel. Und könnten Sie bitte aufhören, mich Courtney Downey zu nennen? Das klingt, als stünde ich als Angeklagte vor Gericht.«

»Okay, Courtney Downey.« Er steht neben mir an der Spüle.

»Im Ernst?« Als ich weit die Augen aufreiße, knufft er mich ins Bein.

»Autsch!«, schreie ich auf.

»Mann, Entschuldigung. Herrje, es war doch nur ein leichter Knuff!« Entsetzen zieht sich über sein Gesicht.

»Sorry, ich weiß …« Ich reibe meinen pochenden Oberschenkel. »Ein Typ hat mir vorhin seinen Aktenkoffer reingerammt, und jetzt habe ich eine dicke Beule.« Inzwischen komme ich mir schrecklich dämlich vor und will nur noch in mein Hotel.

»Los, setzen Sie sich. Ich tue Ihnen etwas Eis drauf.« Er nimmt mir die Tasse aus der Hand, legt den Arm um mich und führt mich zurück zu meinem Platz. Als er mich berührt, kriege ich Schmetterlinge im Bauch.

»Das ist nicht nötig …«, will ich protestieren, aber er hat mich schon auf dem Stuhl deponiert und ist drüben am Gefrierschrank. Er kehrt mit einem Beutel tiefgefrorener Karotten zurück und kniet sich neben mich.

»Wo genau ist es?«, erkundigt er sich besorgt, worauf ich auf den Bluterguss zeige. Sanft greift er nach meiner Hand und hält sie, meiner Ansicht nach, eine Sekunde zu lange fest. Seine Fingerspitzen sorgen dafür, dass Blitze meinen Körper durchfahren. Ich ziehe die Hand weg.

»Falls Sie lieber die Hose ausziehen möchten, können Sie die Karotten auch mit ins Bad nehmen.«

Ich kriege einen Lachanfall. Diese Situation ist absurd. Er fängt auch an zu lachen.

»Nein danke, alles bestens. Ich halte die Karotten einfach eine Minute drauf. Später besorge ich mir im Hotel Eis. Danke!« Ich blicke zu ihm auf und blinzle durch die Wimpern. Er steht auf und streckt sich. O mein Gott!

»Wenn Sie sicher sind.«

Mir fällt auf, dass seine Körpersprache inzwischen hektisch ist. Er streicht sich mit den Handflächen über die Jeans. Lust. Dieses Wort mit vier Buchstaben führt in meinem Gehirn einen Tanz auf.

Der Karottenbeutel in meiner Hand holt mich in die Gegenwart zurück, und ich denke über seine Worte nach. Er hat recht. Natürlich. Könnte David mich daran hindern, Susan den Sommer über hierher mitzunehmen? Sicherlich nicht. Bestimmt wird er einsehen, was für eine Chance es für mich ist und dass es auch Susans Horizont erweitern wird. Es sind ja nur drei Monate, und er kann mich besuchen, sooft er will. Mar-nee auch, wenn es unbedingt sein muss.

Da ich plötzlich das Bedürfnis habe, Abstand zu Tony zu gewinnen, bringe ich die Karotten wieder zum Gefrierschrank. Ich sehe meine Tasse in dem flachen Keramikspülbecken und schalte den Wasserhahn an.

»Was für ein Arschloch«, schimpft er und scheint wirklich sauer zu sein.

»Wer?«, erwidere ich und drehe mich zu ihm um.

»Das Arschloch, das Ihnen eine mit dem Aktenkoffer verpasst hat! Ist alles in Ordnung? Ich habe Schmerztabletten da, falls Sie welche brauchen.« Offenbar ärgert er sich tatsächlich.

»Nein, es ist wirklich nicht so schlimm.« Ich will die Tasse unter fließendem Wasser spülen. Seine vehemente Reaktion erschreckt mich ein wenig.

»Lassen Sie nur, das brauchen Sie nicht«, sagt er. Ich gehorche.

Wir stehen in einem Abstand von etwa einem Meter voreinander und starren uns an. Ich schaue nach rechts und dann zurück. Er starrt weiter.

»Also gut.« Er schüttelt heftig den Kopf, wie um eine Benommenheit zu vertreiben. »Wollen wir?« Er nimmt seinen riesigen Schlüsselbund vom Küchentisch. Ich nicke zustimmend, gehe zur Tür und warte draußen neben dem staubigen Jeep. Der Garten ist ein Traum. Die Pfingstrosen blühen und duften himmlisch.

Als ich zur Autotür schlendere, werfe ich einen genaueren Blick in den Garten. Ein gewaltiger, runder, schlichter Tisch und Bänke. Daneben ein viereckiger Gasgrill. In diesem Garten bekomme ich Hunger. Es ist ein Garten, in dem man sich mühelos eine große Feier vorstellen kann: herumtollende Kinder, die Verstecken spielen, Erwachsene, die kühlen Weißwein trinken, und der Duft brutzelnder Würstchen, der in die Sommerluft aufsteigt. Es ist eine Atmosphäre dessen vorhanden, was dieses Haus sein könnte. Ich spüre es ganz deutlich.

»Rein ins Auto«, befiehlt Tony, während er mit einem Piepsen die Türen entriegelt. »Bis zu Brians Lagerhaus sind es nur zehn Minuten«, teilt er mir mit, die einzigen Worte, die wir in diesen zehn Minuten wechseln. Während er an dem verdammten Radioknopf herumfummelt, wirbeln mir Gedanken an Susan und die Möglichkeit, den Sommer hier zu verbringen, im Kopf herum. Weitere gewundene Straßen und schmale Pfade, wo Dornengestrüpp den Lack des Jeeps zerkratzt. Schließlich halten wir vor einem großen Lagerhaus.

»Wissen Sie, was Sie suchen?«, fragt er, als wir aussteigen und nebeneinander herschlendern. »Die Küche und das Badezimmer habe ich schon ausgestattet. Also brauchen Sie nur noch Möbel fürs Wohnzimmer. Brian hat alles da.« Tony stemmt sein ganzes Gewicht gegen eine grüne Schiebetür aus Holz und zieht sie auf. Beim Anblick seines Bizeps muss ich sofort wegschauen und so tun, als wäre ich mit einem abgebrochenen Fingernagel beschäftigt.

Brian begrüßt mich mit einer festen Umarmung. Er ist schlank und trägt einen mit Farbe bespritzten Overall und eine Baseballkappe. Der Geruch der Holzspäne ist angenehm, und es gibt einige wunderschöne Stücke im Lagerhaus. Begeistert von seiner Kunstfertigkeit wandere ich umher und entscheide mich für einen schweren, runden Tisch aus Birkenholz mit Stühlen. Dann geht es weiter in den Ausstellungsraum, wo ich ein Zweisitzersofa aus braunem Leder auswähle.

»Und jetzt ins Büro, wir sind fast da«, sagt Tony, nachdem wir uns bei Brian bedankt haben. Wir fahren ein paar Minuten lang, und kurz bevor wir die Main Street erreicht haben, blinkt Tony links, und wir biegen ab.

»Ein Stück ab von der Main Street?« Das ist eher eine Feststellung als eine Frage.

»Ja, das ist das Schöne daran. Ein Katzensprung entfernt von der Main Street, und es gibt genügend Parkplätze«, erwidert er. Und er hat recht. Schon wieder. Das alte Postamt hat die optimale Lage. Vom Stadtrand aus nur ein Fußmarsch von zwei Minuten, und sein Stil wurde wunderbar erhalten.

Seite an Seite gehen wir los. »Hier wären wir.« Er öffnet die gläserne Eingangstür mit seinem klimpernden Schlüsselbund, und wir treten ein. Hier wurde ganze Arbeit geleistet. Drinnen verläuft eine Wand aus echtem Backstein. Der Raum ist zwar nur klein, doch in der Ecke, wo früher vermutlich der Postschalter war, steht ein geschmackvoller Schreibtisch. Sämtliche Wände sind mit weißen Bücherregalen bedeckt, und in der Mitte befindet sich ein maßgeschreinerter Tisch. Ich sehe auf Anhieb, dass sich dieses Büro hervorragend für die Vermittlung von Umzügen eignet.

»Oh, es ist traumhaft, Tony. Lar wird begeistert sein. Für ihn ist es ein großer Schritt. Hoffentlich klappt es.« Ich fahre mit der Hand über die Marmorplatte des Tisches.

»Machen Sie Witze? Eine Umzugsagentur ist ein Kinderspiel.« Er zupft an einem gelben Kabel, das einsam aus der Wand ragt.

»Haben Sie schon viel von der Welt gesehen?« Jetzt bin ich mit dem Fragenstellen dran. Doch als ich mich zu ihm umdrehe, ertappe ich ihn dabei, dass er auf die Uhr schaut. Er schiebt die Unterlippe vor und kratzt sich die Bartstoppeln.

»Gute Frage. Genug für den Moment. Wenn ich im Ruhestand bin, möchte ich mehr sehen, und ich plane, mit sechzig in Rente zu gehen. Ich wette, Sie wollen auch die obere Etage besichtigen.«

Bilde ich es mir nur ein, oder fängt er an, mich zu hetzen? Ich nicke und folge ihm in den hinteren Teil des Büros, wo eine schmale Wendeltreppe aus Holz mit einem schwarzen Metallgeländer nach oben führt. Ein wenig gefährlich. Während ich mich am Geländer festhalte, nehme ich mir fest vor, diese Treppe niemals im beschwipsten Zustand zu benutzen. Oben befindet sich eine Glastür. Wieder kramt Tony in dem größten Schlüsselbund, der mir je untergekommen ist, und fördert einen kleinen Schlüssel zutage. Als er ihn im Schloss umdreht, öffnet sich die Tür. Er lehnt sich ans Treppengeländer und lässt mir den Vortritt.

Sobald ich in der Wohnung bin, bin ich begeistert. Ich bin verliebt. Der Geruch von etwas Neuem, Frische und Freiheit steigt mir in die Nase. Es ist so warm, und als ich aufblicke, sehe ich eine Flut aus Licht, die durch das große Dachfenster hereinströmt und sich an den kanariengelben Wänden bricht. Das leere Wohnzimmer ist viel größer, als ich es mir vorgestellt habe, und ich erkenne, dass alles fast bezugsfertig ist. Dunkle Holzböden wurden verlegt, und aus den für die Steckdosen vorgesehenen Stellen ragen Kabel. An das Zimmer schließt sich eine recht geräumige Küche an, ausgestattet mit dunkelgrauen, glatten Möbeln und einer modernen Kühl-Gefrier-Kombination im amerikanischen Stil. Möblierung und Geräte sind nagelneu. Claires Küche würde grün vor Neid werden. Außer meinen persönlichen Gegenständen könnte ich noch weiche Accessoires mit meinem neuen Tisch und dem Sofa kombinieren, und alles wäre fertig. Als ich in das weitläufige Schlafzimmer mit Bad schlendere, bekomme ich ein Kribbeln im Bauch. Die kleine Abstellkammer geht direkt vom Wohnzimmer ab. Mir wird klar, dass diese Wohnung optimal für mich und Susan wäre. Ich gehe ins Schlafzimmer, wo mir sofort das riesige Panoramafenster mit Meerblick ins Auge sticht. Das hier könnte unser neues Zuhause werden.

»Sie haben hier Erstaunliches geleistet.« Als ich mich zu Tony umdrehe, bemerke ich, dass sein Kopf hier oben fast die Decke berührt.

»Es ist eine tolle Wohnung. Jede Menge Platz«, erwidert er, und ich erkenne, dass er sich über mein Kompliment freut. Er steckt die Hände tiefer in die Taschen seiner Jeans und lässt alles auf sich wirken. Er bewundert sein eigenes Werk, wenn man so sagen will.

»Ich bin hingerissen.« Wieder schlendere ich durch die Wohnung und streiche dabei leicht mit den Fingern über die Wände.

»Hoffentlich haben Sie saubere Hände, Mrs Downey.« Er grinst mich an.

»Hoppla, tut mir leid, Tony.« Als ich von der Wand zurückweiche, stolpere ich gegen ihn, eine anzügliche Geste, die ich so nie hätte planen können.

Es ist, als stünde die Zeit still, bis er sagt: »War nur ein Witz. Ist ja jetzt Ihre Wohnung, oder?« Er schwenkt den großen Schlüsselbund vor meinem Gesicht. Immer noch an ihn gelehnt, betrachte ich den Ozean. Seine schweren Stiefel scheinen mit dem Fußboden verwachsen.

»Das hoffe ich wirklich.« Fast flüstere ich und wiege den Kopf hin und er, als dächte ich über seinen Vorschlag nach.

Wahrscheinlich wird mir der Kopf gleich von den Schultern fliegen. Mir ist deutlich bewusst, dass ich mit ihm flirte, obwohl das nicht in meiner Absicht lag.

Im nächsten Moment wird mir klar, dass ich ihm vermutlich den ganzen Arbeitstag stehle. Also richte ich mich auf, täusche vor, dass ich mich recke, hebe die Arme hoch über den Kopf, verschränke die Finger und gähne gekünstelt. Dann wiederhole ich, was er für eine gute Arbeit geleistet hat, und mache ein paar Fotos mit meinem iPhone, bevor wir die Wendeltreppe hinuntersteigen. Dabei frage ich mich, ob ich und Susan oder Yvonne Connolly nächsten Monat hier oben schlafen und unten am Schreibtisch sitzen werden.

Hinter dem Büro gibt es eine verwahrloste Grünfläche. Tony ist vorangegangen, und als ich ihn einhole, steht er am Ende des langen, großen Feldes, auf dem das Postamt erbaut wurde. Während ich mich auf meinen Pfennigabsätzen über den unebenen Boden quäle, glaube ich fast, dass Tony mich vergessen hat. Am Rande des Feldes erheben sich zwei völlig verfallene, zum Teil miteinander verbundene Häuschen. Er bemerkt, dass ich sie betrachte. »Kommen Sie«, ruft er. »Ich habe vor, das Kleinere abzureißen und das Material für die Renovierung des Größeren zu verwenden. Das würde die Kosten enorm senken.« Er winkt mich mit dem Finger heran.

»Die gehören Ihnen?« Ich bin überrascht und gerate ein wenig ins Wanken, als ich versuche, das Gleichgewicht zu halten.

»In der Tat.« Er hebt einen herumliegenden Backstein auf und wirft ihn auf einen Haufen anderer.

»Was wollen Sie damit machen?«, erkundige ich mich.

»Nun, ich weiß, was ich damit machen will, allerdings noch nicht, ob ich es hinkriege, Courtney Downey. Sie haben viele Fragen, das gefällt mir. Sogar sehr. Süß oder sauer?«, fügt er hinzu, während seine schweren Arbeitsstiefel knirschend über einen Zementhaufen stapfen. Dabei klopft er sich den Schmutz von den Händen.

»Schwer zu beantworten. Aber wenn ich am Rande einer Klippe stünde, würde ich sauer sagen. Wann haben Sie sie gekauft?«, erwidere ich.

»Ich auch … Oh, schon vor Jahren.« Er bückt sich nach weiteren Backsteinen und sortiert sie zu Stapeln. Vögel singen, und die Sonne brennt vom Himmel. Ich würde alles für Shorts und ein T-Shirt geben.

»Und sie stehen noch immer einfach hier rum?« Ich berühre das größere Häuschen. Beide haben ihren eigenen Charakter, den ich nicht richtig in Worte fassen kann. Die Sonne fängt sich in einer zerbrochenen Fensterscheibe. Weißer Rauputz. Sie wirken einsam.

»Manchmal muss man auf den richtigen Zeitpunkt warten. Ich habe lange gewartet … auf eine Finanzspritze, wenn Sie es so ausdrücken wollen.« Ich merke ihm an, dass es ihm peinlich ist, so viel geredet zu haben. Deshalb wechsle ich das Thema. Vielleicht besteht eine emotionale Verbindung zwischen ihm und den Häuschen. Eine Ex vielleicht?

»Die Frau im Rathaus, Marina, richtig? Sie war eindeutig der Ansicht, dass eine Umzugsagentur eine Goldgrube ist. Außerdem war sie von der Lage des Grundstücks ganz begeistert. Sie hat sie sogar als ›Toplage‹ bezeichnet. Also sitzen Sie vielleicht auch auf einer Goldgrube«, antworte ich.

»Als Sie von der Genehmigung für längere Öffnungszeiten sprachen, habe ich eine Sekunde lang geglaubt, dass sie damit ein Problem haben würde«, entgegnet er.

»Ich weiß! Ich auch!«, sage ich, erleichtert, dass es nicht so war.

»Nun, der Fairness halber muss man ihr zugestehen, dass sie spitze ist: eine Superfrau, sehr unterhaltsam, und sie will das Beste für unsere Stadt. Ganz im Gegensatz zu Mrs Halpin, der alten Schreckschraube, die am liebsten sämtliche Entwicklung in Cornwall verhindern würde. Darum musste ich Sie heute herholen, während sie mit ihrer Hüfte flachliegt. Sie hasst mich.« Inzwischen hat er nach einem Stock gegriffen und klopft sich damit den angetrockneten Lehm von den Stiefelsohlen.

»Man kann den Straßenverkehr hier nicht hören, nur die Vögel, es ist so friedlich«, meine ich, als er den Stock fallen lässt. Wir bleiben beide stehen und lauschen. Es ist ein richtiger Sommertag. Ein leichter Wind zerzaust das Haar, das meiner Haarspange entkommen ist, und es ist, als befänden wir uns in einer anderen Welt.

»Komisch. Ich komme fast jeden Tag her, und aus irgendeinem Grund erkenne ich erst heute, wie idyllisch es hier ist.« Er holt tief Luft.

»Atemberaubend«, stimme ich zu, und es ist mein Ernst.

»Ja. Ich liebe diesen Ort seit Ewigkeiten, und als Lar mich bat, eine Immobilie für das neue Büro zu suchen, wusste ich, dass das alte Postamt optimal sein würde. Dieses Stück Land hat etwas an sich … Es war schon immer mein Traum …«

Mein Telefon läutet. Claires Name leuchtet auf. Es ist Ironie des Schicksals, dass das Foto, das ich hinzugefügt habe, sie als paradiesvogelartigen Elton John bei einem Kostümfest zeigt, das sie letztes Jahr mit Martin besucht hat. Wie ich mich jetzt erinnere, hat sie sich ein wenig gelangweilt und ist ohne Martin früher nach Hause gegangen.

»Entschuldigen Sie mich einen Moment. Ich muss das wirklich annehmen«, sage ich rasch und entferne mich von

Tony in Richtung des staubigen Jeeps. »Hallo, was gibt es Neues?«, keuche ich ins Telefon.

»Hey, kannst du reden?«, erwidert sie.

»Natürlich. Ich habe schon auf deinen Anruf gewartet. Schieß los«, beschwöre ich sie.

»Ich habe gerade den Laborbericht zurückgekriegt …« Sie hält inne.

»Und?« Ich balle die linke Hand zur Faust.

Sie schnieft, allerdings ist es ein ruhiger Schniefer. »Tja, offenbar bin ich gesund, Courtney. Nur der Himmel weiß, warum … ich muss noch mal zur Untersuchung hin, und sie will einen Abstrich machen, aber Martin hat mir keine anderen sexuell übertragbaren Krankheiten angehängt. Und unsere HIV-Tests waren beide negativ.« Sie lacht nervös auf.

»Oh, Gott sei Dank!« Ich lehne mich an Tonys Jeep. Auf der Rückbank liegen eine Ausgabe von *Cosmopolitan*, ein Paar Keilabsatzsandalen mit roten Riemchen und verschiedene Klammern zum Haareaufstecken.

»Und was ist mit Martin?«, frage ich.

»Oh, Courtney, ich kann, glaube ich, einfach nicht mehr mit ihm verheiratet sein. Es hat mir total das Herz gebrochen. Dabei habe ich wirklich gedacht, dass unsere Ehe bis zum Lebensende hält.« Ich höre die tiefe Verzweiflung in der Stimme meiner wundervollen Freundin.

»Pass auf, triff heute oder morgen keine übereilten Entscheidungen … Wir sehen uns Freitagabend, und dann besprechen wir alles. Ich muss wissen, was er zu seiner Verteidigung vorgebracht hat, Claire.«

»Ja, ich kann nicht klar denken. Außerdem habe ich so viel geweint, dass ich jetzt tatsächlich eine Augenentzündung habe. Sogar meine eigenen Tränen sind gegen mich. Auf meine Anordnung ist er zu seiner mustergültigen Mutter gezogen, die mir übrigens gesagt hat, sie habe schon immer den Verdacht gehabt, dass er sich hinter meinem Rücken mit anderen Männern trifft. Warum, Courtney? Warum hat er mich all die Jahre belogen?« Ihr Atem stockt, sodass sie nicht weitersprechen kann. Sie schluchzt leise.

Ich zermartere mir das Hirn nach etwas, das sie trösten könnte. »Ich wünschte, ich würde den Grund kennen. Wirklich. Aber eines steht für mich fest: Martin hat dich geliebt. Ja, er hat ein Doppelleben geführt, aber ich weiß, dass er dich geliebt hat.«

»Ich fühle mich einfach wie eine absolute Vollidiotin. So als hätten alle hinter vorgehaltener Hand über mich gelacht. Ich komme mir so blöd vor und schwanke zwischen totaler Wut und unbändigem Hass auf ihn, und dann räume ich die alten Fotoalben heraus und quäle mich selbst damit, dass ich mir die schönen Zeiten anschaue, und das waren viele.« Sie putzt sich lautstark die Nase. Inzwischen kommt Tony auf mich zu und schaut auf die Uhr.

»Claire, tut mir leid, aber ich muss jetzt los«, sage ich zu ihr.

»Klar, ich wollte dich nicht aufhalten. Ich weiß, dass du beschäftigt bist. Ich dachte nur, dass du es unbedingt hören wolltest, deshalb habe ich angerufen.« Wieder schnieft sie.

»Klar.« Ich mustere das Supermodel auf dem Cover der *Cosmopolitan*.

»Ich erzähle dir alles am Freitag. Okay, wenn ich für acht einen der hinteren Tisch im O'Hara's reserviere?« Sie klingt so tieftraurig, dass ich am liebsten neben ihr sitzen und sie fest umarmen würde.

Mittlerweile steht Tony fast auf meinen Füßen. »Ja, Freitag um acht ist optimal«, erwidere ich.

»Ich muss los«, flüstert Tony.

»Ich schicke dir später eine SMS«, sage ich.

»Ich liebe dich.«

»Ich liebe dich auch«, antworte ich, während Tony direkt neben mir steht und in den Jeep steigt. Ich stecke das Telefon ein und springe auf den Beifahrersitz.

»Es wird spät. Am besten fahre ich Sie ins Hotel. Sie sind sicher müde und haben Hunger«, stellt er fest. Sein Ton ist plötzlich nicht mehr so freundlich, ja, beinahe kühl und geschäftsmäßiger als zuvor. Bevor er wieder auf die Uhr schaut, fährt er sich mit der Hand durchs Haar. In diesen Lippen zu versinken. Mit den Händen über seine nackte Brust zu streichen und mit den Fingernägeln seinen Rücken hinunterzugleiten. Es ist buchstäblich Jahre her, dass ich wegen eines Mannes Fantasien hatte. Ehrlich, ich habe schon beinahe befürchtet, ich hätte mich in eine dieser asexuellen Frauen verwandelt. Ich räuspere mich.

»Wäre es möglich, dass ich mir das Fremdenverkehrsamt ansehe, falls das in der Nähe ist? Ich glaube, es ist oben in der Street-An-Pol.« Ich gehe das Risiko ein.

Erneut ein Blick auf die Uhr. »Sorry, ich stehe unter Zeitdruck. Ich muss zu meinem anderen Job … Ich habe noch etwas vor. Ich könnte Sie am Fremdenverkehrsamt absetzen, aber dann müssten Sie allein zum Hotel.« Kurz, knapp, sachlich. Keine Wärme mehr in seiner Stimme. Oder habe ich mir das vorhin nur eingebildet?

»Nein, alles in Ordnung, bringen Sie mich einfach zum Carbis Bay Hotel, wenn Ihre Zeit es zulässt. Ich wollte mir nur die neuesten Broschüren holen, aber die kann ich auch online bestellen«, entgegne ich, wohl wissend, dass ich den ganzen Abend für mich habe und gemütlich zum Fremdenverkehrsamt spazieren kann. Die Stimmung zwischen uns ist plötzlich beklommen, und ich muss endlich meinen albernen Schulmädchenkopf klarkriegen und die Situation realistisch betrachten. Was denke ich mir eigentlich dabei? Tony ist ein viel beschäftigter Mann, der sein eigenes Leben führt. Ich bin ihm erst vor wenigen Stunden begegnet, verdammt! Hormone. Offenbar haben die Wechseljahre gerade ein Taxi gerufen und rasen nun auf mich zu! Was habe ich denn erwartet? Dass er mich zum Abendessen einlädt? Wie konnte ich nur so dämlich sein? Außerdem hat er offenbar eine Freundin. Wenn ich den männlichen Tony Becker nicht völlig falsch eingeschätzt habe, kann ich mir nicht vorstellen, dass er ein Fan von *Cosmo* und hohen Hacken ist. Kopfschüttelnd reiße ich mich zusammen. Ich werde alles Nötige nach dem Essen erledigen. Er hat recht, ich verhungere. Außerdem kann ich es kaum erwarten, Susan anzurufen und sie zu fragen, wie es ihr geht. Auf der Fahrt zum Hotel füllt Musik das Schweigen zwischen uns, und als er vor dem Hotel stoppt, stellt er diesmal nicht den Motor ab.

»Bis bald«, sagt er nur.

»Bis bald, Tony«, erwidere ich beim Aussteigen. Ich öffne den Kofferraum, wuchte meinen Koffer heraus und knalle den Deckel zu.

Rasch fährt Tony davon. Nur eine Staubwolke bleibt zurück.

Sieben

Ich kann den Geruch von St Ives nicht richtig beschreiben. Er ist wie eine Mischung aus Meer, Lavendel und Kokosöl. Traumhaft. Einzigartig. Ich wünschte, Claire wäre hier bei mir.

Das Carbis-Bay-Wellness-Hotel und -Landgut ist fantastisch. Es liegt am goldenen Sandstrand von Carbis Bay, und ich bemerke, dass gerade eine Hochzeit stattfindet. Ein Bräutigam und seine Trauzeugen halten eine schöne, errötete Braut auf ihren ausgestreckten Armen; das ausgelassene Lachen der Braut weht zu mir hinauf. Von meiner Hochzeit weiß ich nur noch, dass ich meinen Eisprung hatte und den armen David an diesem Tag zweimal von unseren Gästen wegschleppte, um Sex zu haben. Ich sage zwar armer David, aber, hey, er schien gar nicht so unzufrieden zu sein. Der beste Tag seines Lebens, meinte er immer wieder. Ich habe ihm ein falsches Gefühl dessen vermittelt, was ihn erwartete.

Ich schleppe meinen kleinen Koffer die kopfsteingepflasterten Stufen des Hotels hinauf. Inzwischen plagen mich meine schmerzenden Füße. Irgendwann wenden sich sogar flache Pfennigabsätze gegen einen. Eindeutig keine perfekte Lösung. Als ich durch den verglasten Wintergarten zur Rezeption gehe, habe ich einen guten Blick auf das *Sands*-Restaurant. Räucherlachs und ein dünner Frischkäseaufstrich, ertränkt in frisch gepresstem Zitronensaft auf dickem braunem Nussbrot und eine Flasche kalter Weißwein rufen mir zu. Sollte ich danach noch Hunger haben, wäre eine Portion dünne Pommes angesagt. Doch zuerst muss ich in mein Zimmer, Susan anrufen, lauwarm duschen und die zerknitterten Klamotten loswerden.

Die freundliche Empfangsdame gibt mir den Kartenschlüssel zu meinem Zimmer und teilt mir Etage und Frühstückszeiten mit. Ich trotte zum Aufzug, der mich zu meinem Stockwerk bringt, und zu meiner großen Erleichterung kann ich mühelos die Zimmertür öffnen. David hatte jahrelang die Angewohnheit, unseren Kartenschlüssel hinten in der Hülle unseres Mobiltelefons aufzubewahren, mit dem Ergebnis, dass die Karte jedes Mal gelöscht wurde. Begeistert von dem fantastischen Meerblick, den ich habe, reiße ich das Fenster so weit wie möglich auf. Bei dem Gedanken, dass ich nicht vergessen darf, mich bei Tony für diese wundervolle Zimmerreservierung zu bedanken, atme ich tief durch.

»Das war eine Achterbahnfahrt der Gefühle«, sage ich laut, wenn auch nur zu mir selbst. Obwohl die Sonne schon längst am Horizont untergegangen ist, ist es noch immer ein traumhaft warmer Abend. Trotz des langen Tages fühle ich mich quicklebendig und konzentriert. Ich kann nicht anders, als mir zu wünschen, Susan wäre jetzt bei mir, um dieses Panorama zu bestaunen. Sagen Sie jetzt nicht, sie würde sich nicht verlieben. Unter mir schlendern Händchen haltende Paare über den Strand und das Hotelgelände. Die Hochzeitsfeier ist in vollem Gange. Männer trinken aus Bierflaschen. Die schicken Fliegen hängen lose herab, die Krawatten haben sie längst abgelegt. Was für ein wundervoller Veranstaltungsort für eine Hochzeit, denke ich und sinke auf die blütenweiße, weiche Bettdecke. Zufrieden ziehe ich die Pumps aus und reibe mir die schmerzenden Füße und den Oberschenkel. Dann hole ich mein Telefon aus der Hosentasche, und bevor ich die Schnellwahltaste für Susan drücken kann, die ich als *Geliebte Tochter* eingespeichert habe, stelle ich fest, dass ich eine neue SMS habe. Als ich sie öffne, springen mir die Wörter entgegen, und ich kann kaum fassen, was ich da vor mir habe. Ich lese die Nachricht noch einmal, und Tränen steigen mir in die Augen. Mein Atem geht schnell und stoßweise, die Tränen fließen und rinnen mir übers Gesicht. Ich glaube, so bestürzt war ich in meinem ganzen Leben noch nie. Ich schnappe nach Luft und lese zum dritten Mal.

Hallo, Mom, ich schreibe dir lieber, damit du mir zuhören musst, ohne mich zu unterbrechen. Es ist wichtig, dass du meine Wünsche und Gefühle verstehst, Mom. Ich möchte während der Sommerferien bei Dad und Mar-nee wohnen. Ich habe mit beiden geredet, und sie wollen es auch. Ich liebe dich, natürlich tue ich das, aber ich will im Sommer nicht nach Cornwall. Ich will in Mar-nees Laden arbeiten und ihren Beruf lernen. Du weißt, dass ich keine Intellektuelle bin, und das ist es, was ich mir wünsche. Wie du ebenfalls weißt, werde ich am Samstag sechzehn. Mir ist klar, dass du nichts geplant hast. Deshalb fahren Dad und Mar-nee mit mir nach Belfast, um das *Titanic*-Viertel zu besichtigen. Für Mar-nee ist es wirklich schwierig, sich am Samstag freizunehmen. Deshalb hoffe ich, dass du uns den Ausflug nicht verbieten wirst.
Ich finde wirklich, dass du den Sommer in Cornwall verbringen solltest. Es ist eine tolle Chance für dich.

Dad sagt, du sollst ihn anrufen, sobald du diese
Nachricht liest. Tut mir leid, Mom.
Liebe Grüße, Susan xoxoxo

Mir zittern die Hände. Halten die mich für blöd? Jedes Wort dieser Nachricht stammt aus Davids Mund. Der neue gechillte David, wie er leibt und lebt. Wie können die beiden es wagen? Wie können sie es wagen, hinter meinem Rücken Pläne zu schmieden? Es ist so unfair. Ich kann nicht aufhören zu weinen, muss es aber, weil ich keine Luft mehr kriege. Noch nie im Leben habe ich mich so allein gefühlt. Rasch setze ich mich aufs Bett und wähle Davids Nummer. Er meldet sich nach dem zweiten Läuten.

»Hallo, Courtney.« Davids Tonfall ist knapp und abweisend. Ich bin überzeugt, dass Susan und Mar-nee neben ihm sitzen. Ich war noch nie bei ihnen eingeladen, kann mir jedoch vorstellen, dass es dort vermutlich aussieht wie im *Big-Brother-Haus*: ausgeflippt und inspiriert von Andy Warhol.

»David, was zum Teufel soll das?«, keuche ich ins Telefon.

»Also hast du Susans SMS gelesen?« Er spricht langsam und deutlich. Zu langsam und deutlich, als hielte er mich für geistig zurückgeblieben.

»Natürlich habe ich die SMS gelesen, David. Und sie ist fünfzehn und wohnt bei mir!«

»Wenn du hier rumbrüllst, rede ich nicht mit dir.«

»Ich brülle *nicht* rum …«, brülle ich ihn an. Das Herz klopft mir bis zum Hals.

»Lass uns wie Erwachsene darüber sprechen und chill mal!«

Sein Ton ist unbeschreiblich gönnerhaft. Am liebsten würde ich ihm eine runterhauen. Ich schlage mir aufs Bein, genau dorthin, wo der Typ mich mit seinem Aktenkoffer erwischt hat. Ich beiße zwar vor Schmerzen die Zähne zusammen, kehre jedoch in die Wirklichkeit zurück.

»David, erstens habe ich für den Abend von Susans Geburtstag eine Überraschungsparty im Saal des Sportvereins organisiert. Ich habe eine Band gebucht und alle ihre Freunde eingeladen …«

»Oh, danke, dass du mich und Mar-nee auch eingeladen hast. Offenbar hast du dir angewöhnt, mir Dinge zu verheimlichen.«

»Es ist nur eine Feier für junge Mädchen. Außerdem wollte ich es euch diese Woche sagen. Ich dachte, ihr würdet am Sonntag mit ihr zum Abendessen gehen oder so.«

»Tja, davon wussten wir nichts. Wir haben Sue-Sue tausendmal gefragt, was Mom geplant hat. Sie hat ›Nichts‹ geantwortet, und so haben wir Belfast reserviert. Darauf hat sie Lust.« Er weiß, wie sehr ich es hasse, wenn er sie Sue-Sue nennt. Das ist Mar-nees Kosename für sie. Ich bekomme kaum einen Ton heraus und schnappe nach Luft wie ein Fisch auf dem Trockenen.

»Nun, das wird aber nicht stattfinden, David, weil ich eine Überraschungsparty für sie veranstalte.«

»Ich glaube nicht, dass sie das möchte, Courtney.«

»David, wir müssen uns zusammensetzen und reden, wenn ich morgen zurück bin.«

»Das müssen wir wirklich, denn Madam Sue-Sue hat mir mitgeteilt, dass du sie über den Sommer mit nach Cornwall nehmen willst, damit du dort arbeiten kannst. Hallo? Wann wolltest du uns fragen? Mir erscheint es nicht fair, geschweige denn legal, wenn du meinst, mein Kind ohne meine Erlaubnis außer Landes schaffen zu können.« Aus der langen Sprechpause schließe ich, dass man ihm Text einflüstert. Ich kenne ihn so gut, dass ich mein Leben darauf verwetten würde. Er fährt fort. »Sie kann hier bei uns bleiben, wo ihre Freunde sind, und sich mit Teilzeitarbeit in Mar-nees Salon etwas dazuverdienen.« Dieser befehlshaberische Tonfall ist mir neu.

»David, Susan ist erst fünfzehn, und ich glaube nicht, dass sie einen Job braucht! Ich will das nicht in Gegenwart von Mar-nee erörtern, die gerade sicherlich auf deinem Schoß sitzt … O Gott, hast du etwa auf Lautsprecher geschaltet?« Ich erhebe die Stimme.

»Chillst du mal, bitte? Ich …«

»Hör auf, mir zu sagen, dass ich chillen soll! Wie alt bist du, du dämlicher Vollidiot?«, schreie ich.

»Mom! Hör auf!«, erklingt Susans verängstigte Stimme. Ich hatte also recht: Ich bin auf Lautsprecher. Die Überraschungsparty ist verdorben. Ich kämpfe mit den Tränen.

»David, ich will morgen Abend unter vier Augen mit dir reden. Komm bitte um sieben zu mir.« Meine Stimme klingt jetzt fester. Ich weiß, dass ich mich beruhigen muss.

Wieder lässt er sich Zeit mit der Antwort. »Kein Problem. Wir sind um halb zehn bei dir. Am Donnerstag hat der Salon länger geöffnet.« Es ist, als schriebe Mar-nee ihm den Text auf.

»Nein! Nicht ›wir‹, nur du!« Ich schreie schon wieder. Ich weiß, dass ich mich nicht mehr im Griff habe, bin jedoch machtlos dagegen.

Eine erneute Pause. Und dann höre ich: »Wir sind jetzt ein Gesamtpaket, Schätzchen. Wir kommen zusammen oder gar nicht.« Das waren eindeutig Mar-nees Worte.

Ich drücke auf den roten Knopf und beende das Telefonat. Herrgott, jetzt brauche ich einen richtigen Drink. Ich schleudere das Handy gegen den Schrank. Zum Glück zerbricht es nicht.

Ich werfe mich bäuchlings auf das breite Doppelbett und schreie in das weiche, dicke Kissen. Warum ist das Leben so ungerecht? So gerne ich Susan eine SMS schicken würde, ist das unmöglich. Ich kann es nicht. Ich bin die Erwachsene und muss die Situation im Griff behalten. Ich kann unsere Beziehung nicht per SMS klären. Sie ist mein Kind. Mein Baby. Ich darf sie nicht verlieren.

Ich krame Kopfschmerztabletten für meinen inzwischen pochenden Schädel aus der Handtasche. Dann wähle ich Claires Nummer, lege aber sofort wieder auf. Sie hat schon genug um die Ohren. Ich stehe auf, falle auf die Knie und öffne meinen kleinen Koffer. Das schöne Zimmer droht mich zu ersticken. Ich habe nur schwarze Jeans und ein rotes Jeanshemd dabei. Da meine Achselhöhlen inzwischen durchgeschwitzt sind, ziehe ich mich aus und gehe duschen. Als kochend heißes Wasser über mich strömt, werde ich ruhiger. Und stelle fest, dass Selbstgespräche hilfreich sind.

»Okay, was kann schlimmstenfalls passieren? Ich zwinge sie, mit nach Cornwall zu kommen, und sie hat die ganze Zeit schlechte Laune. Das ist zu Hause genauso. Oder ich kehre nicht hierher zurück und überlasse Yvonne den Job. Dann machen wir zu Hause weiter wie gewohnt. Es ist doch nur ein Job. Meine Stelle in der Hatch Street werde ich behalten.« Ich seife mich mit der nach Zitrone duftenden Duschlotion des Hotels ein. Die Sache ist, dass es mich gar nicht so stören würde, wenn es nicht um Yvonne ginge. Es ist nicht die Stelle an sich, die mich anzieht. Ich mag meinen Job, aber das kann doch noch nicht alles gewesen sein. Mir hat die Vorstellung einer Abwechslung gefallen. Eines Sommers in St Ives. Ich glaube, ich brauche das. Und Susan auch. Ein neues Land, neue Menschen, neue Erfahrungen.

»Über meine rechtliche Lage bin ich mir gar nicht im Klaren … Wir haben nirgendwo schriftlich festgehalten, wie wir Susan erziehen wollen. Hat sie das Recht zu entscheiden, wo sie wohnen will? Selbst wenn nicht, möchte ich nicht, dass sie bei mir unglücklich wird«, stammle ich in die weißen Keramikfliesen, während mir heißes Wasser ins Gesicht prasselt.

Nachdem ich mich abgetrocknet habe, schalte ich den Hotelfernseher ein und finde einen Radiosender, den ich gern hören möchte. Zufällig derselbe, der in Tony Beckers Auto lief. Ich mag die Musik, die dort gespielt wird, softer Rock. Ich schlüpfe in Jeans und Hemd, entdecke den winzigen Föhn in einer Schublade und trockne mir die Haare. Der Föhn hat zwar nur wenig Saft, doch interessanterweise beruhigt mich das Föhnen, und sich sauber zu fühlen, ist auch eine Erleichterung.

»Das ist das letzte Mal, dass ich Susan bei den beiden lasse!«, schwöre ich mir verärgert, während ich den Miniföhn wieder in die Schublade werfe und mich schminke. Dunkler Kajal um die Augen, ganz wenig Foundation und ein Hauch rosafarbenes Rouge. Ich nehme mein Telefon aus der Ladestation. Als ich meine müden Füße wieder in die schwarzen Pumps schiebe, zucke ich zusammen. Ich schließe die Zimmertür hinter mir. Am Aufzug hält ein junges Paar Händchen und fühlt sich verpflichtet, Hallo zu mir zu sagen. Ich komme mir alt vor. Alt und einsam und ausgelaugt. Wir steigen in den Lift, und die beiden planen ihren romantischen Abend. Als ich einen Blick in den Spiegel erhasche, muss ich zugeben, dass ich doch nicht so alt und ausgelaugt aussehe, sondern erstaunlicherweise ziemlich in Ordnung. Ich brauche nur sehr, sehr dringend einen Riesendrink.

Aus der Küche wehen Gerüche herüber, die mir den Mund

wässrig machen. Ich warte am Haupteingang des wunderschönen *Sands*-Restaurants darauf, zu einem Platz geführt zu werden. Doch als der Restaurantchef erscheint, teilt er mir voller Bedauern mit, dass für mindestens vierzig Minuten kein Platz frei werden wird. Die Hochzeit, die ich vorhin am Strand beobachtet habe, ist in vollem Gange, und einige der Gäste genehmigen sich ein frühes Abendessen, bevor sie sich zur Party gesellen. Er schlägt mir vor, an der Bar etwas zu trinken, falls ich Zeit hätte. Er werde mich rufen, sobald ein Tisch verfügbar sei. Ich stimme zu und schlendere hinein. Als ich mich auf einen Barhocker hieve, kommt der Barmann mit einem hübschen Untersetzer und einem Schälchen Nüsse. Ich bestelle ein großes Glas gekühlten Pinot grigio. Das erste Glas Weißwein kippe ich hinunter wie ein tollkühner Teenager. Ich bin das Mädchen, das sich auf dem Tresen abstützt, und es ist mir egal. Ich bin stinksauer. So richtig angefressen. Anders kann ich es nicht ausdrücken. Angefressen. Ich schicke Claire eine SMS mit dem kurzen Inhalt: »Ich denke an dich, Freundin.«

Eine Sprechblase erscheint und verrät mir, dass sie zeitgleich mitliest. Zurück kommt ein Bild von einem halb vollen Rotweinglas und einer riesigen Tüte Tortillachips mit Käsearoma.

»Oh, Claire«, tippe ich. »Im Moment ist alles richtig scheiße, aber es wird sicher besser, ich verspreche es.« Obwohl ich ihr nichts garantieren kann, bin ich ihre beste Freundin, weshalb ich es ihr beteuere. Ich denke an Alice und wie tatkräftig sie mir stets zur Seite gestanden hat. Traurig erinnere ich mich daran, wie die Demenz Besitz von ihr ergriffen hat, bis sie diese Kraft verlor. Als sie älter wurde und ich Susan zu Besuchen bei ihr mitnahm, fühlte sie sich von ihr bedroht. Eifersüchtig wie ein kleines Mädchen. Alice, die Erfinderin des Wortes »Girl-Power«, war niemals so. Ich wünschte, Susan hätte die wirkliche Alice kennengelernt.

Plötzlich nehme ich mich ganz bewusst wahr. Ich weiß, dass ich beruflich hier bin, was der einzige Grund ist, warum ich mutterseelenallein dasitze. Dennoch fühle ich mich beobachtet. Zu sitzen und die Leute anzuschauen, führt mir vor Augen, dass die mich ebenfalls anschauen, und zwar mitleidig.

»Ach, ich gehe jetzt. Ich erkunde die Gegend und esse etwas«, flüstere ich meinem leeren Glas zu, als hätte ich eine Schraube locker, und schon bin ich draußen. Sofort weht mir Meeresluft entgegen. Cornwall riecht, wie ich es immer im Gedächtnis hatte. Salzige Luft und eine warme Brise. Plötzlich fallen mir Steve, der Taxifahrer, und seine Restaurantempfehlung ein. Wo, sagte er, befinde sich das tolle Fischrestaurant seines hart arbeitenden Bruders? Ich kneife die Augen zu und denke nach. Aha. *Meloria's*.

»Warum nicht?«, tadle ich mich. »Was würde Alice sagen? Du bist eine starke, unabhängige Frau. Wenn du allein essen willst, dann tu es!« Ich hole tief Luft und krame mein Telefon heraus. Dann öffne ich Google Maps, tippe *Meloria's* ein und schlendere hinunter zum alten Fischerdorf. Aus irgendeinem Grund habe ich das überwältigende Gefühl, dass ich hierhergehöre, und ich bin nicht sicher, warum. Ich bin erst einmal hier gewesen. Gemächlich gehe ich hinter einem Händchen haltenden älteren Paar her. Der Wein erfüllt seinen Zweck und entspannt mich wunderbar. Das Städtchen ist belebt, Jung und Alt leckt an Eiswaffeln mit Schokostreuseln, und alle lächeln mir zu. Als ich nach rechts schaue, stelle ich fest, dass ich vor dem Fremdenverkehrsamt stehe. Boxenstopp. Ich spaziere hinein, einfach weil ich es kann, denn dieser Abend gehört mir und nur mir allein. Es ist befreiend, nicht ständig auf die

Uhr starren oder hinter Susan her sein und mir Sorgen um sie machen zu müssen. Ich gebe das zwar nur ungern zu, doch es stimmt. Im Fremdenverkehrsamt wimmelt es von interessierten Touristen, und ich versuche, mögliche Umzugskandidaten herauszufiltern. Bewaffnet mit verschiedenen Broschüren, die ich bei Wein und Abendessen lesen kann, mache ich mich auf den Weg zum *Meloria's*.

Steve hatte recht. Die Aussicht ist phänomenal. Stolz rufe ich meine innere Alice wach und bitte um einen Einzeltisch, wenn möglich mit Meerblick. Wie man der Kellnerin fairerweise zugestehen muss, zuckt sie nicht mit der Wimper, scheint aber wegen einer anderen Sache recht aufgebracht zu sein.

»Äh … Moment … äh … Verzeihung. Kein Problem, aber ich brauche den Tisch um neun wieder, wenn das okay ist. Äh … könnten Sie kurz warten? … Nur eine Sekunde, tut mir leid.«

Ich nicke und trete von ihrem Empfangstisch zurück, während sie, meiner Ansicht nach zu hastig, zur offenen Durchreiche der Küche eilt. An der Durchreiche macht ein Küchenchef sauber und träufelt sorgfältig Soße auf Teller, während eine andere Kellnerin sich entfernt. Etwas tut sich da, doch ich habe keine Ahnung, was. Das Mädchen kehrt zurück.

»Oh, es tut mir so leid. Jessica, einer unserer Küchenchefs, hatte einen Notfall in der Familie. Ihre Tochter hatte einen Blinddarmdurchbruch, und sie musste weg. In zwanzig Minuten kommt unser Boss mit einigen wichtigen Leuten, den allerwichtigsten … auf diese Besprechung hat er ewig gewartet … Mögliche stille Gesellschafter wollen hier essen … Das ist gar nicht gut … das hat er nicht verdient … Oh, entschuldigen Sie …« Sie kämpft mit den Tränen.

»Schon in Ordnung. Ich kann auch anderswo essen. Kein Problem.« Als ich gehen will, spricht sie weiter.

»Er hat sich den Arsch abgerackert! Verzeihung, entschuldigen Sie meine Ausdrucksweise, aber es stimmt. Er wollte Sponsoren für ein neues Restaurant auftreiben. Das würde viele Arbeitsplätze schaffen. Aber wenn wir sie nicht einmal heute Abend hier beköstigen können, wird das nicht klappen, richtig? Im Moment sehen wir nicht wie eine lohnende Investition aus.«

»Ach, was für ein Jammer«, erwidere ich.

Ein kräftig gebauter Mann mit weißer Kochschürze und Mütze erscheint. »Daphne, das Drama ist überflüssig, vielen Dank. Du verschreckst unsere Gäste.« Er betrachtet mich. »Tut mir leid.« Er dreht sich zu Daphne um und wischt sich mit dem Handrücken den Schweiß von der Stirn. »Ich muss ihn jetzt anrufen. Allein schaffe ich das nicht.«

»Das darf doch nicht wahr sein, Keith.« Daphne schnieft und presst die Lippen zusammen. Inzwischen steht eine vierköpfige Familie hinter mir und wartet auf einen Tisch. »Es tut mir leid, aber wir haben heute Abend keine Tische frei ... Personalmangel«, teilt sie der Familie mit, die ungehalten brummelt, jedoch brav wieder geht.

»Gut, dann lasse ich Sie jetzt in Ruhe.« Als ich meine Tasche schultere, stoße ich dabei einen Stapel Speisekarten vom Tisch.

»Verzeihung.« Ich bücke mich, um sie aufzuheben. Dann werfe ich einen Blick auf die kurze Liste. Als Vorspeisen gibt es Ravioli, in der Pfanne gebratene Kammmuscheln, Krabbensalat und Bruschetta mit luftgetrockneten Tomaten. Als Hauptspeisen sind Seezunge aus Dover, Steinbutt aus Cornwall, Pilzcurry und Linguine mit Meeresfrüchten im Angebot.

Nichts, was ich nicht zubereiten könnte und in meiner schäbigen kleinen Küche in Dun Laoghaire nicht schon gekocht hätte.

»Sind das sämtliche Gerichte?«, frage ich, worauf Daphne nickt und mir die Speisekarten abnimmt. Ich richte mich auf. Keith mustert mich prüfend und betrachtet die Speisekarte, die ich noch in der Hand halte.

»Vermutlich können Sie keine Fischgerichte kochen?« Er lacht leise auf. Ich studiere die Einzelheiten unter jedem Gericht: Fenchel, Stampfkartoffeln, Liebstöckel, Süßkartoffelpommes. Alles Zutaten, die ich auch verwende. Ich nicke.

»Häh?« Daphne reißt noch weiter die Augen auf.

»Ich könnte Ihnen helfen. Das meiste davon beherrsche ich. Ich habe meiner Oma tagtäglich dabei zugeschaut, wie sie das zubereitet hat. Eines kann ich nämlich: sehr gut kochen«, erkläre ich Keith, der mit offenem Mund dasteht.

»O mein Gott, ist das wirklich Ihr Ernst? Nein … ich meine … Was, wenn …?« Daphne schaut auf die Uhr.

»Lady, ist das Ihr Ernst?« Keith fächelt sich mit einer Speisekarte Luft zu. »Wir haben den ganzen Tag und Abend alles organisiert. Ich brauche nur jemanden, der Fisch auf Bestellung zubereiten kann.«

»Keith, richtig?« Er nickt. »Ich kenne mich mit Fisch aus«, erwidere ich wahrheitsgemäß.

»Sind Sie bereit, sofort einzuspringen, oder sind Sie in Begleitung?« Er sieht mich an.

Ich blicke nach links. »In Ordnung, wenn ich Sie allein lasse, Mr Clooney? Ich werde in der Küche gebraucht.« Ich gebe einem imaginären George einen Luftkuss.

»Sie retten uns das Leben!« Keith umfasst meinen Kopf mit seinen Pranken und küsst mich auf die Stirn.

»Dann bringen Sie mich nach hinten.« Ich ziehe die Jacke aus und reiche sie Daphne zusammen mit meiner Tasche.

In der Küche betrachtet mich ein dunkelhäutiger Mann, wahrscheinlich der Assistenzkoch, von oben bis unten und schüttelt mir die Hand.

»Sie kochen Fisch?« Er schärft sein Messer an einem anderen. Sein Akzent klingt stark osteuropäisch. »Mein Boss, guter Freund, guter Mann. Wir müssen ein fantastisches Fischgericht auftischen, ja?« Er gibt mir eine blütenweiße Schürze.

»Okay«, antworte ich. Obwohl er mich ein wenig verängstigt, binde ich mir die Schürze um. Das Band kann ich dreimal um mich herumwickeln.

Rasch geht Keith mit mir die Speisekarte durch und beschreibt mir, wie jedes Gericht zusammengesetzt ist und wie es auf den Tellern arrangiert werden soll. Dann klatscht er in die Hände und wendet sich an die Küchenbrigade.

»Gut, alles mal zuhören. In zehn Minuten kommen die Investoren. Es darf nichts schiefgehen. Courtney wird uns dabei helfen. Sie kann Fisch auf Bestellung zubereiten. Behandelt sie genauso wie Jessica. Und jetzt los.« Wieder klatscht er in die Hände.

Keith mustert einige Bestellungsbons und führt mich zu einem Arbeitsplatz.

»Das ist Jessicas Platz. Sie benutzt dieses Öl, und ihre Fischgerichte sind unglaublich leicht. Bedienen Sie sich. Ich muss mich um Tisch drei kümmern, die sind mit der Vorspeise fertig. Das kriege ich allein hin, sie sind nur zu zweit.«

Ich führe eine Bestandsaufnahme der Küche durch. Beim Umschauen stelle ich fest, dass der Assistenzkoch das Gemüse vorbereitet und Soßen anrührt. Ich beobachte ihn.

Eine andere Kellnerin nähert sich mit finsterer Miene der Durchreiche und knallt einen Bon hin.

»Okay, jetzt wird es ernst. Sie sind zu früh dran. Kein Herumgetrödel. Das wird ein echtes Geschäftsessen!«

»Danke, Barbara«, antwortet Keith und greift nach der Bestellung. »Von nun an widmest du dich den Investoren. Daphne, du bedienst die übrigen Gäste.« Er ruft in die Küche hinein. »Tisch zehn, der wichtige, ist da! Vorspeisen: einmal Ravioli, dreimal gebratene Kammmuscheln, zweimal Krabbensalat, einer ohne Dressing …« Er hält inne.

»Danke, Keith!« Alle schreien, sogar der kleine Junge, der das Geschirr spült. Ich zucke zusammen.

»Danke, Küche! Hauptgerichte sind einmal Steinbutt, dreimal Seebarsch, zweimal Linguine mit Meeresfrüchten und eine zusätzliche Seezunge, die sich der ganze Tisch teilt.« Er schlägt mit der Hand auf eine altmodische Glocke.

»Danke, Keith!«, rufen alle erneut. Ich hinke kläglich hinterher.

»Verstanden! Courtney? Sie sind für die beiden Krabbensalate zuständig. Jeff, hol Courtney die Zutaten und die Teller.« Der Spüler springt auf und trottet zu meinem Arbeitsplatz. »Ich kümmere mich um alles andere. Service!« Keith schlägt auf die Glocke und drapiert zwei köstlich aussehende Seezungen auf Teller. Mir stellen sich tatsächlich die Nackenhaare auf. Ich bin so aufgeregt, dass es berauschend wirkt.

»Beeil dich, Jeff, die Zutaten!«, rufe ich zu meinem eigenen Entsetzen. »Sorry, Jeff, keine Ahnung, woher das kam …«, entschuldige ich mich.

»Ja, Chef!« Jeff rennt los und kehrt mit dem Gewünschten zurück. Zuerst rieche ich am Krabbenfleisch, sehr frisch, und mache mich dann an die Vorbereitung der Vorspeisen. Mit einem Löffel entnehme ich zwei ansehnliche Portionen Krabbenfleisch, schneide dicke Scheiben von dem braunen Brot ab und bestreiche sie großzügig mit Frischkäse. Jeff knallt zwei Vorspeisenteller und eine gewaltige Schüssel mit gemischten Salatblättern der verschiedensten Art vor mich hin.

»Zitronen, Jeff!«, rufe ich ihm nach, als er wieder davonhasten will. »Und Kapern … besorg mir Kapern.« Ich beschäftige mich mit den beiden Salaten, füge Römersalat und Kopfsalat hinzu, wirble an Jessicas Arbeitsplatz herum und entdecke, was ich suche: Soßen. Vorsichtig träufle ich Balsamicoessig auf die Salate, während Jeff mir Zitronen und Kapern reicht. Ich gebe sie hinzu, als Keith mit seinen drei Tellern durch den Mittelgang hastet. Wir greifen gleichzeitig nach der Glocke. Keith ist der Erste.

»Service!«, brüllt er, dass es mir in den Ohren klingelt. Er prüft meine Teller, streicht mit dem Finger über den Rand, wo ein winziger Tropfen Balsamico übergelaufen ist, tunkt eine kleine Gabel hinein und kostet.

»Nicht schlecht.« Er zwinkert mir zu. »Wirklich nicht schlecht. Also, Courtney, welches Hauptgericht trauen Sie sich zu?«

»Ich übernehme die Linguine mit Meeresfrüchten. Das ist zu Hause meine Spezialität. Das heißt, meine Oma hat es in meiner Kindheit dauernd für mich gekocht. Ihre Meeresfrüchteüberraschung. Dieses Gericht kann ich aus dem Effeff. Ich habe es schon tausendmal gemacht.«

»Spitze! Jeff, komm wieder zu Courtney. Wenn sie Hilfe braucht, springst du, kapiert? Frische Nudeln sind da drin, Knoblauch und Zwiebeln liegen auf der Arbeitsfläche, Sahne ist im Kühlschrank.«

»Wird gemacht, Chef!« Schnell wie der Blitz steht Jeff neben mir.

Die Glocke läutet. Als Keith herumfährt, beugt sich Barbara winkend in die Durchreiche.

»Was ist los? Es sind doch alle versorgt.«

»Auf einem Krabbensalat ist Dressing«, erwidert Barbara. »Offenbar ist sie gegen einige Dressings allergisch, doch sie hat es noch vor dem Essen bemerkt, also ist alles in Ordnung. Aber könnten wir bitte einen frischen kriegen?«

»O scheiße … o scheiße! Keith, es tut mir so leid!« Ich schlage die Hände vors Gesicht. Was bilde ich mir eigentlich ein? Ich bin keine Küchenchefin, verdammt! Habe ich den Verstand verloren? Vermutlich habe ich Alice' Rat – glaube an dein Talent und sei bereit, die Chancen des Lebens beim Schopf zu ergreifen – diesmal zu wörtlich genommen.

»Nicht dein Fehler, sondern meiner. Ich muss jede Bestellung, die rausgeht, kontrollieren. Dass auf einen Salat kein Dressing draufdarf, habe ich vergessen. Mach einen neuen. Und dann fang sofort mit den Linguine an.«

Ich stürze mich auf den Salat.

»Scheiße! Scheiße!«, ruft Keith, als Flammen zur Decke emporzüngeln. Er hastet zu einer Pfanne auf der anderen Seite der Küche. »Jeff, ich habe dir doch gesagt, dass du sie wenden musst.« Er packt die Pfanne, wobei er sich die Hand verbrennt, und wirft sie in die Spüle.

»Zwei Seebarsche verkohlt«, flucht er, ein Geschirrtuch vor dem Gesicht.

»Fang noch mal an!«, schreie ich ihm zu. Mittlerweile bin ich völlig durchgeschwitzt. »Mach neue!« Inzwischen bin ich an der Durchreiche, wo Daphne wartet. Ich schiebe ihr den dressingfreien Krabbensalat hinüber und gehe los, um einen

Blick in jede Klarsichtbox voller Fisch zu werfen. Für meine Linguine habe ich jede Menge Auswahl. Ich nehme mir einige Kammmuscheln, Miesmuscheln, Shrimps und etwas Krabbenfleisch.

»Los, Alice, was ist die geheime Zutat? Lass heute den Abend sein, an dem ich deine perfekte Meeresfrüchteüberraschung hinkriege«, flüstere ich in mich hinein.

»Jeff, wenn ich ›Los!‹ sage, gibst du die Nudeln ins kochende Salzwasser, okay?« Ich weise auf einen Topf Wasser, das bereits brodelt.

Dann mustere ich Jessicas Ölsorten, aber ich weiß schon, was ich will. »Butter, Jeff!«, rufe ich. Im Laufschritt kommt er zurück. Ich schmelze zwei Esslöffel voll bei mittlerer Hitze in einer großen Pfanne, füge die Shrimps hinzu und lasse sie einige Sekunden sanft garen, bevor ich Kammmuscheln und Miesmuscheln hineingebe. »Salz und Pfeffer, Jeff!«, schreie ich. Ich rühre sechs ordentliche Prisen unter. »Sieb!«, verlange ich. Er reicht mir eines, und ich gieße Meeresfrüchte und Sud in einen unbenutzten Topf. »Knoblauch und Zwiebeln, Jeff!«, brülle ich. Ich lasse zwei weitere Esslöffel Butter in meine nun leere Pfanne gleiten, werfe Knoblauch und Zwiebeln hinein und warte eine Minute. »Haben wir Sahne mit doppelter Rahmstufe da, Jeff?«, frage ich voller Hoffnung.

»Äh, keine Ahnung, Chef. Doppelt fette Sahne?« Jeff wendet sich an den verzweifelt aussehenden Keith.

»Kühlschrank!«, schreit Keith. »Wie lange arbeitest du schon hier, Jeff? Los, Junge, streng deine grauen Zellen an, verdammt!«

Ich gieße die Sahne hinein, schmelze zwei weitere Esslöffel Butter, rühre, bis die Masse eindickt, und füge die abgeseihten Meeresfrüchte und das Krabbenfleisch hinzu. Ich koste. O Mist, es ist ein kleines bisschen zu salzig. Verdammt!

»Saure Sahne, Jeff! Ich brauche saure Sahne!«, rufe ich. Ich darf das nicht vermasseln. Jeff erscheint mit dem Gewünschten wie mein Weihnachtsmann aus dem Zauberland. Ich gebe einen Tropfen hinein und koste wieder. Wundersamerweise hat es geklappt. Der Salzgeschmack ist weg.

»Jeff, los! Frische Nudeln ins Wasser!« Ich drehe mich zu Keith um. »Die Linguine sind in fünf Minuten fertig, Chef!«

»Spitze!«, schreit Keith.

Barbara ist zurück. »Die Vorspeisen sind aufgegessen.«

»Leere Teller! Fantastisch!« Als Keith seine Pfanne schüttelt, steigen wieder Flammen auf. »Teller anwärmen, Jeff!«

Ich erhöhe die Hitze und rühre die Meeresfrüchte ein letztes Mal um. Dann drapiere ich die Linguine vorsichtig auf den heißen Tellern, bin kurz vor Keith an der Durchreiche und schlage auf die Glocke.

»Service!«, rufe ich.

Keith taucht einen Löffel in meine Soße, probiert und lächelt. Danach spießt er mit seiner winzigen Gabel ein Stück Fisch auf. »Perfekt«, sagt er, legt den Zeigefinger an den Daumen und küsst seine Fingerspitzen. »Mann, du bist wirklich gut! Deine Oma möchte ich gern mal kennenlernen.«

Ich erröte.

»Letzter Tisch: keine Vorspeisen, dreimal Linguine mit Meeresfrüchten, einmal ohne Shrimps!«, verkündet Keith.

»Ja, Keith!«, erwidern wir im Chor.

»Bin schon dabei, Chef!«, füge ich hinzu, als Keith die Hintertür öffnet.

»Jetzt können wir nur noch abwarten.« Die Desserts wurden noch nicht bestellt, weshalb Keith ein paar Minuten Ruhe hat. Er steht neben meinem Arbeitsplatz und überwacht mich weniger, als dass er mich beobachtet. Inzwischen ist er nicht mehr so hektisch. Ich bin beschäftigt, doch damit komme ich klar. Und was noch besser ist: Ich habe einen Riesenspaß.

»Also will dein Chef ein zweites *Meloria's* eröffnen? Ist das der Grund?« Ich schwenke meine Pfanne. Jetzt bin ich selbstbewusst und habe alle Zutaten parat.

»Ja, er ist ganz nah dran, doch das ist der große Tag, auf den wir gewartet haben. Diese Typen investieren in viele Toprestaurants in Cornwall. Eigentlich hat niemand Lust auf stille Teilhaber wie die da, aber …« Er schüttelt den Kopf. »Wo hat deine Oma so kochen gelernt?«

»Sie ist italienischer Abstammung, und bei ihr zu Hause wurde immer gern gegessen. Allerdings kocht sie nicht mehr. Demenz«, erkläre ich ihm.

»Tut mir leid«, antwortet Keith. »Aber sie hat dir viel beigebracht. Du kochst wie ein Profi.«

»Keine Ahnung, ob das stimmt. Ich koche eben. Das habe ich von Alice gelernt. Und dann habe ich gekocht, weil ich eine Familie durchfüttern musste.« Mein Blick bleibt auf die Pfanne gerichtet.

»Du bist toll in der Küche. Ein Naturtalent.«

»Es macht mir einfach Spaß.« Ich zucke die Achseln. »Ich habe heute Steve, den Bruder des Besitzers, kennengelernt«, sage ich zu Keith.

»Ja, ja, Steve, ein netter Mensch. Auch wenn die beiden grundverschieden sind. Steve ist eher ein Freigeist.«

Ich arrangiere mein Gericht auf Teller und bringe sie zur Durchreiche.

»Eine Portion ohne Shrimps, Chef!« Ich zwinkere Keith

zu, als er kostet. Während Barbara das Essen wegbringt, fange ich an, meinen Arbeitsplatz zu säubern.

»Oh, das brauchst du nicht!«, protestiert der Assistenzkoch.

»Nein, schon in Ordnung, ich möchte das gerne tun.« Als ich die Hand hebe, nickt er zustimmend und schiebt die Unterlippe über die obere.

»Federec.« Er hält mir die Hand hin.

»Courtney.« Ich wische meine Hand an der schmutzigen Schürze ab, schüttle seine und putze weiter meinen Arbeitsplatz.

»Mein Gott, hoffentlich sind sie zufrieden«, meint Keith und schaltet leise Musik ein, während wir alle arbeiten.

Daphne und Barbara sind zurück. »Sie waren begeistert!«, meldet Barbara.

»Lasst mich sehen. Lasst mich sehen.« Keith eilt zu den Tellern auf den Tabletts. »Ausgezeichnet!« Er klatscht in die Hände. »Sogar die zusätzliche Seezunge haben sie gegessen!«

»Sie haben gesagt, diesmal hätten sie keine Zeit fürs Dessert. Sie wollen die Mitarbeiter kennenlernen!« Daphnes Augen sind wieder geweitet.

»Kein Problem. Das Reden übernehme ich. Also los.« Keith nimmt die Kochmütze ab.

»Ich kann doch unmöglich …«, widerspreche ich.

»O doch, du kannst«, beharrt er. »Wir brauchen dich.«

Wir treten hinaus ins Restaurant, das mittlerweile bis auf den einen Tisch am Fenster mit sechs Personen leer ist. Eine flackernde Kerze spiegelt sich in der Scheibe. Als wir näher kommen, dreht sich ein hochgewachsener Mann im schwarzen Anzug auf seinem Stuhl um. Mein Herz setzt einen Schlag aus. Das darf doch nicht wahr sein!

»Vielen Dank an die Küchenchefs, die Helfer und den Service.« Er bemerkt mich, ist jedoch ein ausgezeichneter Schauspieler. Ohne mit der Wimper zu zucken, stellt er uns den Investoren vor. »Das sind Keith, Federec, Courtney und Jeff. Daphne und Barbara kennen Sie ja schon.«

»Das Essen war ein Gedicht … und der Fisch einfach köstlich. Tony hat Großes geleistet, damit das *Meloria's* nicht in Vergessenheit gerät«, sagt eine Frau. Sie spricht mehr mit den anderen am Tisch als mit uns.

»Tony Becker, der Hobbygastronom!«, meint ein anderer, worauf seine Tischgenossen für meinen Geschmack ein wenig zu laut lachen.

»Entschuldigen Sie mich bitte. Ich hole uns einen Brandy.« Tony setzt ein gefrorenes Lächeln auf. Er scheint in dem eleganten schwarzen Anzug mit Krawatte zu schwitzen. Wir ziehen uns zurück. Seine Hand ruht unten auf meinem Rücken, als er mir »Was hat denn das zu bedeuten?« ins Ohr flüstert.

Ich beuge mich zu ihm hinüber. »Keith soll Ihnen alles erklären. Ich verschwinde jetzt besser. Mein Flieger startet ziemlich früh«, raune ich. Ich bin verschwitzt, ziehe mir die Spange aus dem Pferdeschwanz und schüttle mein Haar aus.

»Sie sehen toll aus. Lange Haare«, sagt Tony leise.

»Lange Haare«, bestätige ich und fahre mit den Händen hindurch, während sie mir über die Schultern fallen. »Tolle Sache, so ein Pferdeschwanz«, frotzle ich.

»Ich hätte schwören können, dass Sie kurze Haare haben«, erwidert er. Ich muss zugeben, dass er in seinem Anzug beeindruckend wirkt.

»Ich stecke heute wohl voller Überraschungen.«

Während wir reden, hören wir, wie Stühle zurückgeschoben werden. Tony wirbelt herum.

»Brandy? Jim? Pauline? Nein?«

Die Dame platziert einen Hut aus Draht schief auf ihrem Kopf und kommt auf uns zu.

»Wir machen Schluss für heute, Tony. Wir melden uns«, teilt sie ihm mit.

Die anderen gehen grußlos. Tony schüttelt der Frau die Hand.

»Danke, Pauline. Ich weiß es zu schätzen, dass Sie sich die Zeit genommen haben, und freue mich darauf, von Ihnen zu hören. Hoffentlich bald.« Da er ihre Hand nicht loslässt, hat sie ein wenig Mühe, sich zu befreien.

»Wir treffen uns nächste Woche und geben Ihnen dann Bescheid. Gute Nacht!«

Nachdem sie weg ist, schenkt Tony sich einen Brandy ein. »Möchten Sie auch einen?«, fragt er. Ich schüttle den Kopf.

»Ich muss rasch auf die Toilette«, sage ich, worauf er auf das Schild zeigt. In der Toilette vergewissere ich mich, dass alle Kabinen unbesetzt sind, und führe dann meinen Freudentanz auf. Nie hätte ich erwartet, dass mich diese Erfahrung so beleben und mit Aufregung erfüllen würde. Es ist fantastisch. Ich bin ja so stolz auf mich!

Als ich zurückkomme, ist Keith in Jeans und T-Shirt kaum wiederzuerkennen. Er erstattet Tony ausführlich Bericht über mich. Als Tony die Geschichten von unserem Abend in der Küche hört, bleibt ihm der Mund offen stehen.

»Courtney? Wie kann das sein?« Er hebt meine Hand in die Luft.

»Ihr kennt euch?« Das merkt Keith sofort.

»Ja, mein notwendiger Job tagsüber. Die Baufirma. Ich habe gerade einen Auftrag für ihren Chef fertiggestellt. Wir sind uns erst heute begegnet.« Er lässt meine Hand los.

»Mann, das ist ja Wahnsinn!« Langsam wiegt Keith den Kopf hin und her. »Wie ich schon sagte, war sie eine Wucht.«

»Bitte, lassen Sie sich etwas zu trinken anbieten. Sie haben mir den Hintern und vielleicht auch das Fischrestaurant gerettet«, meint Tony.

»Es ist schon nach zehn, und ich habe noch nichts gegessen«, erwidere ich mit knurrendem Magen. »Eigentlich esse ich nicht gern allein. Deshalb hole ich mir auf dem Heimweg einfach Fish and Chips zum Mitnehmen. So kann ich mir den Essig von den Fingern lecken, ohne einen schlechten Eindruck zu machen.« Lachend suche ich meine Jacke und meine Tasche.

»Nichts da, ist das Ihr Ernst? Lassen Sie sich ausführen! Kommen Sie schon. Ich lade Sie zu einem spätnächtlichen Kneipenessen ein, meine Dame. Sie haben mir heute das Leben gerettet.« Keith hat sich einige Schritte entfernt. »Ich gehe mit ihr auf einen Happen ins Ploughboy. Will jemand mitkommen?«, ruft er ihm nach und kippt den Brandy hinunter. Gemurmeltes »Keine Zeit«, »Müde«, »Mein Bett verlangt nach mir« weht zu mir herüber, als Daphne mir Jacke und Tasche reicht. Ich bedanke mich bei ihr und bei allen anderen. Es ist, als hätte ich sie mein Leben lang gekannt. Als ich gerade Jeff umarme, nimmt Tony mich sanft am Ellbogen, macht mich von ihm los und bugsiert mich zur Tür hinaus.

Am Ende der Straße biegen wir links ab und schlendern die idyllische Küste entlang. Die Abendluft ist salzig und angenehm, die Hitze des Tages hat sich längst verflüchtigt. Irgendwo spielt Musik, und wir folgen dem Geräusch zu einem kleinen Pub am Ende der Straße. Man muss kräftig an der alten Eichentür ziehen, und wir treten ein. Drinnen ist es hübsch. Aus einer Musikbox dröhnt Musik. Die Gäste sind zum Großteil jung, doch einige sind auch in meinem Alter. Eine Kellnerin nähert sich. Sie hat ein schwarz-weiß kariertes Geschirrtuch über der Schulter und trägt eine schwarze Schürze.

»Hallo, Tony! Soll ich euch die Abendkarte bringen, oder wollt ihr nur was trinken?«, erkundigt sie sich, während sie sich vorbeugt und ihn auf die Wange küsst.

»Ich hätte gerne einen Weißwein«, sage ich.

»Danke, Sandra. Die Abendkarte bitte, und ich nehme ein großes Guinness.«

Sie notiert es sich auf einen Block. »Und wie ist die Untersuchung gelaufen?«, fragt sie mit leiser Stimme, als sie sich entfernt und ihm dabei ihren Körper entgegenstreckt.

»Ja, offenbar gut. Danke, dass du fragst, Schatz.« Er tätschelt ihr den Arm, und sie lässt uns allein. Was für eine Untersuchung? Ich hake nicht nach, weil es etwas Privates sein könnte.

Wir sitzen auf gepolsterten Hockern an einem umgedrehten, leeren Fass. Ich beobachte, wie er das Sakko auszieht, die obersten zwei Hemdknöpfe öffnet und seine Krawatte zu einer Kugel zusammenrollt. Ein seltsames Gefühl überschwemmt mich und schwappt in mir und rings um mich herum. Mein Herz pocht, und es schnürt mir die Kehle zu. So albern kann ich doch nicht sein, oder? Es ist unmöglich, dass es sich um das handelt, wofür ich es halte. Nicht nach all den Jahren, in denen ich geleugnet habe, dass es so etwas für mich je geben könnte. Sein weißes Hemd spannt sich an den kräftigen Unterarmen, und ich kann ein paar dunkle Brusthaare sehen.

»Die Fish and Chips scheinen sehr lecker zu sein«, bringe ich gerade noch heraus, bevor Sandra mit unseren Getränken erscheint. Tony bestellt Fish and Chips für uns und für sich selbst zusätzlich Erbsenpüree. Komisch, ich esse zwar gern, aber hauptsächlich mit Susan und Claire, nie mit Fremden. Doch im Moment stört es mich offenbar gar nicht. Ich muss mich einfach nur beruhigen und die Mahlzeit genießen. *Sei im Hier und Jetzt. Lebe im Augenblick*, wiederhole ich in Gedanken Oma Alice' weise Sprüche.

»Sind Sie denn nicht satt geworden?«, erkundige ich mich erschrocken.

»Oh, bei solchen Gelegenheiten esse ich kaum etwas. Ich schmecke nichts. Jetzt brauche ich Salz und etwas Tröstendes«, antwortet er.

»Wie war es?«, frage ich, verwundert, dass er es noch nicht erwähnt hat.

Er zuckt die Achseln. »Ich stehe tief in Ihrer Schuld, weil Sie eingesprungen sind. Ich wusste gar nicht, dass Sie Küchenchefin sind.«

»Bin ich auch nicht. Wahrscheinlich war ich zur richtigen Zeit am richtigen Ort«, sage ich.

»Aber, aber. Ich weiß nicht einmal, was mit Jessica los ist.« Er kramt sein Telefon aus der Gesäßtasche.

»Ihr Kind hatte einen Blinddarmdurchbruch«, erkläre ich ihm.

»O nein! Die kleine Jennifer? Mist!« Als er mit dem Finger über das Telefon wischt, wird sein Gesicht beleuchtet. Sein so unverschämt attraktives Gesicht. Er nickt beim Lesen. »Aha … Ja. Ach, die arme Jen. Ich besuche die beiden morgen. Die OP ist gut verlaufen, schreibt sie.« Er hebt den Po an und steckt das Telefon wieder ein.

»Wunderbar«, erwidere ich, nicht in der Lage, den Blick von ihm abzuwenden.

»Und jetzt verraten Sie mir, wie es geschehen konnte, dass ich Sie vor einigen Stunden vor Ihrem Hotel abgesetzt habe, um heute Abend an einer der wichtigsten Besprechungen meines Berufslebens teilzunehmen, und Sie das Essen für meine Investoren kochen.«

Als ich ihm alles schildere, weiten sich seine Augen. Nachdem ich fertig bin, steht er auf und klatscht mich über das Fass hinweg ab.

»Und wie ist die Situation mit Ihrer Tochter? Haben Sie ihr von der großen, coolen Wohnung erzählt?«, fragt er und krempelt seine Ärmel hoch.

»Nein, noch nicht. Die Sache ist ein bisschen …« Ich spiele am Stiel meines Weinglases herum.

»Kinder können ganz schön stressig sein«, meint er.

»Woher wollen Sie das wissen?«, entgegne ich. Es klingt feindseliger, als ich wollte. Überhaupt nicht so, wie ich es geplant habe. Er blickt mich an.

»Na, Sie würden sich wundern. Und, hey, ich war auch einmal Kind.«

»Mutter zu sein ist etwas völlig anderes, als bemuttert zu werden«, antworte ich, erleichtert, dass ihn mein Seitenhieb wegen seines Junggesellendaseins nicht gekränkt hat.

»Ach, Mütter tragen die ganze Last, was?« Er zwinkert mir zu.

»Was soll das heißen?«

Sandra erscheint mit einem beladenen Silbertablett, das sie geschickt über dem Kopf balanciert. Inzwischen geht es im Pub höher her. In einer Ecke macht sich eine Band bereit. Der Gitarrist stimmt immer wieder sein Instrument.

»Wow, das war aber schnell!« Ich entfalte meine Serviette.

»Wir machen an den Tischen eine Menge Umsatz. Ein

ständiges Kommen und Gehen. Zweimal Fish and Chips und extra Erbsenpüree für dich, Tony.« Als sie die großen cremefarbenen Teller abstellt, bemerke ich, dass das Silberbesteck ordentlich in gestärkte weiße Leinenservietten gewickelt ist.

»Kann ich euch sonst noch etwas bringen?«, erkundigt sie sich lächelnd.

»Nein danke. Das sieht ja lecker aus«, erwidere ich.

»Heute Abend frisch gefischt.« Sie beugt sich zurück und holt Salz und Pfeffer von einem anderen Tisch. Ich drücke meinen Zitronenschnitz großzügig über dem Fisch aus. Tony hat bereits angefangen, seinen zu vertilgen.

»Können Sie sich jetzt zurücklehnen? Ist alles gut für Sie gelaufen?«, bohre ich nach. Ich schneide ein Stück Fisch ab und stecke es in den Mund. Es ist so weich, frisch und köstlich, dass ich aufstöhne.

»Äh … o ja, ich glaube, schon. Dank Ihnen und Keith war das Essen ein Traum. Schmeckt gut, oder?«, fragt er mit vollem Mund. Im nächsten Moment versinkt er in Gedanken. »Ich esse fast jeden Abend hier«, meint er, als er wieder das Wort ergreift. »Im *Meloria's* zu essen ist für mich keine richtige Erholung. Ich sehe zu viel und erfahre zu wenig. Das einzige Problem mit diesem Laden ist, dass ich praktisch zum Inventar gehöre.«

»Der Fisch ist perfekt«, erwidere ich und nippe an meinem Wein. Begleitet von etwas Essbarem schmeckt er so viel besser und weniger säuerlich. Eine Weile essen wir schweigend.

»Haben Sie nur ein Kind?«, erkundigt er sich, als ein halb leerer Teller vor ihm steht.

»Ja, eine Tochter. Susan«, sage ich und tunke eine Fritte in Ketchup.

»Glauben Sie, dass ein Umzug auf lange Sicht gut für sie sein wird?« Sein Blick ist durchdringend.

»Nein, Tony, ich schleppe sie hierher, damit sie sich so richtig elend fühlt«, versuche ich zu witzeln, doch wieder trete ich ins Fettnäpfchen. Offenbar versteht er meinen Humor nicht.

»Das war eine ganz normale Frage.« Er lehnt die Gabel an den Tellerrand.

Ich trinke einen großen Schluck und gebe ihm eine ehrliche Antwort. »Das war bloß ein Scherz. Ich denke nur, dass ich mich zu sehr bemühe, Susan, die übrigens fast sechzehn ist, dazu zu bringen, mich zu lieben. Ich mache sie unglücklich. Ich muss sie ihre eigenen Entscheidungen fällen lassen. Ich kann sie ja schlecht zwingen, mit mir hierherkommen zu wollen, oder?« Als er sich über das Fass beugt, trennen nur noch wenige Zentimeter unsere Gesichter.

»Vermutlich nicht«, erwidert er.

»Ich weiß, dass sie mich liebt, natürlich tut sie das … Daran liegt es nicht. Es ist eher, dass sie sich von mir erstickt fühlt«, gebe ich zu.

»Und stimmt das?«, hakt er vorsichtig nach.

»Offenbar, Tony. Obwohl ich das gar nicht will. Ihr Dad, David, ist ein wunderbarer Dad, aber ziemlich lax in Erziehungsfragen. Also bleibt alles an mir hängen.«

Da Tony aufmerksam zuhört, fahre ich fort.

»Manchmal habe ich den Eindruck, dass wir die ganze Zeit guter Polizist, böser Polizist spielen. Ich bin selbstverständlich der böse. Manchmal will ich einfach nur ich selbst sein und nicht ständig auf jemanden aufpassen. Ich habe ein schlechtes Gewissen, weil ich das ausspreche, aber es ist so. Ich habe mich total aus dem Blickfeld verloren. Wer ist Courtney Downey? Was tut sie? Tja, sie ist Susan Downeys Mutter und nörgelt und nörgelt und nörgelt. Ja, sie arbeitet hart, um für beide den Lebensunterhalt zu verdienen, aber wird es ihr je gedankt? Nein … nicht, dass ich Dank erwarte. Nur ein wenig Respekt.« All das sprudelt aus mir heraus, doch endlich habe ich es mir eingestanden. Ich habe keine Ahnung mehr, wer ich außer Susans Mutter sonst noch bin.

»Wenn man jemanden so sehr liebt, ist es schwierig, sich zurückzunehmen. Also machen Sie sich deshalb keine Vorwürfe. Wenn sie ihrer Mutter auch nur ein wenig ähnlich ist, ist sie bestimmt ein sehr kluges Mädchen und wird bald begreifen, was Sie alles für sie leisten.«

»Elternsein ist so kompliziert.«

»Richtig. Aber ich an Ihrer Stelle würde einfach für sie da sein. Das ist Ihre Rolle als ihre Mum. Seien Sie immer da. Ich würde mich nicht zu sehr in jeden Bereich ihres Lebens einmischen, sie ausfragen oder Zeit von ihr einfordern. Ich würde nur zuhören und da sein, wenn sie mich braucht. Sagen Sie ihr, dass sie bei Ihnen jetzt und in Zukunft immer an erster Stelle kommen wird. Das ist meine Einstellung zum Elternsein, was sie auch wert sein mag.« Als Tony mir in die Augen schaut, halte ich seinem Blick stand. Ich frage mich, wie kratzig seine Bartstoppeln sich wohl auf meiner weichen Haut anfühlen würden. Keine Ahnung, warum, aber er hat mir gerade eine Zentnerlast von den Schultern genommen.

»Ich glaube, das ist wahrscheinlich der beste Rat, den mir je jemand gegeben hat«, stoße ich erstaunt hervor.

»Ich verteile normalerweise keine Ratschläge, doch wenn es Ihnen geholfen hat, gut.« Er beugt sich näher zu mir herüber. Der Geruch seines moschusartigen, kräftigen Rasierwassers steigt mir in die Nase. Das dunkle Brusthaar lockt meinen Blick an. Er streckt die Hand aus und streicht eine Haarsträhne zurück, die mir über das Auge gerutscht ist. Ich fühle mich wie ein Kaninchen im Scheinwerferlicht. Gelähmt. So eine intime Geste. Lächelnd lehnt er sich ein Stück zurück, hebt sein Glas und weist mit dem Kopf auf meines. Ich gehorche.

»Tut mir leid, ich wollte Ihnen nichts vorjammern.«

Mit einem schiefen Grinsen schwenkt er sein noch immer erhobenes Bierglas in meine Richtung. »Auf die Elternschaft«, sagt er, und wir stoßen an.

»Auf die Elternschaft«, wiederhole ich den einseitigen Trinkspruch und nehme einen großen Schluck Wein.

»Wo ist denn dein Ex jetzt? Darren, richtig?«, fragt er.

»David«, verbessere ich ihn. »Wohnt mit einem jüngeren Modell zusammen«, beichte ich ihm, während ich wieder zur Vernunft komme.

»Tut mir leid.« Er streicht sich mit der Hand über die Stoppeln bis hinunter zum Nacken.

»Das braucht es nicht. Ich bereue nichts«, erwidere ich, und das ist mein Ernst.

»Schön, das zu hören. Aber bist du glücklich?« Er rollt die Schultern und setzt sich gerader hin.

»Bin ich.« Ich nicke und schiebe mir die Haare hinter die Ohren. Darauf folgt einer dieser eigenartigen und seltenen Momente, in denen wir nichts sagen und einander nur ansehen. Es ist kein bisschen beklommen. Offen gestanden das genaue Gegenteil. Es ist unglaublich aufregend. Unsere Augen kommunizieren, unsere Münder sind stumm. Unerklärlich. Beinahe, als wären wir schon einmal hier gewesen. Doch der Grund ist eher sein eindringlicher Blick, der dafür sorgt, dass ich mich so lebendig und … interessant fühle. So etwas ist mir, tja, noch nie passiert.

Ich breche den Blickkontakt zuerst ab, indem ich wieder zur Gabel greife und in meinem Fisch herumstochere. Mir hat es mehr oder weniger den Appetit verschlagen. Wir essen auf, und irgendwann erscheint Sandra, um uns zu fragen, ob wir ein Dessert möchten. Tony bittet sie, uns eine Minute Zeit zu lassen.

»Das ist der große Nachteil am Ploughboy: Die Nachspeisen sind alle Fertigprodukte aus der Tiefkühle. Ich fürchte, ich kann keine davon empfehlen. Das gefrorene Orangensorbet ist noch das Beste. Aber ich bin eher der Typ für Rosinenkuchen, Apfelstrudel mit Eiscreme oder einen süßen Banoffeekuchen. Wer hier regelmäßig isst, geht normalerweise für den Nachtisch nach Hause«, flüstert er mir zu.

»Meine Freundin Claire macht die besten Nachspeisen der Welt«, antworte ich.

Er lacht. »Dann sollte sie sich hier um einen Job bewerben.«

»Ich würde mich so freuen, wenn sie dieses Lokal hier sehen könnte … Momentan hat sie viel um die Ohren.« Ich seufze tief wegen meiner Freundin.

»Ach, seufz nicht so, Courtney Downey.« Er beugt sich wieder vor. »Du bist zu schön zum Seufzen. Ich muss zugeben, dass ich ziemlich enttäuscht war, als ich gehört habe …«

»Äh, hallo?«

Wir zucken beide zusammen, als eine Frau ihr golden glitzerndes Handtäschchen mitten auf unseren Tisch wirft.

»Erinnerst du dich an mich, Big T?« Mit einem leisen Lachen schwenkt sie die Hand vor Tonys Nase.

Ich brauche einen Moment, um zu erkennen, dass es Marina, die Frau aus dem Rathaus, ist. Tony erbleicht.

»O Mist, Marina!« Er lässt sein Besteck fallen und schlägt die Hände vors Gesicht. Ich starre sie an.

»Ich dachte, wir wären noch auf einen späten Drink verabredet«, fährt sie fort und schnalzt mit der Zunge.

»O Gott, stimmt. Es tut mir so leid. Ich muss mich bei dir entschuldigen, Marina«, keucht er.

»Kein Problem. Ich weiß, dass das Geschäftliche bei dir immer zuerst kommt.« Sie betrachtet unsere leeren Teller. »Wahrscheinlich hast du keinen Hunger mehr. In jedem Sinne dieses Wortes.« Sie nimmt ihre Tasche und lächelt mich an. »Nett, Sie wiederzusehen, Courtney. Ich hole mir jetzt einen großen Cocktail mit viel Alkohol an der Bar.« Trotz der Situation, in die sie hineingeraten ist, lacht Marina auf.

»Marina, sorry, ich kann alles erklären …« Er steht auf und schiebt seinen Barhocker zurück.

»Zu spät, zu spät …« Sie spaziert davon, allerdings nur bis zum Tresen, und hebt dabei die Hand.

»Geh ihr nach!«, dränge ich. Ich bin feuerrot im Gesicht, weil mir das alles so peinlich ist. Sandra kehrt zurück und räumt ab.

»Alles in Ordnung hier? Kann ich euch noch etwas bringen?«, erkundigt sie sich.

»Nein danke, ich bin pappsatt«, teile ich ihr mit und schiebe den Teller weg. »Könnten wir bitte die Rechnung haben?«

»Bist du schon fertig, Tony?« Sie wirkt besorgt.

»Ja, ich bin auch satt, danke, Sandra.« Wir nehmen unsere Gläser hoch, damit sie die Teller entfernen und das Fass mit einem feuchten Lappen abwischen kann. Sie verschwindet mit dem schmutzigen Geschirr, ist sofort wieder da, legt die Rechnung mit zwei winzigen Pfefferminzbonbons auf ein graues Tellerchen und geht.

»Nein, es ist absolut zwecklos, ihr zu folgen. Ich bin ja so ein Idiot, ich habe es total vergessen.« Er schlägt die Hand vors Gesicht.

»Ich finde wirklich, dass du es tun solltest, Tony.« Ich krame einen Fünfzigpfundschein aus meiner Handtasche und deponiere ihn auf dem Tisch. »Das müsste genug für das Essen, die Getränke und ein gutes Trinkgeld für Sandra sein«, sage ich ruhig, während ich meine Sachen zusammensuche.

»Du musst doch nicht gehen!« Er wirkt entsetzt.

»Oh, das muss ich«, entgegne ich. Mein Blick ruht auf dem gewaltigen, leuchtend blauen Cocktail, den Marina am Tresen mit einem abknickbaren orangefarbenen Strohhalm in sich hineinsaugt, als ginge es um ihr Leben.

»Und lass mich die verdammte Rechnung bezahlen, nach allem, was du heute Abend für mich getan hast. Darf ich dich bitte wenigstens zum Hotel begleiten?« Wir schauen beide hinüber zu Marina, die ihren Hintern inzwischen auf einem Barhocker geparkt hat.

»Nein, nein und nochmals nein, Tony. Ich fühle mich blendend und möchte allein gehen.« Ich bleibe hartnäckig.

»Ach, Courtney, es ist nicht das, was du glaubst. Aber es ist das, was du siehst, also …« Er zieht die Schultern hoch und lässt sie langsam wieder sinken.

»Einen wunderschönen Abend noch!« Ich lächle so breit, dass es wehtut, mache auf dem Absatz kehrt und verlasse das Ploughboy. Draußen hole ich tief Luft.

»Mann, das war ja oberpeinlich!«, zische ich und marschiere vom alten Fischerdorf zu meinem Hotel. Die arme Marina, es muss schrecklich für sie gewesen sein. Meine Absätze klappern auf dem Pflaster. Mir wird klar, dass ich nicht nur verlegen, sondern auch gekränkt bin. Es ist doch so gut gelaufen.

»Ich bin so enttäuscht«, flüstere ich mit zusammengebissenen Zähnen. Inzwischen wird es dunkel, und die Lichter der Boote auf dem Meer funkeln in der Dämmerung. Da mein Orientierungssinn nicht der beste ist, nehme ich den Weg, den ich gekommen bin. *Enttäuscht.* Das Wort löst eine Erinnerung in mir aus. Was wollte er vorhin sagen? Worüber war er enttäuscht?

»Jetzt mal im Ernst, Courtney, reiß dich zusammen!« Wieder führe ich Selbstgespräche. Plötzlich bleibe ich stehen. Eine lange Warteschlange erstreckt sich um die Ecke, weil die Leute Lust auf ein spätabendliches Eis haben. Ich reihe mich hinten ein. Als ich dran bin, kaufe ich mir ein sündiges, von Schokosoße strotzendes Waffeleis. Ich lecke beim Gehen, setze mich schließlich auf eine Bank am Strand direkt vor meinem Hotel und beobachte die in der Nachtluft schaukelnden Boote. Während ich wie ein Kind an meinem Eis lutsche, denke ich über diesen verrückten Abend und Tony Becker nach. Ein Mann, der offenbar für jeden Tag der Woche eine andere Frau hat. Ein Jammer. Er ist zwar ansonsten ziemlich faszinierend, aber einen Schürzenjäger kann ich überhaupt nicht brauchen. Ich schüttle mir Tony Becker aus dem Kopf.

Ich lutsche weiter und verdrehe mir den Hals, um zu verhindern, dass mir das Eis oben vom Hörnchen rutscht. Allerdings hat er mir etwas unglaublich Aufregendes aufgezeigt: Vielleicht, ja, nur vielleicht, gibt es irgendwo einen neuen Mann für mich. Aber noch mehr, noch viel mehr, hatte ich Freude an dem geschäftigen Treiben in der Küche. Verdammt! Meine Füße führen einen Freudentanz auf.

»O bitte, Susan, liebe diese Stadt genauso sehr wie ich«, sage ich zu mir, während ich das durchweichte Hörnchen abknabbere und zufrieden die Beine übereinanderschlage.

Acht

Als ich meine Bürotür öffne und Yvonne mir auf den Fersen folgt, bin ich wieder in der Wirklichkeit angelangt.

»Na, wie war es? Wie ist die Wohnung? Ist sie groß? Lar behauptet das, aber du kennst ja Lar. Und wie ist das neue Büro? Gibt es Parkplätze? Hast du den Bauunternehmer getroffen? Wann können wir eröffnen? Ist die Stadt hübsch? Viele Läden?« Sie lässt die heiße Zitrone in ihrer Glastasse kreisen.

Ich fühle mich wie ausgewechselt. So, als hätte die Möglichkeit, den Sommer in Cornwall zu verbringen, an Bedeutung hinzugewonnen. Offen gestanden ist es für mich zu etwas Persönlichem geworden. Obwohl ich das niemals zugeben würde, ist auf einem der Fotos, die ich vom neuen Büro gemacht habe, Tony im Hintergrund zu sehen. Während des ganzen Heimflugs habe ich das Bild angestarrt wie ein liebeskrankes Schulmädchen Claire wird mir den Kopf zurechtrücken. Sie wird mir sagen, was ich bereits weiß: Ich laufe vor der Realität davon.

Außerdem weiß ich, dass Yvonne nur deshalb mit mir redet, weil sie überzeugt ist, dass der Job in Cornwall ihr gehört, nicht mir.

»Sieht super aus«, erwidere ich. »Ich habe ein paar Fotos. Wenn Lar da ist, zeige ich sie dir. Tony Becker hat wahre Wunder vollbracht, und ja, ich glaube, da sind auch genügend Parkplätze. Warum interessiert dich das?« Allerdings kenne ich die Antwort. Alles dreht sich nur um sie, und sie leidet an einem Wahn, was kostenloses Parken betrifft.

»Es ist absolut wichtig, dass die Leute einen Traum sehen und einfach anhalten und hereinspazieren können. Wenn sie vorbeifahren und man nirgendwo parken kann, fahren sie weiter, bleiben nicht stehen und verpassen ihre Umzugschance.« Sie angelt das Zitronenstück aus der Tasse und lutscht daran.

»Stimmt«, sage ich, schalte meinen iMac an und gehe meine Mails und Postkarten durch. Doch ich bin nicht ganz bei der Sache. Ich würde sie nicht unbedingt als Flashbacks bezeichnen, aber ständig habe ich Keith vor mir, wie er mit dem Finger meine Krabbensalate entlangfährt, während sich ein »Bravo, gut gemacht« in seinem Blick abzeichnet. Oder wie ich auf die Glocke schlage und »Service!« rufe. Ich erschaudere.

»Bist du nicht meiner Ansicht? Es ist der letzte Tag deines tollen Urlaubs, und du fährst mit einem Mietwagen zu deinem Airbnb, und dann siehst du unser Büro … kostenloses Parken! Du hältst an. Das wird laufen wie geschmiert. Also, meinst du, du kannst den Job übernehmen oder nicht, Courtney?« Diplomatie ist nicht Yvonnes Stärke.

»Ich glaube, das kann ich mit größter Wahrscheinlichkeit, Yvonne!« Ich setze ein scheußlich gekünsteltes, hämisches Lächeln auf, während sie entsetzt das Gesicht verzieht.

»Ach, wirklich?« Sie setzt sich langsam und stellt ihre Tasse voll Gesundheit auf meinen Schreibtisch neben meinen extragroßen schwarzen Kaffee.

»Ja … Nun, natürlich muss ich nachher mit Lar reden, und

es gibt noch einiges zu klären. Aber ja, ich denke, es müsste für mich machbar sein.« Mein Lächeln ist noch immer wie festgefroren.

»Ist Sue-Sue damit einverstanden?«

»Sue-Sue?« Mein Kopf fährt hoch, und ich schaue ihr in die Augen.

Sie gerät ins Stammeln. »Was?« Sie schluckt heftig.

»Warum nennst du sie Sue-Sue?« Das ergibt keinen Sinn.

Sie ringt nach Worten und schneidet eine Grimasse. »Ich habe geglaubt, dass du sie so nennst.« Sie errötet leicht.

»Nein, Yvonne. Nur Mar-nee und David nennen sie Sue-Sue«, entgegne ich mit Pokerface.

Achselzuckend erhebt sie sich. »Dann habe ich keine Ahnung, wo ich das gehört habe.« Sie weicht von meinem Schreibtisch zurück.

»Bist du vielleicht zufällig mit Mar-nee Maguire befreundet, Yvonne? Oder möglicherweise ihre Kundin?« Ich kenne die Antwort, bevor ich die Sätze ausgesprochen habe.

»Befreundet würde ich nicht unbedingt sagen … aber, ja, sie macht meine sämtlichen Waxingbehandlungen, du weißt schon, in ihrem Salon.«

Ich stehe ebenfalls auf. »Alle Bemerkungen über meinen Ex und meine Tochter, die du in diesem Büro aufschnappst, sind absolut streng vertraulich. Du erzählst Mar-nee doch nicht etwa, was ich sage? Redet ihr über meine Tochter?« Meine Hände zittern, so entgeistert bin ich.

»Nein, wirklich nicht.« Sie lügt wie gedruckt.

»Bitte lass es!«, schleudere ich ihr entgegen.

»Ich habe jede Menge Arbeit. Wir sehen uns beim Meeting.« Sie ergreift die Flucht.

Ich kratze mich kräftig am Kopf. Natürlich steckt sie dahinter. Ich wette, es war gar nicht Susan, die Mar-nee und David von dem bevorstehenden Umzug erzählt hat. Es war Yvonne. Und jetzt wird sie Mar-nee sicher weitertratschen, dass ich annehmen werde. Keine Ahnung, warum ich sie angelogen habe. Ich wollte sie nur ärgern. Ich glaube nicht, dass ich fliegen kann. Aber ich will, ich will es wirklich. Dazu muss ich nur Susan überzeugen. David wird sich uns bestimmt nicht in den Weg stellen.

Als Susan aus der Schule kommt, geht sie sofort in ihr Zimmer. Meine Hände sind voller Mehl, weil ich gerade mit Pilzen gefüllte Teigtaschen mache. Ich war sicher, dass in der untersten Schublade des Gefrierschranks noch fertige Blätterteigscheiben sind. Fehlanzeige.

»Hallo, Schatz!«

Ich weiche von der mit Mehl bedeckten Arbeitsfläche zurück und wische mir mit dem Handballen die Nase ab. Keine Antwort.

»Susan, Schatz, ich bin in der Küche. Hast du Hunger, Liebes?«, rufe ich wieder laut.

Erneut wird meine Stimme nicht zur Kenntnis genommen.

»Herr, schenk mir Geduld«, murmle ich und arbeite weiter. Aus irgendeinem Grund verfalle ich nicht in blinde Panik, stürme nicht die Treppe hinauf, bettle sie nicht an, mit mir zu sprechen, und versuche auch nicht, sie zu küssen, zu umarmen oder anzuflehen. Ihr meine Liebe aufzudrängen, ist nicht länger möglich. Also lasse ich mir mit dem Blätterteig Zeit. Ich gebe frischen Zitronensaft und echte Butter hinzu, träufle kaltes Wasser darauf und fange an, die Zutaten zu vermengen. Der Rhythmus ist beruhigend. Therapeutisch. Als der Teig fertig ist, stecke ich ihn ins Backrohr, schalte den Wasserkessel ein und werfe einen Teebeutel in meine Tasse. Oben erfreut sich die iPad-Welt bester Gesundheit, und »Hallo, Leute« erfüllt die angespannte Atmosphäre. Ich sollte nach oben gehen, nur um festzustellen, ob sie Hunger hat. Deshalb zwinge ich mich dazu. Ich klopfe dreimal an. Keine Reaktion.

»Susan?«, rufe ich.

Das iPad wird leiser. »Was?«, erwidert sie.

»Möchtest du mich nicht begrüßen, Schatz? Ich habe dich seit Mittwochmorgen nicht gesehen.« Meine Stimme klingt streng, und ich bin froh darüber. Ich habe es satt, wie ein Fußabstreifer behandelt zu werden So etwas muss ich mir nicht bieten lassen.

»Hallo, Mom«, tut sie mir den Gefallen.

»Ich wollte nur wissen, ob du Hunger hast.«

Keine Antwort.

»Kommst du nicht mal aus deinem Zimmer?« Ich kratze abblätternden Lack von ihrer Tür.

»Nein«, gibt sie zurück.

»Wie du meinst«, sage ich.

Im Gehen halte ich inne und kehre zu ihrer geschlossenen Tür zurück. Sie zu ernähren, ist meine oberste Pflicht als Mutter.

»Ich wollte Teigtaschen mit Pilzen für ein spätes Mittagessen backen, oder möchtest du, dass ich etwas anderes für dich koche, bevor Dad und Mar-nee kommen?«

»Nein … alles bestens. Mar-nee hat mir heute ein super Mittagessen gemacht. Ich bin noch immer pappsatt.«

»Was gab es denn?« Ich kann mir die Frage nicht verkneifen.

»Energiekräcker, Kichererbsen mit Salz und Essig und einen tollen Schoko-Chia-Pudding«, begeistert sie sich.

»Okay … sehr gut.« Ich erspare mir die Predigt, dass Kräcker und Kichererbsen für ein Mädchen im Wachstum meiner Ansicht nach weder genügend Nährstoffe enthalten noch gesund sind. Ich muss mich daran gewöhnen. So ernährt sie sich eben. Zumindest gibt Mar-nee ihr etwas zu essen. Wahrscheinlich sollte ich für die kleinen Dinge im Leben dankbar sein.

Ich mache auf dem Absatz kehrt und gehe. *Ich liebe mein Kind. Ich liebe mein Kind. Ich liebe mein Kind*, wiederhole ich in Gedanken. Auch wenn es sich momentan aufführt wie ein wildes Tier. Da hat ja Billy, der Fuchs, noch bessere Manieren. Ist es meine Schuld? Habe ich eine verwöhnte Göre großgezogen? Tony Beckers Worte wirbeln mir im Kopf herum.

»Ich würde sie weder ausfragen noch Zeit von ihr einfordern, sondern einfach nur zuhören. Ich wäre da, wenn sie mich braucht, und würde ihr sagen, dass sie jetzt und in Zukunft immer das Wichtigste für Sie sein wird.« Auf der dritten Stufe nach unten bleibe ich stehen. Wieder mache ich kehrt, gehe nach oben und klopfe an die geschlossene Zimmertür. Das iPad wird leiser.

»Ja?« Ein gereizter Tonfall und ein Zungenschnalzen.

»Ich wollte dir nur sagen, dass ich immer für dich da sein werde, Susan. Das ist nicht verhandelbar. Ich liebe dich so sehr. Ich bin immer für dich da. Das war alles.«

Schweigen. Ich schließe die Augen und lehne den Kopf an die Tür. Langsam wird der amerikanische Akzent aus dem iPad lauter und füllt die Stille. Sie antwortet nicht. Trotzdem fühle ich mich ein wenig besser. Ich weiß, dass ich diesen Kampf nicht mehr weiterführen kann. Im nächsten Moment öffnet sich die Tür einen Spaltbreit, und mein kleines Mädchen steht in Schuluniform vor mir.

»Hallo, Schatz«, sage ich, und Erleichterung durchströmt meine Adern, als ich ihr ins Zimmer folge und mich auf die Bettkante setze.

»Hallo, Mom.« Sie wickelt sich ihr dunkles Haar um den Zeigefinger. Man kann sich kaum vorstellen, wie verändert und unschuldig sie in Schuluniform aussieht.

»Dad und Mar-nee kommen heute Abend um halb zehn. Möchtest du bei dem Gespräch dabei sein?«, frage ich sie. Ich betrachte ihre Poster mit verschiedenen Zitaten darauf. Sie ist besessen von Zitaten.

Die endgültige Charakterbildung einer Person
liegt in ihren eigenen Händen.

Alle unsere Träume können wahr werden,
wenn wir den Mut haben,
uns für sie einzusetzen.

Unterschätze nie, wie wichtig es ist,
du selbst zu sein.

Sie wirkt verstört, und ich würde sie am liebsten umarmen. Aber ich verkneife es mir. Ich gebe ihr den Raum, den sie braucht, und bin einfach nur für sie da.

»Tut mir leid, Mom, ich möchte dich nicht kränken. Aber ich will im Sommer einfach nicht nach Cornwall«, meint sie ruhig.

»Das verstehe ich, Schatz«, erwidere ich zögernd. »Aber wir haben viel zu bereden, Liebes«, füge ich hinzu. »Wir können nicht einfach beschließen, dass ich hinfliege und du bei Dad bleibst.«

»Warum denn nicht?« Sie blickt mich durch dunkle Wimpern an.

Ich weiß, dass ich sie das nicht fragen sollte, kann jedoch nicht anders.

»Würdest du mich nicht vermissen, Schatz?«

»Wahrscheinlich … keine Ahnung … aber Mar-nee hat gesagt, ich könnte jeden Abend über FaceTime mit dir reden.«

»Willst du wirklich in einem Schönheitssalon arbeiten?«, erkundige ich mich in neutralem Ton. Mich interessiert nur ihre Antwort.

»Ja.« Sie nickt heftig.

»Warum?« Ich bin wirklich neugierig.

»Mir gefällt dieser Beruf, Mom … die Schönheitsbranche. Ich liebe den Geruch im Salon und die beruhigende Musik in den Behandlungszimmern. Ich finde es toll, wie sich die Kundinnen nach einer Massage oder einer aufgesprühten Bräunung fühlen. In einem Salon wird dafür gesorgt, dass es den Leuten gut geht.«

Ich nicke und nehme Go-go, ihren kleinen weißen Teddy, auf den Schoß. Als ich mit seinen Pfoten seine Augen bedecke, lacht sie. Leise.

»Okay, ich verstehe«, erwidere ich, und das stimmt auch. Es scheint ein anständiger Beruf zu sein. Ich möchte nur nicht, dass Mar-nee ihn ihr aufzwingt.

»Falls es für dich in Ordnung ist, Mom, wäre es mir lieber, wenn Dad bei dem Gespräch dabei ist. Ich … ich habe einfach den Eindruck, dass du mir nicht richtig zuhörst. Er schon.« Als sie sich auf die makellose Lippe beißt, verfärbt diese sich durch den Druck weiß.

»Aber ich höre dir zu, Susan … Ich will, dass du glücklich bist«, antworte ich und schwenke Go-go durch die Luft. Sie schnaubt. »Was ist?«, sage ich, winke mit Go-gos Pfoten, lehne mich übers Bett und lege ihr die Hand auf den Rücken. Im nächsten Moment erstarre ich.

»Trägst du einen BH?«, frage ich erschrocken. Susan hat noch immer kaum Oberweite. Kleine Knospen, noch nicht erblüht. Hauptsächlich deshalb, weil sie so dünn ist, denkt unser Arzt. Sie werde sich im Laufe der Zeit schon entwickeln. Sie befreit sich

»Stopp! Und wenn schon?« Sie stellt wieder ihre Stacheln auf.

»Aber … aber ich dachte, wir hätten abgesprochen, dass wir uns im Sommer ein paar BHs für junge Mädchen anschauen«, stammle ich.

»Ich habe dir doch schon erklärt, Mom, dass ich das einzige Mädchen in meiner Klasse bin, das keinen BH trägt!« Sie stemmt sich mit dem Rücken gegen das Kopfbrett.

»Du hast doch gar keinen Busen«, antworte ich verdattert.

»O doch, ich habe einen Busen. Ich bin eine Frau, Mom!«, schreit sie mich mit blitzenden Augen an.

»So habe ich es nicht gemeint, Liebling. Dreh mir nicht die Worte im Mund herum.« Ich stehe auf.

»Falls es dich interessiert, Mom, Mar-nee war mit mir beim Vermessen, und ich habe Größe 70 AA – das ist meine BH-Größe, Mom! Sie hat mir tolle BHs gekauft. Rosa Spitze und schwarzer Samt!«

Speichel sprüht aus ihrem Mund und landet auf meinem Gesicht. Ich wische ihn mit dem Handrücken weg. Sie springt auf, und wir stehen einander gegenüber. Sie hat Tränen in den Augen. Ich auch. Mein Gott, wie kann ich verhindern, dass Mar-nee mir so etwas antut? Unten schrillt die Zeitschaltuhr des Backrohrs, um mir mitzuteilen, dass die zwanzig Minuten vorbei sind.

»Wenn es dich nicht stört, würde ich mich jetzt gerne umziehen und wäre dankbar für ein wenig Privatsphäre.« Instinktiv hält sie die Hände über ihre Brüste. Dann kehrt sie mir den Rücken zu und lässt die Hände sinken. Wir sind so hilflos.

»Susan, bitte, ich wollte nicht ...«

»Bitte geh einfach, Mom!«

Ich drehe mich um, verlasse ihr Zimmer, schleppe mich erschöpft die Treppe hinunter und umklammere dabei so fest das Geländer, dass mir die Hand wehtut. Ich habe ein Déjàvu. Als Mutter bin ich eine Niete. Ich höre mich in ihrem Zimmer reden: Ich habe ihr gesagt, dass sie keinen Busen hat. Ich weiß nicht mehr ein noch aus. Es wird Zeit, sich der Tatsache zu stellen, dass ich das einfach nicht kann.

Wie auf Autopilot decke ich den Tisch und schalte den Wasserkocher ein. Dann gebe ich zwei große Löffel Kaffeepulver in eine Tasse und gieße mir einen Kaffee auf. Meine Hände zittern immer noch. Ich muss mich dringend beruhigen, bevor sie kommen. Ich muss kochen. Um mich gedanklich abzulenken, nehme ich den Blätterteig aus dem Backrohr, zerkleinere die Pilze, schmelze Butter in einer Pfanne, werfe sie hinein, lasse sie zugedeckt zwei Minuten garen und vermische sie mit Mehl, Milch und Gewürzen.

Wie soll ich das überstehen? Claire hatte so verdammt recht. Ich war eine absolute Vollidiotin. Ich hätte mich nicht vor dem Gericht drücken dürfen, insbesondere jetzt, da Susan fast sechzehn ist. Ich stelle die guten Tassen heraus, sitze am Küchentisch und warte darauf, dass es läutet. Kann ich sie noch zwingen, bei mir zu bleiben? Ist es so weit gekommen? Inzwischen rast mir die größte und wichtigste Frage von allen durch den Kopf: Würde sie sich bei David und Mar-nee wohler fühlen?

Es klingelt an der Tür. Ich atme langsam und tief durch und gehe durch die Vorhalle. Als ich aufmache, werde ich von Mar-nee begrüßt. David steht hinter ihr. Ich habe Mar-nee noch nie so aus der Nähe gesehen. Normalerweise nur im Auto oder am Lift zu ihrer Wohnung.

»Hallo, Mar-nee, David, kommt bitte rein.« Ich öffne die Tür weiter, und die beiden treten ein. Ich bemerke, dass sie die Vorhalle mustert und die Fotos von Susan und mir und auch einige von David an den Wänden betrachtet. Vor jedem bleibt sie stehen und studiert es gründlich. Es ist, als hätte sie keine Umgangsformen. In einer Situation wie dieser tut man so etwas nicht.

»Wann wurde das denn aufgenommen, Häschen?«, fragt sie David. Es ist ein Foto von mir, ihm und Susan bei einem kulinarischen Festival im Herbert Park vor vielen Jahren. Wir essen alle Hotdogs. Einer dieser Fotografen hat uns geknipst, kam zwanzig Minuten später mit einem gerahmten Abzug zurück und wollte zwanzig Euro dafür. David hat ihn aufgefordert zu verschwinden, aber ich habe ihn zurückgerufen und das Foto gekauft. Ich bin mir jedoch sicher, dass David keine Ahnung haben wird. Ich stehe da und warte ab.

»Ich habe keine Ahnung, Häschen«, antwortet er tatsächlich und steuert auf die Küche zu. Sie schweigt. Der Geruch ihres Parfüms ist überwältigend. Süßlich und widerlich.

»Wir müssen mehr Fotos aufhängen, Häschen.« In ihren atemberaubend hochhackigen rosafarbenen Pumps trippelt sie hinter ihm her. Falls sie wirklich den ganzen Tag und bis spät in die Nacht in diesen Dingern arbeitet, hat sie eine Tapferkeitsmedaille verdient.

»Susan, Schatz«, rufe ich die Treppe hinauf. »Dad und Mar-nee sind da, Liebes. Kannst du runterkommen?«

Sie sitzen beide am Tisch, als Susan hereinkommt. Inzwischen trägt sie ein grünes Kleid von Bodycon, ist dick geschminkt und hat ihr Haar zu einem runden Dutt aufgesteckt. Es ist, als hätte ich sie nicht nur eine Nacht, sondern drei Jahre allein gelassen. Die Stimmung ist geladen.

»Oh, das steht dir echt spitze, Sue-Sue! Habe ich es dir nicht gleich gesagt?« Mar-nee klatscht begeistert in die Hände. Susan setzt sich.

»Tee oder Kaffee?«, frage ich ungeduldig.

»Nur Wasser bitte, gefiltert oder aus der Flasche, falls du welches dahast«, erwidert Mar-nee.

»Für mich bitte das Gleiche, Courtney«, sagt David.

»Ich hätte gerne einen grünen Tee, Mom, bitte.« Susan sieht mich an.

Ich habe keinen grünen Tee, doch ich schweige. Ich hole die Gläser und stelle eine Flasche stilles Wasser vor sie hin.

»Ich habe vegetarische Teigtaschen gemacht.« Ich platziere den Teller auf den Tisch, aber niemand greift zu.

Mar-nee eröffnet das Gespräch. »Also, Courtney, wir kommen in Frieden, Schätzchen.« Ihre aufgespritzten Lippen sind mit einer dicken Schicht Lipgloss bedeckt, und sie trägt ihre kirschrosane Mar-nee-Uniform. Über ihrer ausladenden linken Brust prangt ihr Name in großen, geschwungenen Buchstaben. Sie erinnert mich an die rosafarbenen Damen in *Grease*.

»Etwas anderes kriegst du auch nicht von mir, Mar-nee. Ich bin als Susans Mutter hier und will nur ihr Bestes«, teile ich der Freundin meines Mannes ruhig mit.

»Das wollen wir alle.« David müht sich mit der Wasserflasche ab und stellt sie wieder weg.

»Susan, isst du bitte eine Teigtasche?«, wende ich mich an sie.

Sie beugt sich vor und legt eine auf einen der kleinen Teller, die ich aufgedeckt habe.

»Die Sache ist, Schätzchen, dass Sue-Sue sich bei uns sehr wohlfühlt. Sie hat im Haus neue Freunde kennengelernt und liebt den Salon. Eine ausgezeichnete kleine Nagelpflegerin ist sie. Wir haben sie gern bei uns, und wir, das heißt ich und Häschen … David … finden es ziemlich unfair gegenüber Sue-Sue, Schätzchen, dass du sie über den ganzen Sommer nach Cornwall verschleppen willst. Wir wissen, dass du den Job angenommen hast.«

Sie muss die Lippen leicht öffnen, um zu verhindern, dass sie zusammenkleben. Vermute ich wenigstens. Ich greife nach einer Blätterteigtasche, um Zeit zum Nachdenken zu gewinnen und auch in der Hoffnung, dass ich so lockerer wirke, als ich mich fühle. Ich überlege mir, was ich antworten soll.

»Ich habe mich, was den Job betrifft, noch nicht endgültig entschieden, Mar-nee«, verkünde ich ruhig und wahrheitsgemäß.

»Komm schon, wir alle wissen, dass du den Job in Cornwall über den Sommer angenommen hast, und zwar mit der Option, dauerhaft dorthin zu ziehen, wenn Sue-Sue mit der Schule fertig ist. Dein langfristiger Plan ist, dort zu leben. Also verschon uns mit deinen Lügen, Schätzchen.« Sie klingt, als hätte sie gerade ein Abschlussplädoyer vor dem Obersten Gerichtshof gehalten. Offenbar ist sie sehr zufrieden mit sich. Ich reibe die Finger an den Handflächen, um die Blätterteigkrümel loszuwerden. Woher kann sie das wissen?

»Nur über meine Leiche ziehe ich für immer nach Cornwall!«, ruft Susan aus.

»Keine Sorge, Liebes, ich erlaube nicht, dass sie dich mitnimmt!«, mischt sich David ein.

»Das habe ich nicht, Mar-nee«, protestiere ich mit ziemlich zittriger Stimme.

Mar-nee lehnt den Kopf an ihre rechte Schulter und zieht eine Grimasse.

»O doch, das hast du«, entgegnet sie gedehnt und fügt mit leiser Quietschstimme hinzu: »Eine Lügnerin belügt man nicht.«

»Ich habe keine derartige Entscheidung gefällt.«

»Tja, eine meiner Kundinnen arbeitet sehr eng mit dir zusammen, und sie hat mir erzählt, dass du es eindeutig getan hast.« Damit ist das Thema für Mar-nee abgehakt.

Klar! Yvonne Connolly, dieses Miststück. Ich wusste, dass sie über mich getratscht hat.

»Deine Informationen sind nicht korrekt, Mar-nee. Es gibt noch keine offizielle Entscheidung.« Ich starre sie finster an.

»Ich glaube dir nicht.« Sie streckt die Hände nach David und Susan aus. »*Wir* glauben dir nicht, Courtney.«

Obwohl meine Magengrube vor Wut brodelt, gelingt es mir, das Gefühl zu unterdrücken. Durchatmen. Ein durch die Nase, aus durch den Mund. Ein durch die Nase, aus durch den Mund.

»Wir sitzen nur hier, um die Möglichkeit zu erörtern, dass ich den Sommerjob annehme und Susan mich für drei Monate begleitet«, bringe ich heraus.

»Falls du den Job in Cornwall annimmst, bleibt Susan bei uns. Und …«

Susan unterbricht Mar-nee. »Und selbst wenn du es nicht tust, will ich den Sommer bei ihnen verbringen, Mom. Ich brauche Platz. Wir brauchen Platz. Ich will dir nicht wehtun, aber ich flehe dich an. Lass mich über den Sommer zu ihnen ziehen … wenn ich meine Prüfungen abgeschlossen habe.« Inzwischen steht Susan. Ihre Finger umkrallen die Kante des Küchentischs. Ich erinnere mich daran, wie sie mit etwa vier so dagestanden hat, die Besitzerin der Küche in unserem alten Spiel.

David rutscht auf seinem Stuhl herum und versucht erneut, die Wasserflasche zu öffnen. Mar-nee legt beschützend ihre Hand auf die von Susan. Auf dem Tisch schrillt mein Telefon. Eigentlich will ich nicht rangehen, doch ich werfe einen Blick aufs Display. Sofort greife ich nach dem Gerät.

»Hallo?«, melde ich mich rasch.

»Courtney?«, höre ich eine vertraute Stimme.

»Ja. Hajra?«

»Ja. Es tut mir sehr leid, dass ich Sie anrufen muss. Wirklich sehr, Courtney. Die liebe Alice ist vor etwa fünf Minuten verstorben.«

Ich halte mir das Telefon ans Ohr. Mir fehlen die Worte. Mein Herz klopft, und meine Kehle ist plötzlich trocken. Tränen steigen mir in die Augen, sodass ich die drei Gesichter, die mich anstarren, nur noch verschwommen sehe.

»Courtney, sind Sie noch dran?« Hajras Stimme ist sanft und gütig.

»Danke! Ich bin schon unterwegs«, schniefe ich und hänge auf.

»Du gehst?« Mar-nee hat einen Finger in eine Teigtasche auf der Servierplatte gebohrt und untersucht mit ihrem abartig langen rosafarbenen Fingernagel die Füllung.

»Raus, Mar-nee«, befehle ich leise.

»Courtney!«, protestiert David.

»Siehst du? Ich hab dir doch gleich gesagt, dass sie so reagieren würde, oder, Dad? Und ich hatte recht.« Susan schreit herum wie der verwöhnte Teenager, als den ich sie auch betrachte. »Ich hasse dich!«, brüllt sie mir ins Gesicht.

»Pack eine Tasche, Susan. Hol deine Schulsachen und begleite die beiden. Dein Pausenbrot ist im Kühlschrank. David, ich muss mich morgen mit dir treffen, um die Angelegenheit zu besprechen. In Mar-nees Gegenwart werde ich nichts mehr erörtern. Und wenn ihr mich jetzt bitte entschuldigen würdet. Meine Oma ist soeben gestorben. Ich muss zu ihr.« Das alles erkläre ich ihnen in ruhigem, gefasstem Ton, obwohl mir Kopf und Herz pochen. Allen dreien fällt die Kinnlade herunter. Ich hatte nicht vor, so dramatisch zu sein, aber ich will sie einfach nur loswerden. Plötzlich erscheint mir dieser Streit so albern. Das Leben ist einfach zu kurz. Es ist mir mittlerweile egal. Wirklich. Vielleicht bin ich ja die unfähigste Mutter der Welt. Wie ein Boxer, der k. o. gegangen ist, würde ich nichts lieber tun als aufstehen. Aber ich kann nicht. Ich weiß, dass dieser Kampf vorbei ist.

»O nein, Mom.« Susan tritt auf mich zu. »Oh, Mom.« Sie ist genauso durcheinander wie ich, obwohl ich, wenn ich absolut ehrlich sein will, zugeben muss, dass sie ihre Uroma nur selten besucht hat. Ich habe sie nie dazu gezwungen. Möglicherweise war das auch ein Fehler.

»Schon gut, Susan. Für mich ist es in Ordnung, dass du den Sommer bei Dad verbringst, wenn du das wirklich willst. Oder so lange du möchtest. Ich werde da sein, hier zu Hause. Ich fliege nicht nach Cornwall.«

»Mein Beileid, Schätzchen«, meint Mar-nee. Ihr Blick huscht durch den Raum.

»Was mache ich jetzt, Dad?«, fragt Susan.

»Hol deine Sachen, Liebes«, erwidert David und kommt auf mich zu. Susan eilt nach oben.

»Es tut mir so leid, Courtney.« David legt mir die Hand auf die Schulter und drückt sie. Die menschliche Berührung ist erstaunlich angenehm.

Neun

An einem hellen, sonnigen Samstagmorgen im Mai habe ich meine geliebte Oma Alice beerdigt. Ich schaffte es nicht, sie mir im Sarg anzusehen, und schloss die Augen. Aber Claire führte mich hin und legte meine Hand auf ihre Brust, damit ich sie ein letztes Mal spüren konnte.

»Danke«, flüsterte ich ihr zu. »Danke dafür, dass du mich immer geliebt hast. Ich werde dich so vermissen.«

Susan war sehr still und kam nicht herein, um Alice anzuschauen. Natürlich zwang ich sie nicht dazu.

»Ich kannte sie eigentlich nicht«, sagte sie zu mir, als wir, in Schwarz gekleidet, darauf warteten, dass die Wagen vorfuhren.

»Als du alt genug dazu warst, war sie schon sehr krank, Schatz.«

Susan nickte nur langsam.

Tom hatte alle notwendigen Vorbereitungen getroffen, und bei der Messe wurde wenig gesprochen. Er beschloss, auf das übliche anschließende Beisammensein bei Suppe und Sandwiches zu verzichten. Ich verabschiedete mich von ihm, absolut überzeugt, dass ich ihn nie wieder zu Gesicht bekommen würde.

»Du weißt, dass sie ein Testament hinterlassen hat«, teilte er mir mit, während sich Speichel in seinen Mundwinkeln sammelte. »Allerdings haben wir keine Ahnung, wo es ist.«

»Wirklich?«, erwiderte ich erstaunt.

»Als ob du nicht im Bilde wärst.« Er zog die linke buschige Augenbraue hoch.

»Bin ich nicht. Sie hat mir letztes Jahr ihren Ehering geschenkt … Sie fand immer, dass ich ihn haben sollte.« Ich berührte den Ring, den ich immer an einem Goldkettchen um den Hals trage. »Falls jemand das Testament aufspürt, bist sicher du es, Tom«, fügte ich mit leicht sarkastischem Unterton hinzu.

»Da kannst du dein Höschen drauf verwetten. Diese verdrehte alte Schachtel.« Tom schlug die Hände zusammen, als hätte er gerade ein erfolgreiches Geschäft getätigt. »Tja, nächste Woche fange ich an, Inchicore zu entrümpeln. Wenn du also irgendwelchen alten Kram haben willst, fährst du besser hin und holst ihn dir. Das restliche Zeug wandert auf die Müllkippe. Wie ich feststelle, hat sich jemand die guten Antiquitäten bereits unter den Nagel gerissen.« Das ist gleichzeitig eine Information und eine Anschuldigung. Tom ist ein Idiot. Er ahnt ja nicht, dass wir, in den Wochen bevor ich Alice ins Pflegeheim brachte, ihr gesamtes Hab und Gut gesichtet haben. Das alte Sideboard wurde ausgeräumt, und Alice und ich sortierten Wertgegenstände und sogenannten Krimskrams auseinander. Ein kleiner Junge namens Simon brauchte eine medizinische Behandlung in Amerika, und seine Mutter war die Gemeindeschwester Eileen Kilkenny, die mittwochs kam, um das Geschwür an Alice' Bein zu versorgen. Ich verkaufte alles an einen Antiquitätenhändler in der Chapel Street, und wir bekamen über viertausend Euro dafür, die wir Eileen für die Behandlung gaben. Der »Krimskrams« hat einen Ehrenplatz in meinem Wohnzimmer. Er war unbezahlbar kostbar für mich. Wie die alte Alice.

»Es ist in Ordnung, Tom. Nein danke.« Ich blickte in seine gierigen Knopfaugen.

»Nein … du hast ja schon gekriegt, was du wolltest, Courtney, richtig?« Er grinste mich schmierig an. »Ich denke, ich sehe dich in den nächsten Wochen in Mr O'Nealls Kanzlei zur Testamentseröffnung … falls ich das Ding aufstöbere.«

Nach der Beerdigung gehen Claire und ich zum Mittagessen in das schicke, kleine italienische Restaurant namens *Del Caesar's* in der Stadt. Es ist das erste Mal, dass ich Claire seit meinem Besuch bei ihr treffe. Die Verabredung am Freitag mussten wir absagen. Als wir uns setzen, habe ich keine Ahnung, was sich bei ihr tut, und deshalb ein schrecklich schlechtes Gewissen.

»Ist mit dir alles in Ordnung?« Sie beugt sich über den Tisch und greift nach meinen Händen, die trotz der Hitze draußen kalt sind.

»Und mit dir?«, erwidere ich wie aus der Pistole geschossen. Als wir einander betrachten, erschreckt mich die abgrundtiefe Trauer in ihren grünen Augen. »Zurzeit ist wirklich alles Mist, oder?« Ich lache leise auf.

Sie nickt wie ein Wackeldackel.

»O ja, Mist, wohin man nur schaut«, antwortet sie gedehnt.

»Es tut mir so leid, dass ich überhaupt nicht für dich da war, Claire.«

»Mach dich nicht lächerlich. Du hast genug um die Ohren. Ich weiß, wie sehr du Alice geliebt hast. Schau, wir haben den ganzen Tag Zeit, einander alles zu erzählen. So können wir unsere wundervolle Alice feiern. Ich schaffe es nicht, mir noch einen Nachmittag wegen Martin die Augen auszuheulen. Völlig unmöglich. Heute will ich es einfach nur beiseiteschieben.

Ich möchte über Alice reden, und wie ich sie kannte, bin ich sicher, sie würde wollen, dass wir etwas Leckeres essen und Unmengen guten Rotwein trinken. Und genau das habe ich heute mit dir vor. Zuerst berichtest du mir von Inchicore«, fordert sie mich, die Augen voller Tränen, auf.

»Was soll das heißen?« Ich reiche ihr ein Papiertaschentuch aus meiner Tasche und nehme mir ein Stück Brot aus dem vollen Brotkorb.

»Nun, hat Alice das Haus Tom vermacht? Hat dieser Schmierlappen das eben zu dir gesagt?« Sie tupft sich die Augen ab und verzieht überrascht das Gesicht.

»Warum fragst du das?« Ich stecke das Brot in den Mund.

»Kein bestimmter Grund.« Sie nippt an ihrem Wasser.

»Genau genommen ist das Testament verschwunden. Tom weiß, dass es im Haus ist, aber er muss es erst mal finden.«

»Alice! Wie dramatisch. Spitze. Hat der Anwalt keine Kopie?«

»Anscheinend nicht.« Ich zucke die Achseln. Offen gestanden hat Alice mir gegenüber nie ein Testament erwähnt. Ich bin stets davon ausgegangen, dass sie ihren gesamten Besitz ihrem Sohn hinterlassen würde, wofür ich vollstes Verständnis habe. »Weißt du, Claire, ich werde an diesem Wochenende lange und gründlich nachdenken müssen. Über meine Zukunft. Ich muss Lar am Montag endlich mitteilen, ob ich nach Cornwall gehe oder nicht. Und mein Leben hier ist ein einziges Chaos.« Ich ziehe die Augenbrauen hoch.

Die Kellnerin erscheint, und wir bestellen eine Flasche Merlot und zwei Steaks, medium und mit allen Beilagen. Ich entscheide mich für Pfeffersoße, Claire nimmt Knoblauchbutter.

»Willkommen im Club!« Sie hebt ihr Wasserglas. Claire hat

in nur einer Woche stark abgenommen. Sie wirkt blässlich und kraftlos. Es ist, als hätte sie ihre humorvolle Seite verloren.

»Bitte, Claire … mir ist klar, wie schwierig das ist, aber was ist mit Martin?«, erkundige ich mich, nachdem ich den Wein gekostet und der Kellnerin zugenickt habe, unsere Gläser zu füllen, nach dem Thema, das die ganze Zeit im Raum geschwebt ist. Wir haben beide darum herum geredet, bis wir mit Getränken versorgt waren. So gut kennen wir einander. Jetzt ist der richtige Zeitpunkt da.

»Es ist vorbei, Courtney. Erledigt. Meine Ehe ist zu Ende.« Sie schluckt heftig und hebt mit leicht zitternder Hand ihr Glas an den Mund.

»O nein, Claire, wirklich?« Mir fällt die Kinnlade herunter. Ich bin todtraurig für sie, obwohl ich eigentlich mit keiner anderen Antwort gerechnet habe.

»Ich kann einfach nicht, Courtney. Es geht nicht. Es ist ja nicht so, als ob er mir einen einmaligen Seitensprung gebeichtet, sich entschuldigt und versprochen hätte, dass es nie wieder vorkommen wird. Ich habe keine Möglichkeit, herumzuschreien, Gläser an die Wand zu schmeißen und zu versuchen, ihm zu verzeihen. Er verlangt, dass ich ihn so akzeptiere, wie er ist.« Ratlos schüttelt sie den Kopf. »Wie soll ich das schaffen, Courtney?«

»Was bedeutet das?«, frage ich sie verdattert. Will er so weiterleben wie bisher? Doch sicherlich nicht.

»Es bedeutet, dass er sich mit mir zusammengesetzt und mir gesagt hat, es täte ihm schrecklich leid. Er habe mich nie verletzen wollen. Martin hat zugegeben, er habe schon in unserer Jugend gewusst, dass er auf Jungs steht, habe es aber unterdrückt.« Ihr Kinn bebt; ich greife nach ihrer Hand. Sie nickt und holt tief Luft. »Lange Geschichte, kurzer Sinn. Ein

Gespräch, das den ganzen Tag gedauert hat, endete mit seinem Geständnis, er fühle sich befreit. So, als wäre eine Zentnerlast von seinen Schultern gefallen. Den ganzen Tag hatte ich mir seine Ausreden angehört. Also bin ich aufgestanden und habe ihn gefragt: ›Was passiert jetzt, Martin?‹ Und er antwortete ganz sachlich, er wolle weiter Beziehungen mit Männern haben und bisexuell sein, aber mit mir verheiratet bleiben. Seine letzten Worte lauteten, er habe geschworen, mir als seiner einzigen weiblichen Geliebten treu zu sein.« Offenbar ist ihr klar, wie absurd das klingt, denn trotz ihrer Misere muss sie fast über diesen Unsinn lachen. Ich schlage die Hände vors Gesicht und komme zu dem Schluss, dass ich keine andere Wahl habe, als ehrlich zu ihr zu sein.

»Das ist wahnwitzig … tut mir leid.« Ich hebe den Kopf und stimme ihr von ganzem Herzen zu, dass ihre Ehe vorbei ist. »Wie warst du während des Gesprächs drauf?« Ich lehne mich zurück, bereit, ihr zuzuhören und offen zu sein. Ich habe noch nie dazu geneigt, andere zu verurteilen, und bin immer fair.

»Wir saßen auf den Barhockern am Küchenblock. Ich hatte Tee gekocht und eine doppelstöckige Schoko-Biskuit-Torte gebacken. Ich wollte reden. In der Nacht zuvor hatte ich mich zwar in den Schlaf geweint, aber trotzdem gehofft, dass er schrecklich zerknirscht sein und schwören würde, es nie wieder zu tun. Dumm von mir, oder? Er hat mir erzählt, er habe sich, als er als kleiner Junge *The Sound of Music* angeschaut habe, anders gefühlt. Er habe sich in Captain von Trapp verliebt. Und als er *Dirty Dancing* gesehen habe, habe er angefangen, für Baby zu schwärmen.« Sie überlegt und trinkt einen Schluck, während ich schweigend dasitze. »Er hat zugegeben, dass er mich zu unserem ersten Date eingeladen hat, weil er meine Hand halten wollte. Er wollte sich beweisen, dass er auf Mädchen steht. Ich dachte, dass er auf *mich* stand, Courtney.« Wieder füllen sich ihre Augen mit Tränen, und sie schnieft.

»Das tut er, Claire«, erwidere ich leise.

»Nicht wirklich … Ich meine, alle Mädchen in meiner Klasse haben ihn angehimmelt. Niemand hat verstanden, was er von mir wollte. Ich war so durchschnittlich; ein bisschen übergewichtig, Pickel. Und ich habe nie daran gezweifelt. Er sah toll aus und war beliebt und sportlich. Martin hatte alle Vorteile auf seiner Seite. Dämlicherweise hat mir das ein unglaubliches Selbstbewusstsein verliehen, und ich dachte, ich müsse wirklich eine Wucht sein.« Als sie lacht, strömt ihr Rotz aus der Nase. Sie greift nach einer Serviette.

»Nicht …«, setze ich an, aber sie bringt mich mit einer Handbewegung zum Verstummen.

»Entschuldige … ›Fandest du mich je anziehend?‹, habe ich ihn gefragt.« Sie reckt das Kinn. »Und er meinte, ja, sehr. Er hat beteuert, dass er mich liebt. Er sagte, ich brächte ihn so oft zum Lachen, ich sei ein wundervoller Mensch, einfühlsam und treu. Also habe ich meine Frage, diesmal langsamer, wiederholt: ›Fandest du mich je anziehend, Martin?‹ Er konnte mir nicht in die Augen schauen, sondern hat an einem eingebildeten Fussel an seinem Bademantel gezupft und zu Boden geblickt. Deshalb habe ich ihn ein drittes Mal gefragt. Diesmal hat er mich angesehen und gemeint, er sei wirklich verwirrt. Ja, er fände mich anziehend, aber dass ich ihm seine bevorzugte Art von Filmen gegönnt hätte … Darauf möchte ich jetzt nicht näher eingehen. Du glaubst, alles über mich zu wissen, doch das tust du ganz und gar nicht, Courtney.«

Ich rutsche unbehaglich herum, lasse sie jedoch weiterreden.

»›Das heißt, ich habe es dir ermöglicht?‹, habe ich nachgehakt, und er hat mit Ja geantwortet. Und dann hat er hinzugefügt, er habe angenommen, ich wüsste, dass Männer ihn anmachen.« Sie reckt die Hände und schüttelt sie, wie um sie zu trocknen. Sie ist absolut fassungslos. »Wie, zum Teufel, konnte er das glauben? Wenn zwei verheiratete, heterosexuelle Erwachsene sich in beiderseitigem Einvernehmen einen Sexfilm anschauen, kommt man doch nicht auf den Gedanken, dass der eigene Mann von dem *Typen* angetörnt wird, richtig? Oder bin ich wirklich so naiv?«

Ich möchte nicht lügen: Die Situation ist mir entsetzlich peinlich. Außerdem bin ich stinksauer auf Martin Carney. Nicht wegen seiner sexuellen Neigungen, sondern weil er Claire so lange betrogen hat.

»Trink erst mal einen großen Schluck«, sage ich zu ihr und reiche ihr das Weinglas. Sie gehorcht. »Hör mal, das ist nicht meine Welt, Claire. David hat öfter Filme erwähnt, als es mit unserem Sexleben bergab ging, aber ich habe abgelehnt, weil …«

»Verdammt, Courtney, ich bin keine Perverse!« Ihre grünen Augen funkeln mich an, und ihr Gesicht verfärbt sich puterrot.

»Das habe ich nie behauptet, Claire, und es ist auch nicht meine Ansicht. Ich versuche nur, zu verstehen …«

Sie knallt ihr Weinglas auf den Tisch. »Was gibt es da zu verstehen? Soll ich es buchstabieren? Martin hat mich geheiratet, um seine sexuellen Vorlieben zu tarnen, mit denen er nicht klargekommen ist. Sexfilme haben ihm geholfen, im Schlafzimmer etwas zu bringen. Sein Doppelleben war sicher. Aber ich habe ihn vergöttert und hätte alles getan, damit er mich für immer liebt. Und jetzt ist alles nichts weiter als eine dicke, fette Lüge. Am liebsten würde ich nur noch weinen … und dann möchte ich mich zusammenrollen und sterben.« Sie spricht ganz ruhig und sachlich. »Ausgeweint«, nennt man das, glaube ich.

»Stopp!« Mehr fällt mir nicht ein.

»Was habe ich denn noch? Nichts. Kein Zuhause, keinen richtigen Job, keine Kinder.« Mir ist klar, dass Letzteres sie am meisten schmerzt.

»Erstens einmal hast du mich.« Ich beuge mich vor, leicht besorgt, weil das ältere Paar am Nachbartisch unser Gespräch mühelos belauschen kann. »Und du hast die Möglichkeit, dein Leben zu ändern. Du bist erst achtunddreißig. Du predigst mir doch immer, dass die ganze Welt einem offensteht. Dann beweise es, Frau!« Ich schlage mit der Faust auf den Tisch.

»Aber ich liebe ihn, Courtney! Ich liebe ihn. So leicht ist das nicht. Ich kann meine Gefühle nicht einfach abschalten.« Das Wort »liebe« betont sie beide Male.

»Nun, aber er liebt dich nicht genug. Das kann nicht sein, denn er hat dich betrogen, egal ob mit einem Mann oder mit einer Frau, Claire. Verdammt, er hat deine Gesundheit gefährdet.« Ich bin es so leid, dass andere Leute ihre Mitmenschen mies behandeln.

»Ich bin machtlos dagegen. Ich habe ihn geheiratet. Wir hatten ein gemeinsames Leben, Freunde, Hobbys. Er war ein guter Ehemann.«

»Du solltest dich mal reden hören. Hobbys?« Ich schiebe mein Weinglas beiseite. »Nein, er war kein guter Ehemann. Er war ein Betrüger und hat dir verheimlicht, wer er wirklich ist. Das war unbeschreiblich unfair dir gegenüber und außerdem unverzeihlich. Versteh mich nicht falsch. Martin kann nichts dagegen tun, wie er ist. Aber er darf dich nicht zwingen, so wie er eine Lüge zu leben. So etwas ist das Allerletzte«, verkünde ich gnadenlos.

Sie lässt sich mit ihrer Antwort Zeit und ist tief in Gedanken versunken. Ich dränge sie nicht und weiß, dass sie es überstehen wird. Sie ist ein starker Mensch.

»Ich habe ihn gebeten, zum Therapeuten zu gehen. Doch seit er nicht mehr mit einer Lüge lebt, ist er wie ausgewechselt. Es ist, als hätte ich ihn nie richtig gekannt. Er will ein Sabbatjahr nehmen. Als ich ihm gesagt habe, dass es aus ist, hat er, ohne mit der Wimper zu zucken, erwidert, er wolle eine Weltreise machen. Seine Augen haben dabei geleuchtet. Deshalb kamen Kinder nie für ihn infrage, Courtney. Inzwischen ist mir alles sonnenklar. Er wusste, dass dieser Tag früher oder später kommen würde. Anscheinend wollte er mich auf seine eigene seltsame Art schützen.«

»Irgendwie ist es unglaublich«, meine ich. »Ich hasse Martin nicht, Claire, aber er hat sein Leben jahrelang total in den Sand gesetzt und dich mit reingezogen.«

»Das brauchst du mir nicht eigens zu erläutern. Schau, mir ist klar, dass du recht hast. Ich habe ihn so sehr geliebt, und ja, das war der Grund, warum ich einverstanden war, niemals Kinder zu bekommen. Dafür muss man jemanden wirklich lieben. Ich möchte, dass du das respektierst.« Sie richtet sich auf und legt sich die weiße Leinenserviette über die Knie, als wäre jetzt endgültig Schluss mit Weinen.

»Das tue ich! Natürlich tue ich das. Kinder. Tja, alles hat seine Vor- und Nachteile«, versuche ich es mit einem Scherz. Claire und ich witzeln gern in Krisensituationen. Wir lachen und stoßen miteinander an.

»Es ist nicht zu spät für dich, Kinder zu kriegen, das weißt du«, teile ich ihr ernst mit.

»Ist es schon. Ich eile mit raschen Schritten auf die vierzig zu. Außerdem könnte ich es mir nie leisten, ein Kind zu ernähren. Deshalb muss ich mir die Zeit geben, das alles zu verarbeiten und zu heilen.«

»Und das wirst du, ich verspreche es dir.«

»Apropos Kinder … was tut sich an dieser Front?«, erkundigt sich Claire mitfühlend.

»Heute geht es nicht um mich und Susan«, erwidere ich.

»O doch. Heute erzählen wir einander unseren Mist, liebe Freundin.« Sie schenkt Wein nach.

»Sie ist zu ihnen gezogen«, teile ich ihr mit und fühle mich sofort unglaublich erleichtert. Claire fallen fast die Augen aus dem Kopf.

»Was? Wirklich? Jetzt schon?« Sie schnappt nach Luft.

»Ja. Das ist es, was sie will, Claire. Sie möchte nicht bei mir wohnen. Ich komme zurzeit nicht mehr an sie ran, sie ist … Ich kenne dieses junge Mädchen nicht mehr. Ich musste die Überraschungsparty absagen, die ich für sie geplant hatte, weil sie fand, das höre sich an wie der schlimmste Albtraum überhaupt. So nah bin ich meiner Teenagertochter inzwischen. Sie sind nach Belfast gefahren. Sie ist sechzehn, und ich darf sie nicht länger unglücklich machen. Ich muss ihr mehr Freiraum lassen.« Die Worte sprudeln aus mir heraus.

»Dann nimmst du den Job in Cornwall an?«

»Stopp … Ich ertrage es nicht, wie sehr ich diesen Ort liebe«, sage ich leise.

»Also mach den Job!«, entgegnet sie.

»Nein. Ich kann nicht. Ich werde ihn der fiesen Yvonne auf einem vergifteten Tablett servieren«, antworte ich mit trauriger Miene.

»Was? Warum?« Claire knallt die Hand auf den Tisch.

»Es geht nicht, dass ich meine Tochter drei Monate lang nicht sehe, Claire! Wenn sie nicht mehr bei mir wohnt, muss ich sie eben zum Abendessen oder ins Kino einladen, um Zeit mit ihr zu verbringen. Ich weiß nicht länger, was ich will. Ich bin achtunddreißig Jahre alt und war mir nur einer Sache absolut sicher, nämlich dass ich Mutter werden wollte. Und schau, was daraus geworden ist. Klar, ich habe bestimmt auch meine Probleme, das muss einfach so sein. Deshalb wollte ich so früh heiraten und eine Familie gründen. Ich hatte nie Eltern, und vermutlich brauchte ich diese Normalität, obwohl Alice mir Mutter und Vater ersetzt hat.« Als die Kellnerin das Essen serviert, lehne ich mich zurück und bestelle noch eine Flasche Wein. Die erste haben wir rasch geleert. Die Wirkung ist äußerst angenehm.

»Ich dachte immer, du würdest mehrere Kinder kriegen, Courtney.« Claire mustert mich forschend.

»Es hat eben nicht geklappt«, gebe ich zu.

»Du hast dich so abgemüht, um Susan zu bekommen. Weshalb hast du nicht alle Register gezogen, als es danach nicht mehr funktioniert hat? Künstliche Befruchtung und so … Kinderwunschbehandlung. Damit du noch einmal schwanger wirst.« Sie dreht die Salzmühle über ihrem Steak und verstreut das Salz wie beim ersten Schneefall des Jahres.

»Susan war mir irgendwie immer genug. Klingt verrückt, es jetzt laut auszusprechen, aber es stimmt. Es hat nie einfach so geklappt, und offen gestanden war das Bedürfnis nicht mehr so stark, nachdem ich sie hatte. Ich war Mutter. Ich hatte gewissermaßen mein Ziel erreicht.«

»Verstanden«, sagt Claire, obwohl ich ihr das nicht so recht abnehme. Ich verstehe es ja selbst nicht richtig. Da mir das Thema ein wenig unangenehm ist, wechsle ich es.

»Nun, auf Oma Alice!«, rufe ich aus. Ich fülle unsere Gläser nach, und wir stoßen an.

Die Steaks sehen unglaublich lecker aus, und wir löffeln Gemüse der Saison und gebutterte Kartoffeln auf unsere Teller. Ich habe seit etwa einer Woche nicht mehr richtig gegessen. Hungrig schneide ich ein kleines Stück von dem zarten Fleisch ab und stecke es in den Mund. Es ist köstlich. Ich stelle fest, dass Claire ein wenig lustlos auf ihrem Teller herumstochert.

»Also verschwindet Martin für ein Jahr, ist das der Plan?«, frage ich sie.

Mit einem Achselzucken gibt sie etwas Knoblauchbutter auf ihr Steak. »Vermutlich … Ende des Jahres. Er will zuerst an sich selbst arbeiten, wie er mir mitgeteilt hat.« Claire setzt die Wörter »sich selbst« mit ihren Fingern in Anführungsstriche.

»Wie will er seine Hälfte der Hypothek tilgen, wenn er Urlaub macht? Ist es ein bezahlter Urlaub?«, erkundige ich mich und rechne mit einem Ja.

»Wir verkaufen das Haus, Courtney«, antwortet sie sachlich.

»Was macht ihr? Was?«, entsetze ich mich. »Herrje, Claire, das klingt ja wie eine Folge von *Denver Clan.*« Trotz unserer momentan desolaten Situation fangen wir zu lachen an.

»Wann?«, hake ich nach. Ich weiß, wie sehr Claire das Haus in Sandymount liebt.

»Nachdem ich mir ein Wochenende freigenommen habe, um mich von meinem wohlverdienten Kater zu erholen. Am Montagmorgen kommt der Auktionator, und wir besprechen, wann wir das ZU VERKAUFEN-Schild aufstellen. Alles ist geklärt.« Sie hält die Gabel mit einem daran steckenden Stück Steak hoch.

Ich gieße Pfeffersoße über meines. »Du heiliger Strohsack!« Ich stelle die Sauciere aus Porzellan neben meinen Teller, ohne Claire aus den Augen zu lassen. »Wie soll das gehen? Ich meine … was hast du vor?«, erkundige ich mich, mittlerweile besorgt. Claire verdient zwar ein wenig, indem sie für besondere Anlässe zu Hause bäckt, aber es ist nicht viel. Martins Lehrergehalt und private Nachhilfestunden in Englisch erwirtschaften den Großteil des Haushaltseinkommens.

»Ich habe nicht die geringste Ahnung, Courtney. Wenn das Haus verkauft ist, habe ich nicht einmal mehr einen Job, weil ich von zu Hause aus gebacken habe. Also bin ich nicht sicher, wie mein Leben sich entwickeln wird. Da ich es nicht mehr ertrage, mit Martin unter einem Dach zu wohnen, werde ich mir irgendwo etwas mieten müssen. Allerdings werde ich bis zum Verkauf des Hauses kein Geld haben. Und außerdem kann ich ja schlecht eine Küche in Beschlag nehmen, die ich mit anderen teilen muss. Deshalb werde ich, während das Haus zum Verkauf steht, backen wie eine Wahnsinnige und eine Million Kuchen einfrieren, um mein Einkommen aufzubessern. Mein Plan lautet, so viele Tauf- und Weihnachtskuchen zu backen, wie ich kann.« Anstatt das Steak in den Mund zu stecken, legt sie die Gabel an den Tellerrand, greift zum Glas und versucht zu verdauen, was sie mir gerade erzählt hat.

»Was sagt Mrs Carney dazu?« Mir fällt ein, dass sie mir anvertraut hat, Martins Mutter sei immer über seine sexuellen Neigungen im Bilde gewesen.

»Sie hat angerufen und nur gemeint, es tue ihr leid. Offen gestanden war sie vermutlich zum ersten Mal seit meiner Hochzeit mit ihrem Sohn nett zu mir, Courtney. Sie sagte, sie habe es seit Jahren gewusst und ihn angefleht, ehrlich zu mir zu sein. Er habe es stets abgestritten.«

»Was für ein Wahnsinn!« Ich halte inne. »Wie viel ist das Haus eigentlich wert?«, erkundige ich mich.

Sandymount ist eine Toplage und sehr begehrt. Selbst während der Rezession haben die Immobilien dort nicht an Wert verloren.

»Sechshunderttausend Euro, glauben wir. Nach unserem Gesprächsmarathon haben wir gegoogelt. Ich habe den Wasserkessel eingeschaltet, er hat Sahne für die Schoko-Biskuit-Torte geschlagen, und wir haben uns benommen, als wäre alles ganz normal.«

»Mannomann … verrückt … aber okay, das wären dann dreihunderttausend für jeden …«

»Es ist doch nur Geld! Mir wurde das Herz gebrochen!« Sie beißt sich auf die bebende Lippe.

»Das weiß ich. Aber ich bin für dich da. Wir schaffen das gemeinsam, Claire, das verspreche ich dir. Bei ihm bleiben kannst du auf keinen Fall. Das ist unfair dir gegenüber. Er hat kein Recht, so etwas von dir zu verlangen.«

»Das Schlimmste ist, dass er, verdammt noch mal, nicht so unglücklich ist wie ich. Er sagt, er würde mich vermissen, und das wird er sicher auch. Allerdings anders, als ich ihn vermissen werde.«

»Wir haben einander«, erwidere ich. Ich habe mich entschieden. Ich werde vor David zu Kreuze kriechen und ihn fragen, ob Claire über den Sommer ein Zimmer in Dun Laoghaire von ihm mieten kann, bis Susan zurückkommt. *Falls Susan jemals zurückkommt …* Diese leise innere Stimme bohrt ihre Mistgabel in meine Gedanken. Ich sehe Claire an. Sie war immer für mich da. Wegen des Merlot funkeln ihre grünen Augen wieder. Ja, sogar mehr als je zuvor. Ihr rotes Haar ist frisch gewaschen; ein Gel hält ihr den Pony aus dem Gesicht.

Unter dem Make-up lugen frech ihre Sommersprossen hervor. Ich liebe sie so sehr.

»Danke, Courtney!«

»Wofür?«, wundere ich mich. »Ich habe ja gar nichts gemacht.«

»Doch. Du warst offen zu mir. Das habe ich gebraucht. Ein kleiner Feigling in mir hat geraunt: ›Sag ihm, dass es in Ordnung ist, Claire! Sag ihm, dass wir verheiratet bleiben können, Claire! Zieh nicht aus deinem wunderschönen Haus aus, Claire! Wer wird dich sonst noch wollen?‹ Ich habe mir überlegt, ob ich die Augen vor seinen Seitensprüngen verschließen soll.« Claire betrachtet das Steak auf ihrer Gabel und schiebt es in den Mund. Ich bin froh, dass sie etwas isst.

»Ist es nicht komisch, dass man glaubt, das Leben verliefe in geregelten Bahnen, und dann plötzlich – peng! – kippt alles. Einfach so. Die Welt kann einem Angst machen«, stelle ich fest.

»Genau. Das denke ich auch. Ja, jetzt *weiß* ich es sogar. Ich möchte spontaner werden. Wirklich leben.« Sie richtet sich auf. Eine Glühbirne fängt an zu leuchten.

»Ich auch«, erwidere ich, und es ist mein Ernst. »Das Leben ist zum Leben da.«

»Ganz recht. Und im Moment ist Dublin zu klein für mich. Martin ist überall. Den perfekten Ort gibt es nicht, aber …«

»St Ives ist perfekt!«, unterbreche ich sie. »Mein Gott, was würde ich alles dafür tun, um den Sommer über dort zu wohnen.«

Claire schweigt eine Weile. »Was haben wir zu verlieren?«, fragt sie schließlich.

»Häh?« Ich verstehe nicht ganz.

»Worauf warten wir, Courtney? Wo ist denn die Abenteuerlust, von der wir ständig reden? Wir sollten nach Cornwall fliegen. Nicht für immer, denn natürlich musst du an Susan denken. Aber was ist mit diesem Sommer? Drei Monate, nur du und ich, Baby?« Zum ersten Mal an diesem Abend strahlen ihre Augen.

»Hör bitte auf damit. Es wäre so schön«, antworte ich, halte mir die Hand vor den Mund und drücke meine Wangen zusammen. Wir starren einander an und lesen telepathisch die Gedanken der anderen.

»Pass auf, Susan wird den ganzen Sommer nicht nach Hause kommen, mein Mann ist bisexuell, ich habe keine Arbeit, und du kannst Yvonne, dieser dämlichen Schnepfe, nicht deinen traumhaften Sommerjob überlassen. Lass uns hinfliegen. Ich heuere in einer Bar an oder bereite Nachspeisen in einer Küche zu. Tun wir einfach so, als wären wir wieder achtzehn. Was meinst du?« Inzwischen ist sie Feuer und Flamme, aber gleichzeitig todernst.

»Stopp«, wiederhole ich, doch mir fällt die Kinnlade herunter. Ihre wahnwitzige Idee lässt mir das Wasser im Mund zusammenlaufen.

»Ich will es durchziehen. Mit dir! Ich bringe Martin dazu, mir etwas Geld zu leihen, bis das Haus verkauft ist. Eigentlich würde ich das nie tun, aber das hier ist eine besondere Situation, und so viel ist er mir mindestens schuldig. Du hast gesagt, die Wohnung über dem Büro sei riesig. Da braucht man doch nicht lange zu überlegen. Frag Lar, ob ich den Sommer über bei dir wohnen darf. Oder ich frage ihn selbst. Lar liebt mich!« Claires Augen sind geweitet.

Ich habe das Bild vor mir, wie das Sonnenlicht durch die Fenster der Wohnung in St Ives hereinströmt. Ich sehe die wunderschöne Küste. Ich koche im *Meloria's* und schwenke eine Pfanne über einer züngelnden Flamme. Und dann sehe ich ihn. Tony Becker. Und kneife fest die Augen zu. Sie hat recht. Was habe ich zu verlieren? Nichts.

»Verdammt, Mädchen, das ist die Lösung! Ich bin dabei. Wir machen es. Wir brauchen das beide, und außerdem einander, und zwar mehr als je zuvor in unserem Leben«, sage ich zu ihr und fühle mich ziemlich beschwipst und quicklebendig. Claire steht auf und boxt mehrere Male in die Luft. Der weibliche Teil des älteren Paars neben uns applaudiert. Wir alle lachen. Dann setzt sich Claire langsam wieder.

»We've got each other«, stellt sie mich auf die Probe. Plötzlich steht ein spitzbübisches Funkeln in ihren Augen. Das spitzbübische Funkeln, das ich kenne und so sehr liebe. Ich nehme die Herausforderung an.

»Gina dreams of running away ... When she cries at night, Tommy whispers ...«

Sie übernimmt. *»Baby it's okay ... Someday ...«*

Und so singen wir aus voller Kehle und recken die Fäuste in die Luft, während die anderen Gäste uns belustigt beobachten.

»We've gotta hold on to what we've got, it doesn't make a difference if we make it or not, we've got each other and that's a lot ... For love ... we'll give it a shot!«

Und dann tun wir das, was beste Freundinnen, die in Schwierigkeiten stecken, am besten können. Wir schmieden Pläne, aufregende neue Pläne. Wir lachen kreischend, trinken uns unter den Tisch und halten danach jede ein Taxi an, um unseren Rausch auszuschlafen. Denn wir haben beide die Chance auf einen Neuanfang. Wir werden ins kalte Wasser springen.

Teil zwei

Zehn

»Ist es zu fassen? Wir sind wirklich hier!« Einen großen, leeren Pappkarton auf dem Arm, steht Claire in unserer Wohnung in der grellen Morgensonne. Sie trägt eine schlabberige Leinenhose, ein weites schwarzes T-Shirt und Flipflops.

»Ja«, erwidere ich, schaue mich um und stelle fest, wie heimelig die Wohnung bereits ist. Ich bin begeistert. Wir haben viel von zu Hause mitgebracht, und die Kombination unserer Geschmäcker hat eine gleichzeitig moderne und gemütliche Wirkung. »Es ist Montagmorgen. Ich muss in einer Stunde im Büro sein. Ich muss zugeben, dass ich das fünfsekündige Pendeln die Treppe hinunter und die Öffnungszeit um zehn liebe.« Ich lache.

»Ich erkundige mich, ob es in dieser Stadt irgendwelche Jobs gibt«, antwortet sie. »Außerdem habe ich um zwölf einen Termin.«

Da ich annehme, dass es sich um einen Arzttermin handelt, hake ich nicht nach.

»Komm, wir gehen ins Porthgwidden Beach Café frühstücken«, fügt sie hinzu.

»Stell dir vor, drei ganze Monate, um unser Leben umzuorganisieren«, meine ich zu ihr. Wir sind beide ein wenig traurig und melancholisch gestimmt.

»Schicksal, Courtney. Das muss Alice für uns arrangiert haben. Ich spüre es. Ich habe eine zweite Chance gekriegt, und die werde ich nicht ungenutzt lassen. Und jetzt los!«

Wir schnappen uns unsere Sachen und brechen auf. Von einer warmen Sonne beschienen, schlendern wir in die Stadt. Es ist ein belebter Sommermorgen, und in St Ives wimmelt es von Touristen.

»Ich fühle mich überhaupt nicht wie eine Touristin, du?«, frage ich und hake sie unter.

»Weil wir keine sind«, entgegnet Claire. Beim Gehen lugen ihre frisch rubinrot lackierten Zehennägel hervor. Über unseren Köpfen singen die Vögel. »Mein Gott, ist das schön hier, Courtney. Ich fühle mich, als wäre ich eine Million Kilometer von Martin entfernt.« Tief atmet sie die Meeresluft ein. »An einem Ort wie diesem möchte man richtig fit sein, damit man ewig lebt.« Sie ist ein wenig kurzatmig und keucht beim Lachen. Ich werde langsamer.

»Hab ich dir zu viel versprochen?« Als ich sie anstupse, drückt sie mich. »Tom, dieser Schwachkopf, hat mich gestern Abend schon wieder angerufen und verlangt, dass ich ihm sage, wo das dämliche Testament ist. Wenn ich es ihm verheimlichen würde, wäre das Spiel nicht mehr witzig. Angeblich habe Alice ihm vor ein paar Jahren anvertraut, dass für mich auch eine kleine Erbschaft vorgesehen sei. Also sei es in meinem besten Interesse, ihm alles zu verraten, was ich weiß. Der Typ ist so ein Widerling!«

»Gut, dass Alice ihn los ist.« Lachend blickt Claire hinauf in den wolkenlos blauen Himmel.

»Falls er es findet, muss ich vermutlich zur Testamentseröffnung zurück«, teile ich ihr mit.

»Na, dann komme ich mit, wenn du möchtest. Ich würde

wirklich gerne meine Mixer, Backformen und Waagen holen. Ich spüre, dass eine Backorgie naht. Die Küche, die der Bauunternehmer installiert hat, ist spitzenklasse.«

Wir erreichen das Porthgwidden Beach Café und hasten zu einem gerade frei werdenden Tisch auf der Terrasse. Genau gleichzeitig nehmen wir Platz und setzen unsere Sonnenbrillen auf.

»Ha, ha, wie sind wir denn drauf?« Claire kichert, während ich ihr eine Speisekarte reiche.

»Wie Zwillinge mittleren Alters.« Ich lache.

»Hey, das mit dem mittleren Alter habe ich nicht gehört. Für mich ein volles englisches Frühstück. Ich habe einen langen Tag vor mir.« Claire würdigt die Speisekarte keines Blickes.

»Was von Martin gehört?«, frage ich vorsichtig nach.

»Kein Wort.« Sie schaut nicht auf. »Allerdings erwarte ich Neuigkeiten in Sachen Hausverkauf.«

»Ich glaube, ich nehme nur ein Tomatenomelette und Kaffee«, wechsle ich das Thema. Wir lehnen uns beide zurück und beobachten die Passanten. Kurz schließe ich die Augen und spüre, wie mir die Hitze der Morgensonne von Cornwall in die Knochen dringt. Letzte Woche haben wir uns gehetzt und abgeschuftet, weshalb ich ziemlich müde bin. *Heute früh ins Bett*, denke ich. *Und keinen Wein!* Seit Claire und ich vor einer Woche in St Ives eingetroffen sind, waren wir jeden Abend aus und haben gegessen und getrunken, als wären wir im Urlaub. Emotional geht es mir gar nicht so schlecht. Wie vermutet, hat Susan Luftsprünge gemacht, als sie von meiner dreimonatigen Abwesenheit erfuhr. Sie hat versprochen, mich vielleicht zu besuchen, doch ich habe keine großen Hoffnungen. Ich habe ihr gesagt, wie sehr ich sie liebe und dass ich jederzeit ihr

Ticket bezahlen würde, wenn sie mich sehen möchte. Meine Gedanken wandern zu ihrem Gesicht, ihrem wunderschönen Gesicht.

»Ich weiß, wie beschäftigt du bist, Courtney Downey, aber hättest du irgendwann Zeit für einen Drink?«

Es ist, als wäre es Schicksal, dass ich genau jetzt diese Stimme höre. Ich kann es nicht erklären. Es musste einfach so sein. Ich habe es erwartet. Leicht erschrocken setze ich mich auf. Und da ist er und steht direkt neben mir.

»Klingt prima, Tony Becker«, erwidere ich träge.

»Hallo, ich bin Tony.« Er hält Claire die Hand hin.

»O ja, richtig. Hallo, wie geht's? Die Wohnung ist toll. Wir lieben sie und fühlen uns bereits zu Hause. Wir haben uns schon gut eingerichtet.« Claire kichert und blickt mich mit funkelnden Augen an. »Wir haben alles gemeinsam durchgestanden, Courtney, aber bis jetzt haben wir noch nie zusammengewohnt, richtig?«

»Im Moment vertragen wir uns noch«, frotzle ich. »Schauen wir mal, wie es in drei Monaten läuft, wenn die Flitterwochen vorbei sind.«

Wir beide lachen, doch ich bemerke, dass Tony Claire lange und eindringlich mustert.

»G-g-gut«, stammelt er. Aus irgendeinem Grund scheint er sich unwohl zu fühlen. Ich versuche, ihn ins Gespräch einzubeziehen.

»Wie geht es Marina?«, erkundige ich mich.

»W-w-wem?« Er kann nicht aufhören, Claire anzustarren.

»Marina, deiner Freundin«, helfe ich ihm auf die Sprünge.

Er schnappt sich den nächstbesten freien Stuhl und zieht ihn geräuschvoll heran.

»Marco, einen Kaffee bitte. Ich habe keine Freundin. Mit

Marina bin ich nur befreundet. Seit wann seid ihr denn da?«

»Seit Mitte letzter Woche. Claire ist mit dem Auto gefahren. Deshalb haben wir jede Menge Kram von zu Hause dabei«, erkläre ich ihm und lächle ihn an.

»Tagsüber haben wir geschwitzt wie die Wilden und Kartons ausgepackt. Und abends haben wir es uns im Pyjama gemütlich gemacht und literweise gekühlten Weißwein getrunken«, ergänzt Claire.

»Aha.« Er wirkt, als hätte er gerade eine schlechte Nachricht erhalten, als er an seinem Kaffee nippt.

»Aber jetzt ist Schluss mit lustig. Da die Wohnung eingeräumt ist, ist es Zeit, dass ich mir einen Job suche. Tut sich vielleicht etwas in der Gastrobranche, Tony?«

»Nein, nicht wirklich. Die Stellen für den Sommer sind alle besetzt.«

Nun ist es an mir, ihn eindringlich zu mustern. Diese Abwehrhaltung passt so gar nicht zu ihm.

»Nun ja«, meint Claire verdattert. »Irgendwas finde ich schon.« Auch sie starrt ihn an. »Du musst uns zum Abendessen besuchen. Was hast du am Samstagabend vor?«

»Äh … nichts.« Er verhält sich noch immer sonderbar.

»Bist du sicher? Du weißt ja, dass du dazu neigst, Termine doppelt zu vergeben, Tony«, frotzle ich.

»Ha, ha, sehr witzig«, entgegnet er. Nach einer verlegenen Pause betreiben wir Small Talk über das Wetter und die Nachrichten, bis unser Frühstück serviert wird.

Als Claire die Gabel in ihr Spiegelei bohrt, verteilt sich zähflüssiges Eigelb auf ihrem Teller. Trotzdem stopft sie es in den Mund, sodass Eigelb auf ihren Lippen zurückbleibt.

»Ich kann nirgendwo mit dir hingehen, Claire. Sie hatte

schon immer schauderhafte Tischmanieren«, sage ich zu Tony.

»Du liebst mich wirklich!«, jubelt Claire und stöhnt genüsslich wegen ihres Frühstücks.

Tony ist erbleicht. »Ich lasse die Damen jetzt allein und wünsche guten Appetit.« Er steht auf.

»Moment, Tony«, rufe ich. »Komm schon, das war nur ein Scherz vorhin. Du musst uns besuchen. Was hältst du von Samstag um acht?«

»Los, Tony«, fügt Claire hinzu. »Betrachte es als ein Dankeschön dafür, dass du unser Traumhaus gebaut hast.«

»Möchtest du eine Begleitung mitbringen?«, frage ich. Wenn Marina nicht seine Freundin ist, wer dann? Er ist eindeutig kein Kostverächter, das weiß ich. Ich habe die roten Keilabsatzsandalen und die *Cosmopolitan* auf dem Rücksitz seines Jeeps gesehen und will ihm ausreichend Gelegenheit geben, uns zu erzählen, wer seine Freundin ist.

»Vielleicht … äh … keine Ahnung«, antwortet er und verschwindet in der Menge.

»Das war schräg«, stelle ich stirnrunzelnd fest.

»Herrje, er ist himmlisch, Courtney. Komisch, dass du dieses Detail für dich behalten hast.« Wissend grinst sie mich an, bedrängt mich aber nicht.

Ich schweige, doch als er um die Ecke biegt und nicht mehr in meinem Blickfeld ist, fängt Claire laut zu lachen an.

»Was ist denn so lustig, Claire?«, frage ich.

»Courtney, du bist ja so ein Unschuldslamm. Hast du nicht kapiert, warum er so verlegen war? Er glaubt, wir wären ein Paar! Ach, welche Ironie des Schicksals!« Immer noch lachend macht Claire sich hungrig über ihr Frühstück her.

Elf

»Ziehe ich mich für ein Date an? Nein, es ist kein Date, Courtney, du blöde Vollidiotin! Schön wär's. Tja, was ist es dann? Ein Abendessen mit einem Mann, den du kaum kennst.« Ich führe Selbstgespräche, während ich mir heftig die Haare frottiere. »Ein Mann, den du erst drei- oder viermal getroffen hast, und jedes Mal hast du dich aufgeführt wie ein liebeskrankes Schulmädchen.« Das Handtuch noch über dem Ohr, weise ich mich vor dem Schlafzimmerspiegel zurecht. Einem Spiegel, den er mit seinen traumhaften Händen persönlich angebracht hat. »Ein Mann, der jeden Abend eine andere Frau verführt.«

Ich drohe meinem Spiegelbild mit dem Finger. Ich bin bereits angezogen, schalte Claires Turboföhn ein und puste mir ordentlich die Haare durch. Es ist ein Abendessen. Und damit basta. Ich sprühe mir ein Repairspray mit Kokosduft zum Nichtausspülen ins Haar und bürste es durch. Susan hat mir heute eine kurze SMS geschickt, allerdings bis jetzt nicht angerufen. Seit über einer Woche habe ich ihre bezaubernde Stimme nicht gehört. Ich war einverstanden, dass sie den Sommer über bei ihnen bleibt. Doch im August, bevor die Schule wieder anfängt, müssen wir uns zusammensetzen und besprechen, wo sie wohnen wird. *Bitte, lass sie zu mir zurückkommen*, denke ich. Ich schwöre, ich drehe durch, wenn Mar-nee sie dazu überredet, mich zu bitten, ihr zu erlauben, ohne Abschluss die Schule zu verlassen, damit sie in diesem Salon arbeiten kann. Ich richte mich auf, schalte den Föhn ab und betrachte mich gründlich im Spiegel.

»Gar nicht schlecht, Courtney.« Ich nicke meinem Spiegelbild zu. Dann zerre ich an meinem Rock und ziehe ihn ein Stückchen nach unten. Ist er zu kurz? Er war nicht billig und hat in der Umkleidekabine länger gewirkt. Die Verkäuferin hat beifällig genickt, aber das machen sie immer, oder? Es ist ein brauner Wildlederrock, den ich mit einem schlichten weißen Herrenhemd kombiniert habe. Sexy und gleichzeitig lässig, denke ich. Im Moment bin ich noch barfuß, aber ich werde in ein paar schwarze Lacklederpumps schlüpfen, wenn es an der Tür klingelt. Auf meinem Nachttisch steht ein eingeschmuggeltes kleines Glas Weißwein, und im Radio läuft Softrock. Heart singen vom Regen und von dem Mann, den sie aufgegabelt haben. Ich singe lauthals mit und trinke einen Schluck Wein. Susan hat es gehasst, wenn ich laut gesungen habe. David auch. Zugegeben, ich habe nicht die melodischste Stimme der Welt – gut, sie ist schauderhaft, und ich treffe keinen Ton –, aber ich singe nun mal gern. Und deshalb tue ich mir keinen Zwang an.

»*You can imagine his surprise when he saw his own eyes!*«, kreische ich.

Nachdem ich meine Augen rauchgrau umrandet und meine Lippen rot geschminkt habe, fühle ich mich ziemlich selbstbewusst. Darf ich wagen, es als peinlich aufgeregt zu bezeichnen? Die Vorspeise muss noch vorbereitet werden. Es gibt einfach nur Räucherlachs und braunes Brot mit Kapern und frischer Zitrone. Im Kühlschrank befinden sich drei Flaschen eines wirklich guten Sauvignon blanc. Er wird sich mit mir unterhalten müssen, während ich den Hauptgang koche: meine Version von Alice' Meeresfrüchteüberraschung. Vielleicht hat er sie ja an dem Abend, als ich im *Meloria's* gekocht habe, schon gekostet, aber sie steht wieder auf der Karte, weil ich es so will.

Ich zucke zusammen, als es unten schrill läutet, zwänge an der Schlafzimmertür meine Füße in die hochhackigen Pumps und überprüfe mein Gesicht ein letztes Mal im Spiegel. Vorsichtig halte ich mich auf dem Weg die steile Treppe hinunter am Geländer fest. Ich nehme mich zusammen und öffne die Bürotür. Wie er so, eine Flasche Wein und einen riesigen Strauß gelber Rosen in der Hand, vor mir steht, ist er sogar noch attraktiver, als ich ihn in Erinnerung habe. Dummerweise macht mein Herz einen gewaltigen Satz, als wollte es eine Rolle rückwärts schlagen. *Gütiger Himmel, Frau, beherrsch dich!* Als er mich küssen und ich ihn umarmen will, stoßen wir mit den Köpfen zusammen.

»Eine nette Begrüßung«, lacht er und reibt sich im Scherz den Kopf.

»Oh, tut mir leid.« Aber ich lache und bin sofort weniger beklommen.

»Für euch, Mädels.« Er überreicht mir Blumen und Wein. Er trägt ein schwarzes Hemd, die beiden obersten Knöpfe offen, als hätte er meine Gedanken gelesen und wüsste, welche Wirkung das beim letzten Mal gehabt hat. Dazu hat er eine hellblaue Jeans und schwarze Turnschuhe an. Sein Haar ist ein wenig kürzer als letztens, und seine hinreißend dunkelbraunen Augen mit den Lachfältchen blicken mich an. Er hat noch immer dichte Bartstoppeln, aber das gefällt mir. Es ist so männlich. Tony ist in jeglicher Hinsicht das absolute Gegenteil von David. Er ist ein Mann, der sich durchsetzen kann.

»Dürfte ich vielleicht reinkommen?«, witzelt er, worauf ich

eine Entschuldigung murmle und ihm die Tür aufhalte. Als er mein Büro betritt, werde ich von einem seltsamen Gefühl ergriffen. Zum ersten Mal werde ich mir meines großen, leeren Doppelbetts oben bewusst. Und ich habe ein schlechtes Gewissen, weil ich mir kurz wünsche, Claire wäre gerade nicht zu Hause, damit Tony und ich allein sein können.

»Dürfen Männer heutzutage noch Bemerkungen über das Aussehen einer Frau machen, oder ist das verboten?«, fragt er, als er sich im Büro zu mir umdreht.

»Ich glaube, es ist erlaubt.« Ich bin selbst nicht sicher, welches Verhalten ich von einem Mann erwarte. Als ich die Treppe hinaufsteige und er mir in die Küche folgt, denke ich daran, wie kurz mein Rock ist.

»Dürfen sie noch Stühle zurechtrücken?« Er stützt die Arme auf die Lehne eines Küchenstuhls.

»Wehe, wenn nicht.« Lachend setze ich mich, um meine Füße in den hohen Schuhen zu entlasten, und rutsche näher an den Tisch.

»Du siehst fantastisch aus, Courtney … wirklich.« Er lässt sich neben mir nieder. »Claire ist ein echter Glückspilz.«

Ich unterdrücke ein Lachen. Das ist einfach spitze! Ich werde ihn noch nicht von seinen Leiden erlösen. »Danke! Da ich mir offen gestanden Mühe gemacht habe, nehme ich das Kompliment an. Ich schenke dir ein Glas ein. Es gibt Fisch. Ist Weißwein also okay? Im Kühlschrank ist auch Bier, wenn dir das lieber ist.« Ich stehe wieder auf und stöckle zum Kühlschrank. Diese Schuhe waren keine gute Idee.

»Wein klingt wunderbar, danke. Ich hatte einen scheußlichen Tag«, erwidert er.

Ich fülle zwei große Gläser und kehre langsam zum Tisch zurück.

»Wo ist Claire?« Er schaut sich um.

»Sie zieht sich an, aber wir sollen schon mal mit dem Essen anfangen.«

Er nickt.

»Lust auf die Vorspeise?«, frage ich.

Sein Kopf fährt hoch. »Nur auf die Vorspeise?« Er starrt mich an.

»Was?«, erwidere ich.

»Nichts. Sollte bloß ein Witz sein.« Er senkt den Kopf, hat jedoch sichtlich Mühe, sich ein Lachen zu verkneifen. Sein Gesicht zuckt.

»Pass auf, ich serviere jetzt die Vorspeise, denn ich bin am Verhungern. Ich habe lange gearbeitet.« Erneut erhebe ich mich.

»Fantastisch. Ich habe heute Frühstück und Mittagessen ausfallen lassen«, antwortet er.

Ich drehe mich um, und wir sehen einander an. Es ist das verrückteste Gefühl der Welt. Und meine Sorgen, dass ich alleine und ohne meine jugendliche Tochter hier bin, lösen sich in Luft auf.

»Bist du normalerweise unpünktlich, überpünktlich oder absolut pünktlich?«, erkundigt er sich.

»Immer absolut pünktlich«, erwidere ich, ohne mich umzusehen. Ich spüre, wie sein Blick mich durchbohrt.

»Hmmm«, meint er, und diesmal drehe ich mich um.

»Bin ich wirklich!«

Er nickt. »Magst du im Winter lieber Regen oder Schnee?«, fragt er.

»Regen«, sage ich, während ich mit einer Minigabel Kapern aus dem Glas angle. »Schnee ist unweigerlich eine Enttäuschung und verwandelt sich irgendwann in Matsch.«

»Genau. Und was ist dein Lieblingsteil des menschlichen Gesichts und warum?«, bohrt er weiter. Er hat die Beine ausgestreckt und entspannt übereinandergelegt, womit er die Hälfte des Küchenbodens einnimmt.

»Ist es dir wirklich ernst mit diesen willkürlichen Fragen?« Als ich ihn anblicke, lächelt er breit.

»Mir macht dieser Mist Spaß, dir nicht? Es entstehen keine Gesprächslücken, und man erfährt viel über sein Gegenüber.« Er zuckt unter dem schwarzen Hemd die Achseln.

»Okay … wahrscheinlich die Augen«, meine ich. Ich denke nur an mich und mein eigenes Vergnügen. Und wissen Sie, was? Es fühlt sich verdammt gut an. Befreiend. Anscheinend hat Tony diese Wirkung auf mich. So als müsste ich mir um nichts Gedanken machen, wenn ich bei ihm bin. Wen kümmert es, ob er der schlimmste Casanova der Welt ist? Darüber werde ich nicht mehr nachgrübeln. Schließlich will ich den Mann nicht heiraten, verdammt! Ich will die Gegenwart genießen und für den Moment leben, und genau das mache ich jetzt. Wenn Tony eine Droge wäre, wäre ich schon total süchtig.

Ich hole den in Alufolie gewickelten Lachs aus dem Kühlschrank und fange an, die Teller anzurichten. Dabei habe ich das überwältigende Gefühl, dass er mich von hinten mustert. Ich kneife die Pobacken zusammen.

»Warum?«

»Die Augen eines Menschen verraten vieles.« Ich lege den Räucherlachs auf das braune Brot, halte die Portionen jedoch klein. Ich will nicht schon nach der Vorspeise satt sein.

»Welche Augenfarbe habe ich?«, erkundigt er sich. Wieder wirble ich herum, aber er hat sie fest zugekniffen. Ich lache über seinen Gesichtsausdruck, denn ich muss sie nicht sehen, um die Antwort zu kennen.

»Braun«, erwidere ich. »Und meine?«

»Blau«, sagt er und macht langsam erst das eine, dann das andere Auge auf. »Blau wie das Meer. Kann ich dir übrigens helfen?« Er springt so schnell von einem Thema zum anderen, dass ich nicht auf die Anmerkung »blau wie das Meer« eingehen kann.

»Nein, alles unter Kontrolle«, entgegne ich und schneide die Zitronen auf.

»Die Investoren haben abgelehnt«, sagt er mit leiser Stimme. Ich fahre auf meinen hohen Absätzen herum.

»Oh, wie entsetzlich! Warum?« Mein Gott, hoffentlich war mein Essen nicht zu misslungen.

»Nur eine war interessiert, Pauline. Sie war übrigens begeistert von den Linguine mit Meeresfrüchten. Die anderen haben mir ein dickes, fettes Nein vor die Füße geknallt. Offenbar bin ich nicht der Richtige für sie. Die halten sich für Gourmets und wollen Michelinsterne. Ich möchte nur gutes, preiswertes und frisches Essen anbieten.« Er zieht die Schultern hoch. »Es ist deshalb so frustrierend, weil das *Meloria's* so beliebt ist und gute Umsätze macht. Die Häuschen würden sich prima als zweites Restaurant eignen. Aber das hat sich wohl erledigt.«

»Kannst du denn keine anderen Investoren auftreiben?« Ich stelle die Vorspeise auf den Tisch und setze mich.

»Wen? Hast du vielleicht eine Million, die du in den Laden stecken willst? Denn wenn ja, kann ich dir eine tolle Rendite versprechen.« Er lacht auf.

»Was passiert jetzt?«

»Wahrscheinlich werden die Häuschen verkauft. Wenn ich nichts daraus machen kann, ist es zwecklos, sie zu behalten.«

»Oh!« Mir bleibt der Mund offen stehen. »Dort wolltest du

also dein Restaurant einrichten?« Inzwischen ist mir alles sonnenklar. Die Lage ist traumhaft.

»Ja, das war der Plan. Aber, hey, da wird eben nichts draus.« Er tränkt seinen Lachs mit Zitronensaft. »Auch wenn es schwer zu glauben ist, bin ich ein sehr verschlossener Mensch.« Er leckt sich den Zitronensaft vom Daumen und beißt in sein Brot.

»Ich auch«, entgegne ich.

»Wem vertraust du dich dann an? Claire?«, hakt er nach und isst einen gewaltigen Bissen. Mir ist klar, worauf er hinauswill.

»Heute Abend sprudelst du ja nur so über von Fragen!«

»Das ist immer so«, antwortet er.

»Nun, früher war es Susan, ob du es glaubst oder nicht. Also nichts, was nicht für Kinderohren bestimmt ist oder so. Aber wir haben über die meisten Dinge offen geredet. Inzwischen ist es vermutlich Claire. Ja, du hast recht, sie ist meine beste Freundin. Ich erzähle ihr alles.«

»Beste Freundinnen und ein Liebespaar. Das … das ist wundervoll.«

Ich schweige eine schiere Ewigkeit, esse langsam und trinke einen großen Schluck Wein.

Gerade sieht er mich an und wartet auf eine Bestätigung, als Claire aus ihrem Schlafzimmer ins Wohnzimmer kommt. Ich kann der Versuchung nicht widerstehen, ihn noch ein wenig zu ärgern.

»Hallo, ihr zwei!« Sie grinst uns an.

Ich kann einfach nicht anders. Also stehe ich auf, kehre Tony den Rücken zu und zwinkere ein paarmal heftig, um sie zu warnen. Dann umfasse ich ihr Gesicht mit beiden Händen und küsse sie sanft auf die Lippen.

»Hallo, Baby«, sage ich, und sie kennt mich so gut, dass sie sofort versteht, welches Spiel wir treiben.

»Hallo, du!« Sie tätschelt mir leicht den Po. »Ich habe dich vermisst.« Sie wickelt sich mein Haar um den Zeigefinger.

»Ich dich auch.« Ich küsse sie auf die Nase. »Tony hat gerade davon gesprochen, dass wir beste Freundinnen und ein Liebespaar sind …«

Tony unterbricht. »Damit habe ich nichts Schräges oder Perverses gemeint! Ich sagte nur, Claire, wie toll es ist, dass ihr … alles miteinander teilt.« Er hüstelt und errötet leicht. Ich werde ihn nicht mehr lange leiden lassen.

»Warst du je mit zwei Frauen zusammen, Tony?«, fragt Claire mit dunkler, rauchiger Stimme, die allerdings leicht zittert, weil sie sich in die Wangen beißen muss, um nicht laut loszulachen.

»Niemals gleichzeitig, Claire.« Ich glaube, er hat uns durchschaut.

»Es gibt immer ein erstes Mal.« Als sie mit der Hand über den Tisch streicht, weicht er mit angsterfüllter Miene zurück.

»Wir sind kein Liebespaar, Tony!«, platze ich lachend heraus. »Und zwar deshalb nicht, weil wir beide nicht lesbisch sind.«

»Homosexualität ist die Spezialität meines Mannes«, fügt Claire der Vollständigkeit halber hinzu.

Claires Bemerkung scheint ihn zu verwirren, doch er hat Wichtigeres im Kopf. Ich bemerke, dass er einen Moment braucht, um meine Worte zu verarbeiten.

»Ihr kleinen Miststücke!« Während seine Augen blitzen, werde ich feuerrot.

»Nun, ich habe nie behauptet, dass wir lesbisch sind.«

»Aber ihr habt mich in dem Glauben gelassen. Ich habe gemischte Signale aufgefangen …«

»Und warum interessiert dich das überhaupt?« Der Satz ist heraus, bevor ich ihn herunterschlucken kann. Zum Glück geht er nicht darauf ein.

»Ich habe dich doch letztens bei den Häuschen am Telefon gehört. Du hast ›Ich liebe dich‹ gesagt. Und dann hast du den Job hier angenommen, und ihr beide kreuzt auf, nicht du und deine Tochter. Also habe ich eins und eins zusammengezählt und …«

Auf dem Tisch läutet sein Telefon, und wir beide schauen aufs Display. Mit dem Namen Phoebe leuchtet ein Foto auf. Es stellt ein schönes junges Mädchen in einem schwarzen Spaghettiträgertop dar.

»Das muss ich annehmen«, verkündet er, und ich verstumme schlagartig.

»Klar, mach nur. Ich fange mit der Hauptspeise an«, antworte ich, während er mit dem Zeigefinger über das Display wischt.

»Hallo, Liebling.« Lächelnd geht er zur Treppe und steigt hinunter. Bin ich denn vollkommen übergeschnappt? Ich darf mich nicht länger von diesem Schürzenjäger an der Nase herumführen lassen. Welchen Zauber übt er auf mich aus, wenn wir zusammen sind? Ganz gleich, was es ist, ich brauche ein Gegengift. Ich reiße mich aus meiner albernen Verzückung und mache mich an die Linguine mit Meeresfrüchten.

Als Tony zurückkehrt, setzt er sich. Ich koche zu Ende und serviere das Essen. Wir drei plaudern angenehm und entspannt. Tony redet über sein Geschäft, und Claire und ich lauschen aufmerksam. Er ist wirklich eine Goldmine, was Informationen über St Ives betrifft.

»Würdest du gern bleiben, wenn der Sommer vorbei ist?«, erkundigt er sich bei Claire.

»Tja, offen gestanden weiß ich das nicht. Ich habe wirklich viel Mist hinter mir …« Der Wein lockert ihr die Zunge, und ich bin froh darüber. Es ist gut für sie zu reden. »Nun, meine Ehe ist vorbei. Aber es ist alles in Ordnung. Es war besser so«, meint sie.

»Falls du je Investoren findest, um ein zweites Restaurant zu eröffnen, Tony: Claire bäckt absolut fantastisch. Wirklich himmlisch. Sie würde jeden Backwettbewerb gewinnen«, lobe ich meine Freundin, während ich Zitrone auf meine Linguine träufle.

»Das ist köstlich.« Er starrt mich an.

»Für diese Pasta könnte ich sterben!« Claire tut, als bräche sie in Tränen aus.

»Also bäckst du zu Hause beruflich?«, fragt er, Tonfall und Blick plötzlich ernst.

»Nein, tut sie nicht, obwohl ich es ihr ständig nahelege. Eigentlich wollte sie eine Firma von zu Hause aus gründen, bevor alles … Nun, das ist ehrlich gesagt ein bisschen zu privat.«

»Schon gut, Courtney. Mein Mann hat mir mitgeteilt, dass er bisexuell ist«, erwidert sie sachlich.

Anstatt etwas zu sagen, greift Tom über den Tisch und legt seine Hand auf die von Claire, wobei er diese völlig bedeckt. Sein Lächeln ist so anteilnehmend, dass ich ihn am liebsten umarmen würde. Das ist doch total abstrus. Meine sechzehnjährige Tochter weigert sich, mit mir zusammenzuleben. Ich habe mich über den Sommer nach Cornwall geflüchtet wie ein Teenager mit Praktikumsvisum, und ich träume von diesem Mann. *Jetzt reiß dich schon endlich zusammen, Courtney*

Downey, sage ich mir wieder und krümme in meinen mörderisch unbequemen Schuhen die Zehen.

Er hebt sein Glas. »Auf den Neuanfang!« Obwohl ich nicht sicher bin, was das bedeutet, stoßen wir an.

Dann serviert Claire ihr Dessert. Es ist eine dunkle Mousse au Chocolat mit Orange. Ich stecke den Löffel hinein. Leicht und locker. Tony hat seine Portion in Sekundenschnelle verschlungen.

»Claire, wow! Du hast echt Talent, Mädchen. Das war ein Gedicht.«

Claires grüne Augen leuchten. »Danke, T. Offenbar bist du ein Mann mit Geschmack.«

»Wirklich, meiner Ansicht nach solltest du Profi werden. Im *Meloria's* könnten wir jemanden wie dich brauchen. Ich habe so das Gefühl, dass unsere Patisserieabteilung auf dem absteigenden Ast ist.« Plötzlich wirkt Tony ein wenig bedrückt. Ich bin überzeugt, dass er wieder an die Investoren denkt.

»An diesem Abend hat niemand ein Dessert bestellt, richtig, Tony?«, sage ich leise.

»Nein … laut Pauline waren alle nach den tollen Vorspeisen und Hauptgerichten satt. Aber das behauptet man immer, wenn man keinen Appetit auf etwas hat. Im Ploughboy sage ich das ja auch. Allerdings dachte ich, dass die Desserts im *Meloria's* besser sind. Uns fehlt jemand mit Claires Begabung.«

Als er mich ansieht, werfe ich ihm einen aufmunternden Blick zu. *Los, weiter*, denke ich. *Haben wir zwei dieselbe Idee?* Gleichzeitig drehen wir uns zu Claire um.

»Claire«, beginnt Tony. Seine Augen funkeln wieder. »Hättest du Lust, ins *Meloria's* zu kommen und uns ein bisschen zu beraten?«

»Beraten?«, wiederholt sie verdattert.

»Zeig Keith, was wir falsch machen. Ein paar neue Einfälle in Sachen Nachtisch könnten ihm nicht schaden. Du bist genau die richtige Frau für den Job. Natürlich bezahle ich dich dafür. Vermutlich meine beste Geldanlage.« Er klopft sich auf den Bauch.

»Ich kriege Geld dafür, dass ich Desserts mache? Oh, Tony, mein Traum wird wahr!«, jubelt sie, und zum ersten Mal seit Wochen habe ich wieder die alte Claire vor mir. Es wird langsam Zeit, ihr Selbstbewusstsein aufzumöbeln, und ich bin Tony so dankbar, dass er ihr eine Chance gibt.

»Nur eine Frage, Claire.«

»Ja?«

»Tod durch Schokolade oder Leben durch Salat?«

»Tony, Tony, wie kannst du so etwas nur fragen?«, entgegnet sie wie aus der Pistole geschossen, obwohl sie Tonys willkürliche Fragespiele nicht kennt.

»Dann bist du genau die Richtige für mich, Claire.«

Mit diesen Worten stoßen wir alle noch einmal an.

Zwölf

»Im Büro ist zwar nicht gerade die Hölle los, aber allmählich erfahren die Leute von uns, und das Interesse wächst«, teile ich Claire mit, die sich auf die Theke stützt. Tony Becker habe ich seit unserem Abendessen vor zwei Wochen nicht mehr zu Gesicht bekommen, doch ich weiß, dass er noch immer den Investoren nachjagt, um sie zu überzeugen, ihre Meinung zu ändern. Deshalb lasse ich ihn in Ruhe. Claire und ich lieben unser neues Leben. Je mehr Zeit vergeht, umso größer wird mein Selbstbewusstsein und desto leichter fällt mir das Alleinsein. Cornwall passt zu mir, und langsam wird mir klar, dass ich auch für mich einen Plan habe. Einen Plan für meine Zukunft.

»Bestimmt«, antwortet sie geistesabwesend und studiert aufmerksam eine Broschüre.

»Was ist das?«, erkundige ich mich, während ich meinen Schreibtisch aufräume.

»Ach, nichts«, meint sie und steckt sie weg.

»O doch«, bohre ich nach. Wenn sie mir die Broschüre hätte verheimlichen wollen, hätte sie sie nicht vor meinen Augen gelesen, da bin ich sicher.

»Okay.« Sie seufzt auf. »Wird Zeit, dass ich es dir erzähle. Dr. Coleman hat sie mir gegeben.«

»Wer ist Dr. Coleman?«, frage ich besorgt.

»Meine Therapeutin«, erwidert sie.

»Wow, Claire, das ist ja toll und so mutig von dir.«

»Ja. Die Frau ist wirklich spitze. Dieser Mist wirkt tatsächlich … Ihre Mutter ist aus derselben Stadt in Schottland, wo auch mein Dad geboren wurde. Stell dir das vor. Die Welt ist ein Dorf. Wie dem auch sei, wir beschäftigen uns, tja, mit meinem Körper.« Sie streicht sich mit den Händen über den Torso.

Ich bemerke, dass eine Mail in meinem Posteingang gelandet ist, achte jedoch nicht darauf, sondern höre Claire zu.

»Dr. Coleman findet, dass ich meine Emotionen in mich hineinfresse. Sie geht sogar so weit zu sagen, ich hätte immer gewusst, dass Martin bi ist, und dieses Wissen eben buchstäblich in mich hineingefressen.« Als sie auflacht, bleibt es ihr in der Kehle stecken. »Das ist ein Diätplan, und das ist ein Termin.« Sie holt eine orangefarbene Karte aus der Tasche. »Auch bekannt als mein alter Freund Schrägstrich Feind Weight Watchers, und heute Abend gehe ich hin«, verkündet sie.

»Wunderbar. Aber du wusstest nie, dass Martin bi ist. Das ist Schwachsinn«, entgegne ich und markiere die Anfrage für morgen, weil es inzwischen fünf Uhr ist und das Büro geschlossen hat. Claire und ich wollen zum Abendessen ins *Meloria's*.

»Wirklich? Da bin ich nicht so sicher, Courtney. Ich war rothaarig, bevor rothaarig in Mode kam. Ich war schon immer übergewichtig, und ich hatte als Teenie eine üble Akne. Doch er hat mich sofort so akzeptiert, wie ich bin, was einerseits klasse war, andererseits nicht, verstehst du? Er hat nie ein Wort über mein Gewicht verloren, nicht einmal als Gesundheitsthema. Ich mache ihm keinen Vorwurf daraus, doch ich glaube, ich wusste seit unserem ersten Date, dass ich für ihn nur ein Notnagel war. Vermutlich habe ich deshalb mehr gegessen, weil ich mir so verzweifelt gewünscht habe, dass er mich liebt.«

Ich nicke nur. Sie klopft mit beiden Händen auf die Theke.

»Ich wusste, dass er bestimmte Pornos brauchte, um mit mir zu schlafen, und ich wusste noch andere Sachen, über die ich jetzt nicht reden möchte. Aber ich habe mit Dr. Coleman darüber gesprochen, und ihre Schlussfolgerung war, dass ich es wusste … und ich glaube, sie hat recht. Schräg, oder?«

»Nein, ganz und gar nicht«, flüstere ich.

»Claire Carney, sorry, Claire *Campbell* wird einiges verändern. Ich werde mich in mich selbst verlieben. Ha! Was hältst du davon? Diesmal werde ich den Weight Watchers eine echte Chance geben und dich nicht bitten, mich zu begleiten. Das muss ich allein durchziehen. Ich werde die frische Luft von St Ives schnuppern und meinen fetten, schokoverrückten Hintern bewegen!« Sie versetzt sich einen Klaps auf den Po. »Fühlst du dich hier nicht wie ein anderer Mensch, Courtney? Ich schon.«

Claire macht Platz, als eine junge Frau mit einem Baby im Buggy hereinkommt.

»Kann ich Ihnen behilflich sein?«, erkundige ich mich, als sie vor der Theke stehen bleibt.

»Eigentlich habe ich nur ein paar Fragen. Ich bin schon seit einigen Wochen hier, nur in einem Airbnb, aber St Ives … es ist ideal für mich und meine Julie. Wissen Sie, ich bin allein mit ihr, und in London habe ich keine richtige Familie mehr. Allerdings habe ich ein schönes Haus und einen guten Job. Wie funktioniert das mit diesem Umzugsservice?«

Ich lächle sie an. »Ich bin Courtney Downey.«

»Emma Crowley.« Sie schüttelt mir die Hand und schaut in den Buggy. »Und das ist Julie.«

»Oh, wie niedlich!« Claire hat sich hingekniet und betrachtet das Baby.

»Nehmen Sie Platz, Emma. Wir sehen, was sich machen lässt«, erwidere ich mit einem Blick auf die Uhr. Es ist fünf nach fünf an einem traumhaft heißen Sommertag. Allerdings wird Lar mir sicher verzeihen, dass ich länger als geplant geöffnet habe.

»Darf ich sie rausnehmen?«, fragt Claire.

»Ja, natürlich, das wird sie freuen. Sie sitzt schon seit einer Ewigkeit da drin«, meint Emma lachend. »Es gibt hier so viel zu besichtigen. Ich könnte stundenlang herumlaufen.«

Claire löst Julies Anschnallgurt und hebt das kleine Mädchen vorsichtig hoch.

»Hallo ... hallo, meine Schönste«, säuselt sie dem Kind zu. Aber Julie beginnt, leise zu weinen.

»Eigentlich müsste sie jetzt gefüttert werden. Tut mir leid, ich komme ein andermal wieder.«

Emma steht auf, aber Claire legt ihr die Hand auf die Schulter.

»Falls Sie möchten, übernehme ich das. Ich warte nur hier, bis Courtney fertig ist.«

Emma nickt zustimmend und holt ein vorbereitetes Fläschchen aus der Tasche. Ich lächle, als Claire das Baby auf dem Besuchersofa auf den Schoß nimmt und die Kleine zufrieden nuckelt. Nachdem ich das Büro geschlossen und einen neuen Termin mit Emma vereinbart habe, gehen Claire und ich zum Abendessen ins *Meloria's*.

»Hast du nicht auch das Bedürfnis, dich zu kneifen, um dich zu vergewissern, dass du das hier nicht nur träumst,

Courtney?«, sagt Claire, als wir durch die belebten Straßen von St Ives spazieren.

»Oh, absolut«, antworte ich.

»Eine zweite Chance wie die hier kriegt man nicht oft, das ist mir klar«, fügt sie hinzu.

»Nein, wir haben wirklich Glück. Ich möchte nirgendwo anders sein. Du?«

Sie schüttelt den Kopf, und wir schlendern gemütlich schweigend zur Küste.

»Courtney!« Barbara begrüßt mich wie eine alte Freundin.

Als ich sie umarme, drückt sie mich fest an sich.

»Ich habe deinen Namen im Reservierungsbuch gesehen und den besten Fensterplatz für dich frei gehalten.« Sie führt uns zu unserem Tisch.

Claire und ich setzen uns und studieren die Speisekarte. Aus dem Augenwinkel bemerke ich, dass Tony in der Küche mit Keith redet. Sie scheinen ins Gespräch vertieft. Obwohl ich mich rasch abwende, macht mein Herz einen kleinen Satz.

»Das sieht ja alles lecker aus«, stellt Claire fest. »Aber ich werde eine grässliche Langweilerin sein und Kohlehydrate und Sahne meiden.«

»Du trinkst doch trotzdem Wein?«, frage ich.

»Tot bin ich noch nicht«, zischt sie.

»Guten Abend, meine Damen, und willkommen im *Meloria's*.« Tony ragt vor uns auf.

Claire begrüßt ihn erfreut. »Ein schönes Lokal.«

»Danke, dass du letzte Woche hier warst, um unsere Desserts aufzumöbeln, Claire. Jetzt kannst du feststellen, ob Keith deinen Ansprüchen genügt.« Er hält inne und beugt sich vor.

»Offen gestanden könnten wir eine Patisseriechefin wie dich brauchen.«

»Keine Ursache, T. Außerdem bin ich sicher, dass Keith meinem Banoffeekuchen keine Schande machen wird. Und was den Job betrifft, reden wir vielleicht darüber, wenn ich mich richtig eingewöhnt habe.« Claire lächelt ihn an, und zum ersten Mal seit Wochen fällt es mir richtig auf: Es ist ein echtes Lächeln. Ihre Augen sind mit ihrem Mund verbunden.

»Kann ich euch etwas zu trinken bringen?«, erkundigt er sich.

»Champagner, Tony«, erwidere ich. »Wir haben etwas zu feiern.«

»Oh, sollte ich den Grund kennen?« Er entfernt einen Fussel von der weißen Tischdecke.

»Das Leben«, antworte ich.

Das Essen ist köstlich, und obwohl es mir in den Fingern juckt, nach hinten in die Küche zu gehen, um wieder diese Aufregung zu spüren, ist es angenehm, sich entspannt zurückzulehnen und einfach zu genießen. Claire räumt – nur ein bisschen verschnupft – ein, dass an Keith' Banoffeekuchen nichts auszusetzen ist.

»Nicht schlecht«, meint sie zu Tony, als dieser abräumt. »Der Anfänger in der Küche könnte es noch mal zum Küchenchef bringen.«

»Das habe ich gehört!«, ruft Keith zur Durchreiche hinaus, worauf Claire lachend den Kopf in den Nacken legt.

»Jetzt muss ich aber los«, verkündet sie.

»Was? Ich dachte, wir machen uns einen netten Abend!«, protestiere ich.

»Ich habe morgen früh meinen Pilateskurs, Courtney.«

»Dann komme ich mit dir nach Hause«, sage ich und greife nach meinem noch halb vollen Glas, um es zu leeren.

»Nein, nein, hetz dich nicht und trink in Ruhe deinen Champagner. Bestimmt wird dir jemand Gesellschaft leisten.« Rasch schaut sie zur Durchreiche, wo Tony das Geschirr zum Spülen an Jeff übergibt.

»Claire …«

»Tschüss!« Und schon ist sie verschwunden.

Da es ein Dienstagabend ist, ist im Restaurant nicht viel los, und die Gäste am letzten besetzten Tisch schicken sich zum Gehen an. Ich fühle mich beklommen, weil ich allein hier sitze. Aber warum denn? Als ich die Augen schließe, höre ich in Gedanken Alice' Stimme: *Lebe den Moment.* Vielleicht macht mich ja Tonys Anwesenheit so nervös.

»Kann ich dir noch etwas bringen?«

Ich zucke zusammen. Plötzlich steht Tony Becker direkt vor mir wie ein wahr gewordener Traum. »Nein, alles bestens, Tony. Danke«, sage ich.

»Dein Champagner ist leer«, stellt er fest. »Das Restchen in deinem Glas solltest du nicht mehr trinken. Warm und abgestanden schmeckt er nicht. Was hältst du von einem anderen Getränk?«, fügt er hinzu. »Auf Kosten des Hauses, um mich für dein Abendessen zu bedanken?«

»Nur, wenn du einen mittrinkst«, entgegne ich, erschrocken über meine eigene Kühnheit.

Er zögert. »Also gut. Sieht nicht danach aus, als ob heute noch viel los sein würde.«

»Schmeichler.« Ich kichere.

»So habe ich es nicht gemeint …«

»Immer mit der Ruhe, Tony. Das war ein Witz.« Seltsam, dass ich beim Gedanken an ihn nervös werde und mich in seiner Gegenwart so wohlfühle. »Dann hätte ich gerne ein Glas Sauvignon blanc, bitte.«

Er holt die Flasche, entkorkt sie gekonnt und schenkt uns beiden ein köstlich frisches Glas eiskalten Weißwein ein. Nachdem er sich mir gegenübergesetzt hat, hebt er sein Glas.

»Worauf stoßen wir an?«, fragt er.

Ich überlege. »Auf Cornwall«, antworte ich.

»Auf Cornwall!«

Wir stoßen an und bewundern die malerische Aussicht auf die Bucht: ein kobaltblaues Meer, die untergehende Sonne, deren Licht sich im goldenen Sand fängt. Wie im Paradies.

»Also, Courtney, erzähl mir ein bisschen von dir. Dass du gerne kochst, habe ich schon kapiert. Aber was reißt dich sonst noch vom Hocker?«

»Was mich vom Hocker reißt?« Ich sehe ihn an und lache laut über die Wortwahl. Allerdings ist mir klar, was er meint. »Das weiß ich nicht mehr so genau, Tony. Ich habe mich so lange bemüht, andere Menschen zufriedenzustellen, dass ich mich dabei irgendwie verloren habe.« Als ich einen großen Schluck Wein trinke, folgt er meinem Beispiel.

»Aber du liebst doch deinen Beruf?«, hakt er nach.

»Nun … ja und nein. Ja, es ist ein toller Job, und Lar ist ein prima Boss, aber ich würde alles eintauschen gegen … ach, keine Ahnung. Vielleicht dafür, mein eigenes kleines Restaurant zu eröffnen.« Das habe ich noch nie zugegeben. Nicht einmal mir selbst gegenüber, weil ich von diesem Wunsch nie etwas geahnt habe. Ich erschrecke.

»Wirklich?« Er beugt sich über den Tisch, bis nur wenige Zentimeter unsere Gesichter trennen. Ich habe das überwältigende Bedürfnis, die Hand auszustrecken und die rauen Stoppeln zu spüren, die sein halbes Gesicht bedecken.

»Ach, das ist nur dummes Zeug. Ich koche eben gern, mehr nicht. Es ist das Einzige, was mich tatsächlich glücklich macht. Tja, meine Oma Alice fand, dass ich begabt bin. Und als ich in deiner Küche gearbeitet habe, habe ich mich so lebendig gefühlt … Das ist mir jetzt peinlich.« Ich schlage die Hände vors Gesicht.

»Das braucht es nicht. Was du kochst, schmeckt fantastisch. Ich glaube, unsere Wege haben sich nicht zufällig gekreuzt, Courtney Downey. Falls ich das neue Restaurant jemals auf die Beine stelle …« Er verstummt.

Nach einigen Minuten muss ich etwas sagen, um die Situation zu entspannen. »Du bist so still«, merke ich an und nippe an meinem Wein.

Er nickt. »Ach, mich beschäftigt eben einiges.«

»Etwas, wobei ich dir helfen kann?«

»Nein, alles im Griff. Trotzdem danke.«

»Red schon«, bohre ich nach.

Seufzend dreht er den Stiel seines Weinglases zwischen den Fingern. »Es ist … es ist wirklich dämlich. Ich muss zu so einer Veranstaltung. Krawattenzwang. Ich habe eine Todesangst vor solchen Anlässen. Echt bescheuert, aber ich hasse sie abgrundtief.«

Aha, offenbar sucht er andere Investoren. »Geh einfach hin. Zeig dich, lächle, erledige das, weshalb du dort bist, und dann verschwindest du wieder.«

Er nickt und lauscht aufmerksam. »Das ist noch nicht alles. Diese Feier wird von jemandem veranstaltet, den ich kannte. Sogar einmal sehr gut, aber … es gab Zeiten, da haben wir uns nicht vertragen. Wir haben viel gestritten. Und die Person, die ich mitbringe, glaubt nicht, dass es klappen wird, also ist ihr auch unwohl bei der Vorstellung …«

Mein Herz sackt in die Magengrube. Er nimmt ein Date mit. Ich hätte nie mit ihm hier sitzen, Wein trinken und mich wohlfühlen dürfen. Tony mag ein Spieler sein, ich bin es nicht. Ich kippe den Wein hinunter und stelle das Glas ein wenig heftiger als beabsichtigt auf den Tisch. Tony wirkt erschrocken.

»Hör zu, Tony, mein Tipp gilt noch immer. Anscheinend musst du zu dieser Veranstaltung, weil sie wichtig ist. Ganz gleich, was damals passiert ist, musst du darüber erhaben sein. Schluck es einfach runter. Geh hin. Lächle. Tu, was nötig ist. Und wenn es wirklich unerträglich wird, verschwinde.«

»So, wie du nach Cornwall verschwunden bist?«

Vor Überraschung verschlägt es mir einen Moment die Sprache. »Das ist eine völlig andere Situation.«

»Ja? Zu Hause musst du dich mit deinem Mann, seiner neuen Freundin und deiner Tochter herumärgern …« Er runzelt die Stirn. »Bist du deshalb hier, Courtney? Ist dir das Hingehen und Lächeln zu viel geworden? Musstest du dich verdrücken?«

Plötzlich bin ich wütend. »Ich bin nicht weggelaufen.«

»Das habe ich nie behauptet.«

Aber ich bin zu aufgebracht, um ihm weiter zuzuhören. Glaubt er das wirklich? Dass ich vor meinen Problemen geflohen bin und meine Tochter im Stich gelassen habe?

Ich knalle ihm einen letzten Schuss vor den Bug. »Was ich getan habe, war eine reiflich überlegte Entscheidung, Tony. Ich habe auf deinen Rat gehört und meiner Tochter Raum gelassen. Und wenn deine Freundin nicht zu dieser Veranstaltung will, die dir solche Magenschmerzen verursacht, sollte sie möglicherweise das Gleiche machen.«

»Meine Freundin …?«

Aber ich werde nicht bleiben und mir wieder eine Ausrede auftischen lassen. Ich bin dann mal weg. Soll sich Tony Becker allein um seine Schwierigkeiten kümmern. Denn so gerne ich es auch abstreiten würde, habe ich selbst schon mehr als genug davon.

Dreizehn

»Wen haben wir denn da? Guten Abend!« Am Samstagabend lehnt sich ein elegant gekleideter Mann an die Bar im Garrack Hotel, wo ich mit einigen potenziellen Kunden zu Abend gegessen habe. Es ist nicht so gut gelaufen, und auch der Treffpunkt war nicht klug gewählt. Mir war nicht klar, dass im Ballsaal eine Hochzeitsfeier stattfindet. Es ist laut und überfüllt hier, und wie ich jetzt bemerke, wimmelt es von Betrunkenen. Der Mann hat eine kräftige Alkoholfahne. Er riecht sogar aus den Poren.

»Hallo«, antworte ich höflich.

»Was macht eine schöne Frau hier so ganz allein?« Amerikanischer Akzent. Südstaaten. Ein Schmierling.

»Sie kümmert sich um ihre eigenen Angelegenheiten«, entgegne ich abweisend. Ich starre auf die polierten Flaschen, die mich hinter der Bar anfunkeln, und weiche seinem Blick aus.

»Wie schade.« Als er mir die Hand auf die Schulter legt, lasse ich sie sinken. Seine Hand rutscht hinunter.

»Eigentlich nicht«, sage ich, noch immer ohne ihn anzusehen.

Der junge Barmann hängt am Ende der Bar über dem Tresen und ist mit einem sehr hübschen Mädchen in einem engen roten Kleid ins Gespräch vertieft. Vermutlich ein Hochzeitsgast ohne Begleitung. Er wird nicht so bald in meine Richtung schauen und nimmt meine Existenz nicht zur Kenntnis. Ich bin ganz allein.

»Offenbar versetzt worden.« Der Mann schwenkt die Hand vor meinen Augen, um meine Aufmerksamkeit zu erregen. Seine Finger riechen nach Chips mit Käse-Zwiebel-Aroma.

»Nein, ich bin nicht versetzt worden«, entgegne ich und weiche ein Stück zurück, damit seine Hand meine Nase nicht berührt. Dabei schlage ich einen Ton an, der angebracht ist, wenn man jemandem mitteilen will, dass er sich verpissen und einen in Ruhe lassen soll. Ich mag diesen Kerl nicht.

»Darf ich Sie zu einem Drink einladen? Frauen sollten nicht allein trinken«, erbietet er sich.

Gütiger Himmel! Wahrscheinlich hält er mich für eine Nutte. Und dabei dachte ich schon, dieser Abend könnte nicht mehr schlimmer werden. Claire wird sich vermutlich königlich amüsieren, wenn ich es ihr erzähle.

»Danke, aber ich wollte gerade gehen«, erkläre ich ihm höflich. Er löst in mir ein eindeutig mulmiges Gefühl aus, und plötzlich komme ich mir schrecklich hilflos vor.

»Dann gestatten Sie mir, Sie nach Hause zu begleiten.« Er rückt mir immer mehr auf die Pelle, dreht den Kopf, um mein Gesicht zu betrachten, und klopft mit seiner Brieftasche auf die Theke. Ich klappe das Portemonnaie auf, lege einen Zehner auf die Theke, nehme meine Tasche von der Lehne des Barstuhls und stehe auf.

»Meinetwegen müssen Sie nicht weg, reizende Lady«, meint er gedehnt.

Eigentlich will ich das auch gar nicht. Ich will allein und in Ruhe ein Glas Wein trinken, und ich will, dass er mich nicht weiter belästigt. Warum also sollte ich gehen? Ich höre Oma

Alice' Stimme: »Wehr dich, Courtney!« Ich sehe ihn an. Seine Augen sind glasig, seine Krawatte sitzt schief. Er ist sturzbetrunken.

»Ich würde mich freuen, wenn Sie mich allein ließen, falls es Ihnen nichts ausmacht.« Ich durchbohre ihn mit meinem Blick.

»Sie sind doch schon allein. Wie viel mehr allein kann man sonst sein?«, beharrt er.

»Bitte gehen Sie, oder ich rufe den Barmann.« Ich erhebe die Stimme.

»Bestimmt kriegen Sie heute Abend kein besseres Angebot mehr, Süße.« Inzwischen klingt er unfreundlich und mustert mich von Kopf bis Fuß.

Ich kann diesen Ärger nicht brauchen. Er hat gewonnen. Wieder greife ich nach meiner Tasche. Doch dann höre ich eine Stimme hinter mir.

»Haben Sie nicht gehört, was sie gesagt hat? Hauen Sie ab, und lassen Sie sie in Ruhe!« Ich weiß sofort, wer es ist.

»Und wer sind Sie?«, fragt mein amerikanischer Exverehrer, während ich mich umdrehe.

»Ein Freund von ihr«, erwidert Tony Becker. Er trägt einen dunklen Anzug und eine marineblaue Krawatte und ist kaum wiederzuerkennen.

»Ein Freund, so, so.« Der Amerikaner richtet sich zu voller Größe auf.

»Verschwinden Sie, Freundchen!« Tony lässt sich von ihm nicht einschüchtern. Die beiden Männer stehen sich so dicht gegenüber, dass sich die Spitzen ihrer eleganten Schuhe fast berühren.

»Was passiert sonst?«, gibt der Amerikaner zurück wie ein trotziges Kind.

»Möchten Sie das wirklich wissen?«, knurrt Tony leise, woraufhin sich der Amerikaner mit einem Schnauben verdrückt.

Als ich Tony ansehe, erwidert er nervös meinen Blick.

»Ich bin hingegangen«, verkündet er. »Und ich lächle.« Als er ein dümmliches Grinsen aufsetzt, vergesse ich, wie wütend ich auf ihn gewesen bin. Mein gesamter Zorn verraucht. Ich weise auf den freien Barhocker neben mir, und er setzt sich.

»Darf ich dich zu einem Drink einladen?« Inzwischen lache ich und bin so erleichtert, dass der Amerikaner verschwunden ist.

»Ein großes Guinness bitte … einsame Lady.« Er stupst mich spielerisch mit dem Ellbogen an und macht es sich bequem.

»Das war wirklich eine Rettung in letzter Minute.« Als ich dem abgelenkten Barmann mit meinem Geldschein zuwinke, nähert er sich widerwillig. Ich bestelle ein großes Glas Weißwein für mich und Guinness für Tony. »Danke, Tony.« Ich weise mit dem Kopf in die Richtung, in die sich der Unsympath verzogen hat.

»Ach, den hättest du schon vertrieben. Er fing einfach nur an, mir auf den Wecker zu gehen. Hoffentlich stört es dich nicht, dass ich mich eingemischt habe. Ich habe nur ein Örtchen gesucht, um mich eine Weile zu verstecken, und alles mitgehört.«

»Du bist verschwunden?«

Er nickt. »Genau. Anfangs wusste ich gar nicht, dass du es bist. Mir ist klar, dass du dich selbst verteidigen kannst.« Er rückt das Glas so zurecht, dass die schwarze Aufschrift »Guinness« auf ihn zeigt.

»Du siehst sehr schick aus, Tony.«

Er lockert die marineblaue Krawatte. »Danke! Ich ersticke in dem Ding. Diese steifen Anzüge sind nicht wirklich meine Sache.« Er zuckt die Achseln.

»Pass auf … es tut mir leid, Tony, dass ich letztens am Abend so ausgeflippt bin. Wahrscheinlich hast du einen wunden Punkt getroffen, als du Susan erwähnt hast.«

»Kein Problem. Ich habe eine Grenze überschritten, und es ging mich nichts an. Das muss man als Hobbypsychologe eben wegstecken.« Er grinst reumütig. »Du bist eine tolle Frau, Courtney, und ich wette, dass du eine tolle Mum bist. Sicher tust du das, was für alle am besten ist.«

Ich erröte und kann nicht anders, als ihn anzulächeln. Er wirkt so zerknirscht, dass ich beschließe, ihm zu verzeihen. »Ist das also die Veranstaltung mit Krawattenzwang, über die du geredet hast?«, frage ich.

»Das könnte man sagen.« Er setzt das Glas an und leert es mit einem Schluck zur Hälfte. »Du ahnst ja gar nicht, wie sehr ich das gebraucht habe. Mit dem Handrücken wischt er sich den weißen Schaum von den dunklen Bartstoppeln und aus den Mundwinkeln. Mir fällt auf, wie sauber seine Nägel sind. Geschrubbt. »Was machst du denn hier, wenn ich fragen darf?«

»Ich habe mit ein paar potenziellen Kunden zu Abend gegessen, aber ich glaube, das wird momentan noch nichts. Man kann nicht immer gewinnen.«

»Tut mir leid«, sagt er.

Ich wechsle das Thema. »Und warum hast du dich so in Schale geworfen, Tony? Bestimmt hast du ein Date. Aber wo ist sie, und wieso siehst du aus wie bestellt und nicht abgeholt? Ein Streit vielleicht? Oder hast du die Verabredung womöglich vergessen? Wartet Marina im Ploughboy, während du hier sitzt und mit mir einen trinkst?« Ich bin so keck, um meine verletzten Gefühle zu tarnen.

Er mustert mich. »Was bringt dich nur immer auf den Gedanken, dass ich eine Freundin habe? Oder Freundinnen?« Es scheint ihn zu amüsieren.

»Nun, abgesehen von Marina, meinst du? Ich habe das *Cosmopolitan*-Heft, die Haarspangen und die hübschen roten Sandalen mit Keilabsatz in deinem Auto bemerkt. Wir Frauen benutzen solche Sachen.« Ich halte inne. »Und das Foto der hübschen jungen Frau auf deinem Telefon ist mir auch nicht entgangen, als du bei uns warst.« Ich starre auf die schimmernden Flaschen hinter der Bar und drehe den schlanken Stiel meines Weinglases zwischen Finger und Daumen auf dem geschmackvollen Untersetzer. Inzwischen erklingt Loungemusik. Offenbar ist der Pianist in der Ecke aus der Pause zurück.

»Wie viele hattest du schon?«, erkundigt er sich.

Ich schließe mein linkes Auge und halte zwei Finger hoch. In diesem Moment bemerke ich hinter ihm das junge Mädchen im eng anliegenden, figurbetonten roten Kleid. Vorhin habe ich nur gewitzelt, aber er kann mir so etwas doch nicht schon wieder antun. Sie greift nach seinem Guinnessglas und trinkt einen Schluck.

»Hey, was soll das? Das geht so nicht!« Sanft nimmt er ihr das Glas ab.

»Was? Haben wir heute nicht was zu feiern? Soll das etwa keine Feier sein? Hast du mir nicht gesagt, dass ich dieses Kleid anziehen soll? Hast du mir nicht gesagt …?«

Ich muss hier raus. Doch ich kann mich nicht von meinem Hocker lösen.

»Nicht jetzt, Phoebe.« Er spricht mit ihr, als würde sie ihm ins Wort fallen.

»Aber …«

»Nicht jetzt.« Seine Stimme ist laut. O Gott, redet er so mit seinen Dates? Glaubt er, er könnte so mit Frauen umspringen? Ich habe mich von einer verlassenen Mutter erst in eine Nutte an der Bar und dann in die Konkurrenz verwandelt. Hilfe!

»Du, ich gehe jetzt besser«, sage ich leise.

»Nein, du bleibst hier … Phoebe wollte gerade los, richtig? Sie muss zurück zur Hochzeit ihrer Mutter, oder?« Er nimmt ihre Hand und küsst sie. Jetzt habe ich genug gesehen. Dieses Mädchen ist noch ein Kind, verdammt!

»Ich bin hier fehl am Platz. Das ist mir alles zu schräg.« Ich stelle meine Pfennigabsätze auf den Boden und weiche in Richtung Tür zurück. Er springt auf und versperrt mir den Weg.

»Sorry … Courtney Downey, Phoebe Becker. Courtney, das ist meine sechzehnjährige Tochter und die Besitzerin reizender roter Sandalen mit Keilabsatz, die mich ein kleines Vermögen gekostet haben. Sie meinte, sie könne nicht ohne sie leben, und hat sich trotzdem seit etwa sechs Monaten nicht die Mühe gemacht, sie aus meinem Jeep zu holen.« Tony zwinkert mir zu.

»Deine Tochter?« Ich kneife mir in den Nasenrücken, mache kehrt und taste nach meinem Barhocker.

»Ja.« Er legt einen starken Arm um ihre schlanke Gestalt.

»Du hast nie erzählt, dass du eine Tochter hast«, erwidere ich.

»Du hast nie gefragt.« Er greift nach seinem Glas. »Und du, junge Dame, bitte zurück in den Ballsaal. Ich habe meine Pflicht und Schuldigkeit getan, also musst du bleiben.« Als er sie ansieht, bemerke ich, dass seine dunklen Augen aufleuchten.

»Ich hasse ihn, Dad!« Sie knirscht mit den Zähnen.

»So schlimm ist er nicht, Kleines, und er liebt deine Mum. Pass auf deine niedlichen Zähne auf, Phoebe. Ich habe eine Stange Geld für sie bezahlt.« Als sie ihre hübschen Lippen schürzt, erinnert sie mich so an Susan, dass es mir das Herz zusammenzieht.

»Apropos Zähne: Alle lachen über die grellweißen Verblendungen, die Mum sich für den großen Tag hat machen lassen«, jammert Phoebe ihren Vater an.

»Bestimmt lachen sie nicht, Schatz. Schau, sie ist deine Mum. Sei nett zu ihr. In etwa einer Stunde komme ich wieder zur Party, versprochen.« Er betrachtet sie bewundernd. Dieses junge Mädchen hat es eindeutig geschafft, dass ihr Daddy ihr aus der Hand frisst. Genau wie es sein sollte, das weiß ich, und es ist kleinlich von mir, eifersüchtig zu sein, weil mein kleines Mädchen ihren Daddy so sehr liebt. Einen Moment lang denke ich, dass ich verstehen würde, warum Susan bei David sein will, wenn es Mar-nee nicht gäbe.

»Wer sind Sie überhaupt?«, wendet sie sich an mich. Sie hat genau den gleichen Gesichtsausdruck wie Susan. Oh, mit diesem Mädchen werde ich fertig. Heute Abend ist sie an die Richtige geraten.

»Wo sind deine Manieren, Phoebe? Bitte!«, rügt er sie.

»Sorry. Wer sind Sie überhaupt, bitte?« Sie starrt mich weiter kritisch an.

»Hallo, Phoebe, es ist wirklich nett, dich kennenzulernen. Dein Kleid ist spitze. Lipsy?«, frage ich, worauf sie mich argwöhnisch beäugt und zustimmend nickt. »Ich bin Courtney aus Dublin«, fahre ich fort. »Eine Arbeitskollegin von deinem Dad.«

»Aha.« Sie zupft am Ausschnitt ihres Kleides. »Woher wissen Sie, dass es von Lipsy ist?«, erkundigt sie sich.

»Oh, weil ich eine sechzehnjährige Tochter namens Susan habe, die dieses Kleid letztes Jahr für eine Party haben wollte«, teile ich ihr mit.

»Ich ziehe mich nur zu besonderen Anlässen so an. Deshalb wollte ich ja diese Schuhe, Dad«, ergänzt sie, wirft ihm einen finsteren Blick zu und schwenkt einen Fuß mit rotem Keilabsatz. »Normalerweise habe ich lieber Jeans und Pullis an.«

»Möchtest du ein Sodawasser mit Limette mit uns trinken?«, teste ich Susans Lieblingsgetränk an ihr.

»Oh, da stehe ich total drauf. Darf ich, Dad?« Ihre Augen strahlen.

»Nein. Bitte, zurück zur Hochzeit mit dir. Du weißt, Mum soll nicht glauben, dass ich dich weggelockt habe. Das ist ihr gegenüber nicht fair. Schließlich freut sie sich schon seit Monaten auf diesen Tag.«

»Seit Jahren!«, antwortet sie gedehnt und verdreht die Augen zur Decke. »Haben Sie einen Ehemann?«, fügt sie mit einem Blick auf meine linke Hand hinzu.

»Ich lebe getrennt, Phoebe«, erkläre ich.

»Danke, Detective Inspector Becker, Sie können gehen.« Sanft dreht Tony sie zur Tür um, und sie verschwindet.

Als sie durch die Glastüren schlüpft, wendet sie sich noch einmal um. »Aber nicht länger als eine Stunde, Dad, das ist mein Ernst! Ich liebe dich, Big Daddy!«, ruft sie und wirft ihm eine Kusshand zu. Er lacht.

»Ich fasse es nicht, dass du mir deine Tochter verheimlicht hast, die genauso alt ist wie meine. Sie ist wunderschön, Tony«, sage ich zu ihm, und es ist mein Ernst. Sie ist absolut hinreißend. Der Traum jedes Modelscouts.

»Ist sie.« Lachend blickt er ihr nach.

»Warum hast du es mir nicht erzählt?« Ich versetze ihm einen spielerischen Rippenstoß.

»Ich wollte dich nur veräppeln. Offenbar hast du mich für eine Art Casanova gehalten. Jede Nacht eine andere Frau, obwohl ich in Wirklichkeit nicht … Tja, es ist schon lange her.« Er schaut hinüber zum Barmann. Mein Magen macht vor Aufregung einen Satz, und ich bin nicht sicher, warum.

»Phoebe ist ein hübscher Name. Sie erinnert mich stark an meine Susan.«

Tony bestellt noch zwei Getränke.

»Und wer heiratet heute? Vermutlich deine Exfrau.« Ich fahre mir mit der Zunge über die Lippen.

»Nein, ich habe dir doch schon gesagt, dass ich nicht an die Ehe glaube. Deshalb habe ich mir die Qual erspart, mir eine Exfrau zuzulegen.« Er trinkt einen großen Schluck und stellt das Glas exakt in die Mitte des Bierdeckels, wo er es einige Male wendet. Seine gebräunten Hände drehen es, so wie die Welt sich dreht.

»Ich möchte nicht neugierig sein. Du musst nicht über dein Privatleben sprechen. Ich …«

Er unterbricht mich mit einem tiefen Seufzer und fährt fort. »Bernie, das ist Phoebes Mum, und ich waren nie verheiratet. Wir haben uns auf einer dieser Gruppenreisen für junge Leute auf Lanzarote kennengelernt. Ausgerechnet in einem Irish Pub. Scruffy Murphy's. Es war eine Urlaubsromanze, so nennt man das, glaube ich. Ohne Verpflichtungen. Wir waren beide jung und Singles … und hatten einen schrecklichen Sonnenbrand.«

Beim letzten Satz verschlucke ich mich beinahe an meinem Wein.

Er spricht weiter. »Als ich aus dem Urlaub zurück war, habe ich kaum noch an sie gedacht, wenn ich schonungslos offen bin. Wir hatten Adressen ausgetauscht. Wir wohnten am jeweils anderen Ende von St Ives. Damals gab es keine Mobiltelefone, kein Facebook oder sonst etwas in dieser Art. Wir sind uns ein paarmal auf der Straße begegnet, aber nicht auf einen Plausch stehen geblieben. Wir wussten beide, dass es nur etwas für die Ferien gewesen war. Ich habe wieder begonnen zu arbeiten, ich hatte gerade als Lehrling bei meinem Dad auf der Baustelle angefangen. Und drei Monate später stand sie vor meiner Tür und teilte mir mit, sie erwarte ein Kind von mir.« Er zieht Schultern und Hemd hoch bis zu den Ohren und lässt sie langsam wieder sinken.

»Mist«, sage ich, wobei ich wieder die Vokale dehne, und streiche mir mit dem Daumen über die Fingernägel.

»Korrekt … Die Kacke war richtig am Dampfen.«

»Mann, das muss sehr schwierig gewesen sein … für euch beide.« Ich denke an die arme Bernie. Wie muss sie sich gefühlt haben, als sie bei ihrer Rückkehr aus einem lustigen Sommerurlaub festgestellt hat, dass sie von einem Fremden schwanger war? Ich habe Mitleid mit ihr.

»Ich war erst zweiundzwanzig, sie neunzehn. Und ich hatte ihr nichts anderes zu bieten als meine absolute Unterstützung. Zum Tangotanzen braucht man eben zwei. Also haben wir es versucht. Sie ist zu mir und meinen Eltern gezogen. Während ich gespart habe, um uns ein Haus kaufen zu können, saß Bernie den ganzen Tag mit meiner Mum herum und hat Tee getrunken und Söckchen gestrickt. Und als Phoebe am Abend meines dreiundzwanzigsten Geburtstags um sechzehn Minuten nach zehn geboren wurde, war es Liebe auf den ersten Blick. Ich war ihr total verfallen. In diesem Moment wusste ich, dass ich nicht ohne sie leben kann, nicht einmal einen Tag.« Wieder schaut er zur Tür.

»Aber du hast Bernie nie geheiratet?« Dieser Mann zieht mich immer mehr an. Er ist so anders als jeder, den ich bisher kennengelernt habe. Das Gefühl bringt mich total aus dem Tritt.

»Ich verrate Menschen, die ich nicht kenne, nie alle meine privaten Geheimnisse. Ich glaube, du hast mich genauso unter der Fuchtel wie Phoebe.« Er fährt fort, ohne dass ich weiter nachbohren muss. Ich habe den Eindruck, dass er schon seit Jahren nicht mehr darüber geredet hat. »Wo war ich stehen geblieben? O ja, wir haben es eine Weile miteinander versucht, doch wir haben es nicht ausgehalten. Bernie ist ziemlich überdreht und hat überhaupt kein Talent zum Zuhören. Ich bin das genaue Gegenteil, und in diesem Fall haben die Gegensätze einander nicht angezogen. Vermutlich lief im Scruffy Murphy's *Fields of Athenry* so laut, dass wir nicht viel geredet haben, deshalb habe ich es nicht geahnt.« Als er lacht, ist sein ebenmäßiges Gesicht so schön. »Wir waren wie Feuer und Wasser. Bernie war eine wundervolle Mum, das ist sie immer noch, versteh mich nicht falsch. Eine tolle Mum. Aber eines Abends haben wir uns schrecklich wegen eines gefrorenen Hühnchens gestritten, kaum zu glauben, und ich bin nicht nach Hause gekommen. Ich habe bei meinem Bruder Steve übernachtet, und am nächsten Morgen hat mir meine Mutter, Gott schenke ihrer Seele Frieden, gesagt, dass sie fort seien. Bernie hatte alle ihre Sachen gepackt und war mit Phoebe zurück zu ihren Eltern gegangen.« Langsam atmet er aus und trinkt etwas. Ich bedränge ihn nicht.

»Also habe ich mich an ihre Fersen geheftet, ein gemeinsames Sorgerecht verlangt, wogegen sie keine Einwände hatte, mich kaputtgeschuftet, so viel gespart, wie ich konnte, und angefangen, in ihrer Nähe ein Haus zu bauen. Ich wurde mehr oder weniger zum Vollzeitdad. Weil ich nicht weit weg wohnte, konnte ich Bernie entlasten, indem ich Phoebe über Nacht zu mir nahm. Jedenfalls sind wir nie wieder zusammengekommen. Aber fairerweise muss man Bernie lassen, dass sie mir meine wichtige Rolle in Phoebes Leben immer zugestanden hat. Ich würde sogar behaupten, dass wir die schlaflosen Nächte und das Zahnen zu mehr als gleichen Teilen durchlitten haben.« Er bohrt sich den Daumen in die Brust und sieht mich mit hochgezogenen Augenbrauen an.

»Das ist fantastisch, Tony. Nicht viele Männer würden so etwas tun«, stelle ich ehrfürchtig fest.

»Ach, ich weiß nicht so recht. Ich bin einer Menge Männern begegnet, die es genauso gemacht haben wie ich.« Er kaut an seinem Daumennagel; seine gebräunte Hand bedeckt seinen Mund. »Meiner Ansicht nach kriegen Väter sehr schlechte Presse, Courtney. Ich finde, dass die Familiengerichte schändlich mit Vätern umspringen.«

»Mag sein«, räume ich ein. »Also hat Bernie heute geheiratet?«

»Ja, hat sie. Ich muss später noch mal hin. Eigentlich nur wegen Phoebe.« Er trinkt einen Schluck. Plötzlich hat er etwas Zartes an sich, das ich bis jetzt nicht bemerkt habe. »Ich muss mich kurz blicken lassen. Aber würdest du … nun, könntest du warten, und dann trinken wir noch etwas?«, fragt er verlegen.

»Du bist nicht irgendwo mit Marina verabredet?« Das ist nur halb scherzhaft gemeint.

»Nein! Marina war nie etwas anderes als eine sehr gute Freundin. Sie ist ehrlich, und wir verstehen uns gut. Sie witzelt immer, dass ich sie eines Tages heiraten werde. Aber mehr steckt nicht dahinter, Courtney. Es ist wirklich nur ein Witz.« Er steht auf und fährt sich mit der Hand übers Hemd.

»Ich warte auf dich, Tony.« Ich nehme meine Tasche. »Ich muss mir nämlich dringend etwas beweisen, nämlich dass ich überall auf der Welt allein in einer Bar sitzen kann, ohne mich einschüchtern zu lassen, und unsere Töchter sollten diese Möglichkeit auch haben. Ich hoffe wirklich, dass dieses Arschloch zurückkommt. Und jetzt muss ich aufs Klo.« Ich lege einen Bierdeckel auf unsere Gläser und gehe, mir sehr wohl dessen bewusst, dass er mir nachblickt.

Als ich aus der Kabine komme, stehe ich vor einem Meer aus weißer Spitze. Bernie, die Braut, richtet vor dem Spiegel ihren Schleier. Auf dem Waschbeckenrand sind überall Haarnadeln verstreut. Ein Paar wolkenkratzerhohe Stilettos ist auch dabei.

»Haben Sie einen schönen Tag?« Aus irgendeinem Grund interessiert mich das. Außerdem finde ich Bernie auf Anhieb sympathisch.

»Den absolut schönsten Tag meines Lebens! Nun, natürlich abgesehen von der Geburt meiner Tochter.« Sie wirkt so glücklich und umfasst die über ihre Schulter ausgebreitete Bahn Spitze.

»Brauchen Sie Hilfe?«, erkundige ich mich.

»O bitte, falls es Sie nicht stört. Meine Brautjungfer ist ziemlich beschwipst. Ich habe sie vor dem Prosecco gewarnt, aber wir mussten sie oben für eine Stunde ins Bett legen.« Sie zieht die Schultern hoch bis zu den Ohren, lacht jedoch vergnügt.

»Kein Problem.« Ich stecke ihr die zarte Spitze richtig fest.

»Ich weiß, für einen Schleier bin ich wahrscheinlich ein

bisschen zu alt, doch ich habe mir schon immer einen gewünscht«, erklärt sie mir. »Sind Sie verheiratet?«

»Getrennt lebend«, antworte ich ihr, so wie vorhin ihrer Tochter.

»Irgendwo wartet ein Mr Right auf Sie. Glauben Sie mir.« Sie lächelt mich strahlend an und schwenkt ihren Diamantring vor meinen Augen.

»Vielleicht.«

»Wie alt sind Sie?«, fragt sie.

»Achtunddreißig«, erwidere ich.

»Nicht schlecht. Das Zeitfenster reicht noch, um einen Ring zu ergattern.« Kichernd schwenkt sie wieder ihren Diamanten durch die Luft und küsst ihn.

»Wissen Sie was, ich bin gar nicht so scharf darauf, wieder zu heiraten«, meine ich zu ihr.

»Ich war noch nie verheiratet. Ich wollte ja, aber er nicht. Er war eher ruhig. Wahrscheinlich war ich ihm zu quirlig.« Sie lacht ziemlich laut. Es klingt sehr hoch und unverkennbar. Bernies Lachen kann man nicht verwechseln.

»So, das hätten wir.« Ich drehe sie zum Spiegel um.

»Danke!« Sie mustert mich forschend aus braunen Augen.

»Courtney«, stelle ich mich vor.

»Courtney! Wow! Ein toller Name. Wussten Sie, dass ich meine Tochter Courtney nennen wollte? Ich habe ein bisschen für *Friends* geschwärmt. Courtney Cox als Monica war meine Lieblingsschauspielerin. Aber da Phoebe mir von der Persönlichkeit mehr ähnelte, habe ich mein Baby Phoebe getauft. Ich wusste, dass ihr echter Name Lisa Kudrow war. Doch meine beste Freundin in der Schule hieß Lisa. Und dann hatten wir einen Riesenstreit, als ich während unseres Urlaubs auf Lanzarote schwanger wurde. Sie war sauer, weil ich nicht mehr ausgehen und Party machen konnte. Was will man mit solchen Freundinnen, richtig?« Wieder ein lautes Lachen. Ich mag Bernie. Sie hat das Herz am richtigen Fleck und ist so quicklebendig.

»Das ist ja verrückt«, erwidere ich auf das, was sie mir gerade erzählt hat. Sie klettert in ihre Schuhe, und plötzlich sind wir auf Augenhöhe.

»Sie sind eine Schönheit, Courtney«, stellt Bernie fest, als sie wieder gerade steht.

»Mein Gott, Sie auch, Bernie.«

»Werden Sie glücklich, Schätzchen.« Sie zwinkert mir zu.

»Wird gemacht, danke. Sie auch.« Ich halte ihr die Tür auf. Vor uns steht Tony, ein Glas Champagner in jeder Hand.

»Darf ich davon ausgehen, dass eines für mich ist, Tone?« Wieder lacht sie.

Er starrt uns beide an.

»Courtney und ich lernen uns gerade kennen«, sagt sie mit einem Glucksen in der Stimme.

»Wirklich, Bernie?«, entgegnet Tony und reicht mir ein Glas.

»Wirklich, Tone«, antwortet sie. »Kriege ich eine Umarmung? Wir haben uns heute noch gar nicht umarmt. Jetzt bist du mich offiziell los.« Ihr warmer Tonfall verrät mir, dass sie diesen Mann sehr gernhat. Ich halte sein Glas, während er Bernie in die Arme schließt. Dabei habe ich einen dicken Kloß im Hals. Die beiden haben nie zusammengepasst, aber schaut, was sie hervorgebracht haben. Wie kann etwas an Phoebes Existenz falsch sein?

»Phoebe ist ein echter Glückspilz«, sage ich, als Bernie sich aus der Umarmung löst.

»Ja, ist sie. Und dieser Mann vergöttert sie.« Sie streicht ihren Schleier glatt und klopft Tony auf den Rücken.

»Und diese Frau auch«, erwidert er und nimmt mir das Glas ab.

»Nun, Tony, wir hatten offenbar unsere Höhen und Tiefen …«

Tony tut, als würde er sich an seinem Champagner verschlucken.

»Sei still und lass mich weiterreden. Bei dir komme ich nie zu Wort. Ich glaube, ich habe mich nie richtig für all das bedankt, was du für uns getan hast. Du warst echt eine Wucht. Ich weiß, dass ich dir manchmal auf die Nerven gehe, aber das ist keine Absicht. Ich bin eben, wie ich bin, und du bist eben du, und hin und wieder …«

»Da bist du ja!« Ein kleiner, gedrungener Mann im hellblauen Frack nähert sich beschwingten Schrittes. »Die Band spielt gleich unser Lied, Liebling.« Er greift nach Bernies Hand. »Hallo, Tony! Vielen Dank, dass du heute gekommen bist.«

»War doch selbstverständlich, Barry. Glückwunsch, ein schöner Tag.« Tony hält ihm die Hand hin.

»Oh, das kannst du laut sagen. Der schönste Tag meines Lebens«, antwortet Barry und küsst Bernie fest auf die Lippen. Als sie sich voneinander lösen, wischt er sich den Mund ab. »Habe ich Lippenstift dran? Man kann nie zu vorsichtig sein. Mein Vater hat einmal eine ganze Runde Golf mit knallroten Lippen gespielt. Meine Tante Tara, also seine Schwägerin, hat sich mit ihm hinten auf dem Parkplatz getroffen und ihn beherzt auf den Mund geküsst. Vielleicht kommt ihr mal abends zum Grillen und auf ein Bier vorbei? Meine Steaks sind fantastisch, oder, Bern? Ich grille auch vegetarisch. Sind Sie Vegetarierin?«, wendet er sich an mich.

»Äh, nein«, antworte ich und nippe an meinem Schampus. Die beiden sind ein Paar, dessen Ehe im Himmel der Geschwätzigkeit geschlossen wurde.

»Komm jetzt!« Er versucht, Bernie wegzuschleppen, als der erste Satz von *A Million Love Songs* von Take That erklingt.

»Könnten Mr und Mrs Gough bitte zur Bühne kommen?«, fragt der DJ.

Bernie reagiert nicht.

»Oh! *Oh!* Das bin ja ich. Ich bin eine Mrs!«, kreischt sie. Als sie zum Ballsaal eilen, hält sie mit einer Hand ihren Schleier fest.

»Tschüss, Courtney!«, ruft sie mir über die in Spitze gehüllte Schulter zu.

»Viel Glück, Bernie«, sage ich, als die Tür zufällt.

»Möchtest du draußen sitzen?«, erkundigt sich Tony. Ich nicke und folge ihm.

»Was ist mit unseren Getränken an der Bar?«, frage ich.

»Der Barmann behält sie im Auge«, versichert er mir.

Wir treten hinaus ins nächtliche Cornwall. »Du zitterst ja.« Er zieht die Anzugjacke aus und legt sie mir um die Schultern. Ich ertrinke fast darin. »Pass auf, wo du hintrittst, diese Pfade können ein bisschen gefährlich sein«, meint er, nimmt meine Hand und führt mich hinunter zum Strand.

Und dann passiert es. Es hat bereits ein wenig angefangen, als er im Ploughboy sein Hemd aufgeknöpft hat. Das, wovon die Leute immer reden. Ein Blitz durchfährt meinen ganzen Körper. Meine Handflächen sind schwitzig. Ich fühle mich wie der Teenager, der ich nie war. Alle Gedanken an Susan, David, Tom und Mar-nee lösen sich in Luft auf. Ich befinde mich absolut im Hier und Jetzt, und ich liebe es. Dieser Mann bringt mich um den Verstand, und ich gebe es zu. Hand in

Hand schlendern wir, in magisches Schweigen versunken, in die Nacht hinein. Nur das Dröhnen der Wellen ist zu hören. In diesem Moment will ich nirgendwo anders sein als hier und auch keine andere als ich selbst.

»Ich muss dir etwas sagen«, beginnt Tony.

»Was?«, frage ich, als wir auf der Kaimauer sitzen. Ich rieche sein vertrautes kräftiges Rasierwasser. Er legt seine freie Hand auf mein Bein. Ich nehme sie so deutlich wahr, dass mein rechter Fuß vor Schreck sofort taub wird.

»Ich ... nun, Courtney, ich bin nicht gut im Daten. Als Phoebe klein war, hatte ich einige Katastrophenbeziehungen und habe deshalb damit aufgehört. Weißt du, sie wird bei mir immer an erster Stelle stehen, und die Frauen, die ich bisher kennengelernt habe, mochten das nicht. Das erkläre ich dir, weil ...« Er holt tief Luft und kippt den letzten Rest in seinem zierlichen Champagnerglas hinunter, das in seiner großen Hand verschwindet. »Weil ich dich wirklich toll finde. Ich habe schon seit Jahren keine Frau mehr wirklich toll gefunden. Es ist unglaublich, und ich würde gerne mit dir ausgehen. Aber wenn du annimmst, muss ich absolut ehrlich zu dir sein.«

Ich lasse mir Zeit und spüre seine heiße Hand auf meinem Bein. Hätte er etwas Wundervolleres sagen können?

»Dito«, lautet meine knappe Antwort.

»Dito?« Er starrt mich an, als hätte ich den Verstand verloren.

»Dito«, wiederhole ich.

Sein Gesichtsausdruck verrät mir, dass er kein Wort versteht.

»Kennst du die Stelle in *Ghost – Nachricht von Sam*, wo Sam ›Dito‹ zu Molly sagt?«

»*Ghost?* Molly? Dito? Bist du betrunken?« Er verzieht das Gesicht.

Ich lache auf. »*Ghost* ist ein Film. Wenn sie sich einig sind, sagen sie ›Dito‹. Ich bin einverstanden. Ich würde mich gerne mit dir verabreden und mit dir zum Essen gehen, wie es so schön heißt. Aber … Susan wird bei mir auch immer an erster Stelle kommen. Auf dich macht es vielleicht nicht diesen Eindruck, weil ich ohne sie hier bin, aber …«

»Du bist eine fantastische Mutter. Sie braucht Freiraum, und du hast das erkannt. Und eine gute Mutter kannst du nur sein, wenn du selbst glücklich bist.«

»Du hast recht.« Ich bringe nur ein Flüstern heraus.

»Ich habe immer recht.« Inzwischen atmet er schwer, und er hebt mit der freien Hand mein Kinn an, sodass wir einander in die Augen schauen.

»Das ist verrückt.« Meine Stimme ist kaum noch zu hören. Meine Lippen sind trocken. Mein Herz klopft. Ich fühle mich unbeschreiblich lebendig.

»Ja, das ist das richtige Wort, Courtney Downey … verrückt. Ich bin verrückt nach dir. In der Sekunde, als du die Rathaushalle betreten hast, habe ich mich total verrückt gefühlt. So etwas habe ich seit Jahren nicht empfunden. Es war beunruhigend. Ich habe es schon gefühlt, als ich zum ersten Mal deine Stimme am Telefon gehört habe. Seitdem habe ich verrückte Gedanken über dich und träume von dir. Und jetzt sitze ich hier mit dir in der Dunkelheit. Wenn das nicht verrückt ist, weiß ich auch nicht.«

Er ist so nah, dass seine Lippen meine streifen. Eigentlich ist es kein Kuss, sondern eine Berührung. Ich bin machtlos dagegen, dass ich ihn an mich ziehe und ihn küsse, wie ich noch nie jemanden geküsst habe. Es ist ein heftiger Kuss, und die

Sehnsucht in mir entspricht exakt der Wortbedeutung von verrückt.

Er weicht zurück und umfasst mein Gesicht. »Verrückt.«

»Verrückt«, stimme ich zu, und wir fallen uns in die Arme.

Vierzehn

Eine Woche später schwebe ich noch immer auf Wolke sieben. Mein Telefon läutet. Ich gehe ran.

»Wie fühlt sich mein Mädchen?«, fragt Tony Becker in seinem melodischen Cornwall-Akzent. Eigentlich müsste das albern, grässlich altmodisch und außerdem kitschig klingen. Tut es aber nicht. Es klingt einfach nur wundervoll.

»Dein Mädchen fühlt sich okay. Ich mache gerade das Büro zu«, erwidere ich, klappe den Laptop zu und gehe zur Tür, um abzuschließen.

»Ich kann es kaum erwarten, dich heute Abend zu sehen. Billy wird unterwegs sein, also haben wir das ganze Haus für uns«, witzelt er, aber seine Stimme ist belegt vor Begierde.

»Ich auch nicht. Aber ich habe auch Angst, Tony«, gestehe ich ihm. Meinem Liebhaber. Dem Mann, von dem ich buchstäblich nicht die Finger lassen kann. Trotz der Hitze erschaudere ich ein wenig.

»Wovor?«, fragt er.

»Oh, keine Ahnung. Es ist alles so perfekt. Das Leben ist nicht so.«

»Ist es schon«, antwortet er leise.

»Ich weiß, doch du verstehst, was ich meine.«

»Ich lebe nur im Moment, Courtney. Ich habe nicht die

Absicht, uns in etwas hineinzudrängen. Nehmen wir uns einen Tag nach dem anderen vor.«

»Ja«, sage ich. »Wir lassen uns Zeit. Das ist das Wichtigste.«

»Nein«, widerspricht er.

»Nein?« Ich gehe nach oben und versuche, gleichzeitig einen Pullover zu falten und das Telefon festzuhalten.

»Du bist das Wichtigste«, erwidert er.

»Bin ich das?«, flüstere ich.

»Herrgott, Courtney, ich bin verliebt. Wahrscheinlich zum ersten Mal in meinem Leben, und ich strotze vor Energie. Jedes Lied im Radio erinnert mich an dich. Wenn ich deine Stimme höre, kriege ich Schmetterlinge im Bauch. Und wenn ich bei dir bin, bin ich wirklich glücklich.«

»Das ist bei mir genauso«, sage ich, lehne mich an die Schlafzimmertür und werfe den Pullover aufs Bett. Das Bett, in dem wir uns geliebt haben. Das Bett, in das ich ihn unbedingt wieder schleppen möchte. Eine Weile hören wir einander beim Atmen zu. Ein Gespräch ist überflüssig. Dann ergreift er wieder das Wort.

»Warum hat Spider-Man kein Cape?«, fragt er. Ich krümme mich vor Lachen und falle aufs Bett.

Gerade mache ich mich fertig, um zu Tony zu fahren, als Claire mit gerötetem Gesicht und atemlos hereingestürmt kommt.

»Das muss an irgendeinem neuen Sportkurs liegen«, meine ich zu ihr.

»Daran liegt es nicht, Courtney«, keucht sie. »Ich habe Neuigkeiten …«

Bei mir läuten sämtliche Alarmglocken. »O Gott, Claire, was ist los? Hast du weitere Laborberichte zurückgekriegt?«

Ihr Keuchen verwandelt sich in einen Lachanfall. »Nein! Es sind keine schlechten Nachrichten, ganz im Gegenteil. Unser Haus ist verkauft.«

»Claire!«, rufe ich aus.

Sie führt einen Freudentanz auf und dreht sich händeklatschend im Kreis. »Dreihunderttausend Euro, Courtney!«, jubelt sie. »Und ich weiß genau, was ich damit mache.«

»Wir müssen etwas mit dir bereden«, sage ich.

»Schießt los.« Tony setzt sich wieder an den Küchentisch. Falls er überrascht war, dass Claire mit mir vor seiner Tür stand, hat er es gut getarnt.

»Jetzt Lust auf einen flotten Dreier, T?«, meint sie lachend.

»Sorry, Claire, aber ich stehe nur auf Courtney.«

»Ach herrje.« Sie verdreht die Augen, während wir über die Schwelle treten und ich voraus in die Küche gehe. Doch sie lächelt mir über die Schulter gewandt zu, und ich weiß, dass sie wegen Tony und mir überglücklich ist.

Jetzt sitzen wir an dem großen Küchentisch aus Eichenholz, wo sich noch immer die Kreuzworträtselbücher stapeln. Ich stütze die Ellbogen auf, verschränke die Hände und komme zum Geschäftlichen.

»Also, Claires Haus wurde verkauft, und jetzt hat sie etwas Geld.«

»Das ist ja spitze, Claire. Aber was hat das mit mir zu tun?« Er mustert uns zweifelnd. Mir ist klar, dass er keine Ahnung hat, was ich ihm gleich mitteilen werde.

»Ich habe mit Courtney darüber gesprochen, und ich würde mich gern mit dir zusammensetzen und mir die Zahlen anschauen, um in dein neues Restaurant zu investieren!«, ergänzt Claire mit geweiteten Augen.

Ihm fällt die Kinnlade herunter. »Oh, wow! Oh! Oh, Mädels, das ist ja unglaublich. Du wirst es nicht bereuen, Claire. Ich schwöre, dass es sich für dich lohnen wird. Ich habe eine gründliche Marktanalyse und Gewinnprognose erstellen lassen, und ich kann dir in einem Jahr Profit garantieren. Die Leute werden hier essen!« Er ist außer sich vor Begeisterung.

»Es ist so aufregend, Tony!«, stimmt Claire mit funkelnden Augen zu.

»Damit habe ich nicht gerechnet.« Mit erfreuter Miene lehnt Tony sich zurück. »Claire, am besten treffen wir uns mit Nathan, meinem Anwalt, und gehen jeden Punkt der Investition durch. Wie ich schon sagte, habe ich alles schwarz auf weiß. Es ist ein Kinderspiel, und du wirst daran verdienen.«

»Allerdings kennst du meine Bedingungen noch nicht.« Claire beugt sich vor, und ich starre sie verdattert an.

»Und die wären?« Langsam hebt Tony seine angeschlagene gelbe Tasse an die Lippen.

»Ich verlange eine Festanstellung. Ich will die Nachspeisen zubereiten und Profibäckerin werden!« Sie boxt in die Luft.

Tony schluckt langsam und prostet uns mit der angeschlagenen Tasse zu. »Abgemacht!«, antwortet er, und wir alle lachen.

»Und …« Claire hüstelt in ihre Hand, »… meine zweite Bedingung lautet, dass Courtney auch Küchenchefin in dem Restaurant wird.«

»Claire!« Ich schnappe nach Luft.

»Was ist? Du bist eine ausgezeichnete Köchin, das hast du im *Meloria's* bewiesen. Du schaffst das. Das ist ein neuer Lebensabschnitt für uns. Zeit, das zu tun, was Alice immer wollte, nämlich dass du dein Leben selbst in die Hand nimmst.«

»Oh, ich weiß nicht. Das heißt, ich muss doch für Lar …« Ich werde vom Läuten des Telefons in meiner Tasche unterbrochen. Eine SMS.

»Ich finde die Idee fantastisch, Claire«, antwortet Tony, während ich mit dem Finger über das Display wische. »Keith wird oberster Küchenchef, aber er wird sich sehr freuen, wenn du mit an Bord kommst, Courtney. Er war damals im *Meloria's* sehr beeindruckt von dir. Das weiß ich.«

Es klingt zu schön, um wahr zu sein, das muss ich gestehen. Ich, Courtney Downey, als Profiköchin!

Doch bevor ich etwas erwidern kann, werde ich von Entsetzen ergriffen. Ich habe eine SMS von meiner *Geliebten Tochter*.

Hallo, Mom, ich schreibe dir, weil ich Neuigkeiten habe. Ich verbringe immer mehr Zeit im Salon und habe beschlossen, dass ich nach dem Sommer nicht mehr in die Schule gehen werde. Mar-nee war so lieb, mir einen Vollzeitjob anzubieten, wenn ich richtig ausgebildet bin. Ich weiß, dass es nicht das ist, was du wolltest, aber ich mache das für mich. Ich muss das für mich machen. Hoffentlich bist du nicht sauer. Ich liebe dich.
Susan xoxoxo

»Courtney, du siehst aus, als hätte dich ein Lastwagen überfahren. Was ist los, Liebling?«, fragt Tony.

»Ich muss … Ich muss zurück nach Dublin … gleich morgen früh«, erkläre ich ihnen.

»Ich komme mit«, sagt Claire und umarmt mich.

»Entschuldige, Tony, aber ich muss sofort zu Susan. Das habe ich alles nur David und Mar-nee zu verdanken«, verkünde ich erbittert. »Ich muss ihr Vernunft beibringen.« Ich kämpfe mit den Tränen.

Eigentlich rechne ich mit dem Vorwurf, dass ich überreagiere, aber er nickt nur. »Tu, was du tun musst, Courtney.« Er kommt herüber und umarmt mich ebenso wie Claire. Ich überlege, ob ich die beiden wegschieben und die Starke spielen soll. Doch dann lehne ich mich an sie und lasse zu, dass sie mir ihre Kraft übertragen. Ich werde alle Hilfe brauchen, die ich kriegen kann.

Fünfzehn

Als ich vor Mar-nees Salon stehe, wird mir vor Nervosität plötzlich flau. Susans Telefon ist seit meiner Ankunft abgeschaltet, und ich kenne den Grund. Sie weiß, dass ich mit ihr reden will. David hat mir heute Morgen ziemlich verdruckst mitgeteilt, sie sei mit Mar-nee in den Salon gefahren. Arbeitserfahrung und ein paar Nägel lackieren ist ja schön und gut, aber auf keinen Fall wird sie die Schule abbrechen, um ganztags dort anzufangen.

Der Salon befindet sich an der Ecke der South Frederick Street. Er ist kaugummirosa gestrichen, und der Name *Marnee's* prangt in kleinen Buchstaben und in einer hübschen Schrift über der Tür. Viel dezenter, als ich gedacht habe. Da die Jalousien heruntergelassen sind, kann ich nicht hineinspähen. Ich hole tief Luft, schultere meine Tasche, ziehe die Spange an meinem hoch angesetzten Pferdeschwanz stramm und schiebe die rosafarbene Tür auf.

Ein Glöckchen bimmelt. Ich muss mich durch eine Unmenge rosafarbener und weißer Schnüre schlängeln, und als ich auf der anderen Seite auftauche, stehe ich im Paradies. Gedämpftes Licht. Leise Walmusik erklingt, und Kerzen flackern hell. Der Geruch von Grapefruit, Mango und Nektarinen steigt mir in die Nase. Rosafarbene Flamingos und dunkelblaue Wasserfälle zieren die Wände. So ungern ich es auch zugebe, ist es, als beträte man eine andere Welt. Eine sehr rosafarbene Welt. Die Bilderrahmen mit Preislisten und Sonderangeboten sind Ballettschühchenrosa und an allen vier Wänden verteilt. Fuchsiafarbene Lampenschirme schützen die schummrig leuchtenden Glühbirnen. Die Kissen sind lachsrosa. Meine Füße versinken in dem weichen rosenholzfarbenen Teppich.

»Kann ich Ihnen behilflich sein?«, fragt das junge Mädchen am Empfang.

Ich komme näher. »Ist Susan hier?«, erkundige ich mich höflich.

»Klar, sie ist hinten bei einer Kundin. Bitte nehmen Sie Platz, ich richte ihr aus, dass Sie hier sind. Könnte ich bitte Ihren Namen haben?« Der Name des hübschen Mädchens ist auf ihren rosafarbenen Kittel aufgestickt, allerdings verknittert, weil sie sitzt, sodass ich ihn nicht richtig lesen kann. Tara? Tanya? Tinkerbell? Keine Ahnung. Ich konzentriere mich wieder darauf, was sie gerade gesagt hat.

»Nein, Susan Downey. Sie arbeitet nicht hier. Sie ist noch zu jung. Sie wohnt … bei Mar-nee.« Ich gerate ein wenig ins Stammeln. Ich bekomme noch immer jedes Mal Magenschmerzen, wenn ich diese Worte ausspreche. Das Mädchen blickt mich an. Als ihr Telefon läutet, wedelt sie mit orangefarbenen, verkehrskegelförmigen Nägeln, damit ich mich setze.

»Guten Morgen! Mar-nees Salon, Tabitha am Apparat. Was kann ich für Sie tun?«, flötet sie in den Hörer, während sie hektisch auf eine nicht sichtbare Tastatur eintippt. Mich erinnert das an Flughäfen in alten Filmen, in denen die Mitarbeiterinnen am Check-in das System nach verfügbaren Flügen durchsuchen. Als ich mich in einem gewaltigen Massagesessel aus weißem Leder niederlasse, springt er sofort an.

Ich stöhne auf, als er die Verspannungen in meinem Rücken knetet.

»Willkommen bei Mar-nee's! Genießen Sie es, es macht locker.« Eine ältere Dame, auch im rosafarbenen Kittel, reicht mir ein rosafarbenes sprudelndes Getränk. »Keine Sorge, nur Obstsäfte, meine Liebe.« Sie zwinkert mir theatralisch zu. Ein langsames »Ja, ich zwinkere dir wirklich zu«-Zwinkern. »Dann möbeln wir Sie mal so richtig auf. Samstagvormittage wurden dazu erfunden, nach einer langen, anstrengenden Woche die Füße hochzulegen. Insbesondere für uns Frauen. Wir sind doch diejenigen, die auf dieser Welt am meisten arbeiten, richtig, meine Liebe?« Wieder das Zwinkern. Dann drückt sie auf einen Knopf. Die Fußstütze des Sessels fährt aus, und sie hebt meine Füße darauf. Ich befinde mich in der Horizontalen. Inzwischen sehe ich, dass die Frau Vera heißt. Sie steckt einen rosafarbenen Strohhalm in mein Getränk und tätschelt mir den Kopf. Als ich einen Schluck trinke, muss ich zugeben, dass es lecker schmeckt. Ich schließe die Augen und lasse mich im Massagesessel von der Walmusik einlullen.

»Mom?«

Jäh in die Wirklichkeit zurückgeholt, versuche ich, mich aufzurichten.

»Mom? Was machst du hier?« Ich höre die helle Panik aus Susans Stimme heraus. Sie beugt sich über mich und schaltet den Sessel ab. Zumindest glaube ich, dass es Susan ist, denn sie hat mich Mom genannt und hat Susans Stimme. Das dunkle Haar meiner Tochter ist oben auf dem Kopf zu einem strengen Dutt zusammengefasst. Sie trägt den rosafarbenen Mar-nee-Kittel mit aufgesticktem Namen und schlichte weiße Turnschuhe an den Füßen. Sie sieht genauso aus wie eine von Marnees Mitarbeiterinnen. Aber mit ihrem Gesicht ist etwas nicht in Ordnung. Ich mustere sie forschend. Es ist so sehr hinter dickem Make-up und langen falschen Wimpern verborgen, dass ich sie wirklich kaum wiedererkenne.

»Was machst *du* hier?« Als ich etwas suche, worauf ich mein Glas abstellen kann, nimmt sie es mir aus der Hand.

»Bitte sprich nicht so laut«, ermahnt sie mich, dreht sich um und verstaut das Glas in einer Halterung. »Ich bin bei der Arbeit, Mom. Warum bist du hier? Seit wann bist du zurück?« Sie zieht mich am Arm in eine Ecke des Salons.

»Was soll das heißen, du bist bei der Arbeit? Warum bist du angezogen wie eine Angestellte? Ich dachte, du wolltest nur ein wenig aushelfen. Du darfst nicht ganztags hier arbeiten!« Ich muss sie immer weiter anstarren.

»Ich arbeite hier, seit ich sechzehn geworden bin, Mom. Ich verdiene mein eigenes Geld. Ich habe schon fast fünfhundert Euro gespart. Ich spare für Haarverlängerungen und die limitierte Auflage eines rosafarbenen Glätteisens.« Sie betrachtet ihre Füße.

»Du hast doch schon wunderschöne Haare«, erwidere ich aus einem unerklärlichen Grund. Sie antwortet nicht. »Warum hast du mir nicht erzählt, dass du hier arbeitest?«, ist alles, was mir sonst noch einfällt.

»Weil wir wussten, wie du reagieren würdest. Aber seit ich sechzehn bin, darf ich legal arbeiten. Ich liebe meinen Job, Mom.«

Ich weiß, dass meine Miene nicht unbedingt aufmunternd oder stolz ist. Außerdem stört mich nicht die Tatsache, dass sie arbeitet. Es sind die Lügen, die sie mir alle auftischen. Ich fühle mich betrogen und wie eine Idiotin, denn ich habe es verdient, dass man mir wenigstens die Wahrheit sagt. David hätte es tun sollen.

»Wie arbeitest du mit diesen Wimpern?«, frage ich, bevor mein Gehirn meinem Mund die Erlaubnis geben kann. Sie sieht aus wie ein Kind der Sechziger. Ein Poster von Mary Quand. Sie verdreht die Augen.

»Ich bin echt beschäftigt. Ich bin mitten in einem Brazilian Waxing.«

»Du wachst jetzt? Ich dachte, du lackierst nur Nägel.« Ich fasse es nicht.

»Nein. Mar-nee hat es mir beigebracht. Und falls es dir nichts ausmacht, mein Kunde ist gerade in einer kompromittierenden Lage. Er muss zu einer Hochzeit …«

»Er?«, unterbreche ich sie mit einem unerwarteten Aufschrei. Ich weiß, dass mir fast die Augen herausfallen.

»Pssst!«, zischen mich Tabitha, die Empfangsdame, und Susan gleichzeitig an.

»Ja, Mom, er. Männer lassen sich nämlich auch wachsen.« Wieder verdreht sie die dick geschminkten Augen.

Ich kriege den Mund nicht mehr zu und bin gleichzeitig entsetzt und stinksauer. »Du bist erst sechzehn!« Ich knirsche mit den Zähnen, als Mar-nee erscheint.

»Haben wir hier ein Problem, Courtney?« Sie trägt blaue Chirurgenhandschuhe, als hätte sie gerade ein Baby entbunden. »Vielleicht besprechen wir das in meinem Büro. Tabitha, könnten Sie Mrs Nicola Pawley einen Champagner mit Orangensaft bringen und ihr ausrichten, dass ich in zehn Minuten bei ihr bin. Ich habe ihr etwas kühlendes Gel aufgetragen. Hier entlang, bitte.«

Ich folge ihr in ein kleines Büro im hinteren Teil des Salons. Es ist mit verschiedenen Pflegeutensilien vollgestopft, in einer Ecke steht ein rosafarbener Laptop. Es gibt zwei Stühle. Susan setzt sich, Mar-nee ebenfalls. Ich bleibe stehen.

»Ich halte es für unpassend, dass meine sechzehnjährige Tochter den Penis eines Mannes wachst!«, beginne ich.

»Ach, wirklich?«, entgegnet Mar-nee.

»Ja, wirklich.« Ich beiße die Zähne zusammen.

»Tja, Courtney, am Penis hat man eigentlich keine Haare. Es geht eher um die Zone rings herum.«

»Sei still, Mar-nee, du weißt genau, was ich meine!«, schleudere ich ihr entgegen.

»Oh, Mom, du bist so peinlich. Bitte geh!« Susan kneift die Augen zu.

»Ich rufe jetzt deinen Vater an.« Ich suche das Telefon in meiner Tasche.

»Wie sexistisch du bist, Courtney.« Mar-nee schnalzt mit der Zunge.

»Das hat nichts mit Sexismus zu tun, Mar-nee, sondern mit unpassendem Betragen«, herrsche ich sie an.

»Der menschliche Körper ist Natur, Schätzchen. Warum etwas Sexuelles hineininterpretieren, was gar nicht vorhanden ist?«

»Weil es sich nicht gehört!« Inzwischen schreie ich.

»Tja, ein Jammer, dass du so empfindest, aber wir sehen das anders. Und könntest du bitte unseren Arbeitsplatz respektieren und die Stimme senken?«, fordert Mar-nee mich leise auf.

»Ich begreife dich nicht, Mar-nee. Warum kannst du sie nicht Kind sein lassen? Wieso hilfst du ihr dabei, zu schnell erwachsen werden zu wollen? Das ist falsch von dir … total falsch.« Ich öffne die Bürotür. »Ich rufe jetzt David an.« Ich drücke auf seine Nummer. Es läutet. »David!«

Als ich den beiden den Rücken zukehre, schiebt Mar-nee mich mit Nachdruck hinaus.

»David, wusstest du, dass Susan fest bei Mar-nee arbeitet? Und nicht nur das: Sie wachst Männer im Intimbereich!«, empöre ich mich, während ich durch die Schnüre und zur Tür hinausmarschiere. Mar-nee schließt die Tür hinter mir, und ich bin sicher, dass ich höre, wie sie den Schlüssel umdreht.

»Klar. Es sind doch nur Körper, Courtney. Kein Grund, die Behandlung zu sexualisieren. Chill mal«, lautet seine Antwort.

»Das tue ich doch gar nicht …« Ich halte inne und wende mich um. Mar-nee hat die Lamellen der Jalousie angehoben und beobachtet mich. Ich zeige ihr den Stinkefinger und gehe weiter. Das Herz klopft mir bis zum Halse, und ich muss heftig schlucken.

»David, ich kann nicht glauben, dass du es okay findest, wenn Susan so einen Job macht.« Ich keuche.

»Tja, finde ich aber.«

»Wie kannst du das?« Da ich stehen bleiben muss, um wieder zu Atem zu kommen, lehne ich mich an eine Säule.

»Nur weil du offenbar alles, was mit dem männlichen Körper zu tun hat, für abstoßend hältst, muss das noch lange nicht für andere gelten!« Er erhebt seine Stimme.

»Das stimmt nicht!«, protestiere ich. Tony Beckers Körper halte ich ganz bestimmt nicht für abstoßend. Ich erschaudere.

»Nun, dieses Gefühl hast du mir zumindest wegen meines Körpers vermittelt. Jahrelang. Pass auf, ich habe einen undichten Boiler hier und dazu noch einen Rentner, der mich auf Schritt und Tritt bewacht. Susan spart Geld. Wir bringen ihr bei, dass man für sein Geld auch arbeiten muss. Wir geben ihr kein Taschengeld. Mar-nee hat mit fünfzehn zu arbeiten angefangen, und schau, was sie sich aufgebaut hat. Ein erfolgreiches Geschäft. Mar-nee ist eine Geschäftsfrau, Courtney, ob du es nun zugibst oder nicht. Als Susans Vater bin ich überzeugt davon, dass wir ihr ein gutes moralisches Vorbild sind. Wir bringen ihr bei, selbstständig zu werden.«

»Es geht nicht darum, dass sie einen Job hat. Tu mir das nicht an und red mir nicht ein, dass ich absolut überreagiere!« Ich umklammere mein Telefon fest mit der Faust.

»Tust du aber. Du musst einfach mal chillen«, verkündet er in aller Seelenruhe.

»David, wenn du mir noch einmal sagst, dass ich chillen soll, schwöre ich bei Gott, dass ich mir jede meiner Haarsträhnen einzeln ausreißen werde!« Ich kneife mir in die Wange. Es ist kindisch, ich weiß, aber mein Temperament geht mit mir durch.

»Courtney, warum willst du nicht, dass ich glücklich werde? Weshalb machst du ständig Schwierigkeiten? Wir haben 2017. Wir teilen uns das Sorgerecht. Das wird immer schwierig sein. Wir hatten den Mut, nicht vor Gericht zu ziehen, und Susan hat sich mehr oder weniger in ihr neues Leben eingewöhnt. Mar-nee liebt sie. Mar-nee ist wirklich ein guter Mensch, aber du gibst ihr keine Chance«, teilt er mir mit.

»Sie hält dich zum Narren, David!« Als ich mich nun an einem warmen Samstagnachmittag an einen Laternenpfahl lehne, bricht alles aus mir heraus. »Mar-nee weiß genau, was sie mit Susan macht. Sie nimmt mir die Tochter weg, weil sie keine eigene hat. Ich wette, eine Schwangerschaft mit dickem Bauch, Schwangerschaftsstreifen und hier und da ein bisschen Blasenschwäche hätte ihr nicht in den Kram gepasst!« Oh, was rede ich da? Ich verziehe das Gesicht, als ich mich selbst höre.

David schweigt eine Weile, und als ich schon glaube, dass er aufgelegt hat, spricht er so leise weiter, dass ich mir das Telefon fest ans Ohr pressen und das andere mit dem Zeigefinger zuhalten muss, um ihn richtig zu verstehen.

»Wenn du es unbedingt wissen musst: Mar-nee hatte mit fünfundzwanzig Gebärmutterhalskrebs und musste sich die gesamte Gebärmutter entfernen lassen. Sie wollte unbedingt Kinder, genau wie du in diesem Alter. Doch sie musste sich eben damit abfinden und weitermachen. Du wolltest mich nie, sie schon, und ich glaube, darauf hast du die größte Wut!« Gegen Ende des Satzes wird Davids Stimme lauter. Inzwischen ist er ziemlich zornig.

»Das tut mir leid.«

»Ach, verschon mich! Es ist dir doch egal.«

»Mir sind das Leben und die Gefühle anderer Menschen sehr wichtig, David, das weißt du. Lass uns nicht so tun, als hätten wir nicht auch schöne Zeiten gehabt. Die hatten wir nämlich«, halte ich ihm vor Augen.

»Ab dem Tag, als du mit Susan schwanger warst, war ich bei dir abgeschrieben. Du hattest keine Lust mehr. Ich kann mich beim besten Willen nicht an schöne Zeiten erinnern. Nur daran, dass ich um meinen Platz in dieser Familie gekämpft habe. Daran, dass ich mich einsam und allein gefühlt habe und ständig eine Todesangst hatte, du könntest mich eines Morgens auffordern zu verschwinden. Oder dass du einfach meine Tochter mitnehmen und gehen könntest. Das ist es, woran ich mich erinnere.«

»Ich hätte dich nie verlassen«, erwidere ich, bin jedoch nicht sicher, ob das stimmt.

»Vielleicht, vielleicht auch nicht. Aber jetzt führe ich ein anderes Leben. Warum kannst du nicht das Gleiche tun und uns in Ruhe lassen?«

»Weil du Susans Vater bist. Daran solltest du mal denken,

wenn du in Jeans, die dir drei Nummern zu klein sind, durch Aldi flanierst!« Inzwischen nehme ich kein Blatt mehr vor den Mund.

»Susan liebt mich so, wie ich bin«, entgegnet er selbstgerecht.

»Die Leute lachen über dich, David, ist dir das klar?« Ich bemerke, wie gemein ich mich anhöre, aber es ist die Wahrheit: Sie tun es.

»Wen interessiert das? Ich bin, wer ich bin«, antwortet er.

»Aber das bist nicht du, genau darauf will ich ja hinaus. Mar-nee hat dich verändert. Begreifst du das denn nicht?« Ich bin mit meinem Latein am Ende.

»Nein, Courtney, Mar-nee hat mich akzeptiert«, sagt er langsam.

»Was soll das heißen?«, frage ich verwirrt.

»Du wolltest einen seriösen Ehemann und einen Vater für dein Kind, aber mich wolltest du nie. Eigentlich warst du es, die mich verändert hat. Anfangs hast du ständig an meiner Kleidung herumkritisiert, bis ich schließlich nur noch Schwarz getragen habe, damit du endlich den Mund hältst. Erinnerst du dich noch an den Tag, an dem wir uns kennengelernt haben? Bei dieser Veranstaltung, wo du gearbeitet hast und ich eine Profi-Golfstunde ersteigern wollte? Übrigens hast du so getan, als würdest du Golf lieben. Ich hatte hautenge limettengrüne Jeans und ein schwarzes Polohemd mit Feinrippmuster an!«

Flashback. Er hat recht. Ich dachte, das sei eben Golfkleidung. Ich weiß wirklich nicht mehr, ob ich ihm gesagt habe, dass mir das nicht gefiel.

»Ich war immer sorglos und hatte etwas von einem Paradiesvogel, aber du hast es mir ausgetrieben. In unserer Ehe war ich entsetzlich unglücklich, und zwar nicht, weil du ein schlechter Mensch bist, sondern weil du mich nie geliebt hast«, fährt er mit kräftiger Stimme fort. So stark habe ich ihn noch nie erlebt.

»Ich … ich dachte, das hätte ich getan.«

»Hast du nicht, und ich hätte schon vor Jahren gehen sollen. Mar-nee hat mir gesagt, dass ich mit dir reden und dir alles erklären muss. Aber ich habe es einfach nicht über mich gebracht.«

»Also habt ihr beschlossen, eine Affäre anzufangen.« Wenn er sich als der ungerecht Behandelte darstellt, brauche ich ihn auch nicht zu schonen.

»Es war wirklich Liebe auf den ersten Blick, Courtney. So als hätten wir einander ein Leben lang gekannt. Aber nein, du hast recht. Ich hätte erst mit dir reden und ausziehen sollen, bevor ich mich auf Mar-nee eingelassen habe. Doch, weißt du, tief in meinem Innersten war mir klar, dass es dich eigentlich nicht interessiert.«

Und es stimmt. Es hat mich wirklich nicht interessiert. Wie egoistisch von mir. Ich betrachte den großen gelben Doppeldeckerbus, der gerade vorbeifährt. »Es tut mir leid, David«, sage ich, als das Dröhnen des Motors verhallt. Er lässt eine lange Rauchsäule und Schwefelgeruch zurück.

»Alles in Ordnung. Ich habe mich weiterentwickelt und bin sehr glücklich. Du sollst nicht glauben, es ist Böswilligkeit von uns, dass Susan bei uns wohnt. Denn ich schwöre bei ihrem Leben, dass das nicht so ist. Sie wird erwachsen. Sie verändert sich. Du willst, dass sie für immer Kind bleibt«, meint er.

Was bringt es noch?, denke ich nun. Da kann ich schreien und brüllen, bis ich schwarz werde, aber am Ende des Tages hat er recht. Ich löse mich vom Laternenpfahl und schleppe mich erschöpft zu meinem Auto.

»Ich bin nicht nur hier, um mit Susan zu sprechen, David, sondern auch, um ihr von einer neuen Chance zu erzählen, die sich mir eröffnet hat. Es ist am besten, wenn du es auch erfährst. Man hat mir eine Stelle als Küchenchefin in einem Restaurant in St Ives angeboten. Claire investiert in das Lokal.«

»Oh, Courtney, das ist ja fantastisch!« Offenbar freut er sich wirklich für mich. Gut für ihn. Ich muss loslassen.

»Falls alles klappt, möchte ich nach dem Sommer dort bleiben. Ich stimme dir zu. Susan führt jetzt ihr eigenes Leben. Sie kann bei mir wohnen, wann immer sie will, aber im Moment muss ich das für mich selbst tun.« Ich schließe mein am Straßenrand parkendes Auto auf und steige ein.

»Ich bin stolz auf dich«, sagt er in einem Tonfall wie Oprah. Wider Willen empfinde ich ihn als gönnerhaft. Was stimmt denn nicht mit mir? Er ist doch so nett. Ich schalte den Motor ein und stecke das Telefon in die Freisprechanlage. Nachdem ich geblinkt habe, fädle ich mich in den dichten Samstagnachmittagsverkehr in der Dawson Street ein.

»Besser hätte es gar nicht laufen können«, fährt mein Ex fort.

»Doch, das hätte es, David. Vielleicht hätte meine Tochter Lust gehabt, mich zu begleiten.« Ich trete auf die Bremse, als mich jemand auf einem viel zu schnellen, ohrenbetäubend lauten Motorrad schneidet.

»Sie will nicht weg aus Dublin. Es ist nicht persönlich, das verstehst du sicher.«

»Das glaube ich eher nicht. Meiner Ansicht nach hat Marnee sie gegen mich aufgehetzt.«

»Ach, chill mal, sei nicht so spießig.«

»Ich bin aber überzeugt davon. Deshalb spreche ich selbst mit Susan, falls du nichts dagegen hast. Aber ich wollte, dass du es von mir erfährst. Natürlich melde ich mich regelmäßig.«

Tränen brennen mir in den Augen, als ich nach Dun Laoghaire fahre. Selbstverständlich hat er recht. Ja, ich muss die Vergangenheit hinter mir lassen. Susan wird immer die einzige wahre Liebe meines Lebens sein. Aber wie ich Claire bereits erklärt habe, braucht sie mich jetzt als Vorbild. Sie muss begreifen, dass ich stets für sie da sein werde.

Auf dem Nachhauseweg lasse ich die letzten sechzehn Jahre Revue passieren. Alles. Angefangen von dem aufregenden blauen Strich im Sichtfenster des Schwangerschaftstests bis hin zu der überwältigenden Liebe und Glückseligkeit im Kreißsaal und dem ersten Schultag. Szenen laufen in meinem Kopf ab: wir beide, wie wir lachend in der Küche zusammen kochen, bis hin zum heutigen Tag, als sie bei Mar-nee im Arbeitskittel vor mir stand und mich anstarrte. Und da fällt es mir wie Schuppen von den Augen. Es ist wie ein Schlag in die Magengrube, und ich atme tief durch. In diesen sechzehn Jahren Erinnerungen habe ich kein einziges Mal David gesehen. Er war nicht dabei. Und dennoch ist er da gewesen. Ich habe ihn ignoriert.

Ich suche seine Nummer aus den letzten Anrufen heraus und wähle sie noch einmal.

»Ja, Courtney?«, antwortet er und klingt ein wenig angestrengt, weil ich es schon wieder bin.

»David, es tut mir so leid. Alles. Verzeih mir! Ich bin wirklich froh, dass du die Liebe gefunden hast, und werde dich nicht mehr belästigen. Ehrenwort. Du bist ein guter Mensch, David, und ein toller Vater. Susan hat großes Glück.« Es fühlt sich angenehm an, das auszusprechen.

»Danke! Das ist echt lieb von dir«, erwidert er.

»Es ist mein Ernst«, antworte ich.

»Mar-nee sagt, du hättest ihr den Stinkefinger gezeigt.« Er klingt ganz locker.

»Ich werde mich bei ihr entschuldigen«, entgegne ich.

»Ach, das ist nicht nötig. Mar-nee fand es lustig. Sie meinte, ihr beide hättet eine Grenze überschritten, und sie fürchte sich jetzt nicht mehr vor dir. Durch deinen Stinkefinger bist du für sie menschlicher geworden.« Er lacht.

»Sie hat sich vor mir gefürchtet?«, wiederhole ich. Warum das denn, um Himmels willen?

»O ja, Mar-nee hatte eine Todesangst vor dir. Du warst immer so kühl, und sie glaubt, dass du intellektuell auf sie herabschaust. Aber sie hat mir eben erzählt, jeder, der einem einfach so den Stinkefinger zeigt, ist eine Legende. Mar-nee ist so witzig.« Er lacht noch lauter.

»Ich bin keine Intellektuelle, David, das weißt du«, teile ich ihm mit, als ich in die Auffahrt einbiege. »Oh!«, rufe ich.

»Was ist?«, erkundigt er sich.

»Susan sitzt auf der Mauer vor dem Haus«, antworte ich überrascht.

»Sei friedlich zu ihr.« Er hört sich besorgt an. Ich schmunzle. »Alles in Ordnung, zerbrich dir nicht den Kopf darüber. Du solltest wirklich mal chillen, David.« Lachend beende ich das Telefonat und schalte den Motor ab. Ich bin absolut bereit für diesen Moment.

Sechzehn

Susan springt von der Mauer, als ich aussteige. Mein Telefon piept; ich achte nicht darauf.

»Ich will mich nicht streiten, Mom«, lauten ihre ersten Worte. »Mich interessiert nur, was so wichtig war, dass du in den Salon kommen musstest, um mit mir zu reden. In einer halben Stunde muss ich wieder in der Arbeit sein. Ich habe eine Kundin.«

»Dann kochen wir uns rasch eine Kanne Tee, ja?«, schlage ich vor, und sie nickt, während ich die Tür öffne. Susan schaut die Post auf dem Flurtischchen durch und geht in die Küche. Ich folge ihr und fülle den Wasserkessel. Wir bleiben stehen.

»Wolltest du über etwas Wichtiges mit mir reden, Mom?«

»Ja, Schatz. Ich habe eine schwerwiegende Entscheidung getroffen. Ich komme nach dem Sommer nicht aus St Ives zurück. Claire bleibt auch in Cornwall und investiert in ein Restaurant. Man hat mir dort einen Job angeboten. Ich werde Küchenchefin.«

»Und mich lässt du hier allein?« Ihre Augen weiten sich vor Entsetzen.

»Ist es nicht das, was du möchtest?«, entgegne ich ruhig.

»Tja, ja, im Moment. Aber vielleicht überlege ich es mir anders, Mom, und will, dass du wiederkommst.«

»Dieses Haus wird immer dein Zuhause sein. Es gehört deinem Dad, Schatz. Aber ich fürchte, ich werde nicht mehr hier wohnen. Es ist Zeit, dass ich auch einen Neuanfang versuche.« Sie will erwachsen sein, und das ist die Erwachsenenrealität, in der wir leben.

»Ich weiß, dass das albern klingt, weil ich ständig rumgeschrien habe, damit ich als Erwachsene ernst genommen werde. Wirklich dämlich. Aber ich … Nun … das ist unser Zuhause, Mom.«

»Wahrscheinlich werden Dad und Mar-nee wieder hier einziehen, Schatz. Es wäre dumm von ihnen, es nicht zu tun. Deshalb wird es immer dein Zuhause sein«, versichere ich ihr, während sie sich setzt. Ich hole zwei Tassen aus dem Schrank und nehme Milch für mich aus dem Kühlschrank. Ich habe nicht vergessen, dass sie Veganerin ist, und dränge ihr nichts mehr auf.

»Also brichst du die Schule ab«, fahre ich fort und starre weiter in den Kühlschrank. Ich greife nach der Milch und warte auf ihre Antwort. Da keine kommt, drehe ich mich um und betrachte sie. Sie mich auch. Dann nickt sie.

»Ja. Im September fange ich in Vollzeit bei Mar-nee an, Mom. Bis dahin muss ich zwei Kosmetikerinnenfortbildungen abschließen. Mar-nee bezahlt die Kursgebühren. Momentan verbringe ich die Nächte mit Büffeln.«

»Ich wollte wirklich, dass du Bildung bekommst, Susan.« Ich gieße kochendes Wasser auf die Teebeutel. Erstaunlicherweise bin ich ganz ruhig. Seit sie mir per SMS mitgeteilt hat, dass sie die Schule abbrechen will, bin ich dieses Gespräch tausendmal in Gedanken durchgegangen.

»Aber ich kriege doch Bildung, Mom, Bildung fürs Leben. Ich bin nicht gut in der Schule, da fehlt mir einfach die Begabung. Ich komme im Unterricht nicht mit. Das kotzt mich an … hat mich angekotzt.«

Sie benutzt mit voller Absicht die Vergangenheitsform. Ich drücke die Teebeutel aus, gieße Milch in meinen Tee und stelle beide Tassen auf den Tisch. Dann hole ich eine Packung Vollkorn-Doppeldecker-Schokokekse aus dem Schrank, reiße sie auf und halte inne. »Tut mir leid, Schatz, ich habe keine veganen Kekse.«

»Schon gut«, erwidert sie und nippt an ihrem schwarzen Tee.

»Warum habe ich nie bemerkt, dass du die Schule so hasst?«, erkundige ich mich freundlich.

»Wahrscheinlich wollte ich dir und Dad keine Sorgen machen. Zwischen euch war ständig Zoff … meistens habt ihr euch wegen Mar-nee gestritten. Da wollte ich euch nicht noch mehr belasten. Für mich war es auch nicht leicht.«

Ich nicke und tunke einen Keks in den Tee.

»Mar-nee ist so geerdet, Mom«, teilt sie mir nun mit.

»Okay, Schatz«, sage ich.

»Ich will dir wirklich nicht wehtun, Mom, obwohl ich das gerade mache. Es ist nur, dass ich weiß, wo ich sein will, und das ist im Salon. Eigentlich bin ich nur wegen des Salons zu Dad gezogen. Mar-nee bringt mir jeden Abend etwas bei. Die beiden sind so locker, und ich habe nicht mehr solche Ängste.«

»Mit fünfzehn hat man doch keine Ängste«, meine ich lachend.

»Ich bin sechzehn«, verbessert sie mich. »Und ich habe welche, Mom. Erst kamen die Trennung und Dads Affäre. Ich dachte, er liebt mich so sehr, dass er mich nie verlassen würde. Aber er hat es getan. Bevor ich Mar-nee kennengelernt habe, habe ich sie verabscheut. Sie hat mich nie unter Druck gesetzt und mich einfach mit Dad zusammen sein lassen, wenn ich zu Besuch kam. Und als ich so weit war, dass ich reden konnte, hat sie mir zugehört. Ich hatte solche Panik wegen der Schule. Deshalb habe ich die ganze Zeit gesnapchattet, Mom. Das machen alle, und wenn man es nicht tut, ist man ein Niemand. Zum Beispiel habe ich immer gefunden, dass ich nicht hübsch genug bin. Darum habe ich mich so stark geschminkt – schließlich musste ich am Tag mindestens dreißig Selfies posten! Jetzt im Salon ist es anders, weil Make-up zu meinem Job gehört. Für dich ist es schwierig zu verstehen, Mom, aber in der Welt der Schule geht es nur darum, am Handy zu sein. Jedes Mal, wenn du mich deshalb geschimpft hast, hast du nicht kapiert, dass ich nur dazugehören wollte. Wenn ich nicht am Telefon war, war ich eine Außenseiterin. Wie sollte ich in die Schule gehen, wenn ich die neuesten Gerüchte nicht kannte? Mit den sozialen Medien mitzuhalten, ist ein Vollzeitjob, und ich war so eingeschüchtert und unglücklich.«

Ich sage nichts, sondern höre nur zu. Vielleicht war das ja all die Jahre lang mein Fehler. Susan wirkt erstaunt, dass ich nicht sofort meinen Senf dazugebe. Sie neigt leicht den Kopf zur Seite und fährt fort. Inzwischen spricht sie langsamer, als wäre ihr klar geworden, dass ich sie nicht unterbrechen werde und dass sie mir endlich ihr Herz ausschütten kann.

»Ich hatte den Eindruck, dass du froh warst, als Daddy ausgezogen ist, aber ich war total fertig. Selbst an dem Tag, als er in seinen Transporter gestiegen und weggefahren ist und ich total ausgeflippt bin, hatte ich das Gefühl, dass du erleichtert bist. Du hast dich gefreut, dass er weg ist. Doch für mich ist eine Welt zusammengebrochen, Mom.« Im Grunde genommen hat sie mir eine Frage gestellt, und ich muss sie ehrlich beantworten.

»Ja, ich war froh, dass die Ehe vorbei war.«

»Du vielleicht. Ich mochte unsere kleine Familie zufällig.« Ihre rosa geschminkten Lippen zittern.

»Es tut mir so leid, Schatz«, sage ich.

»Ich werfe es dir überhaupt nicht vor, doch nachdem Dad fort war, habe ich mich anders gefühlt. Du musst verstehen, dass ich mich auch verändert habe. Du hast verlangt, dass ich dasselbe kleine Mädchen bin wie früher. War ich aber nicht.«

»Inzwischen ist mir das klar, Schatz, und es tut mir so leid, dass ich dich nicht mehr unterstützt habe. Wirklich. Außerdem bedauere ich es, dass ich als Mutter nicht so präsent war, wie ich es mir eingebildet habe. In Wahrheit habe ich gar nicht mit dir geredet.« Ich habe einen dicken Kloß in der Kehle. Sie war so unglücklich, und ich habe nur an ihr herumkritisiert.

»Die Welt ist heute ganz anders als die, in der du aufgewachsen bist, Mom. Ich erwarte nicht, dass du das begreifst. Ich selbst schaffe es ja kaum. Aber ich bin absolut überzeugt davon, dass es eine totale Erleichterung ist, nicht mehr mit meinen Mitschülern in den sozialen Medien mithalten zu müssen. Das Mobbing in der Schule ist die Hölle. Damit meine ich nicht mich persönlich, denn ich war nur ein Schaf, eine Mitläuferin.

Allerdings finde ich es total bescheuert, dass du es für eine unangemessene Einführung in sexuelle Angelegenheiten hältst, wenn ich eine neunundsechzigjährige Transgender-Frau wachse. Nun, Mom, du hast echt keine Ahnung, wie die Welt für Jugendliche ist und welchen Dingen ich ausgesetzt war, ohne danach gesucht oder darum gebeten zu haben. Die Typen in meiner Klasse halten es für cool, mir während des Unterrichts Fotos von ihren Genitalien zu schicken! Inzwischen lasse ich die Finger vom Telefon. Ich schaue kaum noch in die sozialen Netzwerke. Ich benutze das Handy nur noch zum Telefonieren und zum Simsen. Ich kann ich sein, und ich war noch nie so glücklich. Ich stehe nicht mehr unter dem Druck, mich dieser Teenagerwelt anzupassen, und das ist einfach toll!«

Ich bin wie vor den Kopf gestoßen. So entsetzt, dass mir die Worte fehlen.

»Es bricht mir das Herz, Susan«, flüstere ich schließlich mit belegter Stimme.

»Schau, so ist die Welt eben heute, Mom. Nur dass es eine Welt ist, zu der ich nicht gehören möchte. Vier Jahre lang habe ich eine Rolle gespielt. Aber jetzt ist alles okay, Ehrenwort. Und, Mom, du hast dein Bestes getan. Das war alles nicht deine Schuld, okay?« Sie berührt meine Hand.

Ich nicke.

»Und was machen wir jetzt? Wann gehst du?«, fragt sie.

»Nun, ich wollte vorschlagen, dass wir umblättern und ein neues Kapitel anfangen. Ich liebe dich so sehr und will, dass du glücklich bist. Und wenn das heißt, dass du die Schule abbrichst und bei Mar-nee arbeitest, werde ich dich nach Kräften unterstützen. Und nachdem du mir erzählt hast, wie unglücklich du warst, rede ich selbst mit der Schule.«

Ihr bleibt der Mund offen stehen. »Echt?« Unter all dem Make-up ist sie noch immer ein Kind, aber ich muss sie ihre Entscheidungen selbst treffen lassen.

»Na klar. Unterstützt du mich auch?«, erkundige ich mich.

»Natürlich, Mom!« Sie lacht, und ihre Augen leuchten auf.

»Zu deiner Frage, wann ich gehe? Sobald ich alles geregelt habe.«

»Aber ich werde dich vermissen!« Sie breitet die Arme

weit aus, und ich lasse mich drücken. Wir halten einander fest.

»Ich bin nur zweieinhalb Stunden weit weg. Ich richte dir ein privates Bankkonto mit Geld für Flugtickets ein, damit du mich besuchen kannst, wann immer du willst. Und wenn ich mir irgendwann ein Haus kaufe, wirst du dort immer ein Zimmer haben, mit Postern von den beliebtesten Zitaten der ganzen Welt.«

»Wie aufregend für dich, Mom«, sagt sie und schaut auf die Uhr.

»Ist es. Es ist wichtig, mit sich selbst im Reinen zu sein, richtig?«, erwidere ich.

»Richtig.« Sie lächelt mich an. »Tut mir leid, aber ich habe jetzt eine Kundin, die eine Mikrodermabrasion gebucht hat. Es ist meine erste. Also wird Mar-nee bei mir im Behandlungszimmer sitzen. Ich habe mit Tabitha ein bisschen an dem Gerät geübt, doch Mar-nee will sichergehen, dass ich selbstbewusst genug bin, die Behandlung allein durchzuführen. Deshalb muss ich jetzt weg.« Sie steht auf und streicht ihren rosafarbenen Kittel glatt.

»Klar, Schatz.« Ich erhebe mich ebenfalls.

»Mom … Oma Alice … Warum hat sie mich nie gemocht?« Sie starrt zu Boden.

»Sie hat dich gemocht! Selbstverständlich, Susan!« Dass sie so etwas überhaupt fragen kann, erschreckt mich.

»Hat sie nicht. Dich hat sie vergöttert, aber auf mich hat sie nie geachtet. Sie war voll und ganz auf dich fixiert und konnte es nicht leiden, wenn ich dabei war.« Mit Tränen in den Augen sieht sie mich an.

»O bitte, glaub das nicht. Sie war alt, Schätzchen, und litt an sehr schwerer Demenz. Sie konnte sich nur noch an manche Dinge erinnern, und vermutlich hat sie die meiste Zeit keinen Zusammenhang zwischen dir und mir herstellen können. Klingt das logisch?«

Wieder ein Riesenfehler von mir. Ich hätte Susan richtig erklären müssen, dass Alice schon seit neunzehnhundertachtundneunzig allmählich vergesslich wurde. Es dauerte Jahre, bis die Krankheit ihre Persönlichkeit ausgelöscht hatte. Ja, sie hatte nur noch Augen für mich, aber in meinem Egoismus hat mir das gefallen. Alice vermittelte mir stets das Gefühl, ich wäre der wichtigste Mensch im Raum. Sie hat mich angebetet.

»Ich verstehe. Wahrscheinlich war ich nur ein bisschen eifersüchtig. Schade, dass sie mich nicht auch so geliebt hat.« Eine einsame Träne rinnt ihr über die Wange.

»Ich schwöre dir, Alice hat dich angehimmelt, als du geboren wurdest. Ich muss ein bisschen herumkramen. Bestimmt habe ich noch Fotos davon, wie sie sich um dich kümmert. Sie hat dich wirklich geliebt«, erwidere ich.

»Es tut mir so leid, dass sie tot ist, Mom«, sagt sie nur.

»Das ist in Ordnung. Sie war bereit, loszulassen«, antworte ich wahrheitsgemäß.

»Moment mal! Ich dachte, Claire macht nur einen langen Urlaub mit dir. Wenn sie in Cornwall bleibt, zieht Martin dann auch dorthin?« Sie spült ihre leere Tasse und stellt sie zum Abtropfen weg.

»Nein, Susan. Martin ist … Wie soll ich das ausdrücken? Martin ist …«

»Schwul?« Susan zieht die makellos gezupften Augenbrauen hoch.

»Nun, bisexuell, ja.« Es fällt mir schwer, ihr das zu erzählen.

»Schon okay, Mom. Hab's kapiert. Ich hatte immer den

Verdacht, dass er nicht hetero ist. Die arme Claire, sie ist so nett.«

»Sie wird es schaffen. Wir beide werden das.«

Als ich sie zur Tür begleite, sehe ich den gelben Mazda auf der anderen Straßenseite.

»Ich rufe dich heute Abend an, wenn dir das passt, Mom.« Susan küsst mich und umarmt mich fest. Ich bin überglücklich.

»Es passt mir großartig, Schatz. Jederzeit. Ich bin den ganzen Abend zu Hause.« Als ich sie zum Ende der Auffahrt begleite, knirscht der Kies unter unseren Füßen.

»Okay, tschüss, Mom«, sagt Susan, doch ich gehe weiter und umfasse die Hand meiner Tochter. Wir überqueren die Straße, und ich klopfe ans Fenster des gelben Mazda. Mar-nee blickt mich an. Langsam kurbelt sie die Scheibe hinunter.

»Entschuldige, dass ich dir den Stinkefinger gezeigt habe. Ich könnte im Erdboden versinken«, wende ich mich an sie.

Sie dreht das Radio aus und schaut mich an.

»Schon okay, ich hab's verstanden«, entgegnet sie und richtet sich auf.

»Das Ende meiner Ehe war nicht deine Schuld, Mar-nee. Ich war nur eifersüchtig, weil Susan ihre Zeit lieber bei dir verbringen wollte als bei mir. Sicher kannst du das nachvollziehen?«

»Ja.« Sie schüttelt ihr grau-rosafarbenes Haar.

»Außerdem habe ich dich darum beneidet, dass du so offen, schillernd und unabhängig warst.« Wer bin ich? Das fühlt sich fantastisch an.

»Und ich habe mich in deiner Gegenwart immer albern, aufgetakelt und dumm gefühlt«, entgegnet sie.

Als Susan aufstöhnt, bedeute ich ihr, in den Mazda zu steigen. Dann gehe ich in die Hocke, um mit Mar-nee Maguire unter vier Augen zu sprechen.

»Ich habe es David und Susan schon erzählt, und jetzt erzähle ich es dir. Ich ziehe weg. Nach Cornwall. Ich werde den Sprung ins kalte Wasser wagen.« Da nur wenige Zentimeter unsere Gesichter trennen, senke ich die Stimme.

»Ich bezweifle nicht, dass du es hinkriegen wirst, Courtney«, antwortet sie, während Susan sich neben sie setzt und sich anschnallt. »Ich weiß, dass es sehr schwer für dich war. Ich wollte nur, dass wir vier gemeinsam darüber reden. Susan ist die geborene Kosmetikerin. Selbst wenn wir alle darauf beharrt hätten, dass sie die Schule fertig macht, wäre sie irgendwann in dieser Branche gelandet. Sie ist ein Naturtalent.«

»Freut mich, das zu hören«, erwidere ich.

»Du bist ihre Mutter, nicht ich. Ich fürchte, mir war kein Kindersegen vergönnt. Ich bin ihre Freundin. Ich liebe sie. Sie ist eine tolle junge Frau, und ich vergöttere David. Courtney, er ist das Beste, was mir je passiert ist. Ich dachte, ich müsste für immer Single bleiben. Niemand hat mich je richtig verstanden, doch er tut es. Er ist ein Wunder für mich.« Mar-nee umklammert das Lenkrad, und ich bemerke, dass ihre Fingerknöchel sich weiß verfärbt haben.

»Mein Gott, wie wunderschön«, sage ich und sehe, dass sich ihre Hände sofort entspannen. »Er hat es verdient.« Ich lächle sie an.

»Und du hast es auch verdient, glücklich zu sein. Du bedeutest Susan sehr viel. Richtig, Sue-Sue?«

Susan nickt.

»Also können wir vielleicht noch einmal von vorne anfangen?« Mar-nee leckt sich über die aufgespritzten Lippen.

»Das würde mich sehr freuen«, sage ich.

»Wann fliegst du?«, möchte sie wissen.

»Morgen. Ich muss über den Sommer weiter die Umzugsagentur leiten. Aber ich komme zurück, sooft ich kann.«

»Nun, ich habe einen Vorschlag. Warum lässt du dich nicht bei uns ein bisschen aufmöbeln? Eine nette Massage, Schelllacknägel, vielleicht eine Gesichtsbehandlung. Alles auf Kosten des Hauses.« Mar-nee lächelt.

»Das klingt wirklich verlockend«, antworte ich. »Offen gestanden war dein Salon wie eine kleine Oase des Friedens, als ich zum ersten Mal dort war. Bevor ich angefangen habe, mich wie eine Idiotin aufzuführen.« Ich ringe die Hände.

»Oh, das mache ich, Mom! Darf ich?«, begeistert sich Susan.

»Spitzenidee, Sue-Sue.« Mar-nee startet den Motor. »Vielleicht gehen wir anschließend ein Curry essen?«, fügt sie hinzu. »Ich könnte dir erklären, warum ich mich weigere, in Würde zu altern. Vielleicht verstehst du es ja. Mutter Natur hat mich nicht mit einem Gesicht wie deinem gesegnet. Also muss ich mich auf Aufpolsterungen und Botox verlassen.«

»Klingt gut.« Ich richte mich auf und strecke meine Hand durchs Fenster. Mar-nee schüttelt sie. Ein Band wurde geknüpft.

»Wehe, wenn du mir beim Wegfahren den Stinkefinger zeigst, Courtney!« Sie lacht so heftig, dass ihre Schultern beben. Ich kann nicht anders, als einzustimmen.

»Nein. Ich bin jetzt eine andere.«

Ich klopfe zweimal auf die Motorhaube. Sie fahren los.

Als ich gerade wieder reingehen will, läutet mein Telefon. Ein Blick aufs Display reicht, um mir die Laune zu verderben: Tom.

»Courtney, du dummes Miststück, damit kommst du mir nicht durch. Wir haben das Testament gefunden. Am Montagmorgen um zehn wird es in der Anwaltskanzlei O'Neall am Eden Quay verlesen. Ich werde es anfechten!« Er legt auf.

»Was? Hallo? Tom? Was?«, rufe ich und zittere plötzlich.

Ich fasse es nicht. Offenbar muss ich noch ein wenig länger in Dun Laoghaire bleiben als geplant.

Siebzehn

Um fünf nach zehn am Montagmorgen sitze ich auf einem niedrigen Sofa vor Mr O'Nealls Büro, als Tom die Glastür aufschiebt. Er meldet sich bei der Sekretärin an und baut sich dann vor mir auf.

»Jetzt bist du wohl mit dir zufrieden«, höhnt er und klappt wie immer seinen Nussknackerkiefer auf und zu.

»Keine Ahnung, warum du dich so aufregst, Tom«, entgegne ich kopfschüttelnd. Ich freue mich schon darauf, dieses Arschloch niemals wiedersehen zu müssen.

»Du hast sie dir vorgeknöpft, als sie nicht mehr ganz richtig im Kopf war, was? Hast ihr wahrscheinlich noch den Stift geführt«, fährt er in gehässigem Ton fort.

Mr O'Neall öffnet die Tür und ruft uns herein, bevor ich antworten kann. »Tom, Courtney, bitte kommen Sie.« Nachdem wir Platz genommen haben und er hinter seinem riesigen Schreibtisch sitzt, der mit dicken schwarzen und roten Akten bedeckt ist, fragt er: »Tee oder Kaffee?«

»Nichts«, antwortet Tom, während ich gleichzeitig »Ja bitte, für einen schwarzen Kaffee würde ich einen Mord begehen« sage.

Per Gegensprechanlage bestellt Mr O'Neall einen schwarzen Kaffee und einen Krug gekühltes Wasser.

»Nun denn.« Er schlitzt einen großen braunen Umschlag

auf, der auf der Tastatur seines Laptops liegt, und öffnet ein schickes, topmodernes Brillenetui. Dann klappt er eine goldene Brille auseinander, holt einige Blätter Papier aus dem Kuvert und fährt mit seinen makellos manikürten Fingernägeln die Zeilen entlang.

»Okay, schauen wir mal, was wir da haben.« Beim Lesen summt er vergnügt vor sich hin. Die Tür geht auf, und die Empfangsdame bringt eine Tasse schwarzen Kaffee und den Krug mit Wasser. Ich bedanke mich bei ihr und nehme die Tasse vorsichtig entgegen. Da sie ein wenig zu voll ist, bleibt mir nichts anderes übrig, als sie an die Lippen zu heben und einen Teil der heißen Flüssigkeit zu schlürfen. Die beiden Männer starren mich an.

»Also, hier hätten wir den Letzten Willen und das Testament von Alice Bedford, erstellt bei körperlicher und geistiger Gesundheit.«

Tom schnaubt, während Mr O'Neall weiter mit dem Nagel über die Seite streicht. Dann blickt er auf.

»Ich fürchte, hier steht nicht das, was Sie, Ihrem Anruf gestern Vormittag nach zu urteilen, erwartet haben, Tom. Wie ich schon sagte, hat Alice hier ein Dokument hinterlegt, das jedoch kein offizielles Testament war, im Gegensatz zu diesem hier. Tom, Alice hat Ihnen eine gewisse Summe aus ihrer Lebensversicherung vermacht, doch das Haus in der Emmet Road in Inchicore hat sie Ihnen hinterlassen, Courtney.« Mr O'Neall betrachtet mich über den Rand seiner Lesebrille hinweg.

Ich spucke ihm den Kaffee mitten ins Gesicht. Er springt auf. Ich nehme ein Papiertaschentuch aus dem silbernen Spender auf seinem Schreibtisch.

»Das ist absoluter Schwachsinn! Ich fechte diesen Mist an! Wie viel hat sie mir vererbt?«, brüllt Tom aus voller Kehle.

»Tut mir leid! Tut mir leid!«, stammle ich.

»Das sollte es auch, du betrügerisches kleines Miststück!«, schreit Tom mich an. Ich fahre von meinem Stuhl hoch.

»Nein, du tust mir überhaupt nicht leid, Tom. Ich bedauere es kein bisschen, dass Alice mir das Haus vermacht hat. Ich freue mich sogar sehr darüber. Ich bin begeistert. Ich habe nämlich kein Haus und du schon!« Ich wische mit dem Papiertuch auf dem nassen Schreibtisch herum.

»Damit kommt sie nicht durch«, teilt er Mr O'Neall mit, der seinen fleckigen Hemdkragen betupft. »Die alte Dame hatte nicht mehr alle Tassen im Schrank. Konnte nicht mal ohne Hilfe pissen. Sie trug eine Windel, verdammt! Wollen Sie ernsthaft behaupten, dass sie bei geistiger Gesundheit war?«

»Ich fürchte, Sie übertreiben es, Tom, und ich kann Ihnen versichern, dass eine Klage vor Gericht teuer und völlig sinnlos wäre. Dem Testament liegt nämlich ein Brief aus dem Jahr 1996 bei, als Alice das Haus vor einundzwanzig Jahren überschrieben hat. Wenn Sie jetzt beide so gut wären, sich zu setzen und bei der Verlesung des Testaments ein wenig Pietät walten zu lassen.«

Ich nehme Platz. Keine Ahnung, wie ich mich fühle, aber ich werde mich von diesem Arschloch nicht bedrohen lassen.

»Brief, datiert auf den 14. Februar 1996: Tom, der Grund für diese Änderung meines Letzten Willens und Testaments, in dem ich meiner Enkelin Courtney dein Elternhaus vermache, lautet wie folgt: Sie hat es verdient. Ich liebe sie, und sie liebt mich. Ich kann nur in Frieden ruhen, wenn ich weiß, dass sie vollständig versorgt ist. Du hast ein Haus, eine Frau und Kinder. Sicher wirst du verstehen, dass Courtney eine Tochter für mich ist, stets war und stets sein wird. Alice Bedford.«

»Die alte Hexe hat mich schon immer gehasst«, zischt Tom.

»Sie hat dich nicht gehasst! Sie hat dich nie zu Gesicht bekommen. Wage es nicht, so über sie zu sprechen!«, schleudere ich ihm entgegen.

»Halt dein Maul! Wer hat dich denn gefragt?« Wieder steht er auf.

»Alice! Sie hat mich heute hierhergebeten, um mir zu sagen, dass sie mich sehr geliebt hat und dass sie mir ihr Haus vermachen möchte. *Unser* Haus. Ich bin stolz darauf, dass ich sie bedingungslos geliebt habe. Ich bin stolz darauf, dass sie mich großgezogen hat. Und ich bin noch stolzer, dass ich nun vor dir stehen und mich endgültig von dir verabschieden kann, Tom.«

»Ein Scheißwitz ist das!« Er springt auf und greift nach der Türklinke. »Die Kiste ist eine flohverseuchte Bruchbude. Viel Spaß bei der Renovierung!«

»Danke, Tom. Zu gütig«, entgegne ich und schultere meine Tasche.

»Sie müssten noch einige Papiere unterschreiben, Courtney«, meint Mr O'Neall. »Tut mir leid, Tom.«

Tom steht an der Tür. »Und wie viel hat sie mir jetzt hinterlassen? Und Sie sagten, da sei noch ein Brief.«

Mr O'Neall öffnet einen zweiten braunen Umschlag. »Sie hat Ihnen ihre Lebensversicherung vermacht, die sich auf insgesamt zwölfhundert Euro …«

Tom unterbricht ihn. »Klar, die Beerdigung hat mich fast einen Tausender gekostet.«

Mr O'Neall lässt sich nicht beirren. »Dazu den Inhalt ihrer Geldbörse: sieben Euro und neun Cent.«

Tom hat genug gehört. Er knallt die Tür hinter sich zu. Mr O'Neall atmet tief durch.

»Entschuldigen Sie, dass ich Sie angespuckt habe«, sage ich.

»Schon gut. Ich versichere Ihnen, dass in diesem Büro bei Testamentseröffnungen schon schlimmere Dinge vorgefallen sind.«

Er nimmt einen Stift aus einem Halter und reicht ihn mir. »Unterschreiben Sie hier, hier, hier und hier.« Er blättert die Seiten durch und markiert die Stellen mit einem kleinen x. Ich unterzeichne bei jedem. Jetzt bin ich Hausbesitzerin. Einfach so.

»Warum hat sie es mir nie erzählt?«, frage ich ihn.

»Oh, ich erlebe so etwas ständig«, antwortet Mr O'Neall, während er die Papiere einsammelt und damit dreimal auf den Schreibtisch klopft. »Eigentlich ganz einfach. Viele Menschen möchten nicht, dass ihre geliebten Angehörigen glauben, ihnen etwas schuldig zu sein. Sie wollen, dass die Menschen sie in ihren letzten Tagen, Wochen, ja manchmal sogar Jahren freiwillig besuchen, nicht wegen eines Erbes. Klingt das für Sie sinnvoll?«

»Aber weshalb hat sie Tom dazu gebracht, sie in ihrem letzten Jahr, als sie wirklich krank war, täglich zu besuchen, nachdem jahrelang Funkstille geherrscht hat? Was hat sie ihm verschwiegen? Alice war bis zum Ende eine kluge Frau. Sicher hat sie gewusst, worauf er aus war.«

»Immerhin war er ihr Sohn. Vielleicht hat sie nur seine Gesellschaft gesucht«, meint er leise.

»Das ist wirklich traurig«, erwidere ich. »Mir war sonnenklar, was Tom im Schilde geführt hat, aber ich habe gehofft, Alice würde ihn nicht durchschauen. Doch dass sie mir das Haus schon vor Jahren hinterlassen hat, beweist das Gegenteil.«

»Eigentlich dürfte ich es nicht erwähnen, aber in dem Umschlag mit dem Scheck, den ich ihm gegeben habe, befand sich auch ein Brief mit der Aufschrift ›Tom Bedford, vertraulich‹. Vielleicht hat sie ihm darin alles erklärt.«

»Hoffentlich hat sie in diesem Brief ihren Frieden mit ihm gemacht. Sein ganzes Erwachsenenleben lang hat er sich nicht um sie gekümmert. Was für ein Sohn tut so etwas?« Ich habe Bilder von Susan vor Augen. Vor Erleichterung, dass wir uns stets nah sein werden, stellt es mir die Nackenhaare auf. »Und was passiert jetzt?«

»Wechseln Sie zuerst die Schlösser aus, und lassen Sie eine Alarmanlage installieren«, rät er mir. »Seit …« Er hält inne, nimmt die Brille ab und schaut auf die Uhr an der dunklen Wand seines Büros. »Seit 10:49 Uhr heute Morgen hat Tom Bedford keinen Zutritt mehr zu diesem Haus. Es gehört einzig und allein Ihnen.«

Als ich ihm die Hand hinhalte, schüttelt er sie.

»Oh, Moment noch!« Er holt ein kleines weißes, zusammengefaltetes Papier aus dem braunen Umschlag. »Das habe ich ganz vergessen.« Er streicht es glatt. »Für Sie.« Er schiebt es über den Tisch.

»Was ist das?«, frage ich, als er aufsteht.

»Ich gebe Ihnen einen Moment.« Mit einem freundlichen Lächeln verlässt er das Büro.

Vorsichtig öffne ich den Brief. Das Papier ist so dünn. Auf den ersten Blick erkenne ich nur Unmengen von Zahlen und Buchstaben. Dann sehe ich genauer hin.

Alice' Geheime Meeresfrüchteüberraschung.

»Dein Geheimrezept, Oma«, schluchze ich. Mit zitternden Händen drehe ich die Seite um.

Mein Liebling,
ich weiß, dass das hier dir eines Tages mehr bedeuten wird als alle Häuser oder alles Geld der Welt.
Das ist das Geheimnis deines Glücks.
Ich schicke dir Grüße aus dem Jenseits,
Oma

Weinend und noch immer am ganzen Leibe zitternd, erhebe ich mich. Mr O'Neall steht an der Tür und hält sie mir auf.

»Viel Glück, Courtney«, sagt er, und ich verabschiede mich.

Draußen im leichten sommerlichen Nieselregen lehne ich mich ans Geländer und schreibe eine lange SMS an Claire. Ich lese sie noch einmal, bekreuzige mich und schicke sie ab. Nun liegt der Ball auf ihrer Seite des Spielfelds. Dann wähle ich rasch Tonys Nummer. Er hebt nach dem ersten Läuten ab.

»Hey!«

»Hallo«, antworte ich mit noch immer bebender Stimme.

»Courtney? Ist alles in Ordnung? Erzähl mir, was passiert ist.« Seine Besorgnis hallt mir durch die Leitung entgegen.

»Meine Oma hat mir in ihrem Testament ihr Haus vermacht. Ich will es verkaufen und in dein Restaurant investieren«, stoße ich hervor.

Achtzehn

Als ich das Haus betrete, vergieße ich einige erstaunlich heiße Tränen, aber ich bin glücklich. Ich schließe die Tür hinter mir und steige die Treppe hinauf. Dieses Haus und alles, was ich damit verbinde, gibt es nicht mehr. Ich weiß, dass es Zeit für einen Neuanfang ist. Ich zerre den großen Koffer unter dem Bett hervor, öffne den Kleiderschrank und schiebe die Bügel beiseite. Eigentlich sollte ich mich allein und traurig fühlen, doch das ist nicht so. Die Sachen, die ich bis zu meiner Rückkehr nach dem Sommer hier aufbewahrt habe, kommen jetzt mit nach Cornwall. Alice' Gegenwart umgibt mich. Ich spüre ihren Ehering an meinem Hals, aber, noch wichtiger, das Rezept in meiner Hosentasche. Susan ist glücklich, mehr kann eine Mutter doch nicht verlangen. David ist verliebt. Offenbar ist diese Episode endgültig vorbei. Der Abspann hinter diesem Kapitel meines Lebens läuft.

Ich fördere mein Telefon zutage und frage meine Nachrichten ab. Ich habe eine von Claire.

Courtney, wir wagen uns dran. Xxx.

Es läutet an der Tür. Da ich vermute, dass es Claire ist, fange ich aus voller Kehle zu singen an.

»Gina dreams of running away …« Ich reiße die Tür auf. Sie steht strahlend vor mir. Die große braune Papiertüte in ihren Armen ist mit Salaten und Obst vollgestopft.

»Ist das wirklich dein Ernst?« Claires Augen leuchten auf wie eine Verkehrsampel. Aber ich weiß sofort, dass sie gleich von Gelb auf Grün umspringen wird.

»Mir war noch nie etwas im Leben ernster.« Barfuß tänzle ich vor ihr auf der Stelle hin und her.

»Oh … wow!« Sie fährt sich mit den Händen übers Gesicht. »Jetzt hast du also Alice' Haus und kannst es verkaufen, Courtney? Ich hab's doch gewusst. Ich wusste, dass sie es nicht diesem Blödmann von einem Sohn vermachen wird. Alice war zu schlau für ihn.« Claire klatscht sich auf die Knie.

»Das heißt, dass ich auch Investorin werden will. Ich behalte meinen Job, bis alles in trockenen Tüchern ist. Wir können umziehen, Claire. Ich kann umziehen! Ist das zu fassen, Claire?« Vor lauter Aufregung ist mir ein wenig schwindelig.

Claire starrt mich an, als stünde mein Kopf in Flammen.

»Äh, hast du da nicht jemanden vergessen, du *Eat Pray Love*-Frau, du?«, stellt sie das Offensichtliche fest.

»Susan, ja, ich weiß«, sage ich.

»Kommt sie in deinem neuen Lebensplan überhaupt vor?« Claire hebt die Augenbrauen.

»Nein«, entgegne ich mit einem heftigen Kopfschütteln.

»Nein?« Abgrundtiefes Erstaunen malt sich in Claires Gesicht.

»Nein. Nein insofern, weil sie mich nicht begleiten wird, und ja insofern, dass ich immer ein Zimmer für sie frei haben werde, falls sie mich besuchen will.«

»Das ist doch ein Scherz, Courtney?«

»Hör zu. Wenn Susan eines Tages von ihrer eigenen Tochter

so behandelt wird, was würdest du ihr empfehlen? Welchen Rat würdest du ihr geben? Welchen Rat hätte Alice mir jetzt gegeben? *Führe dein eigenes Leben.*« Die Antwort hallt in meinem Kopf wider. »Und das werde ich, Claire. Ich tue das für mich. Nicht für dich oder für Susan, für *mich*, und, ja, ich habe mich noch nie so egoistisch verhalten. Vielleicht sogar verachtenswert. Mein ganzes Leben lang wollte ich andere glücklich machen. Oma, David, Susan – aber niemals mich selbst. Ja, Susan hat mich glücklich gemacht, doch eigentlich habe ich mich nie wirklich glücklich mit mir selbst gefühlt. Ich will ich sein. Herrgott, du weißt, dass ich alles dafür geben würde, dass Susan mitkommt. Aber sie will nicht. Ich glaube, Alice möchte mir etwas mitteilen. Immer hat sie betont, wie wichtig es sei, ich selbst zu sein. Als ich ihr erzählt habe, dass ich in der Schule wegen meiner alten Mutter verspottet würde – meine Mitschüler dachten alle, dass sie meine Mutter sei, weil ich nicht wegen zwei toter Eltern bemitleidet werden wollte –, hat Alice mir stets geraten, mir selbst treu zu bleiben. Das begreife ich jetzt erst, und in zwei Jahren werde ich vierzig. Erst nach all dieser Zeit verstehe ich, was das tatsächlich bedeutet. Ich meine, schau dir nur Tom an, den hast du ja gerade selbst erwähnt. Alice hat alles für ihn getan und sich für ihn krumm geschuftet. Doch er hat ihre Liebe nie erwidert. Keine Ahnung, warum. Es gab keinen anderen Grund als den, dass Tom schon immer ein selbstsüchtiger Mistkerl war. Die Veranlagung setzt sich eher durch als die Erziehung, das lerne ich jetzt auf die harte Tour, Claire. Vielleicht ist es mit Susan das Gleiche. Möglicherweise wird sie mich nie so lieben wie ich sie. Sie bricht die Schule ab und wird ganztags bei Mar-nee arbeiten. Sie liebt ihren Job. Sie ist glücklich. Was sollte ich also tun, Claire? Allein in Davids Haus herumhocken, bis sie mich rausschmeißen? Mich täglich vor Mar-nees Salon herumdrücken, in der Hoffnung, dass Susan mit mir zum Mittag- oder Abendessen geht? Mir gnädigerweise ihre Zeit gewährt?« Mir bleibt die Luft weg, und ich schlucke heftig. Aber ich werde nicht weinen. Es ist mehr als eine Triumphrede. Ich glaube, was ich sage.

»In diesem Fall hast du meiner Ansicht nach absolut recht«, erwidert sie, schüttelt ihr zu lang gewordenes rotes Haar und fährt mit den Fingern hindurch. »Wirklich. Und wenn ich dich so reden höre, bin ich sicher, dass wir es beide nötig haben. Weißt du was, Courtney? Wir haben es uns verdient. Sorry, ich wollte mich nur vergewissern, dass du dir alles gründlich überlegt hast. Bestimmt kommt Susan irgendwann zur Vernunft, denn du warst eine fantastische Mutter. Aber es stimmt. Sechzehn Jahre lang hast du dich Tag für Tag und Sekunde für Sekunde um das Glück dieses Mädchens gekümmert. Hast du auch auf dein eigenes geachtet?« Ihre grünen Augen blicken mich mitfühlend an.

»Nein.« Es bricht mir das Herz, die Frage so beantworten zu müssen, doch es ist wahr.

»Nein«, wiederholt sie leise. »Vielleicht ist es ja Schicksal. Meiner Meinung nach hat Susan schon immer mehr Freiraum von dir gebraucht. Vielleicht, aber nur vielleicht, muss sie von selbst dahinterkommen, was eine Beziehung zwischen Mutter und Tochter ausmacht.« Claire nickt.

»Aber sollen wir es wirklich tun? Sollen wir in ein Restaurant investieren, über das wir nichts wissen? Immerhin haben wir beide noch nie ein Geschäft geführt. So einfach ist das nicht, Courtney. Allmählich kriege ich kalte Füße.« Sie wirkt besorgt.

»Keine Angst. Wir arbeiten alles mit Tony und dem Anwalt durch. Es soll so sein, Claire.«

»Ich bleibe noch eine Woche zu Hause in Sandymount, Courtney. Martin hat mich gebeten, zusammen mit ihm seinen Therapeuten aufzusuchen, und ich habe zugestimmt.«

»Du verwöhnst ihn«, protestiere ich.

»Er muss auch einen Schlussstrich ziehen. Sein Therapeut meint, es sei gut für ihn, wenn ich bei einigen Sitzungen dabei bin, bevor er abreist. Ich bin bereit dazu, wenn du es auch für richtig hältst.«

»Irgendetwas tief in meinem Innersten sagt mir, dass es das Richtige ist«, bestätige ich.

»Ein Bauchgefühl, oder was?«, fragt sie.

»Ein absolut starkes Bauchgefühl, Claire.«

»Das genügt mir. Darf ich jetzt endlich reinkommen? Der Salat wiegt ungefähr eine Tonne!«

Teil drei

Ein Jahr später

Neunzehn

Die letzten Augusttage in St Ives sind sengend heiß. So heiß war das Wetter schon seit zehn Jahren nicht mehr. Ich habe beschlossen, mir einen kurzen Pagenkopf zuzulegen, weil das in der Küche praktischer ist. Komischerweise verwechselt mich niemand mehr mit Kate Winslet – egal in welchem Film. Eine Erleichterung. Und, ja, das Profikochen! Jeden Abend werde ich in der Küche aushelfen, um den Beruf richtig zu lernen. Ich kann Ihnen gar nicht sagen, wie schnell das letzte Jahr vorbeigerauscht ist. Bevor ich Dublin für immer den Rücken gekehrt habe, haben Susan und ich uns tatsächlich richtig ausgesprochen. Wir haben ein veganes Essen gekocht, ferngesehen und einen langen Spaziergang gemacht. Ich weiß, dass sie sich für mich gefreut hat, weil ich gehe, denn sie hat es mir am Abend vor meiner Abreise mitgeteilt.

»Nur ein zusätzlicher Koffer, Mom? Im Ernst?« Sie lag, Gurkenscheiben auf den Augen, auf meinem Bett, als ich ihr sagte, dass alles gepackt sei. Mit zwei Klicks der Kofferschließen war ich in Phase zwei meines Lebens eingetreten. Im Haus blieb alles, wie es war. Es gab nichts, was ich mitnehmen wollte. Nur das Mädchen auf dem Bett, das ich so liebe, aber das war nicht zu haben.

»Offenbar. Ich hatte ja nie viele Klamotten, richtig?« Ich

faltete mein rotes Jeanshemd zusammen und schloss den Koffer.

»Nein, nicht wirklich, Mom, aber das ist okay. Mar-nee hat absurd viele Kleider. An einigen hängt noch das Preisschild, und zwar seit Jahren. Dad meint, sie könnte damit eine Boutique eröffnen, und sie sagt, vielleicht macht sie das eines Tages.« Susan lachte. Sie senkte den Blick. »Ich würde dich gern mal besuchen. Sonntags und montags habe ich frei. Würde das gehen?«

Ich schluckte heftig. »Das wäre wunderschön. Ich werde immer auf dich warten, Schatz.«

»Du bist toll, Mom«, antwortete sie, und ich betrachtete sie auf dem Bett. Eine attraktive, unabhängige Frau.

»Du hast dich zu einer tollen jungen Dame entwickelt, und ich könnte nicht stolzer auf dich sein«, fügte ich hinzu, und es war mein Ernst. Ich bereute, dass ich ihr nicht besser zugehört hatte. Dass ich mich zu sehr angestrengt hatte, sie meinen Vorstellungen anzupassen, anstatt gemeinsam mit ihr zu wachsen. Wenn ich die Zeit zurückdrehen könnte, hätte ich einiges ein wenig anders gemacht, als die Pubertät zuschlug. Doch mit späten Erkenntnissen ist es so eine Sache. Ich muss akzeptieren, wo wir jetzt als Mutter und Tochter stehen, und mich an dieser neuen Beziehung erfreuen. Sie hat meinen absoluten Respekt verdient.

»Weißt du was, Mom? Ich glaube, es wird mir gefallen, erwachsen zu sein.« Sie drückte die Zeigefinger auf die Gurkenscheiben und ließ sie um die Augen kreisen.

»Das hoffe ich.« Ich liebe dich so sehr, formte ich dann lautlos mit den Lippen, stand auf, betrachtete sie, hob langsam die Finger an den Mund, küsste sie und pustete ihr quer durchs Schlafzimmer sacht mein Herz zu.

Wenn ich Ihnen erzähle, dass Claire und ich uns am Abend vor meiner Abreise aufgeführt haben wie zwei verkicherte Teenager, ist das nicht gelogen. Als ich hereinkam, saß Martin auf seinem silbernen, futuristischen Barhocker am Küchenblock. Seit seiner schicksalsschweren Beichte und der Trennung hatte ich ihn nicht gesehen. Verlegen hörte er auf, sich zu drehen, und blickte auf. Er wirkte sehr verändert. Natürlich war er noch derselbe Mensch, aber dennoch völlig anders.

»Hallo, Courtney«, begrüßte er mich mit einem verunsicherten schiefen Lächeln. Offen gestanden hatte ich Mitleid mit ihm.

»Hey, Martin, wie geht es dir?«, erwiderte ich höflich. Er war tapfer gewesen, inzwischen verstehe ich das. Ich wünschte nur, er hätte nicht auch all die Jahre gelitten. In diesem Fall gab es keine Gewinner, nur Opfer.

»Nicht schlecht. Hör zu, ich würde euch gern mal besuchen, wenn ich aus Indien zurück bin. Ich finde die Idee toll. Pass bitte für mich auf sie auf, ja?«

Ich merkte ihm an, dass er es ehrlich meinte. Bis jetzt hatte ich geglaubt, nicht das Recht zu haben, etwas Persönliches zu ihm zu sagen. Claire hatte ihren Frieden mit ihm gemacht. Obwohl sie ihn noch immer von Herzen liebte, musste sie akzeptieren, dass sie ihm nicht genügte.

»Es wäre wundervoll, dich zu sehen, und natürlich erfülle ich deinen Wunsch. Claire ist die tollste Frau der Welt«, antwortete ich mit einem freundlichen Lächeln, damit er lockerer wurde.

Nervös rang er die Hände. »Der Fairness halber muss man sagen, dass wir beide jahrelang versucht haben, sie dazu zu überreden, sich ernsthaft aufs Backen zu verlegen. Du mehr als ich. Ständig hast du ihr gepredigt, sie solle eine Bäckerei eröffnen. Mit euch beiden am Steuer wird das Restaurant ein Riesenerfolg«, verkündete er, als wir alle aufstanden und einander ansahen. Dann breitete er die Arme aus. Claire ließ sich umarmen, und als sie den Kopf senkte, küsste er sie sanft auf die Stirn. Im nächsten Moment steuerte er, den Kopf gebeugt und die Hände tief in den Hosentaschen, auf die Tür zu. Auf der Schwelle drehte er sich noch einmal um.

»Wir sehen uns morgen bei der Therapie.« Mit diesen Worten ging er. Würde er uns wirklich besuchen? Ich hatte den Eindruck, dass ich Martin Carney zum letzten Mal im Leben zu Gesicht bekommen hatte.

»Glaubst du, er wird glücklich?«, fragte sie mich, während wir ans Fenster traten, um ihn zu beobachten. Wir schauten zu, wie er, offenbar noch immer aufgewühlt, hektisch in den Taschen seiner Jeans nach dem Autoschlüssel kramte.

»In deiner oberen Hemdtasche!« Sie schob das Fenster hoch und rief es zu ihm hinunter. Er griff hinein, förderte den Schlüssel zutage und schwenkte ihn.

»Das war der Moment, in dem er mich immer ansah und ›Claire, was würde ich ohne dich tun?‹ sagte«, meinte sie leise. »Ey, nicht in der Vergangenheit bohren«, fügte sie, mehr an sich selbst gewandt, hinzu. »Meinst du wirklich, er kommt klar?«

»Ja, ganz sicher. Er hat sich endlich selbst angenommen. Die Welt da draußen ist groß und böse, aber wenigstens lebt er keine Lüge mehr«, erwiderte ich sanft und legte ihr die Hand fest unten auf den Rücken. Es war Zeit, nach vorne zu blicken.

»Unsere Ehe war doch keine Lüge, Courtney, oder?« Sie seufzte auf.

»Vielleicht eine kleine Notlüge.« Als ich Zeigefinger und

Daumen ein winziges Stück auseinanderhielt, nickte sie langsam und stimmte mir widerstrebend zu. Sie mochte verletzt worden sein, war jedoch nicht mehr zornig, nur traurig und ein wenig ängstlich vor der Zukunft.

»Ich war so lange verheiratet. Du kennst das ja. Ich weiß gar nicht mehr, wer ich allein eigentlich bin.« Sie ließ den Milchkaffee in der Hand kreisen.

»Oh, glaub mir, dieses Gefühl kenne ich, Claire.«

»Möchtest du wieder heiraten?« Sie musterte mich mit tückisch funkelnden Augen.

»Ich habe keine Lust mehr, mich rechtlich an einen anderen Menschen als an mich selbst zu binden«, entgegnete ich.

»Also glaubst du nicht mehr an die Ehe?«, hakte sie nach.

Ich überlegte einen Moment. »Schon, nur dass es bei mir nicht geklappt hat, weshalb ich es nicht wiederholen möchte. Aber wenn es passt, ist es eine wunderschöne Sache.«

Claire nickte zustimmend. »Lass uns einfach abwarten, wie es mit diesem Tony Becker läuft, bevor du dich auf irgendeine Meinung festlegst, ja?« Sie grinste hämisch.

»Was soll das heißen?« Ich starrte sie an.

»Das heißt, dass du diesen Typen wirklich magst, Courtney. Und was meiner Ansicht nach noch wichtiger ist: Ich denke, er mag dich auch.« Sie lächelte mich freundlich an und quetschte ein leeres Päckchen Reiswaffeln mit Himbeergeschmack in ihre Tasche. Dann griff sie nach meiner Hand, die inzwischen auf meinem Knie lag. Ich nippte an meinem Tee und überlegte, wie ich mich ausdrücken sollte.

»Ja, Claire, ich mag ihn sehr. Da will ich dir nichts vormachen. Aber weißt du, ich war noch nie ganz allein, und das Letzte, was ich jetzt will, ist, mich in eine ernsthafte Beziehung zu stürzen. Ihm geht es übrigens genauso. Ich will mich hauptsächlich auf das Restaurant konzentrieren. Schließlich geht es bei dieser Reise endlich einmal um mich.«

So lautete meine Antwort, und jedes Wort war wahr gewesen. Obwohl bei Tonys Anblick jedes Mal ein Feuerwerk in meinem Bauch losging und Elektroden prickelnd durch meinen ganzen Körper schossen, wenn ich daran dachte, dass ich mit ihm und Claire ein Restaurant in St Ives besitzen würde.

»Das ist für uns.« Gerade kippte Claire den Rest ihres Milchkaffees hinunter, als das Backrohr die unmittelbar bevorstehende Ankunft irgendeines traumhaften Kuchens ankündigte. »Los, den essen wir jetzt.« Wir lachten, als Claire nach ihren Ofenhandschuhen griff und die Klappe öffnete. Ich schnupperte den köstlichen Duft.

»Übrigens brauchen wir noch einen Namen für das Restaurant! Tony liegt mir ständig deshalb in den Ohren.«

»Hmmm … irgendwelche Ideen?« Claire testete ihr Gebäck mit dem kleinen Finger.

»Haus der ungeahnten Möglichkeiten?«, schlug ich vor.

»Wir wollen kein Bordell aufmachen, Courtney«, erwiderte sie lachend, während sie das Backgitter herauszog. Für mich sah es aus wie Muffins mit Schokostreuseln, allerdings sehr kleine. Gar nicht Claires Stil. »Tony findet, dass die Namen von uns beiden vorkommen sollten«, erklärte sie mir und bugsierte die Muffins auf eine große Platte.

»Wann hat er das gesagt?«, erkundigte ich mich.

»Gestern Abend am Telefon. Keine schlechte Idee. Claires und Courtneys Cottage?«, meinte sie.

»Äh, nein, was hältst du von Courtneys und Claires Cottage?« Ich versetzte ihr einen sanften Rippenstoß.

»Warum nicht *C&Cs Cottage*? So kann ich mir vorstellen,

dass das erste C für Claire steht, und du, dass es Courtney heißt, und wir haben alle gewonnen«, antwortete Claire.

»Abgemacht!« Ich sprang auf und küsste sie auf die Wange.

»Danke, dass du mich gerettet hast, liebe Freundin«, sagte sie.

»Keine Ursache.«

»Greif zu!« Sie hielt mir die Platte hin.

»Was ist das?«, fragte ich.

»Ich würde behaupten, dass sie nach nichts schmecken.« Sie nahm selbst eines und biss hinein. Ihre Augen weiteten sich. »Oh, nicht schlecht. Überhaupt nicht schlecht. Das Rezept ist von den Weight Watchers. Die Schätzchen haben fast keine Kalorien.«

Ich kostete eines. »Mmmm, lecker«, stellte ich fest. »Siehst du, wenn du den Dingen keine Chance gibst, findest du nie raus, wie toll sie sein können.« Ich zwinkerte ihr zu und mampfte zufrieden schweigend vor mich hin.

Als ich, zurück in Cornwall, eines Abends nach der Arbeit bei Tony eintraf, war Claire gerade dabei, sich mit Billy, dem Fuchs, anzufreunden. Wir mussten noch die letzten Papiere unterschreiben, die uns zu gleichberechtigten Teilhabern machten. Seine Küchenwand erinnerte an eine Kunstgalerie. Es hingen verschiedene Pläne und Polaroidaufnahmen von der Baustelle dort. Der Speisesaal sollte ein gewaltiges Panoramafenster mit Meerblick bekommen. Die Küche würde offen sein, damit die Gäste den Köchen bei der Arbeit zusehen konnten.

In den folgenden Monaten wurde C & Cs Cottage dank Tony und des großen Engagements seines Teams fertig gebaut. Tony hängte neue Polaroids des Restaurants in den verschiedenen Entstehungsphasen auf. Das letzte zeigte das vollendete Gebäude mit mir, Tony und Claire, die strahlend davorstanden.

In der Zwischenzeit hatten wir mit Keith die Speisekarte zusammengestellt. Sämtliches Fleisch sollte aus der Region stammen, und zwar von Ridger Barner, der Jersey-Rinder, Schweine und Hühner züchtet: Er hat einfach alles im Angebot. Sympathischer Mensch. Seine Familie hält seit Generationen Vieh. Wir beschaffen so viel wie möglich vor Ort. Wir haben eine Reihe von Fischern an der Hand, bei denen Tony bereits fürs *Meloria's* einkauft. Apfel- und Birnbäume wurden gepflanzt. In ein paar Monaten werden wir unser eigenes Obst für Claire haben. Hinter dem Restaurant gibt es Parkmöglichkeiten. Wir haben Platz für vierundzwanzig Gäste. Jeden Abend hatten wir im C & Cs Cottage nach dem Rechten geschaut, lange Spaziergänge durchs Dorf unternommen, die Speisekarten in der Umgebung getestet und ein Haus gesucht.

An jedem Abend in der Woche schickte meine Susan mir eine SMS. Und Claire ging an jedem Abend zu einem Spinning-Kurs, zum Zumba oder zum Pilates. Sie sah einfach toll aus. Und was noch wichtiger war: Sie fühlte sich wohl in ihrer Haut. Tony und ich verbrachten intime Momente miteinander und trafen uns anschließend mit Claire, um unser aufregendes neues Projekt bei einem kalten Weißwein oder einem kalorienarmen Kakao zu besprechen. Es war ein glückliches Jahr. Paradiesisch. Claires Stimmung besserte sich langsam von Tag zu Tag, und ihre ausgezeichnete Therapeutin in St Ives half ihr wirklich. Obwohl ich immer wieder darüber nachgrübelte, was ich denn für eine Mutter sei, versöhnte ich mich im Laufe der Zeit damit.

Und gestern Abend, dem Abend vor unserer großen Eröffnung, habe ich ein sehr ausführliches und aufschlussreiches Gespräch mit Tony geführt, nachdem Claire mit einer Tüte geschälter Mandeln und *Fifty Shades Darker* zu Bett gegangen war.

»Hält Billy sich tatsächlich für deinen Hund?«, fragte ich Tony.

»Nein, ich glaube, er hält sich für meinen Fuchs, der Blödmann«, erwiderte er mit Pokerface, wobei er meinen Akzent nachahmte. »Alles bereit für die große Eröffnung?« Er rückte seinen Stuhl neben meinen.

»Na klar!« Ich reckte die Hände in die Luft.

»Schlummertrunk?«, schlug er vor. Er schenkte uns zwei riesige Gläser Brandy ein. Durch das offene Fenster der Wohnung wehte eine willkommene sommernächtliche Brise herein.

»Dieses Restaurant vermittelt mir ein Gefühl, etwas geleistet zu haben, das ich bis jetzt noch nie hatte.« Er setzte sich dicht neben mich und legte seinen starken Arm um mich.

»Warum?«, erkundigte ich mich neugierig.

»Wahrscheinlich ist es … nicht unbedingt eine Absicherung, sondern eher eine wirtschaftliche Chance, an der Phoebe ebenfalls teilhaben kann.«

Ich nickte voller Verständnis. »Genau. Und Susan auch. Ich verstehe dich vollkommen, Tony.«

»Also, für morgen ist alles fertig. Nun lautet die Frage, ob ich einen Kuss haben dürfte, Courtney Downey.« Seine braunen Augen sahen mich an. Ich beugte mich vor und küsste ihn fest auf den Mund.

»Bist du schon aufgeregt, weil du morgen in der Küche stehen wirst? Keith freut sich sehr darauf, mit dir zusammenzuarbeiten.« Erwartungsvoll rieb er sich die Hände.

»Ich bin begeistert, dass er hier sein wird. Und noch mehr deshalb, weil er hier arbeiten will. Jessica und Federec sind absolut fähig, im *Meloria's* die Stellung zu halten. Ja, ich bin aufgeregt, total aufgeregt, Tony.« Ich blickte ihm in die träumerischen braunen Augen.

»Hmmm, ich auch«, murmelte er, während er sein Gesicht meinem näherte. Ich stellte mein Glas weg und strich mit den Händen durch sein kurzes Haar und durch die Bartstoppeln.

»Ich glaube, ich gehe es Tag für Tag an …« Ich zog ihn an mich und küsste ihn heftig. Wir sind nicht mehr so leidenschaftlich wie zu Beginn unserer Beziehung, doch inzwischen bedeutet es mehr. Es war so wunderschön, und ich wollte es behalten, solange ich konnte.

Zwanzig

»Was glaubt ihr eigentlich? Ich kann unmöglich sechs Abende pro Woche all diese Nachspeisen zubereiten. Ich bin keine Profibäckerin!« Als wir in unserem Restaurant beim Frühstück sitzen, verfällt Claire in Panik. Es ist Eröffnungstag.

»Klar kannst du!« Tony schenkt ihr eine große Tasse Kaffee aus der Kanne ein, während ich ihren trockenen Toast in zwei Hälften schneide.

»Nein, kann ich nicht. Heute Abend zum Beispiel gibt es Banoffeekuchen, Käsekuchen mit Zitrone und Schokobrownies mit selbst gemachtem Vanilleeis. Was, wenn alles schiefgeht? Wie der Banoffeekuchen, den du bei mir zu Hause gekostet hast, Courtney. Am Tag bevor meine Ehe zerschellt ist. Du hast selbst gesagt, er sei viel zu süß!« Claire trägt wie ich Kochuniform. Zumindest stimmt die Kostümierung.

»Claire, wir haben zwei Wochen lang hier in dieser Küche experimentiert und jeden Abend deine Nachspeisen probiert. Sie sind köstlich. Du bist unbeschreiblich begabt«, beschwichtigt Tony sie, während sie eine halbe Banane auf ihrem Toast verteilt.

»Okay, ich muss noch die Klapptische decken und die Pfingstrosen für später pflücken.« Ich versuche, die Angst zu unterdrücken.

»Ihr müsst euch beide beruhigen«, meint er sanft, erhebt sich und schaut aus dem Fenster. »Wer ist das denn?«, murmelt er vor sich hin und öffnet die Tür des Restaurants. Nach ein paar Sekunden Small Talk kehrt er mit dem gewaltigsten Strauß aus roten und weißen Rosen zurück, der mir je untergekommen ist. »Für dich.« Er reicht sie mir.

»Von dir?«

»Nein, ich fürchte, ich hatte keine Zeit, frische Blumen zu bestellen, Liebling.« Er lacht.

Ich mache das winzige Kuvert auf.

Für Courtney aka Supermom,
Wir sind so stolz auf ich. Ganz viel Glück
mit C&Cs Cottage. Wir kommen sehr bald,
um die Küche Cornwalls zu testen.
Ganz liebe Grüße, Susan, David und Mar-nee xxx

Ich bin wirklich gerührt.

»Das ist nett von ihnen«, meint Tony. »Später verstreue ich die Blütenblätter auf unserem Bett.«

»Oh, T. Becker, du Sexprotz! Reiß dich zusammen.«

Claire tritt auf ihn zu und vollführt Bewegungen, die man, glaube ich, Breakdance nennt, bei ihr aber eher aussehen, als hätte sie schlimme Magenschmerzen. Wir fangen zu lachen an.

»Ich habe bemerkt, wie dieser Keith mich anglotzt. Offenbar gefällt ihm die neue Figur, an der ich so hart arbeite!« Sie wirft ihrem Bauch eine Kusshand zu.

»Okay, hört zu.« Tony ist wieder beim Geschäftlichen. »Heute, am Eröffnungsabend, sind wir total ausgebucht. Vierundzwanzig Reservierungen. Bernie und Barry kommen. Marina und ein Blind Date. Steve und seine Familie … Die

Speisekarten sind gedruckt.« Tony schlägt die Handflächen zusammen. Alles erledigt. Es gibt kein Zurück mehr.

»Also los, Partner!«, ruft Claire, schluckt dann jedoch hörbar, und ihre Hände zittern.

»Hast du etwas?« Ich drehe mich zu ihr um. Mit Tränen in den Augen betrachtet sie die idyllische Küste Cornwalls. »Ich bin überzeugt, dass alles wunderbar klappen wird. Ich habe eine zweite Chance gekriegt. Backen war schon immer mein Traum. Ja, Martin ist stets in meinen Gedanken, und ich glaube, das wird auch so bleiben. Aber mit mir ist alles okay. Hey, besser als okay. Ich kann sein, wer ich will!« Sie zwinkert mir zu, und wir schlagen leicht die Fäuste aneinander.

»Für die Terrasse müssen die Klapptische eingedeckt werden. Ich habe die Temperaturen gecheckt. Um neun werden wir noch sechzehn Grad haben!« Tony weist auf den Garten.

»Das erledige ich. Claire muss sofort in die Küche«, übernehme ich das Kommando.

»Vergiss nicht, dass Sandra früher kommt«, meint er zu mir.

»Ich habe noch immer ein schlechtes Gewissen, weil ich sie vom Ploughboy abgeworben habe«, sage ich, was nur zum Teil stimmt. Sie ist unsere Restaurantchefin und hat außerdem geholfen, mit allen Kellnerinnen und Kellnern und den Küchenhilfen Bewerbungsgespräche zu führen und sie einzustellen. Die Verantwortung für die Qualität des Essens ruht allein auf unseren Schultern. Wir schlendern durch den vorderen Teil des Restaurants, und wieder einmal staune ich darüber, welche Wunder Tony bewirkt hat. Die mit weißem Rauputz und Glas ausgestatteten, frisch renovierten Häuschen sind nun mit einem verglasten Gang miteinander verbunden, durch den die Gäste zu ihren Plätzen im hinteren Teil des Restaurants geführt werden. *C & Cs Cottage Restaurant* steht in großen roten, von weißen Lichterketten durchzogenen Buchstaben über der Tür. Kaum zu fassen, dass das hier jetzt ein Teil von mir ist. Mein Leben. Ich mache auf dem Absatz kehrt. Claire plaudert bereits mit Sandra, die Klapptische nach draußen schleppt.

»Moment, ich helfe euch!« Ich höre auf tagzuträumen und mache mich an die Arbeit. Die Eröffnung beginnt um sieben, und es wird ein wundervoller, warmer Sommerabend werden. Tony hat eine Terrasse angelegt, wie man sie sonst nur in St Tropez findet. Überall blühen Blumen, und er hat das Gras gegen Sand ausgetauscht. Die Tische versinken in der fünf Zentimeter tiefen Schicht. Die Stühle ebenfalls. Ringsherum sind diskret Heizstrahler in die Wände eingebaut, falls es abends kühl werden sollte. Diesen Teil des Restaurants mag ich am liebsten.

»Ich fange mit den Vorbereitungen an.« Claire kommt zu mir herüber. Ihr rotes Haar hat sie ordentlich unter einer Kochmütze verstaut.

»Ich werde die Tische eindecken und mir dann meine Zutaten ansehen. Sandra, hat Delia den Fond angesetzt?« Als sie die Panik in meinen Augen erkennt, lächelt sie und nickt mir aufmunternd zu. Heute steht nur eines meiner Gerichte auf der Speisekarte: Alice' Meeresfrüchteüberraschung. Es hat mir nur eine einzige einfache Zutat gefehlt. Ein Spritzer Zitrone. So simpel und dennoch so wirkungsvoll in Sachen Geschmack. Ich hoffe nur, dass die Gäste es bestellen und dass es ihnen auch schmeckt.

»Melde mich zum Dienst!«, ruft eine glockenhelle Stimme. Phoebe erscheint in einer schwarzen Hose und einem schwarzen T-Shirt, auf das in der linken Ecke diskret *C&Cs Cottage* eingestickt ist.

»Hallo, Liebes!« Tony umarmt sie.

»Hey, Dad und C!«, antwortet sie. Ich umarme sie fest. »Weißt du, dass Susan und ich eine total lustige Unterhaltung auf Skype geführt haben? Ans Telefon kriegt man die ja nie. Aber ich habe sie in ihrer Pause auf dem Laptop im Salon erwischt. Sie freut sich so darauf, herzukommen und sich den Laden anzuschauen, wenn sie Zeit hat. Wer hätte gedacht, dass Kosmetikerinnen so viele Lehrgänge besuchen müssen? Wer weiß! Ich habe ihr vorgeschlagen, das Zehennägelschneiden aufzugeben und hier zu arbeiten. Schließlich ist es unser Erbe.« Phoebe kichert.

»Und was hat sie dazu gesagt?« Ich blicke von den lavendelfarbenen Pfingstrosen auf, die ich gerade für die Tischdekoration pflücke.

»Sie meint, es seien schon seltsamere Dinge geschehen. Stell dir vor. Ich hatte nie Geschwister. Ich fände es spitze, wenn sie herkommen würde.« Phoebe grinst mich an.

»Okay, Phoebe, rein mit dir. Da sind Gläser, die poliert werden müssen«, sagt Sandra.

»Zu Befehl, Ma'am!« Phoebe schlägt die Hacken zusammen, und die beiden gehen hinein.

Ich schneide weiter Pfingstrosen. Inzwischen hat mich eine unheimliche Ruhe überkommen. Ich weiß, dass ich eine gute Köchin bin. Meine Gerichte schmecken. Sie sind nicht überkandidelt und ehrgeizig und keine Geniestreiche, sondern leckeres, nahrhaftes, hausgemachtes Essen. Ich muss noch so viel lernen. Eines Tages, wenn ich genug Erfahrung habe, werde ich Lar mitteilen, dass Yvonne die Filiale in St Ives übernehmen kann. Ich habe mich ihm bereits anvertraut, und er hat vollstes Verständnis. Ich weiß, dass meine Zukunft hier liegt.

»Ich verpasse den Heizstrahlerhaltern noch einen letzten gelben Lackstrich.« Tony zieht eine klapperige alte Trittleiter hinter sich her. Ich blicke ihm nach, als er losgeht und mit einer Dose des bienengelben Lacks zurückkehrt, den wir zusammen ausgesucht haben. Er schnappt sich einen abgenutzten Pinsel und steigt auf die Leiter.

Er ist so absolut vollkommen. Ein Traummann. Ich habe großes Glück gehabt. Als wir uns vor einer Weile richtig ausgesprochen haben, habe ich ihm einige Wahrheiten anvertraut.

»Ich will niemandem mehr Rechenschaft schuldig sein. Mein Leben soll nur mir gehören. Das ist zwar unglaublich egoistisch, doch es stimmt«, sagte ich leise, aber mit Nachdruck.

»Kannst du mir das bitte erklären?« Er umfasste meine Hände.

»Momentan sehne ich mich nur nach Unabhängigkeit. Danach, selbst zu bestimmen, was passiert«, erwiderte ich.

»Ach, wie schräg«, witzelte er, doch dann änderte sich seine Miene. »Ich habe meine ganze Jugend, ja den Großteil meines Lebens Phoebe gewidmet. Versteh mich nicht falsch, anders hätte ich es nicht haben wollen. Aber mir ist klar, was du meinst. Es ist Zeit, dass wir wir selbst sind. Ich will auch keine Verpflichtungen, Courtney. Ich will eine Frau, in die ich bis über beide Ohren wahnsinnig verliebt bin. Und ich will, dass du mich auch liebst.«

»Ich liebe dich, ich wollte nur, dass wir da einer Ansicht sind«, antwortete ich.

»Sind wir«, stimmte er mit einem breiten Lächeln zu.

Ich kehre wieder in die Gegenwart und in C & Cs Cottage zurück. »Claire hat in The Spires in High Leys eine kleine Wohnung entdeckt, die sie kaufen möchte«, teile ich ihm mit. Die Morgensonne beleuchtet die gelben Farbspritzer auf seiner schweißnassen Stirn.

»Ziehst du mit ihr ein?«, erkundigt er sich wie beiläufig.

»Ha! Ich bin nicht eingeladen. Sie will allein wohnen«, erkläre ich.

Er nickt.

»Und da ich nach dem Verkauf von Inchicore und dieser Investition nicht viel übrig habe, sieht es nicht danach aus, als ob ich so bald Wohnungseigentümerin werde«, füge ich lachend hinzu.

»Ich habe ein sehr großes Haus, Courtney. Also wird eine Unterkunft für dich nie ein Problem sein, selbst wenn du Vollzeit hier arbeitest und bei Lar kündigst. Bei mir ist immer ein Zimmer frei.«

Wir lassen das auf uns wirken. Trotz unserer Beteuerungen, dass wir keine Verpflichtungen wollen, hängt etwas zwischen uns in der Luft.

»Warum gibt Superman mit seiner Hose an?«, ruft er in einem Tonfall voller Erstaunen zu mir hinunter. Vollkommen beabsichtigt. Nach unserem Gespräch von gerade eben kann ich mir einen Lachanfall nicht verkneifen. Aus meiner Küche weht der köstliche Duft von brutzelndem Knoblauch herüber. Und ich werde das Gefühl nicht los, dass ich auf diese Frage, so willkürlich sie auch sein mag, mein Leben lang gewartet habe.

Das ist der Augenblick.

Der Augenblick, in dem ich endlich genau weiß, wer ich bin und was ich will. Oma Alice umgibt mich, davon bin ich überzeugt. Tony und ich sind uns sicher, dass unser momentanes Leben das Beste für uns ist. Aber wer weiß? Vielleicht wird diese Idylle für immer anhalten. Vielleicht auch nicht. Doch zurzeit ist es genau richtig so. Tony Becker ist klar, wie wichtig es für mich ist, ich selbst zu sein. Ich hole tief Luft und nicke zum tiefblauen Himmel hinauf. Zu allen, die auf mich hinunterlächeln. Teil zwei von Courtney Downeys Leben beginnt genau hier und jetzt. Und als Tony sich wieder dem Lackieren zuwendet, führe ich meinen Freudentanz auf.

Danksagung

Vielen Dank allen hier Aufgeführten, ohne die ich nicht einmal eine Einkaufsliste schreiben könnte, geschweige denn ein Buch.

Danke an jeden von euch, der *Endlich wieder Meer für mich* gekauft hat. Ich freue mich über jede Nachricht von meinen Lesern, und ich muss mich immer noch kneifen, um glauben zu können, dass ich tatsächlich welche habe!

Ich danke meinem Mann Kevin und meinen Töchtern Grace und Maggie, die mich wirklich inspirieren. Ich liebe euch so sehr.

Meinem Rockstar-Dad aka Robbie Box. Rocke weiter! Meiner besten Freundin und engsten Verbündeten, meiner Mam Noleen Grace. Ich liebe euch beide. Samantha (du kriegst die Widmung) und Keith, meinem Bruder, dem zweiten Rockstar. Der Titel deines neuen Albums muss *In Come a Table* lauten, du Genie, du! Niall, Caroline, Ava und Jay und unserer nächsten Generation: Mia, Zoe, Cillian, Olivia, Conor, allen meinen Schwägerinnen und Schwagern und der ganzen Verwandtschaft.

Meinem zweiten Job bei den Jungs von Pad Pictures, John White, Erik Clancy und natürlich auch Kevin Cassidy.

Dank an Elaine Crowley und alle Mädchen, mit denen ich in der *Elaine Show* plaudern durfte.

Ich danke Emma Hannissgan, die mich jeden Tag inspiriert und mich dazu gebracht hat, dieses Buch zu beginnen, als ich um Ideen kämpfte. Danke, Emma! Außerdem all meinen Schriftstellerfreundinnen und Unterstützerinnen: Claudia Carroll, Susan Loughnane, Chiara Geraghty, Liz Nugent, Ann O'Loughlin, Carmel Harrington, Cathy Kelly, Margaret Scott, Caroline Finnerty, Claire Allen, Sinead Moriarty, Shirley Benton, Hazel Gaynor, Melissa Hill, Rick O'Shea, allen Mitgliedern des Rick O'Shea Book Clubs – und ganz vielen Dank an Margaret Bonass Madden für ihre Hilfe.

Besonderen Dank an Karyn Millar, meine wundervolle Lektorin, die mich bei der Überarbeitung gerettet hat. Vielen Dank, Karyn, für die harte Arbeit! Nie wieder werde ich Cornwall sehen, ohne an dich zu denken.

Danke dem fantastischen Team bei Black & White Publishing: Campbell, Ali, Daiden, Thomas, Janne, Chris und Karyn.

Und auch Dank an diese Fans: Lisa Carey, Marina Rafter, Sarah Flood, Amy Joyce Hastings, Leontia Brophy, Roisin Kearney, Graham Cantwell, Fiona Looney, Barbara Scully, Sonia Harris, Alicon Canavan, Maia Dunphy, Eimear Ennis Graham, Marie, David, Paul & Nicola, Kathleen Fogg, Michael, Dominic, Kerry, Michelle und JJ, Denise Mc Cormack, Elaine Hearty, Sorcha Furlong, Claire Moran, Maeve Callan, Steve und Gwen, Sinead Dalton, Tara Durkin, Gail Brady, Michael & Marcello, Melanie Finn, Suzanne Kane, Angela und Jimmy, Neil, Jenny und, willkommen, Holly Bedford!

Für meine Margaret Kilroy, weil du immer bei mir bist.

In liebendem Gedenken an Barry Grace und Linda Gallagher, zu früh gegangen, doch stets in meinem Herzen.